2022年度宁波市社会科学学术著作出版资助项目

清语红楼

语言活色生香，选题精到精彩，设问智慧灵动，解析立足自身时代和语境，意趣横生，显现出『大家小文』的清隽透脱与独特魅力。

鲁焕清 著

武汉大学出版社
WUHAN UNIVERSITY PRESS

图书在版编目(CIP)数据

清语红楼/鲁焕清著.—武汉：武汉大学出版社,2022.1
ISBN 978-7-307-22681-4

Ⅰ.清… Ⅱ.鲁… Ⅲ.《红楼梦》研究 Ⅳ.I207.411

中国版本图书馆 CIP 数据核字(2021)第 214826 号

责任编辑:罗晓华 责任校对:汪欣怡 版式设计:马 佳

出版发行:**武汉大学出版社** (430072 武昌 珞珈山)
　　　　(电子邮箱:cbs22@ whu.edu.cn 网址:www.wdp.com.cn)
印刷:武汉中科兴业印务有限公司
开本:720×1000 1/16 印张:21.25 字数:314 千字 插页:2
版次:2022 年 1 月第 1 版 2022 年 1 月第 1 次印刷
ISBN 978-7-307-22681-4 定价:58.00 元

"前不见古人，后难见来者"的神奇经典

谁也无法否认，《红楼梦》这本书一经问世，便成为了中国文学的传奇，成为了中华民族的文化符号和精神宝库。是的，自古至今，一生只写了一部长篇小说，便驰名天下、登上文学名家宝座的作家可以说是凤毛麟角，而曹雪芹堪称杰出的代表；一本小说，无论男女老幼，数百年来几乎人尽皆知，而且成为一门专门的显学，让众多专家学者和广大读者群蜂逐花般趋之若鹜，甚至因为"拥钗""拥黛"之分歧而使朋友拳脚相加，可能也只有《红楼梦》。

《红楼梦》到底是一部怎样的小说？

《中国大百科全书》说它是一部"在世界文学史上""罕见的""博大精深"①的书，俞平伯称它是一部"你越研究越觉糊涂"的"梦魇"②书，白先勇言之为一部"有解说不尽的玄机，有探索不完的密码"的"天书"③，周思源认为它是一部"禁得起反复地品味式精读和反复地解剖式研究的高浓度

---

① 中国大百科全书总编辑委员会《中国文学》编辑委员会. 中国大百科全书·中国文学 I [M]. 北京：中国大百科全书出版社，1988：257.

② 林语堂. 平心论高鹗[M]. 长沙：湖南文艺出版社，2019：157.

③ 白先勇. 正本清源说红楼[M]. 桂林：广西师范大学出版社，2019：1.

艺术巨著"①，胡适道之为一部"将真事隐去"的"自然主义的杰作"，张笑侠评之为一部"为《金瓶梅》之反面"的"中国小说中之冠"②，王昆仑赞之为一部窥见了"'赫赫扬扬百年富贵'大家庭难逃溃败的命运，并且深刻地暴露了整个封建统治开始腐朽崩溃的征兆"③的书，周汝昌誉之为一部"崭新的、奇特的、高超美妙的'群芳谱'"④，刘再复名之为"王阳明之后中国最伟大的一部心学"⑤，张庆善冠之为一部"实在伟大、了不起""可与日月同辉"⑥的书，而苏雪林则不屑地斥之为"只是一件未成熟的文艺作品""毫无灵气……是一些令人皱眉的'滥调'的词语，是一篇令人作呕的恶札"⑦，当今一些读者则摇头感叹它是一部"死活都读不下去"的书……自小说面世二百多年来，人们加给它的各种荣耀之冠冕和鄙夷之唾沫都不计其数。

　　我曾多次扪心自问，如果让我用一句话评价这部书，将如何评价？我想到过"活色生香的神奇经典"，想到过"梦中有梦的神奇经典"，也想到过"不可思议的神奇经典"等，我惊奇地发现，不管前面的形容词如何变换，竟然都跳不出"神奇经典"的圈子。"神奇经典"这四个字已深深地烙印在我的脑海中，我实在想不出还有其他哪个词比它更好、更配得上这部书。近些年来，在与红迷朋友的交谈中，在各种场合的讲座中，我对它的评价则定格为"'前不见古人，后难见来者'的神奇经典"。

　　为什么说"前不见古人"？这其实不需我回答。鲁迅先生的那句为众多红学专家和红迷所熟知的论断早已给出了答案："总之自有《红楼梦》出来以后，传统的思想和写法都打破了。——它那文章的旖旎和缠绵，倒是还在其次的事。"⑧无论是对悲剧意蕴的层层挖掘还是对人物形象的生动塑造，

　　① 周思源. 周思源看红楼[M]. 武汉：长江文艺出版社，2013：1.
　　② 王国维，等. 文化的盛宴——听大师讲《红楼梦》[M]. 北京：新世界出版社，2016：64，71，249.
　　③ 王昆仑. 红楼梦人物论[M]. 上海：生活·读书·新知三联书店，1983：8.
　　④ 周汝昌著，周伦玲整理. 红楼小讲[M]. 北京：北京出版集团公司、北京出版社，2016：272.
　　⑤ 刘再复. 贾宝玉论[M]. 上海：上海三联书店，2021：4.
　　⑥ 张庆善. 在河南省红楼梦研究会成立大会上的致辞[J]. 红楼梦学刊，2019(6)：136.
　　⑦ 转引自：方维保. 苏雪林与六十年代台湾《红楼梦》研究之争[J]. 博览群书，2009(4)：119. 白盾. 胡适对苏雪林论《红楼梦》的批评[J]. 安庆师院社会科学学报，1998，17(3)：74.
　　⑧ 鲁迅. 中国小说史略[M]. 北京：中国书籍出版社，2016：302.

无论是对文化的呈现展示还是对细节的精雕细琢，无论是对结构线索的魔幻编织还是对隐喻伏应和对比等诸种艺术手法的精巧运用，《红楼梦》都达到了一个收放自如、行云流水、前无古人的崭新高度。

为什么说"后难见来者"？这个说法或许会引起质疑：泱泱华夏，赫赫文明，人才辈出，后浪逐高，怎么会难见来者呢？但不管别人怎么批评怎么反对，至少迄今为止我还是依然相信：在今后一段时期，想要再产生一部像《红楼梦》这样"百科全书式"的经典巨著，实在不是件容易的事。卜喜逢感叹"《红楼梦》真非人力所能为"①，这绝不是过誉之词。因为，那样的一个时代，早已一去不返；因为，那样的一位作家，早已成为古人。尽管我心底里特别期待神州大地能够涌现出更多的曹雪芹，创作出更多的《红楼梦》，但这绝非易事。

搜遍记忆，我发现自己对《红楼梦》的了解是从越剧开始的，因为外婆对越剧的痴迷，使得我很小就知晓了王文娟和徐玉兰的名字，熟谙了越剧《红楼梦》中"黛玉葬花""天上掉下个林妹妹"等一些经典的唱段。而我第一次接触到小说《红楼梦》，则已经是在中学了，当时的语文教材从《红楼梦》中节选了一篇"葫芦僧乱判葫芦案"。那时的我，和大多数农村孩子一样，废寝忘食、寒窗苦读的目的，就是盼望着能上个大学、"跳出农门"。我在"匆匆那年"的学习，更多的都是死记硬背、囫囵吞枣，都是钻入题海、反复模拟，都是"哪壶能开就提哪壶"、哪个对考试有用就学哪个。现在回想起来，那时候学习"葫芦僧乱判葫芦案"一文，真的就是个生吞活剥、一知半解的"葫芦生"，简直是对这部小说活生生的糟蹋。

"少读红楼/不解人间烦愁/个中悲喜/是何缘由……"，正如《少读红楼》这支曲子所唱的，《红楼梦》于学生时代的我而言，确实显得缺少足够大的吸引力，它远不如《三国演义》那样来得激越澎湃，远不如《水浒传》那样来得热血沸腾，也远不如《西游记》那样来得趣味盎然。但随着年龄和阅历的增加，它日渐成为了我朝夕相处的"精神伴侣"。现在的我，每一次捧

---

① 卜喜逢. 最佳的思考桥梁——《红楼梦》[J].《红楼梦学刊》微信订阅号，2019(6)：29.

起这本书，心中都会情不自禁地升起一种"朝圣"般的感觉，生怕自己一不小心会错过某一个精妙的文字、遗漏某一处动人的细节。其精深而又博大的思想，其精湛而又迷人的艺术，其精巧而又细腻的布局，其精妙而又生动的铺陈，都让我像小说中的主人公贾宝玉那样，常常忍不住因之"如傻似狂"、为之痴迷倾倒。

当然，它的故事也不是完完全全的严丝合缝、毫无瑕疵；它的技法也不是登峰造极、无可挑剔；它的文字也并不是像脂砚斋在第五回所批注的那样，真到了"一字不可更，一语不可少"的地步……但这些，都无法遮掩它夺目的光彩，无法改变它在中国文学史乃至世界文学史上里程碑式的地位。

心事漂泊共悲喜，去住皆是梦中人。

不管怎么说，这确实是一本值得你细细品读的书！那种惊心动魄的生与死、爱与恨、悲与喜、兴与衰、富与穷等的对比，那种精细到极致的言与行、情与爱、景与物、衣与食、曲与歌等的精雕细琢，那种魔方般变幻的古与今、出与入、虚与实、真与假等之间的穿梭轮转，都会让你欲罢不能、击节称叹。

不管怎么说，这也是一本值得你终身捧读的书！每一次阅读，随便翻开哪一页，都会让你有新的发现、新的感悟、新的收获。我很喜欢自己在若干年前的一则阅读笔记中写下的这段话：如果我这一生只能读一本书，那就是《红楼梦》。它让你明白：家庭即社会，细处见天地；它让你顿悟：变乃常道，了方为好；它让你警醒：不能"身后有余忘缩手"，别等"眼前无路想回头"；它也让你爱不释手：因为你可以从"小"中读出"大"来，"淡"中读出"趣"来，"笑"中读出"泪"来。

《红楼梦》是一部悲剧，王国维先生称之为"与一切喜剧相反，彻头彻尾之悲剧也"①。一些读者认为，读这样的书不好，那种"天尽头，何处有香丘"的悲苦发问，那种"花落水流红""万艳同杯""千红一窟"的物我两

---

① 王国维，等. 文化的盛宴——听大师讲《红楼梦》[M]. 北京：新世界出版社，2016：98.

伤，那种"好就是了，了就是好""白茫茫大地真干净"的无常虚空，会让我们对社会、人生乃至宇宙都生发出一种彻骨的悲凉。但我想说的是，我们每个人都是人世间的匆匆过客，如果在《红楼梦》的阅读中，你不仅品味到齐泽克所说的那种"真实眼泪之可怖"①，而且能品悟出短暂而美好的生命值得我们每个人好好珍惜，品读出复杂变化的人生永远闪耀着人性的光芒，那么，这或许才算读出了小说之真味。

一朝入"红楼"，终身梦不醒。在纷纭芜杂的滚滚红尘中，我愿意，就这样在"红楼"中一梦不醒。

鲁焕清

2021 年 9 月

---

① [斯洛文尼亚]斯拉沃热·齐泽克. 真实眼泪之可怖——基耶斯洛夫基斯的电影[M]. 穆青，译. 武汉：武汉大学出版社，2018.

目 录

"下篇·艺术篇"
自在飞花轻似梦

○奇美动人的诗歌　　　/301

去往皆是梦中人

○情不自已的贾宝玉

贾宝玉到底是个什么样的人？历来都莫衷一是。

鲁迅誉之为"爱博而心劳""忧患亦日甚""悲凉之雾，遍被华林"的"呼吸而领会之者"①，李希凡赞之为"具有初步民主主义精神""用行动抗议着科举制度"的"贵族青年版逆者"②，刘再复先生叹之为"人类文学史上最纯粹的一颗心"③，王昆仑先生称之为"只有呻吟，没有呐喊；只有幻念，没有理想；只有内心的傲慢与鄙弃，没有计划性的战斗行为"的"半迷半醒者"④，张霁、孙相宁批之为一个"诗意地栖居"要"远胜一切功名利禄"的"怪胎"⑤，王家惠叹之为女人堆中的"至情之人"与"绝情之人"⑥，脂砚斋则评之为说不得"贤愚""善恶"、说不得"混账""聪明"、说不得"庸俗""情痴"的"何等人物"，等等。

总之，这个有补天之才却无补天之运的顽石和因"凡心偶炽"而执意下凡的赤瑕宫神瑛侍者的集合体，他一出现便完全颠覆了历代文学作品中男人的形象。

① 鲁迅. 中国小说史略[M]. 北京：中国书籍出版社，2016：206，208.
② 李希凡，李萌. 传神文笔足千秋——《红楼梦》人物论[M]. 上海：东方出版中心，2017：136.
③ 刘再复. 贾宝玉论[M]. 上海：上海三联书店，2021：4.
④ 王昆仑. 红楼梦人物论[M]. 上海：生活·读书·新知三联书店，1983：244，249.
⑤ 张骁儒. 中国古典小说的世界——深圳学人·南书房夜话第四季[M]. 北京：中国社会科学出版社，2018：5，138.
⑥ 王家惠. 红楼五百问[M]. 石家庄：河北出版传媒集团，2016：14.

"自惭形秽"的"蠢物"

贾宝玉的外貌怎么样？

小说第三回，曹公借着黛玉的眼睛，对他有两段文字描写，一段是："面若中秋之月，色如春晓之花。鬓如刀裁，眉如墨画，眼似桃瓣，睛若秋波。虽怒时而若笑，即嗔视而有情。"①还有一段是："面如敷粉，唇若施脂；转盼多情，语言常笑。天然一段风骚，全在眉梢；平生万种情思，悉堆眼角。"这两段文字对宝玉的脸庞、肤色、眉毛、眼睛、嘴唇都作了形象的描状，用一句话概括就是："其外貌最是极好。"还是在这一回，一首《西江月》词中这样评价他："纵然生得好皮囊，腹内原来草莽。"这句话反过来说就是，尽管他"胸无点墨"，但那副"皮囊"确实生得很给力。

这样一个出身高贵、长得极好、"落草"时嘴里还衔着一块奇异美玉的公子，不但让贾母、王夫人宠爱至极，而且还得到了众姊妹的青睐，甚至连对他总是"横挑鼻子竖挑眼"的父亲贾政都不得不承认他"神彩飘逸，秀色夺人"，为"人物委琐，举止荒疏"的贾环所无法相比。但就是这样一位

---

① 本书所引原文、脂批，除另注明外，均引自曹雪芹著、脂砚斋评、吴铭恩汇校的《红楼梦脂评汇校本》，该书由北方联合出版传媒(集团)有限公司、万卷出版公司出版，2013年10月第1版。

在贾府算得上是"国宝级"的人物，不仅没有因此而自视甚高，反而常常自惭形秽，有时甚至还像张爱玲给胡兰成的一张照片背面写的那段文字一样，"见了他，她变得很低很低，低到尘埃里"①。他这样的内心活动在小说中反复出现，成为了他性格形象的一个鲜明特征，比较典型的有以下几次：

（1）闻仙子之"怨谤"，觉自己为"形秽"。

第五回，在秦可卿那间甜香袭人、"神仙也可以住得了"的卧室，贾宝玉做了一个梦，梦见自己来到了"人迹希逢，飞尘不到"的太虚幻境。警幻仙姑在带着他参观了"孽海情天"的"女子档案室"之后，又把他作为"贵客"，特意安排了几位美丽的"仙子"前来接见。让宝玉没想到的是，那些仙子一见到宝玉，便发出了"怨谤"之言："我们不知系何'贵客'，忙的接了出来！姐姐曾说今日今时必有绛珠妹子的生魂前来游玩，故我等久待。何故反引这浊物来污染这清净女儿之境？"她们的"怨谤"虽然是对警幻仙姑而说，但跟随的宝玉闻言"便唬得欲退不能退，果觉自形污秽不堪"。

在太虚幻境这样一个"珠帘绣幕，画栋雕檐""仙花馥郁，异草芬芳"的"真好个所在"，面对眼前这位有"冰清玉润"之"良质"、"闪灼文章"之"华服"、"香培玉琢"之"貌容"、"凤翥龙翔"之"态度"的警幻仙姑，和那些"荷袂蹁跹，羽衣飘舞，姣若春花，媚如秋月"的仙子们，宝玉立即自卑感"爆棚"，觉得自己确实浊臭逼人、"污秽不堪"。如果说，第二回曹公借冷子兴之口说出的贾宝玉那个"女儿是水作的骨肉，男人是泥作的骨肉。我见了女儿，我便清爽；见了男子，便觉浊臭逼人"的"水泥论"，针对的还是宝玉眼中所见的其他男人的话，那么，在这里，贾宝玉则明晰地对长就男儿之身的自己生发出一种"浊物"的自惭甚至鄙视。

（2）惊宝琴等之"绝色"，喻自己为"井蛙"。

第四十九回，贾府突然又热闹起来，因为一下子来了一大帮子客人，其中有邢夫人的兄嫂、王熙凤的哥哥、李纨的寡婶、薛蟠的从弟，更还有

① 胡兰成. 今生今世[M]. 北京：中国社会科学出版社，2003：243.

薛宝琴、邢岫烟、李纹、李绮四位美丽的女孩。他们的到来，让宝玉特别兴奋。宝玉在见过他们后，便"忙忙来至怡红院中"，第一时间把这个消息告诉了袭人、麝月和晴雯等，让她们"还不快看人去"。在介绍那些客人时，宝玉先是特别点出了薛蝌，说他虽是薛蟠的堂兄弟，但其"形容举止"与薛蟠完全不一样，"倒像是宝姐姐的同胞弟兄似的"。然后又对薛宝琴和李纹姐妹啧啧称叹：

> "更奇在你们成日家只说宝姐姐是绝色的人物，你们如今瞧瞧他这妹子，更有大嫂嫂这两个妹子，我竟形容不出了。老天，老天，你有多少精华灵秀，生出这些人上之人来！可知我井底之蛙，成日家自说现在的这几个人是有一无二的，谁知不必远寻，就是本地风光，一个赛似一个，如今我又长了一层学问了。除了这几个，难道还有几个不成？"

薛宝琴和"大嫂嫂这两个妹子"到底有如何的惊艳？在这里，宝玉并没有描述她们的眉眼仪态，而是从三个方面进行渲染：一是"比"。将她们与宝钗进行比较，宝钗是众所公认的"绝色人物"，而她们完全能与宝钗有得一比。二是"叹"。直接慨叹她们的美丽无法用语言来形容，可以说是"老天"集了世间的"多少精华灵秀"而生出来的"人上之人"。三是"贬"。为了反衬这些女孩的绝色灵秀，他不惜将自己喻贬为孤陋寡闻的"井底之蛙"，不知道天有多高、地有多厚，不知道这些女孩们的"本地风光"有多么地动人。言语之中，满是哥伦布发现新大陆时那种按捺不住的激动。

（3）奇藕官之"呆性"，愤自己为"浊物"。

藕官在小说中绝对是一个"跑龙套"的，她留给读者的唯一印象，就是第五十八回在大观园里违规烧纸钱，而且被一位婆子逮了个现形。当时如果没有贾宝玉出手相助，其后果将不堪设想。当宝玉问她到底是在给谁烧纸钱时，藕官虽然心存感激，但并没有直言相告，而是让他去问芳官。后来芳官给宝玉解开了这个谜团，说藕官祭奠的不是别人，而是"死了的药官"：藕官与菂官因常在戏中扮演"温存体贴"的"夫妻"，故在"寻常饮食起坐"中也是"你恩我爱"；后来"菂官一死"，藕官便"哭的死去活来，至今不忘，所以每节烧纸"。芳官虽然知根知底，却对藕官的行为并不理解，觉得那不是正常的"友谊"，而是一种"可笑又可叹"的"疯傻的想头"。让芳官所不理解的还有：藕官既然如此牵念菂官，那么就该情有独钟，但藕官却很快"移情别恋"，对后补的蕊官也是"一般的温柔体贴"，而且竟以男子丧妻后在"必当续弦"的同时又"不把死的丢过不提"作为"得新弃旧"的理由。

对藕官的呆言呆行，芳官在讲述中充满"不解"甚至"不屑"，但这位宝二爷却怦然心动，他觉得"这篇呆话，独合了他的呆性"，他在藕官那里找到了自己的影子，于是"不觉又是欢喜，又是悲叹，又称奇道绝"。宝玉的这三个"又"中，不仅有着对藕官之疯言呆行的理解与共鸣，更传递出对藕官之情性的欣赏与敬重。更让人"称奇道绝"的是，再生"魔意"的宝玉接着又说出了下面一句话："天既生这样人，又何用我这须眉浊物玷辱世界。"也就是说，宝玉从纯澈清爽的藕官身上，又发现了自己的肮脏与污秽，进而对自己作为"玷辱世界"的"须眉浊物"而心生不满和羞愧。在他的眼心中，并没有身份阶层的区分，有的只是清浊净脏的区别。纯洁美丽的世界，需要的是这些水一样的清爽女孩，而不是自己这样的"须眉浊物"；需要的是这一种超越生死、不容玷污的纯情，而不是现世的随波逐流和对功名利禄的迷恋与追求。这是宝玉再一次对自己的否定。

（4）叹秦钟之"人品"，贬自己为"粪泥"。

作为一位多情的公子，贾宝玉并不只是在美丽可爱的女孩面前感到自惭形秽，当他见到品貌出众的男孩时也会产生这样的心理。小说中最有代表性的就是第七回他遇见秦钟时的描写：

> 那宝玉只一见秦钟人品，心中便有所失，痴了半日，自己心中又起了呆意，乃自思道："天下竟有这等人物！如今看来，我竟成了泥猪癞狗了。可恨我为什么生在这侯门公府之家，若也生在寒儒薄宦之

家，早得与他交结，也不枉生了一世。我虽如此比他尊贵，可知绫锦纱罗，也不过裹了我这根死木；美酒羊羔，也不过填了我这粪窟泥沟。'富贵'二字，不料遭我荼毒了！"

较之以见到薛宝琴和听到藕官故事后的心理，贾宝玉的这段内心独白可以说是更加触目惊心，表现在哪里？第一在"叹"，叹"天下竟有这等人物"。秦钟到底生得怎样？曹公在之前有段描写："较宝玉略瘦巧些，清眉秀目，粉面朱唇，身材俊俏，举止风流，似在宝玉之上，只是怯怯羞羞，有女儿之态。"概括地说，就是清秀俊俏而又羞怯腼腆。第二在"惭"，惭自己"竟成了泥猪癞狗"。宝玉的长相之帅已不容置疑，但是秦钟一出现，不仅王熙凤说把宝玉给"比下去了"，而且连宝玉也自愧自惭，在"俊俏""风流"的秦钟面前，自己的模样竟如同泥滚的猪和癞皮的狗。第三在"恨"，恨自己竟"生在这侯门公府之家"而没有"生在寒儒薄宦之家"，恨自己没能"早得与他交结"，恨"绫锦纱罗，也不过裹了我这根死木"，恨"美酒羊羔，也不过填了我这粪窟泥沟"，恨自己把"富贵"两个字给"荼毒"了。就这样，一见到秦钟，宝玉原先的那种优越感顿时变成了强烈的自卑感。

（5）恨"仙女"之无玉，摔自己之玉石。

宝玉之自惭形秽除令人震惊的上面四次外，还有一次极为神奇的是在第三回。

这一次让宝玉自愧不如的是那位"天上掉下来"的黛玉妹妹。与上面四次所不同的是，这次曹公没有描状宝玉的心理活动，而是直接从语言、动作切入。第一眼见到那个"态生两靥之愁，娇袭一身之病。泪光点点，娇喘微微。闲静时如娇花照水，行动处似弱柳扶风"的表妹，宝玉就觉得似曾相识，故而特别开心。在挨身坐下、"细细打量一番"、又是问读书又是送"表字"之后，他冷不丁地向黛玉提出了一个被脂砚斋批点为"奇极怪极，痴极愚极"的问题："可也有玉没有？"当听到黛玉"我没有那个。想来那玉亦是一件罕物，岂能人人有的"回答后，他当即魔性大发："登时发作起痴狂病来，摘下那玉，就狠命摔去。"直"吓的"众人赶紧"一拥争去拾玉"，

"急的"贾母一边"搂"住他一边骂他"孽障"。

宝玉为什么会有如此强烈的反应？为什么会做出如此激烈的举动？你听他后面的话："什么罕物，连人之高低不择，还说'通灵'不'通灵'呢！我也不要这劳什子了！"一语道破！原来通灵宝玉已成为他的一个心结，原来在他的心中一直有着一个想法：美玉当与美人相配，"罕物"当与"高人"相随，既然那是块"通灵"的"罕物"，那么它至少应该分清"人之高低"。在此之前，当他看到"家里姐姐妹妹都没有，单我有"时，就早已觉得非常"没趣"，现在看到家里来了"这么一个神仙似的妹妹"，她居然"也没有"。所以，那块被贾母等视为"命根子"的"通灵宝玉"，在他眼里则成为了"连人之高低都不择"的"劳什子"。

这段情节中，虽然宝玉没有直接将自己贬为"井蛙""粪泥"之类，但从他那愤而摔玉的原因和举动中，我们可以明白，在他的心目中，身边这位"神仙似的妹妹"要比自己"高"很多。这样的充满孩子气、情绪化的摔玉行为，与其说是对封建传统的反叛，还不如说是那早已植入其骨髓的对聪明美丽之女孩的怜爱，以及自己作为须眉浊物的自惭形秽。

在"唇不点而红，眉不画而翠；脸若银盆，眼如水杏"的薛宝钗面前，他没有自惭形秽；在"面如美玉，目似明星，真好秀丽人物"的"高富帅"北静王水溶面前，他没有自惭形秽；在"素性爽侠，不拘细事，酷好耍枪舞剑，赌博吃酒，以至眠花卧柳，吹笛弹筝，无所不为"的红楼"第一酷哥"柳湘莲面前，和"妩媚温柔"、一见便让他"心中十分留恋"的蒋玉菡面前，他也没有自惭形秽。但仙子、薛宝琴、藕官这样的女孩和秦钟这样的男孩却给了他巨大的"杀伤力"。综合这些"杀伤力"，我们会发现，它与出身地位无关，与贫富贵贱也无关，与现世功名无关，与它相关联的是：要么是"绝色"的美貌，那些人都长得极为清俊秀美，那秦钟也是眉清目秀，身上有着明显的女性化特质，从中我们可以看到贾宝玉身上那个厚重的"怡红"情结；要么是"魔意"的品性，他们的"三观"和为人处世与世俗的"主旋律"完全不同，从中我们则可以读见贾宝玉对"情"的痴恋和对人生、人性的悲思。

"至奇至妙"的"赌咒"

　　赌咒发誓在人们的日常生活中极为常见，其基本意思是"庄严地说出表示决心的话或对某事提出保证"①。早在《左传》的盟誓中，就有"有渝此盟，明神殛之，俾队其师，无克胙国"②的记载，可以说，它成了人们交往过程中表示忠诚、作出承诺的一种极端保证形式。张永和先生认为：它是"自成一套规范体系，具有自己的内在逻辑结构"的"社会规范"，"其实现的路径是通过神的力量保证实施，是一个社会不能或缺而且不能被替代的重要社会规范"③；而鲁迅在一篇名为《赌咒》的杂文中，不但将"天诛地灭，男盗女娼""誉为""中国人赌咒的经典"，而且一针见血地指出"赌咒的实质"是一个词："信不得。"④

　　《红楼梦》作为封建社会文化的百科全书，对赌咒这种常见的情形，也表现得淋漓尽致。第三十四回，听到宝钗劝自己"不要逛去"、母亲又责怪

---

　　① 中国社会科学院语言研究所词典编辑室. 现代汉语词典（修订本）[Z]. 北京：商务印书馆，1996：339.

　　② 春秋左传集解[M]. 上海：上海人民出版社，1977：376.

　　③ 张永和. 诅咒（赌咒）、发誓现象初探[J]. 新疆大学学报（哲学社会科学版），2006（3）：102.

　　④ 张效民. 鲁迅作品赏析大辞典[Z]. 成都：四川辞书出版社，1992：628.

自己"犯舌，宝玉之打是他治的"，薛蟠便"急的乱跳，赌身发誓的分辩"。第四十六回，鸳鸯当着老祖宗等众人的面，发誓自己是"横了心的""横竖不嫁人就完了"，并赌咒"若说我不是真心，暂且拿话来支吾，日后再图别的"，那么"天地鬼神，日头月亮照着嗓子"，自己就"从嗓子里头长疔烂了出来，烂化成酱在这里"。第七十二回，不经意间撞见了司棋与潘又安奸情的鸳鸯，听说司棋吓出了毛病，便"自己反过意不去"，向司棋"立身发誓""我告诉一个人，立刻现死现报"。第七十四回，贾琏求鸳鸯偷拿一点老太太查不着的金银家伙，但消息被邢夫人探知，当王熙凤向自己房里的丫头们追问时，众小丫头在急慌中赶紧都"跪下赌咒发誓"，说"自来也不敢多说一句话。有人凡问什么，都答应不知道。这事如何敢多说"。诸如此类的赌咒发誓，既有力地助推了故事情节的发展，又很好地描摹出了小说人物的性格特征。

在《红楼梦》中，若问是谁把赌咒发誓推向了最高峰？则这个人非"男一号"贾宝玉莫属。赌咒发誓，在宝二爷的嘴中，可以说是家常便饭。宝玉到底赌了多少次咒？笔者没有作过详细统计，但在前八十回少说也有十次左右。当袭人以"母兄赎我"之"骗词"来"探其情""压其气"时，信以为真的宝玉当即发出了"你说，那几件？我都依你。好姐姐，好亲姐姐，别说两三件，就是两三百件，我也依"之赌誓；当袭人见宝玉拿自己的话"当耳旁风"、与姊妹们"厮闹"而不理宝玉时，宝玉一边拿起枕边的"一根玉簪"将它跌成两段，一边咒誓"我再不听你说，就同这个一样"；当湘云因为生气于宝玉的一个"眼色"而想打包回家时，他赶忙对湘云解释说"我倒是为你"，并急吼吼地赌咒"我要有外心，立刻就化成灰，叫万人践踏"。小说中，宝玉赌咒最多的对象自然是黛玉。第二十三回，他向黛玉赌咒自己"若有心欺负"她，则"明儿""掉在池子里，教个癞头鼋吞了去，变个大忘八"，还说等黛玉"做了'一品夫人'病老归西的时候"，往她的坟上替她"驮一辈子的碑去"；第二十八回，向黛玉赌咒说"我要是这么样，立刻就死了""我心里要有这个想头，天诛地灭，万世不得人身"，从这些貌似荒唐不经的起誓赌咒中，我们读到了宝玉对黛玉那一种别人所无法替代的深情，读到了一位男孩天真鲜活的形象，也读到了我们自己人生的无奈与奋争。

在宝玉如此之多的赌咒中，有一个最值得玩味，最让人津津乐道。这个赌咒出现在第五十七回，有意思的是，这次他赌咒起誓的直接对象并不是黛玉，而是黛玉的丫头紫鹃。当然，他之所以向紫鹃赌咒，最根本、最重要的原因还是因为他的"冤家"——黛玉。

从第五十七回的回目就可以明白，这一回有一件重要的事情："慧紫鹃情辞试忙玉。"因为紫鹃的一句林姑娘"明年"就要"回苏州家去"的假言试探，当时信以为真的宝玉不但犯了疯症，而且差点一命呜呼。待到身体渐渐康复之后，有一次在房间里没有其他人时，他拉住紫鹃向她询问"唬"他的缘由，紫鹃告诉了实情，说那些话都是自己编的，"不过是哄你"玩玩而已，林姑娘家里"实没了人口，纵有也是极远的"，而且"纵有人来接"，老太太也是"必不放去的"。而宝玉立即回答"便老太太放去，我也不依"，表白了自己的决心。闻听此言，心中大喜的紫鹃竟然抓住时机再次使出了激将之法："果真的你不依？只怕是口里的话。你如今也大了，连亲也定下了，过二三年再娶了亲，你眼里还有谁了？"正是这个激将，让宝玉再次情不自禁地发出了一个惊天动地的赌咒：

> "我只愿这会子立刻我死了，把心迸出来你们瞧见了，然后连皮带骨一概都化成一股灰，——灰还有形迹，不如再化一股烟，——烟还可凝聚，人还看见，须得一阵大乱风吹的四面八方都登时散了，这才好！"

这是一个什么样的赌咒？

第一层咒："死。"用自己的生命作赌咒，这可以说是在赌咒中属于程度最高的"毒誓"。宝玉在赌咒时，最常用的咒语：一是做和尚，还有一个就是"死"。在这里，他再次以死为咒，而且发出的还是"立刻我死"之咒，可见其心之急迫。类似的赌咒在第二十八回也曾经出现过，当时他听到黛玉在独自悲吟《葬花吟》，便去抚慰黛玉，当黛玉责问他"你既这么说，昨儿为什么我去了，你不叫丫头开门"时，"实实不知""诧异"至极的宝玉，情急之下也发出了"这话从那里说起？我要是这么样，立刻就死了"的生命赌咒。

第二层咒："迸。""迸"是什么意思？《现代汉语词典》的解释是"向外溅出或喷射"[1]，这是一个表示力度强、程度深而且有一定突然性的词语。"迸"什么？"迸"心。这时候的宝玉不但赌咒要立刻死，而且恨不得把自己的心"迸出来"给紫鹃等看，以剖心掏心来表白自己的那份真情。

第三层咒："化。"化什么？在小说中，宝玉赌咒的时候经常以化灰化烟为誓词。第十九回他与袭人对话时，便说"等我有一日化成了飞灰，——飞灰还不好，灰还有形有迹，还有知识。等我化成一股轻烟，风一吹便散了的时候，你们也管不得我，我也顾不得你们了。那时凭我去，我也凭你们爱那里去就去了"；第二十二回，面对赌气就要收拾衣包回家的湘云，他在情急之中的挽留方式也是起了一个"我要有外心，立刻就化成灰，叫万人践踏"的毒誓。相对于前两次，这一次他对紫鹃的赌咒又深了一层，前面的灰烟还能够看得见，这一次他干脆起誓说"须得一阵大乱风"、把这灰这烟"吹的四面八方都登时散了，这才好"，也就是说让自己变成无形，变成不存在，变成什么都没有的虚无。

值得我们细细品味的还有宝玉在说这段赌咒前后的神情。他说这段话时，曹公用了两个词：一个是"咬牙切齿"。读遍小说，我们可以读到宝玉着急时"向前拦住"黛玉起誓的情形，也可以读到他向袭人赌咒时边说边摔玉簪的举止，唯独这一次是"咬牙切齿"，表现出了他对紫鹃之戏谑的极度认真。还有一个是"滚下泪来"。他边说边落泪，那泪是滚滚落下，昭示出他内心的极度之伤痛。以至于紫鹃一听，便赶紧上来又是"握他的嘴"，又是"替他擦眼泪"，又是"忙笑解说"。

---

① 中国社会科学院语言研究所词典编辑室. 现代汉语词典(修订本)[Z]. 北京：商务印书馆，1996：63.

每次聆听韩红的《天路》，总能感受到一种撼人心魄的力量。这种力量不仅来自于那种开阔宏亮的胸襟，来自于那种温暖壮丽的藏族风情，同时还来自于那种明亮动人的曲调。当韩红逐渐飚到"那是一条神奇的天路"的高音时，我们从眼睛到心里都会情不自禁地明亮起来，流露出幸福的共鸣与意外的惊喜。在很多时候，品读曹公的《红楼梦》，让我们读者也常常充满着幸福的共鸣与意外的惊喜。比如宝玉对紫鹃这样很家常又很深情的赌咒，从"咬牙切齿"到"滚下泪来"，这情节就如白居易《琵琶行》中的"银瓶乍破水浆迸，铁骑突出刀枪鸣。曲终收拨当心画，四弦一声如裂帛"一样达到了高潮。曹公也完全可以到这里戛然而止，然后镜头一转，来一幅"东船西舫悄无言，唯见江心秋月白"的场景，但他却出人意料地再次飚出了更高更亮的音调："原来是你愁这个，所以你是傻子。从此后再别愁了。我只告诉你一句趸话：活着，咱们一处活着；不活着，咱们一处化灰化烟。如何？"这是宝玉对紫鹃说的轻松欢喜的笑语，但在这句轻松欢快的"趸话"中，所传达的却是宝玉与黛玉相守一生、生死相随的坚定与执著。

这样的赌咒，已不仅仅是孩子气的情感宣泄，也不仅仅是尔侬我侬的深情表白，更充满了对世界、对人生的哲学层面的思考。正因为这样，脂砚斋在第十九回就对宝玉的赌咒作出了"至奇至妙"的评点。只有宝玉这样的至性至情之人，才能说出这样的"至奇至妙"之语。

"奇峰突起"的"偷听"

偷听，是人们日常生活中司空见惯的一种现象。被王蒙先生誉为"中国小说第一人"①的曹雪芹，在《红楼梦》中也对这种现象进行了淋漓尽致、入木三分的描状。据不完全统计，小说前八十回涉及有意或者无意的偷听事件至少有十来件，如第二十七回宝钗在滴翠亭外偷听小红和坠儿关于手帕的私语，第三十二回黛玉偷听宝玉和湘云关于仕途经济的对话，第四十三回凤姐在窗外偷听贾琏与鲍二家的窃谈，第七十三回小鹊偷听赵姨娘向贾政的密告，第七十六回妙玉偷听黛玉和湘云在凹晶溪馆的联诗，第七十七回灯姑娘偷听宝玉和晴雯的情话等。实施这些偷听行为的主人公，有女的，也有男的；有地位不高的丫头，也有身份显赫的主子，甚至像宝钗、黛玉这样"品行高尚"的人都在不经意之间陷入了窃听的风波。很有意思的是，小说中描述偷听次数最多的人竟然是"男一号"——宝玉。发生在他身上的比较典型的偷听事件有四件，且每一件都与小说情节的推进、人物性格的刻画紧紧关联。

---

① 此为王蒙先生在 2013 年举办的"纪念伟大作家曹雪芹逝世 250 周年大会暨学术研讨会"上的题词。转引自张庆善先生的《平生德义人间涌 身后何劳更立碑——深切悼念李希凡先生》，该文刊载于《红楼梦学刊》2019 年第 1 辑，第 6 页。

（1）偷听生悲情，山坡上偷听黛玉葬花伤己之悲吟。

第二十七回的回目是"滴翠亭杨妃戏彩蝶 埋香冢飞燕泣残红"，这两件事都发生在那个美丽热闹的芒种节，而且都与两次惊心动魄的偷听有关：一次是扑蝶不成的宝钗无意间偷听到小红和坠儿在滴翠亭内的私房话，宝钗那次偷听被发现后"嫁祸"于黛玉的行为，更是成为了她人生履历上一个抹不去也洗不净的污点。还有一次是黛玉只身一人一边"埋香冢"，一边泣吟《葬花吟》，结果被鬼使神差也来到那里的宝玉听到。

芒种节是一个"设摆各色礼物，祭饯花神"的重要日子，也被称为女儿节。这一天，大观园的女儿们不但把园子装点得"绣带飘飘，花枝招展"，而且把自己打扮得"桃羞杏让，燕妒莺惭"。但黛玉姑娘的心情却特别不好，起因是前一天晚上她去怡红园看望宝玉结果却被晴雯硬生生地拒之门外，伤感悲戚至极的林妹妹于是"两手抱着膝，眼睛含着泪，好似木雕泥塑的一般，直坐到三更多天方才睡了"，甚至于第二天都没参加姑娘们"祭饯花神"的欢乐派对。而宝玉因为和黛玉闹了点小别扭，所以心里也不是滋味。他在姐妹群中没见到黛玉，知道她心情不好，打算"越性迟两日，等他的气消一消再去"看她。当他在园子中看到"许多凤仙、石榴等各色落花，锦重重的落了一地"时，立即想到黛玉可能是因为"生了气"所以"也不收拾这花儿了"，便不由自主地兜起落花，想把它们葬到"那日林黛玉葬桃花的去处"，结果便带出了一出"偷听"的好戏。

与其说那是一种偶然的机缘巧合，还不如说是充满灵犀的心灵相通。在宝玉拒绝了宝钗等的邀约，独自一人"把那花兜了起来，登山渡水，过树穿花"快要走到"花冢"时，忽然听到"山坡那边有呜咽之声"，那呜咽声"一行数落着，哭的好不伤感"。突发好奇心的宝玉开始以为是某个房里"受了委曲"的丫头在这里偷偷哭泣，于是"煞住脚步"，站在山坡上偷听。没想到，这一听，竟然听到了一曲让人肝肠寸断的葬花之吟和生命之歌。

那一位手把花锄、物我两怜的姑娘，那一曲"侬今葬花人笑痴，他年葬侬知是谁""一朝春尽红颜老，花落人亡两不知"的泣血吟叹，那一种美极又伤极、艳极又冷极、疼极又悲极的意境，让这位宝二爷不禁悲从中来，引发了对人生之愁苦的巨大感伤，和对人从哪里来、又往哪里去的生命之无常的痛苦思索。以至于最后他整个人都"心碎肠断""恸倒山坡之上"，连那兜在怀里的落花也在不知不觉间"撒了一地"。

对这次偷听，脂砚斋在甲戌本、庚辰本都有好几段"侧批""眉批"，评之为"非颦儿断无是佳吟，非石兄断无是情聆"的"奇文异文"，赞之为"'开生面''立新场'是书不止'红楼梦'一回，惟是回更生更新"的笔法。其精妙之诗文，其凄怨之场景，其生命之感悟，不仅让脂砚斋"身世两忘，举笔再四不能加批"，也让我们读者反复捧读，不忍释卷，不能释怀。

（2）偷听生奇趣，山石后偷听袭人、平儿和鸳鸯之趣逗。

相对于第二十七回的因偷听而生悲情，第四十六回的偷听，则让本来愁肠百结的凄悲乐章跳荡出了一串活泼欢快的音符。

这一回，"脑子进了水"的贾赦在对鸳鸯姑娘"确认过眼神"后，竟然视之为"她就是那个要娶来做妾的人"，随即对她恩威并举、软硬兼施。从邢夫人那里得知消息的鸳鸯，心里一万个不愿意，却又苦于没有法子，便想一个人先躲到园子里清静清静，但不曾想却遇到了平儿。就在平儿与她打趣戏逗时，在山石背后先后跳出了两位偷听者：先是袭人，她本来是找宝玉的，结果在这里偷听到了平儿和鸳鸯的对话，于是便也加入了"趣逗"的行列。然后是宝玉，他从惜春那里出来，看到袭人来找他，便故意"藏了起来"想哄她、吓她；后来看到袭人也"藏藏躲躲的"，知道她要"哄人"，就绕到她身后；在她从山石后出去后，他便躲在了刚才袭人躲过的地方，演了一出充满奇趣的"螳螂捕蝉，黄雀在后"之好戏。

（袭人）一语未了，又听身后笑道："四个眼睛没见你？你们六个眼睛竟没见我！"三人唬了一跳，回头一看，不是别个，正是宝玉走来。袭人先笑道："叫我好找，你那里来？"宝玉笑道："我从四妹妹那里出来，迎头看见你来了，我就知道是找我去的，我就藏了起来哄你。看你低着头过去了，进了院子就出来了，逢人就问。我在那里好笑，只等你到了跟前唬你一跳的，后来见你也藏藏躲躲的，我就知道也是要哄人了。我探头往前看了一看，却是他两个，所以我就绕到你身后。你出去了，我就躲在你躲的那里了。"平儿笑道："咱们再往后找一找去，只怕还找出两个人来也未可知。"宝玉笑道："这可再没了。"

在"鸳鸯女誓绝鸳鸯偶"这出刚烈决绝的悲情戏之中，曹公插入了这样一段轻快欢谑的旋律，就如在一杯苦涩的咖啡中加上了一勺调味的糖，从而给小说染上了些许欢趣和喜味。宝玉在山石后面的这一躲，看到的是一出鸳鸯和平儿、袭人这三位好闺蜜之间戏谑玩逗的趣戏和鸳鸯怒怼嫂子的好戏，偷听到的却是贾赦竟然想娶鸳鸯为妾这极为不堪的事情。虽然后来宝玉把"伏在石头上装睡"的鸳鸯拉到自己的怡红院，让平儿和袭人陪着她"吃茶"，但他的心中早已"不快"，在她们三人"在外间说笑"的时候，他独自一人"只默默的歪在床上"，不知是在怜惜鸳鸯们这些"水作之骨肉"的命运，还是在愤恨贾赦们这些须眉浊物的贪得无厌；不知是在慨叹"他们有'大家彼此'，我是'赤条条来去无牵挂'"，还是在思考人生之"杳无所知"，如何才能"逃大造，出尘网，使可解释这段悲伤"。

（3）偷听生事端，窗根下偷听平儿对麝月之叮嘱。

电视剧《潜伏》有一句经典台词："每一个窗户后面都有一双眼睛，每一片树叶后面都有一只耳朵。"道出的是那个特殊年代从事特殊工作的特别危险。和躲在窗户后面的偷窥一样，躲在树叶后面的偷听也是一种见不得阳光的行为。如果说宝玉的前两次"偷听"还出自无意，那么第五十二回的这次"偷听"则绝对是主动的故意，它所产生的后果也相当严重，可以说直接导致了"爆炭"性格的晴雯在盛怒之下将坠儿驱逐出怡红院。

在第五十一回时，晴雯因为雪夜想吓唬去"晒月光"的麝月，结果被"侵肌透骨"的冷风一吹，冻出了毛病，宝玉于是积极为她寻医问药。第五十二回，宝玉从贾母那里出来，回到怡红院，看到晴雯一个人"独卧于炕上，脸面烧的飞红"，用手一摸又热得"烫手""火烧"，便不由自主地责怪麝月和秋纹太过"无情"，竟然不知跑到哪里去了。晴雯解释说麝月刚刚被平儿叫了出去，两个人很是"鬼鬼祟祟，不知说什么"，一定是在"说我病了"，却没有按照规矩"出去"治疗。晴雯的怀疑当即遭到了宝玉的否定：第一，平儿"不是这样人"；第二，平儿"并不知你病"；第三，"你们素日又好"。为了探个究竟、搞明真相，宝玉便"从后门出去"，躲在"窗根下"潜听了平儿和麝月的对话。不料，这一听，却竟然又牵出了一件惊人的偷窃事件。

原来，平儿对麝月说的是：自己那一个莫名遗失的虾须镯找到了，偷镯子的嫌犯就是怡红院的小丫头坠儿。平儿特地来告诉麝月时强调了三点：一是要"高度重视"。因为这件事件的性质很严重，而且怡红院以前也曾经发生过"良儿偷玉"之事，这次"更偷到街坊家去了"，比第一次影响更坏。二是要大事化小。她叮嘱麝月对这件事务必要保密，任何人都不能告诉，"只当没有这事"，而且千万不能让"爆炭"性格的晴雯知道；她告诫麝月一定要等到袭人回来后再"商议着"，"变个法子"把坠儿"打发出去"。三是要统一说法。平儿指示麝月关于镯子的说法是什么？"我往大奶奶那里去的，谁知镯子褪了口，丢在草根底下，雪深了没看见。今儿雪化尽了，黄澄澄的映着日头，还在那里呢，我就捡了起来。"也就是说要把口径统一到镯子不是被偷而是不慎遗落上来。

对这次惊天的窃案，本来平儿已经处理得相当到位，但因为宝玉伏在窗根下的"偷听"，而且事后又丝毫不过脑子地竟然将听到的内容"一长一短"、一五一十地全都告诉了晴雯，结果就生出了更大的事端：控制不住自己情绪的晴雯当即气得"蛾眉倒蹙，凤眼圆睁"；虽然在宝玉的劝慰下暂时忍了下去，但没过多少时间，晴雯又找准一个时机对坠儿进行了愤怒的责罚；而且一怒之下，擅自作主将她直接逐出了怡红院，从而把事情闹得满城风雨、尽人皆知，让平儿的良苦用心化为了泡影，也让风光无限的怡红院给那些唯恐天下不乱的人留下了"趁愿"的话柄。

(4)偷听生怜爱，镜壁旁偷听袭人鸳鸯之私语。

第五十三回、第五十四回，贾家发生了两件大事，一件是"宁国府除夕祭宗祠"，还有一件是"荣国府元宵开夜宴"。两个重大的节日，两件重要的活动，在小说中有着相当重要的作用。尤其是元宵夜宴，有几个值得特别思考的细节：一是有多少人该来而没来；二是宝玉为什么会中途离开；三是凤姐的两个笑话。

这样一个团圆的日子，这样一次重要的活动，作为召集人，贾母把邀请书发给了"荣宁二府各子侄孙男孙媳"。按理，如果能被贾母列入邀请的名单，那高兴都还来不及呢。但出人意料的是，居然有很多理该出席的人却没来参加。第一个没来的是贾敬。他没出席还情有可原，因为他"素不茹酒"，这些天只"在家内""静室默处，一概无听无闻"，而且贾母也深知其人，故没有对他发出邀请。第二个是贾赦。作为贾母的长子，如此欢闹的团圆宴岂可缺席？但他只"略领了贾母之赐"后，就立即"告辞"，然后回到自己家中"与众门客赏灯吃酒"，其"快乐另与这边不同"，而贾母也"知他在此彼此不便，也就随他去了"。在这"笙歌聒耳""锦绣盈眸"、好不快活的表象背后，已经笼罩着一层大家族貌合神离的危机迷雾。在这份缺席的名单中，除了这两位有名有姓的主儿外，竟还有好大一拨人，曹公没有点出他们的名姓，但点出了他们没来的种种原因："或有年迈懒于热闹的；或有家内没人不便来的；或有疾病淹缠，欲来竟不能来的；或有一等妒富愧贫不来的；甚至于有一等憎畏凤姐之为人而赌气不来的；或有羞手羞脚，不惯见人，不敢来的……"总而言之，众多族人中，"女客来者只不过贾菌之母娄氏带了贾菌来了，男子只有贾芹、贾芸、贾菖、贾菱四个现是在凤姐麾下办事的来了"。其他的，都竟然以各种各样的理由推辞了。这不能不让人联想到第十三回秦可卿托梦凤姐时曾说过的那句话："树倒猢狲散。"树倒了，猢狲自然会四散而去，但现在，树还没倒，猢狲们却已经开始众叛亲离、分道扬镳。

那么，宝玉又为什么要突然离席呢？看到宝玉"下席往外走"，贾母便问他"你往那里去"，而宝玉并没有直接作出正面回应，只是回答"不往远去，只出去就来"，给人的感觉似乎只是想到外面透透气。贾母也没有往深里去想，只提醒他"外头爆竹利害，仔细天上吊下火纸来烧了"，并"命婆子们好生跟着"他。宝玉究竟到哪里去了？回怡红院。回去干什么？解决"三急"事情。俗语说，"人有三急"，内急是其中之一，但结果是宝玉并没有在怡红院里解决内急，他在哪里解决？山石之后。"宝玉便走过山石之后去站着撩衣，麝月秋纹皆站住背过脸去，口内笑说：'蹲下再解小衣，仔细风吹了肚子。'"值得玩味的是，他之所以要在山石之后解决内急，并不是因为来不及，而是因为怡红院里"有情况"。

> 且说宝玉一径来至园中，众婆子见他回房，便不跟去，只坐在园门里茶房里烤火，和管茶的女人偷空饮酒斗牌。宝玉至院中，虽是灯光灿烂，却无人声。麝月道："他们都睡了不成？咱们悄悄的进去唬他们一跳。"于是大家蹑足潜踪的进了镜壁一看，只见袭人和一人二人对面都歪在地炕上，那一头有两三个老嬷嬷打盹。//宝玉只当他两个睡着了，才要进去，忽听鸳鸯叹了一声，说道："可知天下事难定。论理你单身在这里，父母在外头，每年他们东去西来，没个定准，想来你是不能送终的了，偏生今年就死在这里，你倒出去送了终。"袭人道："正是。我也想不到能够看父母回首。太太又赏了四十两银子，这倒也算养我一场，我也不敢妄想了。"宝玉听了，忙转身悄向麝月等道："谁知他也来了。我这一进去，他又赌气走了，不如咱们回去罢，让他两个清清静静的说一回。袭人正一个闷着，他幸而来的好。"说着，仍悄悄的出来。

在这段文字中，曹公明明白白地告诉读者，宝玉已经来到了怡红院，只不过，一个意想不到的人和一次计划之外的偷听，让宝玉改变了主意，到家门而不入。那个让宝玉意想不到的人是谁？鸳鸯。当宝玉他们走到院中，看到院子里"灯光灿烂，却无人声"，于是便在麝月的提议下，一起"蹑足潜踪"、轻手轻脚地走进镜壁，打算去吓唬一下袭人。但宝玉突然发现里面不止袭人一个人，除了两三个打盹的老嬷嬷外，竟然还有一个人和袭人一起"歪在地炕上"。宝玉也没有多想，"才要进去"时，却忽然听到了那人的感叹。一听声音，宝玉便明白那人原来是鸳鸯。

两个问题：第一，宝玉听到了什么？他听到了鸳鸯和袭人的私房话，两个同样刚死了母亲的女孩，在这个万家团圆的元宵之夜，既不能回家与家人团圆，也没有参加贾家的欢宴，而是在怡红院里同病相怜、互诉衷肠：她们一个感叹着"天下事难定"，但又不得不定；一个诉说着"也不敢妄想"，而又时刻在想。第二，宝玉为什么会"悄悄"退出？他之所以又马上抽身而退，并不是因为鸳鸯和袭人在屋里，他不方便"小解"，而是怕自己进去后鸳鸯又会"赌气走了"，不能再"两个清清静静的说一回"了。这个细节，一方面呼应了鸳鸯在"誓绝鸳鸯偶"后为了避嫌而刻意躲着宝玉、不再理会宝玉的情形；另一方面再次突出了贾宝玉对鸳鸯的怜惜和对清水一般女孩的疼爱。蒋勋先生多次说宝玉是一个"菩萨"，在小说中，我们随时都可以读到宝玉的悲悯之心，他的心中确实比别的男人多了一种善的因子与悯的情怀。对那些美丽可爱的女孩子，他一方面怜爱疼惜、关爱有加，但另一方面在她们遭遇凌辱、侵害之时，却又无能为力。

宝玉的这四次"偷听"，别开生面，而非别有用心，借用脂砚斋在第六回中的一句"侧批"，真是"奇峰突起"的"好笔""奇笔"和"活笔"①。从中，你可以聆听到大观园"首席才女"林黛玉那又高冷又凄伤的生命悲歌，你也可以倾听到美丽的"雀斑女孩"鸳鸯之"誓绝鸳鸯偶"的决绝心声；你可以读到平儿的细致周全、晴雯的性情暴躁，你也可以读到贾赦的荒淫贪暴和宝玉苦闷的生命感悟；你可以在贾府宁静祥和的表象下窥见那"恨不得你吃了我，我吃了你"的汹涌暗流，你也可以在轻松一笑的背后品味出那噙泪的酸楚和滴血的痛悲。

---

① 曹雪芹著，脂砚斋评点，王丽文校点. 脂砚斋批评本红楼梦[M]. 长沙：岳麓书社，2015：67.

生动奇绝的"眼色"

　　使眼色是人们常见的一种体态语言。在不方便讲话时，一个会心的眼色，往往有着示意、劝告、命令、指挥或邀请等重要作用。被周汝昌老先生誉为精通"不谨毛而失貌""不规形而亡神"这两条写人"秘诀"①的曹雪芹，在《红楼梦》中将各式人物的眼色描状得多姿多彩、恰到好处：第四回，"门子"的一个眼色，让贾雨村中止了去捉拿薛蟠的命令；第六回，周瑞家的一个眼色，让心领神会的刘姥姥"未语先飞红的脸"；第二十二回，贾环的一个眼色，让贾兰立即起身向邢夫人告辞；第四十回，凤姐的一个眼色，让鸳鸯迅即心照不宣，想出了一个戏弄刘姥姥的鬼主意；第四十四回，贾琏的一个眼色，让正被凤姐训斥而"为难"的林之孝出门去等；第四十六回，邢夫人使了一个眼色，那跟着的人便立即退了出去；第六十二回，宝钗的一个"暗暗的瞅了""一眼"，让无意中"趣着"彩云的黛玉"自悔不及"。而第二十四回，小红对贾芸的那个"下死眼把贾芸钉了两眼"，则被刘心武先生夸之为全书"第一眼神"②，等等。这些动人的眼色，不但让人物形象更显饱满生动，而且成为了推动情节发展的重要因子。在这么多

①　周汝昌. 红楼艺术［M］. 北京：人民文学出版社，2016：32.
②　刘心武. 刘心武续说红楼：眼神·拾珠·细处［M］. 重庆：重庆出版社，2012：5.

眼色中，曹公自然也没有忘记体态语言相当丰富的"男一号"贾宝玉，他的三次奇绝的眼色，使给了三个不同的对象，引出了三个动人的故事。

第一个眼色：最糟糕的眼色。

这可能是贾宝玉一生中最为糟糕也最为后悔的一个眼色，正是这个眼色，让他"老鼠进风箱——两头受气"。

第二十二回，最喜宝钗"稳重和平"的贾母亲自"蠲资二十两"，为"将笄之年"的宝钗过生日。生日宴会上，高兴至极的贾母还专门让贾府的戏班子过来助兴。贾母对其中一个小旦和小丑的表演特别喜欢，在晚宴结束后专门命人把她们带进来赐赏。奇不奇巧不巧，偏偏那个扮演小旦的戏子的相貌酷肖黛玉姑娘。当王熙凤说"这个孩子扮上活像一个人，你们再看不出来"时，宝钗笑而不答，宝玉也默然不言，但简单透明、"心直口快"的史湘云想也没想就笑着回答"倒像林妹妹的模样儿"，直接捅破了这层窗户纸。闻言顿觉大事不好的贾宝玉，立即"忙把湘云瞅了一眼，使个眼色"。

宝玉的这个"眼色"是什么意思？示意湘云不该这么说，也不要再说下去了，要不，林妹妹会不高兴的。不曾想，宝玉这个善意提醒的眼色，不但得罪了史湘云，而且得罪了林黛玉。

史湘云自然马上就读懂了宝玉的这个眼色。宴会刚结束，正准备"更衣"时，她就命令翠缕"把衣包打开收拾"，准备第二天一大早就回自己的家，并当着宝玉的面说"在这里作什么？——看人家的鼻子眼睛，什么意思"，直接对自己那么亲爱的"'爱'哥哥"摔了脸。当宝玉赶紧拉住她解释自己之所以使眼色，是因为"怕你得罪了他（林妹妹）"时，湘云依然不买账，当场摔开他的手，对他破天荒地说出了一大堆"冷言冷语"："你那花言巧语别哄我。我也原不如你林妹妹，别人说他，拿他取笑都使得，只我说了就有不是。我原不配说他。他是小姐主子，我是奴才丫头，得罪了他，使不得！"直把宝玉急得赶紧赌咒"我要有外心，立刻就化成灰，叫万人践踹"。正在气头上的湘云根本不吃宝玉这一套，不但对宝玉恶语相向，而且捎带着挖苦起了黛玉："大正月里，少信嘴胡说。这些没要紧的恶誓、散话、歪话，说给那些小性儿、行动爱恼的人，会辖治你的人听去！别叫我啐你。"然后，就再也不给宝玉解释辩白的机会，一径跑到贾母屋里"忿忿的躺着去了"。因为这一个眼色，"友谊的小船"竟然"说翻就翻"了。

"祸不单行"的是，林黛玉居然也看到了宝玉的这个眼色，而且听到了"晚间""更衣室"里他和湘云的那个"私谈"。所以，当在湘云那边得了"没趣"的宝玉去寻黛玉时，黛玉也没有给宝玉好脸色。她一是"推他"。宝玉的脚还没跨进门槛，黛玉就硬把他给推了出去，并立即"将门关上"，直接"宣布"他为"不受欢迎的人"。二是"不理"。被推出门的宝玉立在窗外不住地"吞声叫'好妹妹'"，但黛玉"总不理他"，始终"不解其意"的宝玉就一直"闷闷的垂头自审""呆呆的站在那里"。三是"恼怒"。后来黛玉以为宝玉走了，便开了门，当宝玉再问"原故"时，恼怒的黛玉给了他当头一顿训斥：她"冷笑"着说你们"拿我比戏子取笑"；她生气地指责他"你不比不笑，比人比了笑了的还利害呢"；她反问他"你为什么又和云儿使眼色？这安的是什么心？莫不是他和我顽，他就自轻自贱了"；最后她还直接抖出了"你又拿我作情，倒说我小性儿，行动肯恼。你又怕他得罪了我，我恼他"那宝玉与湘云说的"私房话"。

天哪！一个本因"怕生隙恼"而使的善意眼色，最后不但没得到一句感谢，反而还"落了两处的贬谤"。"情何以堪"的宝二爷，因此"越想越无趣"，越想越没劲，越想越感到"目下不过这两个人，尚未应酬妥协，将来犹欲为何"，越想越觉得"赤条条来去无牵挂"这句戏词是多么的通透而有深意，从而又犯上了"你证我证，心证意证。是无有证，斯可云证"的呆症。

第二个眼色：最温情的眼色。

这个眼色出现在第四十二回。

不知因为什么，这一天的黛玉显得特别兴奋。本来，她因为在宴会上行酒令时误说了"禁书"之词而刚刚被宝钗"教训"了一通，可能会比较郁闷，但出乎意料的是，她的兴致却特别地高涨。就在李纨召集大家在稻香村一起商讨诗社和惜春告假之事时，平时寡言少语的黛玉一反常态，又是有点过分地逗趣刘姥姥为"母蝗虫"，又是取笑惜春画这个园子"又要研墨，又要蘸笔，又要铺纸，又要着颜色，又要……""可不得二年的工夫"，又是调侃惜春画画时"别的草虫不画罢了"，但"昨儿'母蝗虫'"则必须画上、否则"岂不缺了典"……直把众人逗得"哄然大笑，前仰后合"，而全身伏在椅子背上的湘云更是笑得"连人带椅都歪倒"在了地上。

就在这时候，堪称"暖男"的宝玉做出了两个暖心的举动，他先是走过去把湘云扶了起来，与此同时又偷偷给黛玉使了个"眼色儿"。对宝玉的这个"眼色儿"，如果换作其他人，可能会云里雾里、不知其意，但他的林妹妹一见就马上"会意"，立即停止了逗笑，悄悄地"走至里间"。到"里间"做什么？照镜子。她"将镜袱揭起"，往镜子里一照，果然看到自己的"两鬓略松了些"。于是便"忙开了李纨的妆奁，拿出抿子来，对镜抿了两抿"，等到收拾妥当，再若无其事地回来，继续对李纨开起了玩笑。

从贾宝玉的这个"眼色儿"中，我们可以读到他对黛玉的那种特别的关心，在欢闹的人群中，他的眼光始终没离开黛玉，他知道黛玉是一个"质本洁来还洁去"的特别爱整洁的人，他也知道用什么方法给"两鬓略松"的黛玉以提醒。从贾宝玉的这个"眼色儿"中，我们可以读到黛玉对他的情意，同样是对宝玉那善意提醒的眼色，史湘云读懂了，却与他翻了脸；林黛玉读懂了，那悄悄理妆的动作中浸润着对宝玉的感谢。从宝玉的这个"眼色儿"中，我们还可以读到宝黛之间那常人所无法企及的默契，那特别的心有灵犀和神意相通。眼色是一种非语言的特殊信号，你"使"出了眼色，对方能不能及时接收到这个信号？是不是马上读懂了其中的意思？不仅要靠悟性，还离不开情意和心灵的交融。

第三个眼色：最奇绝的眼色。

如果说宝玉和黛玉之间因为有着心灵的默契而能够很容易地读懂对方的"眼色"，那么，芳官居然也能够一下子读懂宝玉那"奇绝"的眼色，则让读者颇有些惊诧。

宝玉对芳官使的那个眼色发生在第五十八回。那一天正是清明，宝玉想去瞧瞧黛玉，路上巧遇藕官因在园里烧纸而被一个婆子揪住要到"厅上讲去"，便主动揽责，"救下"了藕官。事后，当宝玉向藕官询问为何烧纸的缘故时，藕官卖了个关子，让他去问芳官。回到怡红院的宝玉又遇到了芳官干娘在欺侮、打骂芳官，待事情平息，在袭人、晴雯和芳官"服侍"宝玉吃完晚饭也准备"出去吃饭"时，宝玉突然"使个眼色与芳官"。

这是宝玉最为奇绝的一个眼色。之所以说它奇绝，原因有三：一是因为"'使眼色'之人"。宝玉使这个眼色的对象，竟然既不是与宝玉最为亲近的湘云与黛玉，也不是与他最为贴身的丫头袭人和晴雯，而是那看上去在距离上差了一大截的芳官。二是因为"'使眼色'之时"。当时宝玉刚吃好了半碗粥，"盥漱已毕"，而袭人等丫头们也准备"出去吃饭"，就在这人多事杂的时候，宝玉使了这个眼色，而芳官竟然也注意到了。三是因为"'使眼色'之意"。眼色的内涵很丰富，在不同环境不同场合都会有不同的意思。当时宝玉突然使出的那个眼色，其实可以有多种理解：或是对芳官"破格"贴身服侍自己的肯定，或是对芳官服务之周到细致的赞许，或是给无端被欺而受了委屈的芳官以安慰……但"本自伶俐""何事不知"的芳官，竟然读懂了宝玉的意思，读到了宝玉是有话要对自己单独说，于是便马上"装说头疼不吃饭了"，继而在众人都出去吃饭时独自留了下来。然后，在宝玉的询问下，芳官就说出了藕官与蕊官那种"你恩我爱"的特殊关系。当宝玉听到藕官那样的"呆行"，其"呆性"也进一步膨胀，"不觉又是欢喜，又是悲叹，又称奇道绝"，发出了一段正常人很难搞懂的什么"诚心"、什么"洁净"之类的警世之语与惊人之叹。

值得玩味的是，袭人到底有没有看到宝玉的这个眼色？曹公没有明白的答案，他所告诉我们的是，袭人一听芳官说"头疼不吃饭了"，便马上下了一道让宝玉和芳官都极为满意的"指令"："既不吃饭，你就在屋里作伴儿，把这粥给你留着，一时饿了再吃。"

情深意切的"心语"

当今男女表达情爱时说得最多的是哪三个字？答案一定是"我爱你"。不管是男人还是女人，不管是年轻人还是老人，不管是富人还是穷人，都约定俗成地把"我爱你"视作爱的信誓，它几乎成了互诉衷肠、打开爱情之门的"万能钥匙"。于古人常常羞于启齿的这三个字，到了今人的嘴边，则成了动不动就可跳蹦出来的廉价口语。

但真正的"爱"，并不是在嘴上把"我爱你"的旋律唱得如何地美丽动人，而应该是在具体的行动上践行着"我爱你"的庄严诺言。《红楼梦》的伟大之一，便是塑造了贾宝玉与林黛玉这一对在仙界就有木石前盟、在凡间又演绎了一场离合悲欢的年轻人的爱情故事。这一对两情相悦、两心相牵的"冤家"，自始至终都没有向对方表白过"我爱你"的海誓山盟，然而，他们的爱情却是心有灵犀、感天动地，成为了数百年来的经典传奇。在小说前八十回中，贾宝玉除了在误将袭人认作黛玉时表白过"睡里梦里也忘不了你"的话之外，至少还有三次用不同的三个字向黛玉坦露了心声，细细品赏，那可是比"我爱你"来得更为动人、更为情深意切。

第一次："一同走。"

第八回，在薛姨妈的盛情邀请下，前后脚来探望宝钗的宝玉和黛玉都留下来在梨香院用餐，那好酒好菜加上好心情，让"心甜意洽"的贾宝玉不由得多喝了几杯。待到吃完饭、喝完茶后，准备回去的黛玉问宝玉"你走不走"，这时候，已经喝得"乜斜倦眼"的贾宝玉却不假思索地脱口回答："你要走，我和你一同走。"

"你要走，我和你一同走。"这可以说是史上最为动人的"爱情誓言"之一！早在几千年之前，我们的先人就已经告诉我们什么才是真爱：真正的爱情就是要"执子之手，与尔偕老"。携着你的手，不管风吹浪打，不管"道阻且险"，始终与你一起跋涉在人生的路上，两情相悦，"莫失莫忘"；两手相牵，"不离不弃"。你不走，我也不走；你走，我就和你一起走，咱们始终在一起。在一起，就是两相厮守、相濡以沫；就是同舟共济、甘苦与共。

脂砚斋在这句话后有个"侧批"："妙答。此等话，阿颦心中最乐。"黛玉自然最为开心。这不，听到这句回答后的黛玉，再也不是那个对李嬷嬷又是"冷笑"又是讥为"老货"的刻薄女孩了，再也不是那个借雪雁送"小手炉"而无情奚落宝玉的敏感小性的姑娘了，她一下子变成了一个贤惠温顺、柔情脉脉的"乖乖女"，主动帮宝玉整理头上的装束："轻轻笼住束发冠，将笠沿披在抹额之上，将那一颗核桃大的绛绒簪缨扶起，颤巍巍露于笠外。"你看，那"轻轻"的"笼""束"，那柔柔的"披""扶"……一连串的动作，显得小心翼翼、柔情万种。等"整理已毕"，她又细细"端相了端相"，然后才让他"披上斗篷"。这就是"一同走"这三个字使黛玉产生的"化学反应"。

你不能不佩服曹公的良苦用心，他把和宝玉项圈上"莫失莫忘"相对应的"不离不弃"这四个字烙刻在宝钗的颈饰上，但又让宝玉向没有玉也没有金锁的黛玉作出了"一同走"的表白，从而编排了一出让人心动、让人唏嘘的人生错位剧。

第二次："你放心。"

嘴上许着"我爱你"的诺言，而身上却行着与之完全相反的行径，自古以来，这样的人不是个例。也正因为这样，"我爱你"这三个字，在现实中常常有着强烈的反讽意义。相比而言，贾宝玉在情急之中说出的另外三个字则更加感人肺腑、更加感天动地，那三个字就是："你放心。"

"你放心"，出现在第三十二回。当时，心有戚戚的黛玉，怕宝玉因有麒麟而"借此生隙，同史湘云也做出那些风流佳事来"，便鬼使神差地去了怡红院。她刚走到窗外，就听到宝玉在湘云面前"一片私心""称扬"自己，竟然一点也不回避与自己的"亲热厚密"，顿时感动得"不要不要的"。"又喜又惊，又悲又叹"的黛玉在悄悄抽身离去时，刚好又被"忙忙的穿了衣裳出来"的宝玉看到。宝玉见黛玉"似有拭泪之状"，就急忙赶上来，关心地连问她三个问题："妹妹往那里去？怎么又哭了？又是谁得罪了你？""勉强笑"着的黛玉谎称自己没哭，宝玉一语戳穿了黛玉的谎言，并"一面说，一面禁不住抬起手来替他拭泪"。面对宝玉如此亲热大胆的举动，黛玉赶紧后退几步。但当黛玉见自己的那句"你死了倒不值什么，只是丢下了什么金，又是什么麒麟，可怎么样呢"的"酸话"也把宝玉说急了时，她急忙一面赔笑，"一面"也"禁不住近前伸手替他拭面上的汗"。然后，曹公就有了下面一段文字：

> 宝玉瞅了半天，方说道"你放心"三个字。林黛玉听了，怔了半天，方说道："我有什么不放心的？我不明白这话。你倒说说怎么放心不放心？"宝玉叹了一口气，问道："你果不明白这话？难道我素日在你身上的心都用错了？连你的意思若体贴不着，就难怪你天天为我生气了。"林黛玉道："果然我不明白放心不放心的话。"宝玉点头叹道："好妹妹，你别哄我。果然不明白这话，不但我素日之意白用了，且连你素日待我之意也都辜负了。你皆因总是不放心的原故，才弄了一身病。但凡宽慰些，这病也不得一日重似一日。"//林黛玉听了这话，如轰雷掣电，细细思之，竟比自己肺腑中掏出来的还觉恳切，竟有万句言语，满心要说，只是半个字也不能吐，却怔怔的望着他。此时宝玉心中也有万句言语，不知从那一句上说起，却也怔怔的望着黛玉。

好一个"你放心"！好一个相互的"怔"望！一个瞬间的场景，成为了一个千古传诵的桥段。

什么是"你放心"？宝玉要黛玉"放心"的又是什么？宝玉没有说，但又分明说得很明白。这三个字中，有着坚守的承诺，有着深情的关切，你越细品便会越觉得其味醇厚、芳香沁心。你看黛玉的反应，听到宝玉没头没脑地说出这三个字，她猝不及防，但又马上"如轰雷掣电，细细思之，竟比自己肺腑中掏出来的还觉恳切"。与这三个字相呼应的，便是那个无声胜有声的"怔"状：两个人都是万语千言，不知从何说起，只是怔怔相望。什么是"怔"？怔，就是呆的顶峰，就是痴的极致；怔，意味着情郁乎中而不能流于言，情交于心而只传于眼。这个"怔"的场景，恰似柳永词中那个"执手相看泪眼，竟无语凝噎"感天动地的辉煌瞬间。

"姣花照水""弱柳扶风"的黛玉无疑是幸运的，如此情深意切的三个字，贾宝玉只向她作了表白，而且还不止表白了一次，第三十四回黛玉去探望挨打后的宝玉时，宝玉又一次对"两个眼睛肿的桃儿一般，满面泪光"的黛玉坦陈心衷："你放心，别说这样话。就便为这些人死了，也是情愿的！"这样的倾心表白，这样的惊人默契，对宝钗与湘云来说，也许是一辈子遥不可及的奢望。

第三次："一处活。"

与"一同走""你放心"同样动人的深情表白，在小说前八十回还有另外三个字，那便是第五十七回的"一处活"。

表面上看，这个词是宝玉对紫鹃说的。作为与黛玉不似闺蜜胜似闺蜜的紫鹃，为了黛玉，她大胆地对宝玉以一个谎言相试，结果差点让宝玉付出了性命，但也试出了宝玉对黛玉的那种包括宝钗在内的其他女孩所无法替代的深情。这一试，让宝玉意识到：自己的生命中究竟谁是最重要、最离不开的人？因为这个人，他又疯又痴；因为这个人，他又傻又呆；也因为这个人，他又死又活。他用他的痴傻甚至于违反伦理纲常的表现，诠释了什么是真情，宣誓了什么是真爱。

当他明白了戏语、康复了身体之后，在奉贾母之命而临时陪伴守护自己的紫鹃即将回潇湘馆之时，他与紫鹃有一段颇为私密的对话，这段私语的中心内容概括起来就是"三个一"：一是"咬牙切齿"地发出了一个奇妙之绝的誓词："我只愿这会子立刻我死了，把心进出来你们瞧见了，然后连皮带骨一概都化成一股灰，——灰还有形迹，不如再化一股烟，——烟还可凝聚，人还看见，须得一阵大乱风吹的四面八方都登时散了，这才好!"一是向紫鹃提出了一个大胆的请求。宝玉请求紫鹃能够将她的一面"小菱花"镜子留下，他好"搁在枕头旁边，睡着好照，明儿出门带着也轻巧"。再一个就是说出了一句深情的"莡话"："活着，咱们一处活着；不活着，咱们一处化灰化烟。如何?"什么是"莡话"？"莡话"就是"总而言之一句话"。这句莡话的关键词就是"一处活"，也就是说，生，我们在一起；死，我们也在一起，咱们生死相随、不离不弃!

这"三个一"的共同核心指向就是他想说而没说出的一句话：黛玉是我的唯一。这是多么大胆而又深情的表白！"魔力无形穿透/你心里/连呼吸/没逻辑/瞬间打开灵魂的默契/"（郭富城《我爱你》歌词），宝玉和黛玉这对"冤家"，不管分离聚合，总有剪不断理还乱、说不清去复来的爱恨情仇。这两颗年轻的心灵一下子贴得那么近，任你怎么拆也拆不散；一下子又离得那么远，好像一个在天涯一个在海角。也正是这样，这两位少男少女，在小说中演绎了一出又一出令人掬泪的动人传奇。

后果严重的"亲昵"

从小"厮混"在女孩堆中的贾宝玉，和女孩们在一起时，常会情不自禁地做出各种亲昵的举动。且不说他与两小无猜的黛玉之间那种"呵胳肢窝"、同床而卧等亲密无间的举止，就连对那些丫头们，他也时常会有出格的行为，比如与袭人"偷试""云雨"、给麝月"篦头"、替平儿"理妆"、向鸳鸯讨嘴上的胭脂以及与晴雯"渥手"甚至"同一个被窝"等。这些行为，于宝玉而言，是对那些水一样女孩发自肺腑的喜爱，大多数时候，那些女孩子要么是坦然接受，要么也是一躲了之，并没有产生多么不好的影响，只是为大观园"青春王国"的生活增添了不少情趣。但是，有三次过于亲昵随便的行为，却给宝玉带来了严重的后果。

（1）对彩霞的"一拉"。

彩霞是谁？王夫人的丫头是也。在小说中，也不知是因为什么，反正那个被凤姐骂为"上不了高台盘"、被自己亲妈啐为"下流没脸的东西"，甚至被莺儿斥为"连我也不放在眼里"的贾环，在彩霞的心中却占据着第一重要的位置。为了他，她与宝玉始终保持着距离；为了他，她在被王熙凤已经作媒许配给旺儿之子时，还命自己的妹子去央求赵姨娘，为能与贾环成就"好事"而作最后一搏。

第二十五回，宝玉参加了舅舅的生日宴后回到王夫人那里，喝了酒的宝玉"在王夫人身后倒下"后便叫彩霞"来替他拍着"。宝玉主动地与她"说笑"，但是彩霞的态度始终是"淡淡的不大答理"，而且眼睛还只向正在旁边帮王夫人抄经的贾环处看。当宝玉"拉他的手"央求她"好姐姐，你也理我一理儿呢"时，你看彩霞的反应，她居然"夺了手"不肯，而且还说"再闹，我就嚷了"。

对习惯于与丫头们戏逗玩闹的宝玉来说，这样的"拉手"可以说是家常便饭，也很少会被拒绝。但这一次，他不但碰了一鼻子灰，而且差点还被毁了容。长期以来就因为"庶出""委琐"而被人轻视、被人责骂的贾环，见到宝玉当着自己的面、对自己的心仪女孩作出如此放肆大胆的举动，他的"心中越发按不下这口毒气"，于是，便"灵机一动""故意装作失手，把那一盏油汪汪的蜡灯向宝玉脸上只一推"，那蜡灯里的热油差点"烫瞎"了宝玉的眼睛。不仅如此，因贾环惹祸而被王夫人当众痛骂的赵姨娘，实在受不了"这场恶气"，接着便伙同马道婆使出了一个阴毒至极的"杀"招，以至于贾宝玉差一点被她们的"魇魔法"折磨得一命呜呼。

（2）对金钏的"一滴""一送"和"一拉"。

金钏，同样也是王夫人的丫头。很多读者读到金钏跳井自杀时，多半会痛骂王夫人"狠毒无情"。但王夫人也不是无事生非，自己的儿子对自己的丫头当着自己的面逗戏，甚至还往她的嘴里喂东西，而那丫头竟然也没有拒绝，这样的亲昵举动完全超出了正常的范围。

那一天正值盛暑之时，宝玉不知是哪根神经搭错了，竟然在午间来到了母亲的"上房内"。他看到了什么？"几个丫头子手里拿着针线"在"打盹儿"，母亲"在里间凉榻上睡着"，而金钏"坐在旁边"给王夫人"捶腿"，那眼睛已经"乜斜着""乱恍"。见此情景，促狭的宝玉先是走到金钏跟前"把他耳上带的坠子一滴"；再是掏出"身边荷包里带的香雪润津丹"，往她的口里"一送"；然后再把她的手"一拉"，与她打起了情、骂起了俏：一个说"等太太醒了我就讨"你，一个说"你忙什么！'金簪子掉在井里头，有你的只是有你的'"；一个悄悄告诉他"往东小院子里拿环哥儿同彩云去"的"巧宗儿"，一个笑着回答"凭他怎么去罢，我只守着你"……这无所顾忌的亲密之态，让躺着午休的王夫人再也忍无可忍，她立即"翻身起来，照金钏儿脸上就打了个嘴巴子"，并愤怒地骂道："下作小娼妇，好好的爷们，都叫你教坏了。"

宝玉的这一连串大胆逗戏的"无耻"之举，不料被他母亲王夫人发现，宝玉自己赶紧溜之大吉、一跑了之，但不能跑也不敢跑的金钏却遭受了大罪，不仅挨骂挨打，而且被直接驱逐出门。最后，这位"含羞忍辱"而又心性刚硬的女孩，迫不得已愤然投井自尽，为此付出了生命的代价。

（3）对紫鹃的"一摸"。

较之于前两者，宝玉对紫鹃的这"一摸"似乎显得最平常不过。

第五十七回，宝玉去探望黛玉时，发现黛玉"才歇午觉"，故"不敢惊动"她。看到紫鹃"正在回廊上手里做针黹"，他便对紫鹃询问黛玉"昨日夜里咳嗽可好了"。听到紫鹃"好些了"的回答后，他也长舒一口气，心里宽慰了许多。本来事情到这里也就可以结束了，没想到这位多事的公子哥儿，待看到紫鹃"穿着弹墨绫薄棉袄，外面只穿着青缎夹背心"时，心中又突生关切之情，不由自主地伸出手去"向他身上摸了一摸"。

其实，宝玉只是关心紫鹃身上的衣服暖不暖和。当他一摸发现紫鹃的衣衫比较单薄时，便提醒她"穿这样单薄"，不能"在风口里坐着"，否则容易生病，现在黛玉已经病了，万一紫鹃再生病，那可如何是好。让宝玉没想到的是，他的这一摸，却遭到了紫鹃的排斥。紫鹃一边批评他"别动手动脚的，一年大二年小的，叫人看着不尊重"，一边"便起身，携了针线进别房去了"。

这可完全出乎宝玉的意料！紫鹃的话像是给他当头浇了"一盆冷水"，可怜的宝二爷立即又陷入了痛苦之中：原来人是会长大的；原来长大之后男女是有别的；原来有别的男女是不能够再在一起随便说笑的，连摸一摸衣服都是使不得的；原来……"怔怔"呆呆的宝玉一时又进入了"魂魄失守，心无所知"的痴魔状态，以至于后来一个人"随便坐在一块山石上出神，不觉滴下泪来"，而且还一直"呆了五六顿饭工夫，千思万想，总不知如何是可"。到后来，更是一发而不可收，差点连自己的小命都给搭了进去。

境遇不一的"挨打"

　　作为一部以荣宁两府日常生活为中心内容的典范之作，《红楼梦》不但是中国传统文化的集大成者，而且"打破了""传统的思想和写法"①，小说的字里行间还散射出浓烈的生活气息。那些少男少女，那些主子仆人，在那个虚拟的大观园里，演绎着家长里短的悲喜人生。他们的悲欢离合，他们的酸甜苦辣，他们的恩怨情仇，都让读者为之动容、百品不厌。仅就那打人和挨打的场面来说，小说中也有不少经典的桥段，如王夫人打金钏的那一巴掌，探春对王善保家的那记响亮的耳光，王熙凤"拔下一根簪子"往丫头的嘴上乱戳，薛蟠抄起门闩对香菱"劈头劈面"的盖打，还有茗烟与金荣等在贾家学堂的群殴，芳官和"小伙伴们"与赵姨娘的群架等，都跃然纸上。在《红楼梦》前八十回，宝玉和薛蟠、贾琏这三位表（堂）兄弟，也都分别有过一次惊心动魄的挨打。那毒打，堪称他们此生最为惨痛、最为难忘的经历之一，其中的两人甚至还上了回目"头条"。他们虽然同样挨了毒打，但挨打的原因、挨打的情形和挨打后的境遇却截然不同。从他们的挨打中，我们不仅可以读出人物的思想和性格，读出情节的演变与发展，甚

---

① 鲁迅. 中国小说史略［M］. 北京：中国书籍出版社，2016：302.

至还可以读出小说的弦外之音和"草蛇灰线"的伏笔照应。

（1）从挨打的原因来看："不器""不堪"与"不为"。

这三个人的挨打，对宝玉和贾琏"施暴"的都是他们的父亲，而痛打薛蟠的则是本来与他没有"一毛钱关系"的柳湘莲。

宝玉的挨打发生在第三十三回。他父亲贾政之所以打他，主要有两个原因：一是忠顺亲王派长史官登门要人，起因是他们府上那个"做小旦的琪官""三五日不见回去"，后从别人那里打探到琪官"近日和衔玉的那位令郎相与甚厚"。长史官向贾政要人时，貌似客气地说"有一件事相求"，实则是直接上门"兴师问罪"，他还在现场找到了那条"红汗巾子"的证据，逼得宝玉只好"老实坦白"。二是贾环悄悄向贾政嚼舌"密告"，说是"宝玉哥哥前日在太太屋里，拉着太太的丫头金钏儿强奸不遂，打了一顿"，致使金钏"赌气投井死了"。这两个消息对贾政来说不啻是晴天惊雷，让他突然发现儿子居然不但"在家荒疏学业，淫辱母婢"，而且还"在外流荡优伶，表赠私物"，宝玉之辱没门楣、让"祖宗颜面何在"的"不器""不肖"程度远远超出了贾政的想象。于是，贾政顿生雷霆之怒，对儿子"大开了棍戒"。

薛蟠的挨打在第四十七回，挨打的原因也很简单，因为"确认错了眼神"。薛蟠自见过柳湘莲一次之后，便对他"念念不忘"，看到他"读书不成，父母早丧"，而且"素性爽侠，不拘细事，酷好耍枪舞剑，赌博吃酒，以至眠花卧柳，吹笛弹筝，无所不为"，就"不免错会了意"，误把他看成可玩可戏的"优伶"和"风月子弟"。于是，在赖大家那个为庆祝赖尚荣升职而置办的酒宴上再见到柳湘莲时，薛蟠竟付诸于行动，对他出言"不恭"、行为"不堪"，这直接激怒了柳湘莲。怒从心头起、恶向胆边生的柳湘莲当即设计诱薛蟠入瓮，给了他一顿终生难忘的教训。

相比于宝玉的"不器"和薛蟠的"不堪"，贾琏的挨打原因则让读者生出诸多同情，对他刮目相看。第四十八回，曹公通过平儿的口，讲述贾赦得知石呆子家里有"二十把旧扇子"，"全是湘妃、棕竹、麋鹿、玉竹的"，而且"皆是古人画画真迹，原是不能再有的"，便想据为己有，让贾琏去买。没想到那石呆子视扇胜命，抛出了宁可"饿死冻死，一千两银子一把我也不卖"的狠话。贾琏对其毫无办法，但不曾想贾雨村却"设了个法子"，讹了石呆子一个"拖欠了官银"的罪名，将人拿到了衙门，将他的扇子抄来转送给了贾赦。看到贾琏办不成的事情被贾雨村轻易办成了，贾赦便认为儿子办事不力、不作为，就打了他一顿。

（2）从挨打的情形来看："关门棒打""计诱痛打"与"站着混打"。

宝玉和薛蟠、贾琏三人的挨打之情形，都可以说是"惨不忍睹"。贾政对宝玉这个儿子虽然"大不喜悦"，但以前至多是严厉训斥，称之以"畜生""酒色之徒"，给之以"冷笑""断喝"，骂之以"仔细站脏了我这地，靠脏了我的门""明日若再不能，我定不饶"等，多是人格伤害层面的软暴力。而这次则完全升级为往死里打的硬暴力，那人命关天的案子，那与王府戏子的牵涉，使贾政意识到，宝玉的行为之恶劣、性质之严重，已经祸及贾政自己的事业前程，危及整个家族的未来命运。所以他发了狠心，要把宝玉"堵起嘴来，着实打死"。他先是关紧了大门，隔断了内外的联络；再是命小厮们把宝玉"按在凳上，举起大板打了十来下"；再是嫌小厮们"打轻了"，一脚把"掌板的""踢开"，夺过板子，亲自上阵，"咬着牙"往宝玉身上"狠命盖了三四十下"，直把宝玉打得动弹不得、气息奄奄，"由臀至胫，或青或紫，或整或破，竟无一点好处"。如果不是王夫人闻讯赶来，宝玉很有可能小命不保。

较之于宝玉的被打得死去活来，那被柳湘莲痛打的薛蟠则更像一条可怜的"落水狗"。听到薛蟠粗鄙不堪地在外面"乱嚷乱叫"是"谁放了小柳儿走了"，柳湘莲恨得"火星乱迸，恨不得一拳打死"，但因"碍着赖尚荣的脸面"不好当时发作，就设计把他骗到了郊外一个僻静的苇塘，然后给了他好一顿痛揍。柳湘莲先是用拳"砸"其后颈，将他打得"满眼金星乱迸，身不由己，便倒下来"；再是用掌"拍"其脸面，只几下就让他的脸上"开了果子铺"；再是用脚"点"其身体，将想努力"挣挫起来"的薛蟠又点倒在水中；然后是用马鞭"抽"其背胫，一连抽打了"三四十下"，使薛蟠酒醒大半，"疼痛难禁"得直喊"嗳哟"；后来是"拉"住其左腿，把他拖到"苇中泥泞处"，可怜的薛蟠被"滚的满身泥水""只伏着哼哼"。到最后又是接连一串重拳，并逼他喝苇塘里的脏水，把他整得"衣衫零碎，面目肿破，没头没脸，遍身内外，滚的似个泥猪一般"，而且把方才酒席上吃的东西全"都吐了出来"。平日里只知打人的薛蟠，这一次被人痛打的惨状，甚至比《水浒传》中被鲁智深打得动弹不得的"镇关西"郑屠也有过之而无不及。

相比而言，曹公对这三个人的挨打情形，笔墨用得最淡最少的是贾琏，总共只有区区 30 个字左右的描述："也没拉倒用板子棍子，就站着，不知拿什么混打一顿，脸上打破了两处。"这段话所传递给读者的信息非常有限，没有贾政打宝玉时、柳湘莲打薛蟠时那么细腻生动的动作、神态和语言描写，只有"站着""混打"等几个关键词。但从最后贾琏"脸上打破了两处"的结果来看，贾赦这一次兴之所至的打人行为也是够狠够毒的。俗话说，"打人不打脸，骂人不揭短"哪，你贾赦现在把儿子的脸都给打得破了相，这让他颜何以存、情何以堪哪！

（3）从挨打后的境遇来看："英雄""狗熊"与"笨熊"。

宝玉、薛蟠和贾琏三个人对这次挨打的态度完全不同。在宝玉心中，觉得这顿打挨得太值了，他跟黛玉表白心衷时说"就便为这些人死了，也是情愿的"，"这些人"是谁？应该就是被他视作知己的琪官们。他也在宝钗来探望时"心中自思"："既是他们这样，我便一时死了，得他们如此，一生事业纵然尽付东流，亦无足叹惜……""他们"是谁？就是那些为他伤心、为他动情的美丽女孩。为了那些人，他觉得自己挨打算不了什么，他可以抛弃自己的事业，他甚至也可以付出自己的生命。但薛蟠不然，这次毒打对薛蟠来说可谓是颜面扫地的"奇耻大辱"：打他的人，其身份地位远不如他"高贵"；打他的原因也站不住脚，原是"两家情愿"的事，不愿就拉倒呗，凭什么打人？打他的过程，更是又狠毒又残忍，根本不把他当人看。是可忍，孰不可忍？挨打后的薛蟠，身体"睡在炕上"，但嘴里咬牙切齿地"痛骂柳湘莲"，薛蟠甚至想要去"拆他的房子"，去"打死他"，去"和他打官司"，想好好地出这口恶气。至于贾琏对他那次挨打的态度，曹公在小说中没有叙述，但从他与父亲贾赦"为这点子小事，弄得人坑家败业，也不算什么能为"的辩解中，我们可以感觉到他对那次挨打多多少少显得并不很在乎。

他们三个人挨打后所享受到的待遇也大相径庭。宝玉可以说是因祸得福，挨打后几乎享受到了"英雄"般的礼遇，今天这个来慰问，明天那个来探望，宝钗给他送来了治伤的丸药，黛玉则哭得"两个眼睛肿的桃儿一般，满面泪光"，贾母和王夫人更是"护犊"心切，给了宝玉最好的保护。这次挨打带给宝玉的最大好处是：毒打他的父亲被贾母骂得威风扫地，"苦苦叩求认罪"，再也不敢轻易"造次"，宝玉从此就像脱了缰的野马一样，可以自由自在地在大观园里想干什么就干什么。相比而言，薛蟠就没有这样的好运了，来寻找他的那"猪队友"贾蓉等一见其苇塘里的惨状，不但不出手相助，反而还趣逗他是被龙王爷爱上了、要招他去做驸马，而且竟然还要把他抬到赖大家里去当众出丑；得了消息的贾珍不但没有立即过来探视，反而还笑他"须得吃个亏才好"；想帮他出口气、欲"遣人寻拿柳湘莲"的薛姨妈也被宝钗一席通情达理的"金玉良言"给劝住了；只有香菱一个人因他而"哭得眼睛肿了"。无脸见人的他，最后除了只能"装病在家，愧见亲友"和外出"躲躲羞去""逛逛山水"，再也没有什么其他高招。较之于宝玉"英雄"般的待遇和薛蟠"狗熊"般的遭遇，贾琏的境遇则显得更像一只"笨熊"。曹公虽然对此没有详细的描写，但从平儿向宝钗讲述的这个"新闻"来看，这可怜的琏二爷，在应对其父亲的无耻行为时，似乎还显得相对笨拙简单，缺少智慧。但不管怎么说，这个总喜欢拈花惹草的贾琏，在这次挨打中，也显示出了其良知未泯、坚守底线的一点英豪之气，从而使得他的形象也"高大"了不少，不但让平儿咬牙痛骂贾雨村是个"半路途中那里来的饿不死的野杂种"，并专门来向宝钗讨要可治贾琏"棒疮"的特效"丸药"，而且闻讯后的宝钗也是立即"命莺儿去要了一丸来"，并让平儿代为转告她的问候。

贾宝玉

○妙不可言的诸金钗

她们是水，水一般的柔情，水一般的智慧，
她们在大观园里流淌出一曲曲纯澈清爽的歌谣。
她们是梦，梦一般的动人，梦一般的迷离，
她们在大观园里编织出一个个青春奔放的梦想。
她们是诗，诗一般的优美，诗一般的清新，
她们在大观园里书写出一首首深情隽永的诗篇。

"七寸"之谑，让黛玉再无还手之力

有句俗语叫"打蛇打七寸"。"七寸"，是蛇最为致命的部位，蛇一旦被控制住了"七寸"，就失去了反击的力量。和蛇一样，每个人也都有自己的"七寸"，只要你能够找到对方的"七寸"，就可以一招制敌。作为大观园的"首席才女"，黛玉的身体虽然怯弱不胜，但其不俗的气质、细腻的心思、伶俐的口才和机敏的反应，让她在与宝玉和众姐妹的"交锋"中总能够占据着上风。但黛玉也有她的"七寸"，那就是姻缘。与其他女孩相比，这位有着"木石前盟"而决意"以泪还情"的绛珠仙子，这位父母双亡又寄居在外婆家的美丽女孩，更是将不染渣滓的真挚情缘，视作自己的精神寄托和此生最大的追求，看得比自己的生命还要重要。也许正因为如此，关于自己的姻缘这个话题，于黛玉而言，显得比其他女孩更为羞涩、更加不能言说。而姐妹们也正是抓住了她的这个弱点，在"斗嘴"时，只要围绕未来之姻缘给她来一个"七寸之谑"，黛玉就立刻像换了个人似的再无还手之力。在《红楼梦》中，因姻缘问题而被姐妹们戏逗调侃，黛玉可以说是最多的一位。

（1）湘云之戏逗："咬舌的林姐夫。"

小说中最先以婚姻大事对黛玉进行逗乐的是史湘云。

第二十回，湘云一登场亮相，其活泼可爱之本性便毕现于纸上。她见宝玉和黛玉两人粘粘乎乎、叽叽咕咕，就笑着对他们提出了批评："二哥哥，林姐姐，你们天天一处顽，我好容易来了，也不理我一理儿。"挨了批评的黛玉自然不会轻易就范，她立即抓住湘云说话"咬舌"的小疵，讽刺她"偏是咬舌子爱说话""连个'二'哥哥也叫不出来，只是'爱'哥哥'爱'哥哥的。回来赶围棋儿，又该你闹'幺爱三四五'了"。

听到黛玉居然拿自己的短处"做文章"，豁达开朗的湘云并没有勃然大怒，也没有乖乖地"缴械投降"。她先是批评黛玉"不放人""专挑人的不好"；再是以退为进，巧妙地通过两次转移话题，对黛玉反戈一击：第一次，她将话题转移到宝钗身上，说"你敢挑宝姐姐的短处，就算你是好的。我算不如你，他怎么不及你呢"。只这一句"哪壶不开提哪壶"的话，就让黛玉的心里泛起了浓浓的醋酸味，黛玉立即"冷笑"着回答"我当是谁，原来是他！我那里敢挑他呢"。在宝玉见势不妙、赶紧"用话岔开"时，活泼率直的湘云却再次使出"组合拳"，她笑着将话题转移到了黛玉的身上："这一辈子我自然比不上你。我只保佑着明儿得一个咬舌的林姐夫，时时刻刻你可听'爱''厄'去。阿弥陀佛，那才现在我眼里！"我"咬舌"，你不"咬舌"，那我希望你今后要找的夫君也是个与我一样"咬舌"的人。湘云只这简简单单的一招，便让黛玉"气急败坏"、方寸全乱，追着要去打她，嘴上还发着"毒誓"："我若饶过云儿，再不活着！"

（2）凤姐之调侃："给我们家做媳妇。"

第二十五回，众人集聚在怡红院，一起谈论着凤姐送来的暹罗进贡茶。在大家七嘴八舌地说那茶或"味倒轻"，或"颜色不大很好"，或"没什么趣儿"时，黛玉却给出了一句"我吃着好"的点评。宝玉和凤姐一听就都争着要把茶叶送给她，黛玉欣然接受，表示"果真的，我就打发人取去了"。这时凤姐阻止了她，说"我明日还有一件事求你，一同打发人送来"。让大家没想到的是，黛玉闻言后居然没事找事，立即对凤姐发起了"攻击"："你们听听，这是吃了他一点子茶叶，就来使唤我来了。"

这时的黛玉可是找错了"攻击"的对象。凤姐是什么人？她可是"脂粉队里的英雄"哪！她岂容得黛玉当众"丑化"自己，看到黛玉向自己"飞来一刀"，她不避不躲，马上笑着"还以一枪"："你既吃了我们家的茶，怎么还不给我们家作媳妇？"这句话巧妙地通过偷换概念，将自己送给大家分享的茶叶引申到了习俗聘礼中的茶叶，把简单的"送茶""吃茶"变成了男方发聘礼、女方"作媳妇"。"这一枪"击中了黛玉的"软肋"，不但活跃了现场的气氛，而且让黛玉迅即"红了脸，一声儿也不言语，回过头去了"。

本来这事也就到此为止，但不曾想李纨竟笑着夸赞"真真我们二婶子的诙谐是好的"，于是，憋着一口气正恨没处出的黛玉又回过头来啐着回击："什么诙谐，不过是贫嘴贱舌讨人厌恶罢了。"凤姐见此情景，立马乘胜追击："你别作梦！你给我们家作了媳妇，你想想——"并指着宝玉逼问黛玉："你瞧，人物儿、门第配不上，还是根基配不上？模样儿配不上，是家私配不上？那一点玷辱了谁呢？"这一连串如机关枪子一般的发问，直让黛玉再也无力招架，急得"起身要走"。可以说，凤姐的这个玩笑，既是一次应景的急智逗趣，也是对黛玉之心思的一次巧妙试探。

（3）宝钗之打趣："忙碌的如来。"

依然是在第二十五回，因被马道婆施法而得了"魔魔"之症的宝玉和凤姐，在癞头和尚独特"药方"的救治下，终于渐渐醒来，并开始进食。听到两人"吃了米汤、省了人事"的消息，众人都松了一口气，黛玉更是情不自禁地"念了声'阿弥陀佛'"。正是这一声"阿弥陀佛"，成了宝钗逗趣的引子。

宝钗闻声先是回头看了黛玉"半日"，嘴上发出了"'嗤'的一笑"；在众人因"不会意"而问她笑什么时，宝钗的回答很是俏皮，竟然隔空打起了如来佛的趣："我笑如来佛比人还忙：又要讲经说法，又要普渡众生；这如今宝玉与二姐姐病了，又是烧香还愿、赐福消灾；今儿才好些，又要管林姑娘的姻缘了。你说忙的可笑不可笑。"

在这样的公众场合，宝钗敏锐地捕捉到了黛玉那不自觉地流露出来的潜意识，并来了个意味深长的打趣。这个打趣照应了凤姐先前对黛玉说的"给我们家作了媳妇"的调侃，再次旁敲侧击地点破了黛玉埋藏在心底的那个"小九九"，让黛玉闻言又"不觉红了脸"，一边"啐"她"你们这起人不是好人，不知怎么死！再不跟着好人学，只跟着那些贫嘴恶舌的人学"，一边又急又羞地"三十六计，走为上计"，赶紧"摔帘子出去了"。

(4) 探春之雅谑："想林姐夫"的"潇湘妃子"。

第三十七回，探春发起了创建大观园诗社的倡议，宝玉和众姐妹聚在一起，兴致勃勃地给自己取起了雅号。李纨自名为"稻香老农"，而"最喜芭蕉"的探春则给自己冠名为"蕉下客"，在众人纷纷称赞探春的雅号"别致有趣"时，一旁的黛玉却突然卖弄了一下自己的学问，以"蕉叶覆鹿"的典故促狭地将探春调侃为蕉下之鹿，让众人"快牵了他去，炖了脯子吃酒"。

见黛玉如此耍弄自己，机敏的探春当即以牙还牙，用另一个"湘妃竹"的典故反唇相讥："当日娥皇女英洒泪在竹上成斑，故今斑竹又名湘妃竹。如今他住的是潇湘馆，他又爱哭，将来他想林姐夫，那些竹子也是要变成斑竹的。以后都叫他作'潇湘妃子'就完了。"你抓住我的"蕉下客"讥我为蕉下之鹿，我便抓住你潇湘馆多竹子的特点讽你为"湘妃之竹"；你让众人把我这只蕉下之鹿"炖了脯子吃酒"，我就将你喻为是因"想林姐夫"而泪成"斑竹"的"潇湘妃子"。探春的这个回击既高雅应景，又击中了黛玉的痛点，让众人都纷纷"拍手叫妙"，让黛玉又"低了头方不言语"。

(5) 李纨之玩笑："得一个利害婆婆。"

应该说，平日里"槁木死灰一般"的李纨之所以也会将逗趣的目标瞄准黛玉，原因还在于黛玉自己。

第四十二回，李纨将诗社众成员召集起来，共商惜春告假之事，但黛玉也许是因为听了宝钗的肺腑"兰言"而过于激动兴奋的缘故，在聚会上显得很不安分，不住地打趣逗笑，惹得众人笑作一团，她自己也因为"得意忘形"而"两鬓略松"。更出乎意料的是，从里面整理好妆容出来的黛玉不但没有适可而止，反而又向李纨"开起了炮"，直接批评她本该"带着我们作针线教道理"，而不该"反招我们来大顽大笑的"，将聚会"跑偏"的责任归结到了李纨的身上。

明明是你黛玉自己在促狭捣鬼，现在又反而归责于我？终于被"惹毛了"的李纨也立即吹响了反击的号角。她的反击方式和凤姐一样，上来就直接点中了黛玉的"死穴"："你们听他这刁话。他领着头儿闹，引着人笑了，倒赖我的不是。真真恨的我只保佑明儿你得一个利害婆婆，再得几个千刁万恶的大姑子小姑子，试试你那会子还这么刁不刁了。"李纨的这一招立马见效，她虽然没有明指那"利害婆婆"是谁，但立即让黛玉"丢盔卸甲"，再也不敢应战。"红了脸"的黛玉马上掉转了"枪头"，"拉着宝钗"又主动重新回到了会议的主题："咱们放他(惜春)一年的假罢。"

(6)薛姨妈之主意："把你林妹妹定与他(宝玉)。"

第五十七回是相当动人的一回，黛玉认了薛姨妈为干娘，从而与宝钗成为了关系更近一层的姐妹。

这一回，她们三人在一起时，宝钗又开起了黛玉的玩笑，让薛姨妈明儿去求老太太，将黛玉许配给自己的哥哥薛蟠。黛玉闻言便"上来要抓"宝钗，薛姨妈赶紧"笑劝"，说薛蟠太不争气，"连邢女儿我还怕你哥哥糟踏了他"，更不用说黛玉了。然后薛姨妈不知怎的，又突发奇想，竟然提出了一个"四角俱全"的主意，想建议老太太把"林妹妹定与"宝玉。

闻听此言，黛玉顿时又"红了脸""啐了宝钗一口"，并"拉着宝钗"说"我只打你！你为什么招出姨妈这些老没正经的话来"。薛姨妈的这个主意再一次点破了黛玉那魂牵梦绕却不好告人的心思，黛玉虽然在嘴上批之为"老没正经"，但内心却又泛起了层层的涟漪。这不，当紫鹃闻言后立即跑来劝薛姨妈赶紧与老太太说去，却被薛姨妈打趣是不是"想必催着你姑娘出了阁，你也要早些寻一个小女婿去了"时，黛玉先是骂紫鹃"又与你这蹄子什么相干"，再是开心地笑话紫鹃"阿弥陀佛！该，该，该！也臊了一鼻子灰去了"。

这些有趣的戏逗都是以黛玉的姻缘作为"靶子"，不管其姻缘的对象有没有明确的指向，但都会让黛玉以及他人直接联想到那位两小无猜的欢喜冤家——宝玉。听到这样的戏谑，素向伶牙俐嘴的黛玉就像被人"打中了七寸"，除了低头、脸红或者"啐骂"走人，便别无他法。从她的低头、脸红之中，我们所读到的，不仅是青春美少女的娇羞可爱，更有荡漾在黛玉心尖的那莹莹波光。但不管是有意还是无意，也不管是雅谑还是俗侃，这些生动的打趣，所传递出的只是看似美丽动人实则虚无飘渺、看似近在咫尺实则遥不可及的幻梦。而且，这梦想越美丽、越动人心魄，一旦破碎，那么其结局往往也就变得越残忍、越令人心碎。脂砚斋在甲戌本二十五回有个"侧批"："二玉事，在贾府上下诸人，即看书人、批书人皆信定一（段）[双]好夫妻，书中常常每每道及，岂其不然，叹叹!"品赏着这些众望所归的"七寸之谑"，再联想到黛玉那"冷月葬花魂""焚稿断痴情"的悲情结局，读者的心里自然会生出一种腥涩的苦味、泣血的痛悲。

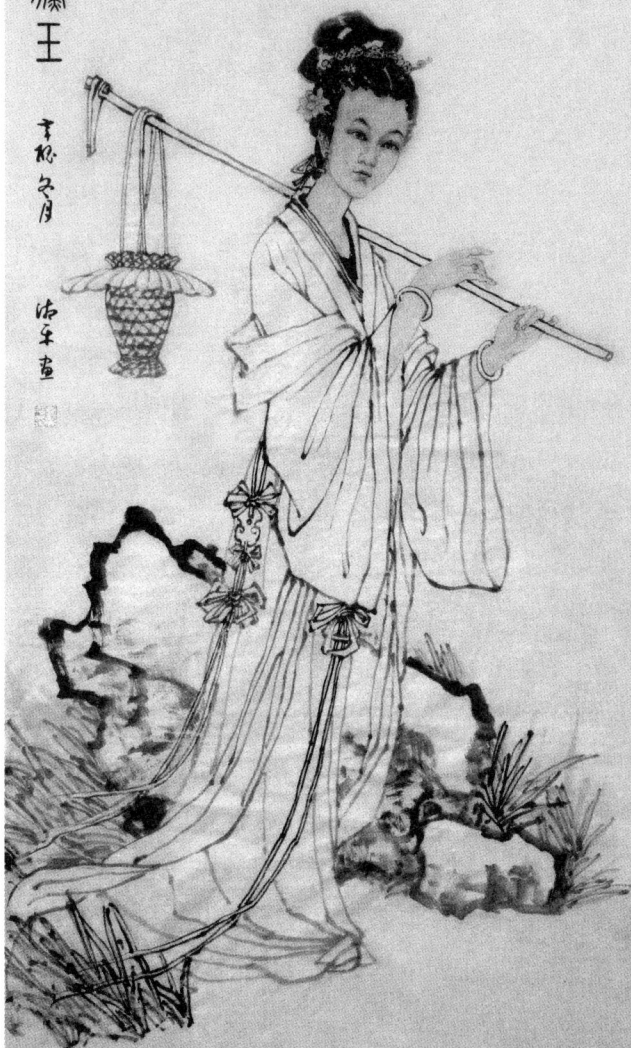

宝钗：靠什么"圈粉"无数？

在《红楼梦》诸金钗中，宝钗是一个最让人看不透，也最让人说不尽的人。自小说一问世，她便和黛玉一起鲜活在小说中，成为了家喻户晓、妇孺皆知的人物。这位"以备选择为公主、郡主入学陪侍，充为才人、赞善之职"而入京的女孩，为人处世之成熟与其年龄极不相称，读者对她的态度也迥然不同：褒之者誉其为圆融周全、妩媚动人的"白富美"；贬之者则讥其为世故老成、狡诈行奸的"心机女"。

尽管贾母批评她的蘅芜苑过于"素净"，像"雪洞一般"，尽管贾政觉得她制作的"朝罢谁携两袖烟，琴边衾里总无缘"之灯谜有"不祥"之感，尽管黛玉曾经认为她"心里藏奸"，尽管凤姐还在背后讥讽她总是"不干己事不张口，一问摇头三不知"，但这都无法遮掩她身上那夺目的光彩：她伶俐而知进退，博学而懂礼仪，贤淑而会生活；她集美貌与智慧于一身，聚贤德与高贵于一体。在前八十回中，曹公一共让她七次出现在回目，第五十六回"时宝钗小惠全大体"的回目中甚至还冠以"时"之评价。为什么是"时"？识得时务，懂得时势，既"安分随时"，又机变待时。就在这五十六回，李纨和探春轰轰烈烈地在大观园推出了承包责任制的改革，宝钗起先只是作壁上观，但在关键的两个时刻，她从旁观者变成了参谋者，并先后提出了三个事关改革之成效的关键建议。

第一个建议：让谁来承包？作为改革的大胆尝试，谁来承包这个问题至关重要。李纨和探春将众婆子媳妇"一齐传来""大概告诉与他们"园子管理拟实行承包制的情况后，大家的反应非常强烈，都"无不愿意"，有的当即按捺不住激动的心情，主动请缨承包竹子、稻地。此时的宝钗在旁边一言不发，几乎让人忘记了她的存在。直待"众婆子去后"、探春主动问她"如何"时，宝钗才微笑着不紧不慢地说了一句："幸于始者怠于终，缮其辞者嗜其利。"意思是：开始兴头很高的人，最终往往会很懈怠；喜欢花言巧语的人，往往爱占便宜。这短短的十四个字，显现出宝钗那超常的冷静和对人性的深刻洞察力。无论是管理还是改革，人，都是最重要的因素。是不是懂人？会不会用人？如何去识人？都决定着改革的成败。宝钗的这句话虽然没有点出具体的承包人选，但给探春和李纨明确了用人的标准，从而为她们确定相应的人选铺好了道路。

第二个建议：利益怎么分？探春之所以要力推改革，最直接的考虑就是兴利除弊、开源节流。园子里的相关项目通过分类实行承包责任制，往少里说可以为贾府每年节省约四百两银子，各承包人还可以获得数量不等的赢利。这节省下来的经费和赢利怎么处置？探春和李纨的意见是：这些钱不必再"每年归账"到"账房"，而应该"归到里头来才好"，也就是可以成为大观园里的"小金库"。但宝钗的识见却比她们更高一筹，她认为"里头也不用归账"，她敏锐地看到了如果变成"小金库"，那么不仅违规，而且万一"这个多了那个少了，倒多了事"；她还进一步提出，可以让承包者从赢利中"拿出若干贯钱来，大家凑齐，单散与园中这些妈妈们"，使得那些没有机会承包的人也能够有获得感，分享改革的"红利"。这个建议一提出，便让她"圈粉"无数，众婆子媳妇还没等李纨、探春表态，便都"各各欢喜异常"，一致举双手赞成。

第三个建议：花草谁负责？这实际上依然是承包人的问题。承包责任制的实施，对承包人而言，是一个看得见的"香饽饽"，因此众婆子媳妇都争相承包。什么人可以来承包？李纨和探春确定了两条基本原则：一是

"本分老诚"，二是"能知园圃的事"，用现在的话来说，也就是"德才兼备"。在"斠酌"打理花草的人选时，平儿提议可以让莺儿的妈妈来负责，但立即遭到了宝钗的否定。宝钗清醒地意识到：这种好事，园子里面的人都还不够分，如果让自己丫头的妈妈来负责打理花草，那么自己很可能会成为众矢之的，被人"看小"。于是，她当即表示这"断断使不得"，继而又恰到好处地提出了另一个合适的人选：茗烟的娘，也就是"老叶妈"。她给出的理由相当充分：一是叶妈为人诚实，符合第一条"本分老诚"的原则；二是与莺儿的娘关系极好，有不懂的，可随时向莺儿妈"商议"请教，"知园圃的事"也不是问题。

这样的宝钗，怎能不让人叹服！

端庄贤淑、稳重得体、虑事细密、为人圆融……诸如此类的词语，只要你能想得到，就全都可以用在宝钗的身上。宝钗，这位在太虚幻境档案中被定性为有"停机"之德的"山中高士"（第五回），在小说中有着太多"感动红楼"的故事：湘云一激动夸下"作东"之海口，她主动对湘云伸出援手，帮助策划了一个别开生面的螃蟹宴和菊花诗会；香菱临时入园后，因可以和姐妹们一起学诗写诗而兴奋至极，她冷静地教导香菱应先"从老太太起，各处各人你都瞧瞧，问候一声儿……回来进了园，再到各姑娘房里走走"；黛玉行酒令时不慎说出了禁书中的诗词，她没有声张，而选择了一个无人之时与黛玉交心谈心，以一席"兰言"消解了黛玉的"疑癖"；自己的哥哥从外面带回来一些礼物，她"一分一分配合妥当"，分送给众位姐妹，甚至连那个"上不了高台盘"的贾环也没忘记。还有，第五十七回，对邢岫烟这么一个因家业贫寒而来投奔贾府的女孩，她同样在不动声色中将特别的爱给了特别的岫烟。按曹公在小说中的设计，这天宝钗遇到岫烟，并不是有意的安排，而是去探瞧黛玉路上的偶遇。但就是这一偶遇，却成为了岫烟人生路上的"小确幸"，而这"小确幸"的降临，离不开宝钗的眼中有人和心中有爱。

其一，宝钗特别注意到岫烟的身上"少"了。少了什么？少穿了衣服。天气还这么冷，岫烟却没有穿御寒的衣衫，而是"全换了夹的"。宝钗见此情景，就立即"含笑唤他到跟前"，待一起"走至一块石壁后"再询问原因，然后便知晓了岫烟的生活窘境：月例钱要省出一两送给爹妈，日常用品只得在"二姐姐"迎春那里"揩油"，而二姐姐的"妈妈丫头"那边还要不住地打点，实在没办法，只得"悄悄的把绵衣服叫人当了几吊钱盘缠"。宝钗了解真相后，立即给岫烟支了两招：一是要耐得住心。如果"有人欺负你，你只管耐些烦儿，千万别自己熬煎出病来"，自己的身体最要紧。二是要放得下脸。对那些难缠的"妈妈丫头"等，索性将你还有的一两银子也"给了他们"，他们要"尖刺"就让"他们去尖刺"，你自己"倘或短了什么"，千万千万"别存那小家儿女气，只管找我去"，有困难找"我"！

其二，宝钗特别注意到岫烟的身上"多"了。多了什么？多了样饰品。细心的宝钗看到岫烟的裙子上比先前多出了一个"碧玉珮"，当她知道那是探春赠送的之后，便语重心长地给了岫烟一段入情入理的开导和教诲。她先是表扬了探春的聪细，因"见人人皆有，独你一个没有"而以此相送；再是劝导岫烟要"一色从实守分为主"，不要和别人攀比；而且她在劝导时不是直言相告，而是以自己为例，说自己原来也喜欢这样的"富丽闲妆"，但现在"从头到脚"都没有了。当岫烟闻言当即表示要"回去摘了"时，她又笑着教导岫烟不能摘下，只要心中明白就行，因为那里面有探春的一份情意。

最最重要的是，此后，宝钗更做出了实际行动，让岫烟回去后"把那当票叫丫头送来，我那里悄悄的取出来，晚上再悄悄的送给你去，早晚好穿，不然风扇了事大"。两个"悄悄的"，既很好地照顾了岫烟的面子，又契合了她平时"倒暗中每相体贴接济"的做事风格。试想，如果不是特别的细心，宝钗就不可能注意到岫烟身上的那一"多"一"少"；如果不是特别的关心，宝钗也就不会妥善解决好岫烟那张"当票"的实际问题。而且，当她听到岫烟当衣服的那家铺子就是薛家的之后，还开了一个轻松的玩笑："伙计们倘或知道了，好说'人没过来，衣裳先过来'了。"一件正经而严肃的事就这样被她在谈笑之间搞定。

这样的宝钗，怎能不让人敬重！

这位知书识礼、端庄得体，既会当家又善管理、既能做事又有雅量的女孩，她的身上除了那超乎年龄的老成持重、沉稳成熟之外，其实，也不失少女的娇羞和纯美。第二十七回，见到一对"迎风翩跹，十分有趣"的"玉色蝴蝶"，她便兴致勃发，拿着扇子直扑得"香汗淋漓，娇喘细细"；第三十四回，去探望遭受毒打的宝玉时，她情不自禁地说出了"早听人一句话，也不至今日。别说老太太、太太心疼，就是我们看着，心里也（疼）……"的深情之语，但"刚说了半句"又"自悔说的话急了"，就"红了脸""低下头只管弄衣带"，那种"娇羞怯怯"的模样，任谁都会"我见犹怜"；第五十七回，听到母亲讲述月老故事时突然提到了自己和黛玉的婚姻大事时，她立即"伏在他母亲怀里"撒娇，完全是小女孩清纯可爱的情态。

宝钗的可爱聪灵还体现在第五十六回。当时，探春决意"兴利除弊"，分析了大观园实行承包管理的四大好处，在旁边的平儿闻言便说："这件事须得姑娘说出来。我们奶奶虽有此心，也未必好出口。此刻姑娘们在园里住着，不能多弄些玩意儿去陪衬，反叫人去监管修理，图省钱，这话断不好出口。"也就是说，凤姐也早"有此心"，只是"未必好出口"，因为里面住着的是至亲至爱的"姑娘们"；现在探春你自己"说出来"，显得既有见识，又有勇气。平儿的话，一方面肯定了探春的意见，另一方面又维护了王熙凤的威信。闻得平儿如此说，最精彩的便是宝钗的反应：

> 宝钗忙走过来，摸着他的脸笑道："你张开嘴，我瞧瞧你的牙齿舌头是什么作的。从早起来到这会子，你说这些话，一套一个样子，也不奉承三姑娘，也没见你说奶奶才短想不到，也并没有三姑娘说一句，你就说一句是；横竖三姑娘一套话出，你就有一套话进去；总是三姑娘想的到的，你奶奶也想到了，只是必有个不可办的原故。这会子又是因姑娘住的园子，不好因省钱令人去监管。你们想想这话，若果真交与人弄钱去的，那人自然是一枝花也不许掐，一个果子也不许动了，姑娘们分中自然不敢，天天与小姑娘们就吵不清。他这远愁近

虑，不亢不卑。他奶奶便不是和咱们好，听他这一番话，也必要自愧的变好了，不和也变和了。"

你看宝钗的动作：她走到平儿的身边，"摸着他的脸"，这举止是何等的自然亲昵，又是何等的俏皮可爱。如此亲密无间的动作完全突破了身份的界线，传递给对方的是一种姐妹情深的"零距离"。

你看宝钗的言语：分析是那么的犀利透彻，但表达却是那么的俏皮灵动。她先是故作惊人之语，让平儿"张开嘴"，给大家看看那"牙齿舌头是什么作的"。再是以剥笋之法，层层剖析平儿之伶牙俐齿：你探春有来言，我平儿就有去语，不卑不亢，也不偏不倚，始终稳稳地在探春与凤姐之间维持着平衡；尤为厉害的是，更直接点出了"姑娘住的园子，不好因省钱令人去监管"。平儿这句话背后"远愁近虑"的大局观，将平儿既顾及探春之脸面，又解释了凤姐之所以不做的良苦用心摆到了"桌面上"，从而使得果决而又简单的探春一听便恍然大悟，也不由自主地感念起平儿的周全，"不但没了气"，反而倒生出"愧"意，并对自己那"好撒野的"性子进行了反省。

这样的宝钗，怎能不让人喜欢！

薛寶釵

伯年畫

做事的宝钗，做梦的黛玉

薛宝钗和林黛玉，自《红楼梦》一诞生，她们就不仅生动地站立在小说中，更鲜活在读者的心中，成为了不少人心中的"偶像"。这两位一样风华正茂、一样才华横溢、一样美丽动人的少女，在性格品行、为人处世上却又是如此地不一样，以至于读者群之中形成了"拥薛"和"拥林"两个观点截然相反的阵营，不少读者因为她们争得面红耳赤，吵得不可开交。邹弢在《三借庐笔谈》中还记载了他与友人因谈论钗黛"一言不合"而"遂相龃龉，几挥老拳"的趣事①。也许可以说，正是有她们两人的存在，宝玉的情感生活才显得那样丰富，《红楼梦》的艺术魅力才那样引人入胜。这是两位何其相似又何其不同的女孩，这是两位何其生动又何其典型的文学角色。她们俩的对立和差异，就如大壮的一首流行歌曲：《我们不一样》。的确，她们是如此地不一样，王昆仑先生说她们一个"在做人"，一个"在做诗"②。而我说，她们一个在做事，用心地做事；一个则在做梦，随心地做梦。

那做梦的便是黛玉。

在《红楼梦》中，黛玉姑娘确实就如梦一般的存在。小说中，在仙界和

① 转引自：王昆仑. 红楼梦人物论[M]. 上海：生活·读书·新知三联书店，1983：192.
② 王昆仑. 红楼梦人物论[M]. 上海：生活·读书·新知三联书店，1983：221.

凡界都有故事的形象并不多，而她便是其中之一。她的前身是一颗绛珠仙草，这株绛草在仙界时就显得楚楚可怜，她虽然生长在"西方灵河岸上三生石畔"，但自己却够不着水，靠着神瑛侍者每天"以甘露灌溉"方才活命。也正是在神瑛侍者的精心浇灌呵护之下，她才慢慢地"脱却草胎木质"，从仙草修炼成为了仙女。这本来是件很高兴的事情，但这位仙女不知怎的，却"终日游于离恨天外"，总是郁郁寡欢，"五衷便郁结着一段缠绵不尽之意"。后来，她下凡了，她之所以来到红尘，并不是像古代神话小说中常见的"神仙对人世间的羡慕与留恋"的那种"思凡"模式①，她的出发点很简单：一是为了陪伴，因为神瑛侍者"凡心偶炽"，要"下世为人"，所以她也决定跟随他"去下世为人"。她的这种选择很像曾经的一句流行歌词，我不求你"能爱我到地老到天荒"，但我一定要坚持"能陪你到海角到天涯"。二是为了还情。神瑛侍者对她有着浇灌之恩、呵护之情，这份恩情，她在仙界没有机会报偿，那么就到红尘去偿还。报答有很多种方式，而她决定采取的方式却相当独特、相当诗性："但把我一生所有的眼泪还他。"她就这样梦想着自己"以泪相伴"的人生，梦想着自己"以泪还爱"的未来，梦想着自己"以泪写情"的诗篇。

也许正因为这样，来到尘世间的贾家之后，她既始终怀着一颗"不离不弃"的陪伴之心，坚定着和宝玉"一同走""在一起"的信念，又常常痛痛悲悲、怨怨泪泪，践行着"以泪还情"的承诺。宝玉的一个不小心，可以让她伤心得以泪洗面、夜不能寐；宝玉的两块旧手帕，也可以让她激动得"神魂驰荡"、泪雨飘飞。她的梦和诗，是如此地凄伤脆弱，又是如此地真挚动人。

那做事的便是宝钗。

宝钗姑娘之所以也来到贾家，是因为一个美丽的追求："备选"入宫。然而不知因为什么原因，那"备选"竟一直没有消息，于是，她和母亲、哥哥在贾家就由临时做客变成了长期借住。既然"备选"之美梦遥遥无期，她

---

① 卜喜逢. 红楼梦的神话[M]. 北京：文化艺术出版社，2019：43.

就索性不再做梦，而不动声色地在贾家做着三件事：一是人事。她很用心地经营着自己的人脉，她凭着自己的"行为豁达，随分从时"，没多久就把"孤高自许，目无下尘"的黛玉妹妹给比下去了，让贾家上上下下的人都对她翘起大拇指点赞，甚至连那个人见人厌的赵姨娘都夸赞她"年轻轻的人想的周到""怪不的老太太同太太都夸他疼他"。二是家事。她不但是薛家的实际当家人，而且在凤姐生病之际，她也应邀和李纨、探春组成了"临时三人组"，一起管理荣国府的内务，在协理中显现出了自己总揽大局、收放自如以及四两拨千斤的非凡才能。三是情事。说实话，对宝二爷，真还看不出她有多少的感情，她不但没有黛玉那样魂牵梦绕、置生命于不顾的挚烈痴恋，甚至很少能见到那种"一见面便触动了心灵的悸颤"①。但她却很好地赢得了王夫人特别是元贵妃的支持，而且也有意无意地在宝玉看金项圈、赏红麝串和自己慰问宝玉时显出了红脸、露酥臂、"弄衣带"等娇羞之态，让宝玉那颗年轻的心灵也因她的美丽娇羞而不再平静，不时地泛起青春的涟漪。

宝钗和黛玉的性格和为人处世方式的巨大差异，在小说中随处可见，几乎伸手就可以抓出一大把事例。我们且以第三十四回为例，作一个简单的分析。在第三十三回，宝玉刚经历了他人生的一大"劫难"，被他的父亲打得死去活来。事隔一回，宝玉在挨打养伤时，各色人等都前去探望，在这探视的人群中，自然也少不了宝钗和黛玉。但同样都是探视，她们所显现出来的态度、方式和性格形成了强烈的对比：一个在认真努力地做着人事，一个在不由自主地做着诗梦。

其一，看两个人的探视时间。宝钗比黛玉先得到了宝玉挨打的消息，当宝玉被抬到贾母房中时，她和薛姨妈、香菱、袭人等当时就在那里。随后宝玉即被"送入怡红院内自己床上卧好"，等到众人散去后，第一个赶来看望宝玉的就是宝钗。当时，心痛至极的袭人正含着泪给宝玉褪下"中衣"，察看他的伤情，而宝玉也是痛得直喊"嗳哟"。就在这时，丫鬟们通

---

① 王昆仑. 红楼梦人物论[M]. 上海：生活·读书·新知三联书店，1983：200.

报"宝姑娘来了"，而宝钗姑娘居然也没等里面答应，就火急火燎地径直闯了进来，以至于来不及给宝玉穿中衣的袭人赶紧"拿了一床袷纱被替宝玉盖了"。而黛玉来探视的时间不但要比宝钗晚，而且曹公还给安排了一个"梦幻"的场景。就在众人全都退出、宝玉正"昏昏默默"地想着忠顺府拿蒋玉菡和金钏投井之事时，恍恍惚惚、"半梦半醒"的贾宝玉，似乎听到有人默泣，一睁眼，果然看到黛玉就在旁边默自悲泣。这个场景，颇有些晏几道《鹧鸪天·彩袖殷勤捧玉钟》中那种"今宵剩把银釭照，犹恐相逢是梦中"的迷梦色泽。

其二，看两个人来探视时所带来的"礼物"。宝钗来看望宝玉，不但人来了，还带来了两种治病的药：一种是疗伤的良药，曹公虽然没有告诉我们那药的名字，但从宝钗对袭人的交待中，我们可以知道，那可是一种"用酒研开""敷上"后"那淤血的热毒"就会"散开，可以就好了"的特效药。除此之外，她还带来了一种疗痴的药方，什么药方？"早听人一句话，也不至今日"的适时规劝；她要劝的是什么话？此时虽然没有直说，但不管是宝玉还是读者，大家都是心知肚明，这样的话，要换在平时，宝玉听到后可能会当即翻脸不认人，但这次他却欣然接受。较之于宝钗礼物之实用实效，黛玉来看望时则两手空空。不，她也给宝玉带来了一份相当特别的"礼物"，什么"礼物"？自己的"满面泪光"和一双"肿的桃儿一般"的眼睛。这对宝玉来说，可是梦一般的立竿见影的"神药"，是任何丸药都无法相提并论的"仙药"。这两件完全不一样的"礼物"，把宝钗和黛玉为人处世的迥异体现得淋漓尽致。只是，让宝钗想不到、也想不明白的是，自己用心用力捎来的活血化瘀之良药和经世致用之良方，竟然会敌不过黛玉那用情用意写就的泪眼和泪脸。

其三，再来看两个人探视后离去的情形。宝钗来探视时，宝玉的身边有袭人在伴侍着；宝钗走时，也有袭人"赶着送出院外"，这事情做得清清爽爽、"光明正大"，没什么见不得人的，别人想嚼舌根子都难。而黛玉来探视时，袭人自去"栉沐"，众人全已"退出"，宝玉的身边一个人也没有；黛玉之所以匆忙离开，也是因为怕突然到来的王熙凤看到自己那"肿的桃儿一般"的眼睛而"取笑开心",为了不被王熙凤看到,她选择了悄悄"出后院而去",简直就是梦一样的来去无踪、飘忽无迹。她就这样"梦一样地来,又梦一样地去",又这样"梦一样地摔手,只留下梦一样地记忆"。

其四,看宝玉对她们两个人前来探视时的感觉。应该说,宝玉对宝钗的这次探视,感觉是相当的不错。听到宝钗特意带着散瘀药前来,疼痛中的他已然心存感激,对她又是"道谢"又是"让坐";当听到宝钗竟然说出"别说老太太、太太心疼,就是我们看着,心里也(疼)"那"亲切稠密,大有深意"的话,并看到她"红了脸,低下头只管弄衣带"那种"非可形容得出者"的"娇羞怯怯"之态,宝玉的心中更是"不觉""大畅",将所有的疼痛全部"早丢在九霄云外",而且情不自禁地对她产生了"可玩可观,可怜可敬"的感动。这种好感很像第二十八回他看到她的"雪白一段酥臂"时的情形,虽然"不觉动了羡慕之心",但还只是"君子动心而不敢动手"。但对黛玉的到来,宝玉的态度和行为则又全然不同。看到"满面泪光""无声之泣"的黛玉,他没有"让坐""道谢"之类的丝毫客套,他做出的第一个反应是"忙又将身子欠起来,向脸上细细一认",无奈因"下半截疼痛难忍,支持不住"而"'嗳哟'一声,仍就倒下";他说出的第一句话是责怪黛玉"你又做什么跑来",而给出的理由竟然是"虽说太阳落下去,那地上的馀热未散,走两趟又要受了暑";当黛玉听到"二奶奶来了"便想先到"后院子"躲躲、"回来再来"时,宝玉更还有了"一把拉住"等亲昵至极的动作。如果说宝钗带给宝玉的是"宽慰""大畅",那么,黛玉让宝玉生出的则是"怜爱疼惜"。这天晚上,宝玉更是对她们做出了两个奇特的举动:对宝钗,他是"借",让袭人到她那里去"借书";对黛玉,他是"送",让晴雯给她送去两条"旧手帕"。宝玉对黛玉那梦一样的情感流露,可以说是极会做人又极能做事的宝钗所企求不得的"终生之痛"。

人活着,总离不开各种事情,也不可能不做事情。为了把事情做好,该经营的必须经营,该苟且的总得苟且,必得努力去处理好人与己、进与退、舍与得、出与入等诸种复杂玄妙的关系。人生,也不能无梦,梦想与诗歌,可以让一个人的人生更精彩、更有光泽。但是,诗再好,仍终归是飘缈之诗；梦再美，仍终归是虚幻之梦。宝钗和黛玉哪个更好？这是很多读者都极喜欢问的一个问题。这样的问题，以前没有标准的答案，今后也不会有。在这里，还是和大家一起分享王昆仑先生对她们俩的绝妙评述："宝钗是《红楼梦》所有人物中第一个生活艺术家"，而黛玉则是一个"口才伤害了别人""忧郁伤害了自己"①的"情感梦游人"。

---

① 王昆仑. 红楼梦人物论［M］. 上海：生活·读书·新知三联书店，1983：196，225.

王熙凤："风光"背后的重重危机

"悲凉之雾，遍被华林"①，鲁迅先生对《红楼梦》的这句经典点评，一语道出了贾府繁华表象下所隐藏着的巨大危机。那样一个诗礼簪缨的锦绣家族，那样一种瞠目结舌的富贵奢华，那样一张盘根错节的生态网络，其上空却笼罩着一层"黑云压城城欲摧"的阴冷雾霾，这是一种怎样的悲凉！更让人唏嘘的是：面对这一团越积越厚、越聚越密、直让人喘不过气来的悲凉之雾，里面的人却要么根本看不到，要么装作没看见，要么实在没办法，而其中最为典型的当数荣国府内当家——王熙凤。

王熙凤一出场，那堪称"放肆"的笑声和"一群媳妇丫鬟围拥"着的显赫排场，就让刚踏进荣国府的黛玉妹妹受到了不小的"惊吓"：众人"个个皆敛声屏气，恭肃严整如此，这来者系谁，这样放诞无礼"？凤姐的风光，用"无限"两个字来形容实不为过。这样一位威风八面、风光无限的荣国府实权派，对人，她掌握着"生杀大权"，她一句话可以把小红调到身边，一个招也可以将贾瑞、尤二姐都置于死地，甚至自己的丈夫贾琏在她面前也只能老老实实地"臣服"；对事，她掌控着荣国府衣食住行的一应事务，大

---

① 鲁迅. 中国小说史略 [M]. 北京：中国书籍出版社，2016：208.

事小事都了然于胸、握于手掌。她走到哪里，哪里都是前呼后拥；她说往东，没有谁敢往西。她的身份和地位，她的才能和果敢，她的排场和荣光，让她时时处处都光芒四射、熠熠生辉，她就是"华林"之中那朵最为耀眼的花朵。

这朵美丽耀眼的花有着与她年龄很不相称的高超演技，她可以说直接把生活当成了表演的舞台，她是一个践行"假作真时真亦假"的生动典范，是一位把"端、装、弄"这三字经演得出神入化的"老戏骨"。

先来说说她的"端"。

"端"，是一个很有意思的词语，在传统意义上，它经常跟"正"连在一起，意思为端正、端庄。但随着时代的变化，它又引申出了"摆架子"的词义，意思是自高自大，喜欢为显示自己的身份能耐而装腔作势。凤姐就是这样一个很喜欢"端"也很会"端"的角色。

第六回，当第一次进贾家的刘姥姥在恭恭敬敬地等候她的"接见"时，她在干什么？"粉光脂艳"的她"端端正正"地坐在铺着"金心绿闪缎大坐褥"的炕上，她的丫头平儿则"站在炕沿边"，手中"捧着小小的一个填漆茶盘，盘内一个小盖钟"。你看这时候凤姐的神态，她"也不接茶，也不抬头，只管拨手炉内的灰"。完全是一副高高在上的少奶奶架子。这种威严的架势，与其说是她在取暖，还不如说是故意在给刘姥姥一个下马威。

第二十四回，当被生计所迫的贾芸登门向她"讨生活"、见到她便"忙把手逼着，恭恭敬敬抢上来请安"时，被"一群人簇着"从门里走出来的她又摆出了一副什么架子？"凤姐连正眼也不看，仍往前走着，只问他母亲好，'怎么不来我们这里逛逛？'"明明看见了贾蓉，却"连正眼也不看"，更没有停下脚步还个礼，只在嘴里有说没说地"问他母亲好"，那种目中无人的领导架子与她在贾母面前的神态形成了强烈的反差。

再说说她的"装"。

有没有"装"？会不会"装"？是评判一个人德行的重要标准。尖酸小性的黛玉，爽快果敢的探春，率真豪放的湘云，因为她们始终不"装"的真性情，而赢得了众多读者的喜爱。而圆融成熟的宝钗、粉面含春的凤姐，也因为老练老道的"装"，使她们给不少读者留下了虚伪的印象。而较之于宝钗，凤姐的"装"更显得有过之而无不及。"嘴甜心苦，两面三刀，上头一脸笑，脚下使绊子，明是一盆火，暗是一把刀"，这已经成了她众所皆知的形象品牌。

第三回，见到刚到荣国府的黛玉，她一会儿悲，一会儿喜，一会儿拉黛玉的手，一会儿又因"竟忘记了老祖宗"而自责"该打，该打"，做足了表面文章。第四十四回，当贾琏举着剑作出一副要杀她的样子时，你看她怎么着？立即"跑到贾母跟前，爬在贾母怀里"。一个"爬"字，配合着那"老祖宗救我"的哭诉，则立即让自己显出一种柔弱可怜的模样。第四十六回，当鸳鸯嫂子向邢夫人报告说袭人帮着鸳鸯把自己"抢白一顿"，而且平儿也在旁边时，凤姐立即厉声命人把平儿"快打了"来，装出一副根本不知情、完全没关系的样子。

但如果与第六十八回的"计赚尤二姐"相比，她的这些"装"都还只能算是"小儿科"。为了把尤二姐骗入大观园，她可以说费尽了心思：在穿着打扮上，她"头上皆是素白银器，身上月白缎袄，青缎披风，白绫素裙"，又让赶车的众男人都"素衣素盖"，装出一副守孝的姿态。在称呼上，她先是称自己为"奴家"，呼尤二姐为"姐姐"，再是以"姊妹"相称，表白自己"愿作妹子，每日伏侍姐姐梳头洗面"，装出一种姐妹的情分。在行动神态上，她又是"陪笑还礼不迭"，又是"携手同入室中"，又是"忙下座以礼相还"，又是"呜呜咽咽哭将起来"，装出一副谦卑知礼、楚楚可怜的模样。在言语上，她既有对自己是"妇人之见，一味劝夫慎重"的自我检讨，又有对尤二姐"下体奴心，起动大驾，挪至家中……你我同居同处，彼此合心谏劝二爷，慎重世务，保养身体"的央求；既有"二爷之名也要紧"的高度，又有"同居同处，同分同例，同侍公婆，同谏丈夫。喜则同喜，悲则同悲，情似亲妹，和比骨肉"的心衷，装出一种相夫教子、知疼知热的模样，直把尤二姐那颗忐忑惊恐的心捂得热热乎乎，立即"便认作他是个极好的人"，随即对她"倾心吐胆"，乖乖地钻入了凤姐的圈套，走上了不归之路。

还有她的"弄"。

《红楼梦》中谁最会玩弄权术？如果凤姐是第二，那么就没有人敢称第一。作为荣国府的"内务大臣"，她的弄权胆子之大、水平之高、套路之多，无人出乎其右。迟发薪水、放高利贷的是她，用平儿的话来说，仅这一项，她的"这梯己利钱，一年不到，上千的银子呢"；逞威弄权、仗势压人的是她，对自己的小丫头，嘴上给出了"快告诉我，我从此以后疼你。你若不细说，立刻拿刀子来割你的肉"的两种选择，但行动上早已"向头上拔下一根簪子来，向那丫头嘴上乱戳"。第十五回，在水月庵，明明是向净虚老尼索要"三千银子"的好处费，却又偏偏装出"我比不得他们扯篷拉纤的图银子，这三千银子，不过是给打发说去的小厮作盘缠，使他赚几个辛苦钱，我一个钱也不要他的"姿态，结果假借贾琏名义，把水月庵老尼的一次求托变成了一次置人于死地的交易。

作为"脂粉队里的英雄"，她善于捉弄别人。她毒设相思局，对贾瑞使用了欲擒故纵之计，使之欲火如焚而一命呜呼；她故意不补金钏死后的空缺，让有意上位者纷纷给她送礼；她在公众场合向贾母表态替李纨出十二两的分子钱，但一转身，便装作没事人一样，成为了拒不执行的"老赖"。第五十五回，因为"小月"而暂时大权旁移到探春身上的她，特别地嘱咐平儿千万不可与探春"分辩"："倘或他要驳我的事，你可别分辩，你只越恭敬，越说驳的是才好。"她明白如果探春"出头一料理"，那么众人就会把那往日之恨的矛头从对她转指向探春了。

"凡鸟偏从末世来，都知爱慕此生才。一从二令三人木，哭向金陵事更哀。"这是小说第五回她的专属判词。这是一只非同凡响的"雌凤"，她的治家理事之才、权谋机变之能，还有她的处处算尽机关、事事费尽心思，使得她的形象格外丰满。但这位看上去伶牙俐齿、八面玲珑的"戏精"，最后却也把自己"弄"进了"一从二令三人木"的悲惨结局、"算"掉了自己的"卿卿性命"。为什么？最重要的原因应该是：沉迷于权力游戏的她，看不清"鲜花着锦"的风光背后的重重危机，逃不脱自己头顶那越聚越厚的"悲凉之雾"。

管理机制的先天缺陷，让她的位置不稳。

按贾家的规矩，荣国府的"内务总管"之职本来怎么也不可能落到她的身上。贾母退居二线后，若按辈份、座次，上辈的有邢夫人和王夫人，同辈的李纨也该排在她前面，王熙凤之所以能坐上荣国府"管家"的宝座，其才能只是一方面，最重要的原因是：一是仰仗"老祖宗"贾母的鼎力支持；二是倚靠王家的显赫背景；三是得力于亲姑姑王夫人的幕后相助。正是因为有了这强大的支撑，凤姐才超乎常规地执掌了荣国府"内务总管"的"大印"。但这样的管理机制存在着先天的缺陷，一旦贾母离世、王家失势，那么她的位置就会岌岌可危。那始终没给她什么好脸色的婆婆，估计也不可能让她过上安生日子。秦可卿给她托梦时说的"登高必跌重""树倒猢狲散"的那些警训，尤氏对她说的"我告诉你说，好容易今儿这一遭，过了后儿，知道还得像今儿这样不得了"那句箴言，以及她公公贾赦叫人说给鸳鸯听的"想着老太太疼他，将来自然往外聘作正头夫妻去。叫他细想，凭他嫁到谁家去，也难出我的手心"的那句恐吓，其实对她也应该是一个警醒。可惜的是，她对此始终都没有清醒的认识。在表面上一团和气、实际上你争我斗的大家族中，她的"登高"也意味着日后的"跌重"。

为人处世的媚上欺下，让她的人脉不广。

《红楼梦》中，"变脸"水平最高的人，非王熙凤莫属。在贾母面前，她巧舌如簧，逗笑取乐，成为了"老祖宗"一刻也离不得的开心果；在王夫人面前，她恭敬有加，事事妥帖，是她姑姑不可或缺的好帮手；但在下人面前，她却完全换了一副脸，不但总端着一副领导的架子，动不动就发号施令，而且常常严酷狠辣得让人大气也不敢喘。众人对她表面上毕恭毕敬，而背后又恨得牙根发痒。宁国府的总管来升一听说她要来协理，便在众人面前发布"那是个有名的烈货，脸酸心硬，一时恼了不认人的"舆论，叫大家"须要比往日小心些"；周瑞家的，评价她"年纪虽小，行事却比世人都大呢"，但"待下人未免太严些个"；贾琏的仆人兴儿更是直截了当地说她"上头一脸笑，脚下使绊子；明是一盆火，暗是一把刀"；就连她自己的丫头在第六十五回都在尤二姐面前评价她"心里歹毒，口里尖快"。平儿对她可是够忠心耿耿的了，但在她面前也总是慎之又慎，惟恐一个不小心便惹来灾祸。第二十九回她在清虚观对那来不及避开的小道士的那一巴掌，第三十六回她"跐着那角门的门槛子"上挽着袖子的那一顿"糊涂油蒙了心，烂了舌头，不得好死的下作东西，别作娘的春梦"的怒骂，第四十四回她拔下头上的"一根簪子"向替贾琏"望风"的"那丫头'嘴上乱戳'"，尤其是她对贾瑞的"毒设相思局"和对尤二姐的"赚入大观园"，都让她渐渐失去了人脉基石，以至于最后众叛亲离，"哭向金陵事更哀""一场欢喜忽悲辛"。

肆意妄为的膨胀欲望，让她的身子不正。

除了体制和性格的缺陷，汹涌在她心中的膨胀贪欲，则进一步使得她陷入了万劫不复的危机之深渊。荣耀的背景、巨大的权力，让她得意忘形、为所欲为，既不把别人放在眼里，也根本不想"把权力关在制度的笼子里"。她敢假冒丈夫之名给知府写信，借给人办事直接索贿三千两银子；她敢挪用众人的"月例"去放高利贷；谁要是惹了她，她不但会翻脸不认人，而且会顺手"讹"五百两银子，哪怕对方是自己的妯娌。炕屏借还是不借，就看她高兴不高兴；采办戏子的买办、大观园绿化的包工头，她说让谁去做就谁去做……失去了有效监督的她，似乎没有什么不敢想、不敢做的。第二十八回，她居然还请宝玉帮忙给自己记了一笔搞不清楚哪里来做什么用的账，当宝玉问"这算什么？又不是账，又不是礼物，怎么个写法"时，她怎么回答？"你只管写上，横竖我自己明白就罢了。"谁也不明白，就她一个人明白，这不能不让人生疑。对她的这种肆意妄为，曹公在第十六回专门插叙过一段话："王夫人等连一点消息也不知道。自此凤姐胆识愈壮，以后有了这样的事，便恣意的作为起来，也不消多记。"为了占有和获得，她的心中有着太多的"机关"，但独独缺少了"慈悲"两字。她没想到别人生活的艰难和生命的宝贵；她也没想到，人在做，天在看，有朝一日会被人秋后"算总账""拉清单"。

王昆仑先生称她是小说中"第一个生动活泼的人物，是一个生命力异常充沛的角色，是封建时代大家庭中精明强干泼辣狠毒的主妇性格的高度结晶"①。在她的身上，我们读不到"得饶人处且饶人"的包容，也读不到"该放手时且放手"的从容，但我们可以读到一种居高临下的强烈优越感，读到"风光"背后的"危机"，读到逼近"华林"的"浓雾"。她是贾家工作最忙、任务最重、能力最强的一个，她同时也可以说是贾家活得最累、做得最绝、结局最惨的一个。

---

① 王昆仑. 红楼梦人物论［M］. 上海：生活·读书·新知三联书店，1983：145.

王熙鳳

辛酉冬月 南平畫

湘云：活泼轻俏的"邻家女孩"

《红楼梦》里有那么多美丽的女孩，若问哪个最可爱，不少读者都会毫不犹豫地回答："史湘云。"这个说话时"二""爱"不分的大舌头女孩，浑身上下都散发着一种明亮的色彩和青春的气息，她的才思敏捷灵动；她的心胸豁达开朗；她的笑容不染渣滓。她被黛玉说成"小骚达子"，她在宝玉眼里是"好妹妹"；她被刘心武先生评价为"最具天然健康之美的绝品女性"[①]，被李希凡先生夸誉为"亲昵可人的邻家女孩"[②]。她可以说是诸裙钗中的"阳光女孩"，是大观园里的"快乐宝贝"。如果给她配上一则生活信条，那就是：活在当下，享受人生！

她简单，简单得就像一块透明的玻璃。

"简简单单地爱过，我还是我；简简单单地伤过，就不算白活；简简单单地疯过，被梦带走。"华语流行歌手林俊杰的这首歌曾经感动过不少青春男女，在演唱会上常常会引发全场的大合唱。为什么？不仅因为这首歌的曲调温暖简单，更在于生活在复杂世界中的人们内心深处有着对于简单

---

① 刘心武. 眼神·拾珠·细处——刘心武续说红楼[M]. 重庆：重庆出版社，2012：34.
② 李希凡，李萌. 传神文笔足千秋——《红楼梦》人物论[M]. 上海：东方出版中心，2017：241.

快乐的渴望。

无疑，史湘云就是这么一个简简单单地爱过、伤过也疯过的人。她心里怎么想，嘴上就会怎么说；她没有"小九九"，没有那么多的弯弯绕绕；她说话行事，都是直来直去，既不"端"，也不"装"，更不"作"。

第二十回，这位红楼"十二金钗"中最迟亮相的女孩，出场的第一句话便纯净透亮，居然直接埋怨宝玉和黛玉两个人粘粘乎乎，只顾着"天天一处顽，我好容易来了，也不理我一理儿"。嗔怪中显着俏皮可爱，率真中透出聪灵娇媚。只这一句话，就使得只顾着自己伤心、总要宝玉"打叠起千百样的款语温言来劝慰"的黛玉，也只好以打趣对方的"咬舌子"来掩饰自己的"理亏"："偏是咬舌子爱说话，连个'二'哥哥也叫不出来，只是'爱'哥哥'爱'哥哥的。回来赶围棋儿，又该你闹'幺爱三四五'了。"

第二十二回，贾母为宝钗操办生日，命贾府的戏班子前来助兴。贾母很喜欢唱戏班里的那个小旦和小丑，就让人把她们带进来细看、发赏。这时，凤姐突然发现了"新大陆"，说那个小旦"扮上活像一个人，你们再看不出来"。宝钗、宝玉等都心知肚明、笑而不答，唯独湘云立即快嘴快语地脱口而出："倒像林妹妹的模样儿。"宝玉急得忙给她使眼色，但已经来不及了，众人纷纷"留神细看"，然后戏笑着说"果然不错"。就这样，她在无意之中往黛玉脆弱而敏感的心上扎了一刀。

第三十七回，兴冲冲赶来的她，一加入诗社，就立即主动提出"明日先罚我个东道"，说那话的时候也不想想自己到底有没有做东道的实力。最让人为她捏一把汗的是在第四十九回，看到宝琴披着那一领贾母特别馈赠的"金翠辉煌"的"斗篷"过来，宝钗发出的是一句老太太为何"这么疼他"这让人颇为受用的感叹，而她送给宝琴的却是一句不知轻重、不思后果的善意规劝："你除了在老太太跟前，就在园里来，这两处只管顽笑吃喝。到了太太屋里，若太太在屋里，只管和太太说笑，多坐一回无妨；若太太不在屋里，你别进去，那屋里人多心坏，都是要害咱们的。"天哪！她竟然在大庭广众下直接把矛头指向了"太太屋里"，让宝钗都忍不住批评她"说你没心，却又有心；虽然有心，到底嘴太直了"。

她有着和宝钗一样的招牌式笑容，却没有宝钗那样深的城府、那么多的心计；她有着和黛玉一样的直率坦白，却没有黛玉那样的小性尖酸、那般的哀怜自怨。她简单得就像一张白纸，她没有害人之心，她也没有防人之心。

她活泼，活泼得就像海滩上的一条弹涂鱼。

她说话，从不会哼哼唧唧、细声轻语，一开口就是"大笑大说"；她做事，从不会扭扭捏捏、犹豫不决，一出手都是嘎嘣干脆、爽利痛快。父母的早亡，没有让她耽溺于红颜薄命的痛苦而不能自拔；家务的劳辛，也没有让她沉迷于命运不公的怨艾而顾影自怜。用"红楼金曲"中的歌词来说，她生来就是"英豪阔大宽宏量"，她走过恰似"霁月光风耀玉堂"。

当黛玉讥嘲她"二""爱"不分、"咬舌爱说"时，她不但没有生气，反而巧妙地以其人之道还治其人之身："这一辈子我自然比不上你。我只保佑着明儿得一个咬舌的林姐夫，时时刻刻你可听'爱''厄'去。阿弥陀佛，那才现在我眼里！"用一个轻松活泼的玩笑化解了那一触即发的尴尬。当被"激怒"的黛玉来追打她时，她一边借着宝玉"拦住门"的相助，一边假意求饶"好姐姐，饶我这一遭罢"，从而将这场剑拔弩张的"口角之争"化成了活泼有趣的"玩笑之嬉"。

当"满心满意只想作诗"的香菱"请教他谈诗"时，她"越发高了兴"，"没昼没夜"、不知疲倦地对香菱"高谈阔论"，滔滔不绝地讲解"杜工部之沈郁，韦苏州之淡雅"，以及"温八叉之绮靡，李义山之隐僻"，以至于旁边的宝钗都不胜其烦，笑讽"呆香菱之心苦，疯湘云之话多"，嘲笑她是"话口袋子"。对她的这个看似"聒噪"实显"活泼"的"毛病"，在第三十一回，"二木头"迎春也曾经当众"批评"："淘气也罢了，我就嫌他爱说话。也没见睡在那里还是咭咭呱呱，笑一阵，说一阵，也不知那里来的那些话。"

芦雪广联诗时，极其兴奋激动的她，居然将比赛规则抛之脑后，硬生生地把"拈阄为序"的联诗变成了以一敌三的"即兴抢答"。你看她那个兴奋的神态，忽而"站起来"续联，忽而又"扬眉挺身"地抢联；忽而"忙忙地吃茶"，忽而又"忙丢了茶杯"。你看她那个高兴劲儿，忽而"自为得趣"地"笑的弯了腰"，忽而又高兴得"笑软了"身子，"只伏在宝钗怀里"。当宝钗把她推起来说"你有本事，把'二萧'的韵全用完了，我才伏你"时，依然笑个不停的她竟"自黑"："我也不是作诗，竟是抢命呢。"再往后，看到联诗落第的宝玉被李纨罚去栊翠庵讨取红梅，她和黛玉一样关切地让宝玉喝杯热酒、暖暖身子再去，但又比黛玉多了一点"坏心思"，俏皮地威胁宝玉"你吃了我们的酒，你要取不来，加倍罚你"。

湘云的这种没有丝毫矫揉造作之态的活泼可爱，缘自她心无挂碍的纯真单纯之心性，源自她从骨子里散发出来的豁达灵动之情性。同样的父母双亡，同样的寄人篱下，同样的"人艰不拆"，在黛玉眼里，是"风刀霜剑严相逼""愁绪满怀无释处"，所以黛玉总是悲悲切切、怨怨艾艾，总觉得这个世界亏欠她太多；而在湘云心中，却是"何必寻苦自扰之""明媚鲜妍更自惜"，所以她活得简简单单、开开心心，总想着用欢歌来报答这个"以痛吻我"的世界。

她健康，健康得就像一头壮实的小马驹儿。

《红楼梦》众多女性形象中，貌若天仙、可爱动人的数不胜数，但身体健康、热力四射的却少之又少。很多姐妹在身体上都有各种各样的缺陷：仙女般的林妹妹一生下来就患有"不足之症"，整日间就像一个"多病西施"，用兴儿的话来说"出来风儿一吹就倒了"；"唇不点而红，眉不画而翠"的宝钗，竟然也是先天带来一股"热毒"，需要用神药"冷香丸"来调理解毒；被誉为"脂粉队里的英雄"的王熙凤平日间风光无限，但她的身体也不太好，尤其在小产后更是一天不如一天；那"生得袅娜纤巧，行事又温柔和平"的秦可卿，则得了一个莫名其妙的病，早早地就离开了人世。

而从小就喜欢把自己"打扮成个小子的样儿"的史湘云，论美丽，她可能还挤不进"前五"；论健康，却少有金钗能排在她前面。她除了有一个吐字不清的"咬舌"小疵外，好像再也没有什么先天或者后天的病痛。阳光，是她最为耀眼的招牌；健康，则是她最为骄傲的财富。

喝，她可以捋袖挥拳，放怀畅饮。她的酒量有多少？曹公没有说，我们也不知道，但她要么不喝酒，一喝就定然不含糊。宝玉的生日宴上，别人还没开始，她早已经"等不得"，和宝玉一起"'三''五'乱叫，划起拳来"；宝钗、晴雯、香菱等要罚她的酒，她既不忸怩作态，也不借故推辞，而都是二话不说、一口饮下。更让人啧啧称叹的是，她在喝高之后，"醉眠"于芍药裀的石凳上，居然也没见感冒上身。那身体，真是"好得不要不要的"。

吃，她也一样，几乎来者不拒。第三十八回吃螃蟹，黛玉"只吃了一点儿夹子肉"就肚子不舒服，而她不仅热情张罗着让大家"随意吃喝"，而且自己带头先痛痛快快地"陪着吃了一个"。最让人叹为观止的是，她那豪情万丈的"割腥啖膻"甚至上了第四十九回的回目。在大雪飘飘的寒冷冬日，她一手策划了烧烤新鲜鹿肉的野餐，那痛痛快快"大吃大嚼"、狼吞虎咽的样子，把旁边的宝琴和李婶她们都给惊呆了；当娇娇弱弱的黛玉要为"遭劫"的芦雪广"一大哭"时，她当即反讽她是"最可厌"的"假清高"，宣称自己才是"这会子腥膻大吃大嚼，回来却是锦心绣口"的"真名士自风流"。

笑的时候，她根本不顾及那"露八颗牙齿"的淑女标准，有时开怀大笑得把刚吃到嘴里的"一口饭都喷了出来"，有时则笑得连人带椅都翻倒在地竟又毫发无损。睡觉的时候，她也是随心所欲：不像黛玉那样把自己包裹得"严严密密"，而是"一把青丝拖于枕畔，被只齐胸，一弯雪白的膀子掠于被外"，竟然也没有冻出病来。她那"蜂腰猿背，鹤势螂形"的俏丽身体，真的叫"倍儿棒"！就连她身上唯一的那个"咬舌"之缺陷，在脂砚斋看来，也是"不独不见其陋，且更觉轻俏娇媚，俨然一娇憨湘云立于纸上"，批点中流露出由衷的喜爱与欣赏。

她真诚，真诚得就如一杯暖心的热咖啡。

有人说社会是一个染缸，也有人说社会是一个江湖。不管是染缸还是江湖，人若待得久了，人性中的"真善美"就会渐渐地蜕变成"假恶丑"。这实际上也就是贾宝玉的那个"珠论"："未出嫁"的女孩，是"无价之宝珠"；"出了嫁"后，是"没有光彩宝色"的"死珠"；"再老了"，则演变成为"鱼眼晴"了。

而史湘云没有被染缸污染，她的心里没有江湖。那豪放不羁、神采飞扬的性情，那通透光亮、活出真我的真诚，让她始终是一颗"无价的宝珠"，王昆仑先生就曾夸赞"宝钗没有她真情，黛玉没有她浑厚"①。

与人相处，她不懂得什么叫"机关算尽"，什么叫处心积虑。出身名门的她，家境并不富裕，但一旦得了几枚戒指，就专程送给以前的小姐妹分享。她不像黛玉那样惯着宝玉，看到宝玉"顺手拈了胭脂，意欲要往口边送"，她立即"伸手来'拍'的一下，从手中将胭脂打落"；她劝宝玉不该成年家都在女儿堆中混，"也该常常的会会这些为官做宰的人们，谈谈讲讲些仕途经济的学问，也好将来应酬世务，日后也有个朋友"；当宝玉顿即翻脸不认人时，她也没有生气，只是一笑了之。听说老实的邢岫烟被婆子欺负了，她立即"动了气"，急吼吼地表示要"问着二姐姐"，去"骂那起老婆子丫头一顿"，替岫烟"出气"。给香菱指导诗歌，她不厌其烦；帮袭人做绣工活儿，她不推不怨。与她在一起，你的天空就会少了许多雾霾，而变得纯净蔚蓝。

但面对如此活泼、如此聪颖、如此可爱的湘云，我们还是没法开心起来，因为曹公那"厮配得才貌仙郎，博得个地久天长，准折得幼年时坎坷形状。终久是云散高唐，水涸湘江"的凄吟悲叹，一直压得我们喘不过气来；因为她最终还是和其他女孩一样，终究没能逃过"千红一窟""万艳同杯"的结局，她这个轻俏聪灵的"鹤影"，也终究没能渡过那一方庞大而又凶险的"寒塘"。

---

① 王昆仑. 红楼梦人物论 [M]. 上海：生活·读书·新知三联书店，1983：180.

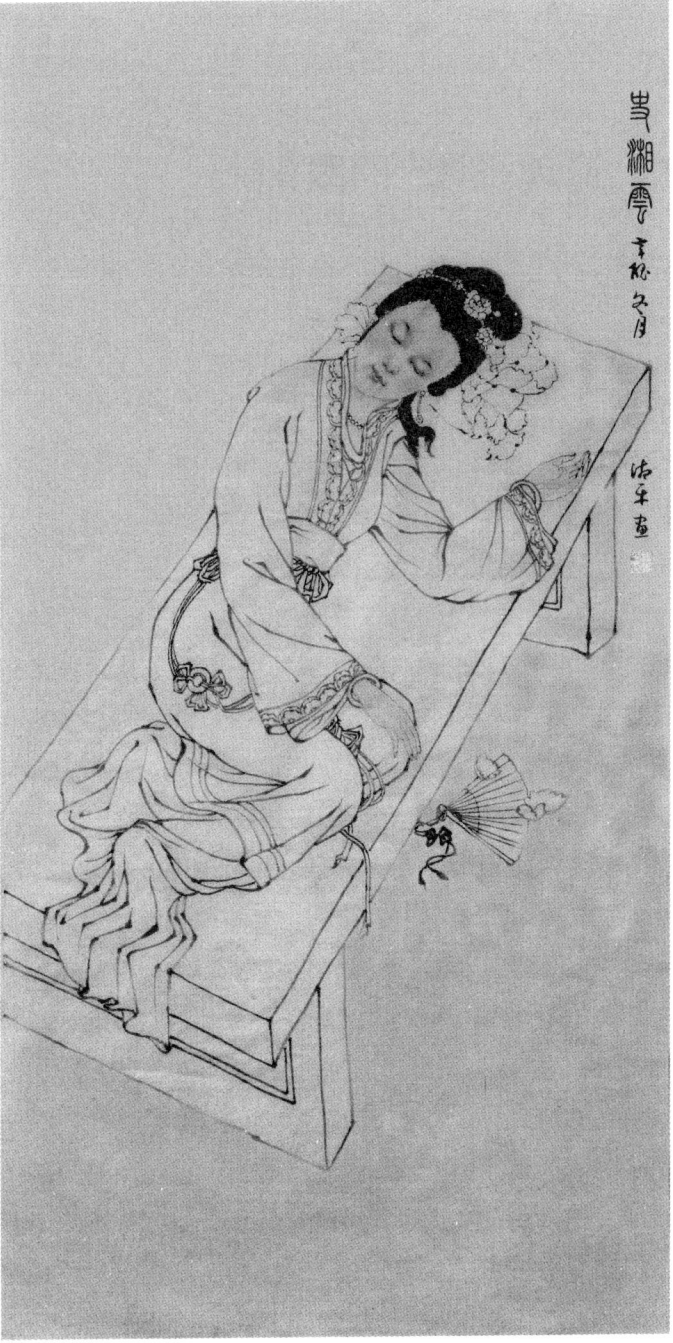

元春："追魂摄魄"的眼泪

　　作为一部被王国维称为"彻头彻尾之悲剧，宇宙之大悲剧"的作品，《红楼梦》为我们呈现了人生之"离合悲欢"、家族之"兴衰际遇"的空前悲剧厚度。"千红一窟""万艳同杯"，是小说诸位金钗的悲惨命运；"登高必跌重""树倒猢狲散"，是小说四大家族的悲凉结局。自第一回绛珠仙子向警幻仙子作出"但把我一生所有的眼泪还他"的承诺开始，整部小说就拉开了悲剧的帷幕，与眼泪紧紧地联结在了一起。不用说那终日以泪洗面、常常哭得"满面泪光"的黛玉妹妹，就是那一见外孙女便"心肝儿肉叫着大哭起来"的贾母、因儿媳妇去世而哭成"泪人"的贾珍、把儿子打得死去活来后"那泪珠更似滚瓜一般滚了下来"的贾政、因紫鹃那"别动手动脚"的严辞拒绝而独坐在山石上"不觉滴下泪来"的宝玉等，也都是小说中极为经典的眼泪桥段。在那么多人那么多眼泪的描述中，脂砚斋在一个人的眼泪后面特别地作了一个四字批注："追魂摄魄。"她是谁？贾元春。

　　元春是荣国府的嫡长女，她早年被选入宫中作女史，后又加封为贤德妃，她的命运关乎着贾府的盛衰兴亡。第三回，小小年纪便成了"单亲孩子"的黛玉，一进到荣国府即与她外祖母演了一出哗哗的泪水剧，而在第十七回才姗姗登场的元春，一出场则带来了一件"烈火烹油"的盛事。让读者出乎意料的是，那一出昭示着浩荡皇恩、大富大贵的"归省"戏，竟然也和第三回一样泪雨翻飞，笔力非凡的曹公特别地写出了元春归省时的五次眼泪，每一次都直击人心，每一次都"追魂摄魄"。

第一次：见到贾母时，她"满眼垂泪"。

贾妃进入"省亲别墅"时，贾赦、贾政等都在"月台下排班"；他们退出后，老太君及女眷们则"自东阶升月台上排班"，即排队等候行跪拜觐见礼。那时的贾元春只在殿上请昭容传出一个谕旨："免。"待到"茶已三献"，元春"降座"后，"退入侧殿"再次"更衣"完毕，然后再坐上省亲的车驾，走出大观园，来到了贾母的正室，原先那种肃穆庄重的"冰冷"场景顿时变成了催人泪下的场面：

> 至贾母正室，欲行家礼，贾母等俱跪止不迭。贾妃满眼垂泪，方彼此上前厮见，一手搀贾母，一手搀王夫人，三个人满心里皆有许多话，只是俱说不出，只管呜咽对泣。邢夫人、李纨、王熙凤、迎、探、惜三姊妹等，俱在旁围绕，垂泪无言。

贾妃是"满眼垂泪"，贾母和王夫人"呜咽对泣"，其他众人也都是"垂泪无言"，这是一种什么样的亲人相见？《大学》有言："为人臣，止于敬；为人子，止于孝。"①先前在省亲别墅的公众场所，元春贵为皇妃的身份一点也不容轻薄，所以贾母等都严格按照规格礼仪对她行君臣之礼；待到了贾母正室这私密的地方，元春那作为贾母孙女、王夫人女儿的另一个身份又回来了，所以她很自然地"欲行家礼"，但贾母和王夫人等都仍"跪止不迭"。一个不可僭越的"礼"字，让众人心中那奔涌着的骨肉之"情"无法尽情释放，大家所无法控制的只是那无声的眼泪。那是欢喜的眼泪，那也是悲伤的眼泪，多少的话语，都不及这"无言"的"垂泪"。

第二次：安慰贾母时，她"不觉又哽咽起来"。

---

① 宋元人注. 四书五经[M]. 天津：天津市古籍书店，1988：2.

这种"无言""垂泪"的场景极具冲击力，在持续了"半日"后，最先打破静默的还是贾妃。她"忍悲强笑"，劝慰起贾母和王夫人来："当日既送我到那不得见人的去处，好容易今日回家娘儿们一会，不说说笑笑，反倒哭起来。一会子我去了，又不知多早晚才来！"

这段话中，最触动贾母王夫人、最惊动读者的自然是那句"不得见人的去处"。皇宫是什么地方？是包括宝钗在内的多少女孩、包括贾家在内的多少家庭都梦寐以求的地方。但就是这地方，一进去却再也"不得见人"。那别人眼中有着无限风光和无上荣耀的皇宫深院，在元春的心底却竟然似一座再无自由可言的"豪华监狱"。

这"不得见人"的自白和这"哽咽"的眼泪中，蕴涵着这位独居于步步惊心的宫廷深院之贵妃的多少酸楚和伤痛。第五回有一支专为元春而唱的红楼金曲："喜荣华正好，恨无常又到。眼睁睁把万事全抛；荡悠悠把芳魂消耗。望家乡，路远山高。故向爹娘梦里相寻告：儿命已入黄泉，天伦呵，须要退步抽身早！"家乡，路远山高，只能望而不能近；爹娘，想见而不能见，只能在"梦里相寻告"。以付出天伦之乐的沉重代价，换来皇妃之位的浮名虚誉，这是一种怎样的无奈和疼痛！元春本来是想劝贾母、母亲不要哭了，但一句话却又直接点到了心中之痛，于是，她自己"不觉又哽咽起来"，再次"满眼泪珠和语咽"（赵嘏《别麻氏》）。于是，大家"又不免哭泣一番"，多少话语全在泪中！

第三次：接受父亲"问安"时，她"隔帘含泪"。

等女眷们都"一一见过"后，她父亲来了。虽然贾政是她的生父，但他也只能站在帘外"问安"，父女俩就隔着一个帘子说话。

这时候的贾妃"隔帘含泪"对他父亲道出了一段心里话："田舍之家，虽齑盐布帛，终能聚天伦之乐；今虽富贵已极，骨肉各方，然终无意趣！"话语中，她全然没有身为贵妃的荣耀与骄傲，只有"骨肉各方"、再无"天伦之乐"之"意趣"的伤悲与哀怨，以及对"田舍之家"虽然粗茶淡饭却可以朝夕相处的由衷向往。在庭院深深中那种惨烈的争斗，那种今日被大宠大爱、明日又可能被打入冷宫的"无常"，那种连骨肉相聚这最基本的天伦都成为遥不可及的伤痛，全都深含在这"终无意趣"的肺腑之言中。难怪有一位叫李治亚的先生称她为"红楼梦中最寂寞的女人"（引自凤凰网博客）。

曹公为了突出元春这份"情语"那"追魂摄魄"的力量，更以她父亲那一大通"上锡天恩，下昭祖德""愿我君万寿千秋"、愿贵妃"勤慎恭肃以侍上"之类的"礼语"作为反衬，一个是因至爱亲情而不顾君臣之礼，一个却为礼仪所囿而罔顾亲情，父女两人的眼中都双双"含泪"，但所传达出的"意趣"却全然不同。

第四次：见到宝玉时，她"泪如雨下"。

在不长的时间内，她见了那么多亲人，可以说见一个泪一个。在她强忍酸楚的"垂泪""哽咽""含泪"之后，当一个特别的男孩进来时，她的情绪终于再也控制不住，当即"泪如雨下"。让她"泪如雨下"的人是谁？贾宝玉。

宝玉可是她最为"怜爱"的亲弟弟，他们在名分上"虽系姊弟"，但两人的"情状"却"有如母子"。这次好不容易回家省亲，在接见的人群中，却唯独没有看到自己的亲弟弟。于是，她再次不顾君臣礼仪，特别下谕旨，命人"快"把宝玉"引进来"。等宝玉进来"行国礼"结束，她又立即"命他进前"，并做出了又一个让人"追魂摄魄"的举动："携手揽于怀内，又抚其头颈，笑道：'比先竟长了好些……'一语未终，泪如雨下。"

多么超乎寻常的亲昵举动！这样的"揽于怀内"，这样的"抚其头颈"，这样的"笑语""未终"，将元春见到这位弟弟时的至真深情刻画得纤毫毕现。曹公的过人之处在于，他不仅精准地描摹出了元春那不由自主的深情动作，还让元春"一语未终"就"泪如雨下"，诸种复杂难表的情感全都浸润在这无声流淌的热泪之中。脂砚斋读到这里，也写下了一个极为精彩的侧批："作书人将批书人哭坏了。"读者的心似乎也随着元春的泪雨而潮湿起来。

第五次：太监催驾时，她"满眼滚泪"。

"千里搭长棚，没有不散的筵席。"这句话，小红说过，司棋也说过。这一次，承皇帝隆恩而好不容易回家归省的元春则真真切切地体会到了它的深意。等到给众人的礼物分派完毕，身边的执事太监即刻启奏："时已丑正三刻，请驾回銮。"一听到太监的催驾，刚刚还沉浸在天伦之乐中的元春立即悲从中来，"不由的满眼又滚下泪来"。

这虽然是太监的启奏，但实则无疑就是不容商量的命令。贾妃归省与亲人们见面时，整个"聚"的场面是泪眼滂沱。现在，临到分别，整个"离"的场面更是泪雨横流，聚本依依，离更依依。但曹公并没有尽情地渲染这纵横的离泪，而是在叙写了元春"满眼滚泪"之后，又特别地摹描出了她那"却又勉强堆笑"的脸，和"拉住贾母、王夫人的手，紧紧的不忍释放"的动作。这描写虽然只有寥寥数语，却极为生动精准地揭示出了元春心中那饱含着不舍和不忍、深情又无奈的复杂情感，再加上她那"不须记挂，好生自养"的祝福之语和"如今天恩浩荡，一月许进内省视一次，见面是尽有的，何必伤惨"的宽慰之言，此态此举此言，真比放声痛哭更能击打人心，不仅贾母她们都"已哭的哽噎难言"，而且也直使读者禁不住"鼻酸"（脂砚斋批语）起来。

元春的这次省亲，从"戌初"出发到"丑正三刻"起驾，前后加起来最多也不过六七个小时，这期间除去路上的时间，既要登楼游园，又要大开筵宴；既要搦管赐名，又要看戏赐赏，还要当面测试宝玉和姐妹们的诗咏，整个行程可以说满之又满、紧之又紧。在这繁文缛节而又充满欢声笑语的忙碌行程之中，元春的这五次"追魂摄魄"的泣泪，无疑是最拨动心弦的高潮所在。

"兴利除弊"中的探春之"敏"与宝钗之"时"

"兴利除弊"是众多红学专家和读者所津津乐道的《红楼梦》经典故事之一。曹雪芹对它也是倾尽了心力，甚至还直接把它搬上了第五十六回的回目"头条"，通行本和吴铭恩汇校本的回目是"敏探春兴利除宿弊 时宝钗小惠全大体"，戚本、蒙本和周汝昌校订批点本的回目是"敏探春兴利除宿弊 识宝钗小惠全大体"。这些版本形容探春的都是"敏"字，而冠于宝钗身上的则略有不同，一为"时"，一为"识"。从中我们可以看出，曹公不但点出了探春和宝钗身上的不同特质，更融进了对这两位改革之主要"操刀人物"的由衷喜爱。

荣国府这次管理体制上的重大改革，其最直接、最重要的推动者是探春。她奉王夫人之命"合同"李纨临时主政才一两天，便立即成为了力主改革的"鹰派人物"。无论是处理舅舅赵国基死亡抚恤金时的遵循"旧例"与自由裁量之争，还是倡议蠲去由买办负责的"学钱""头油脂粉钱"之举，抑或是借他山之石而对大观园力推承包管理制之法，可以说，每一项改革都触动着自己的"奶酪"和相关人固有的利益"藩篱"。

在"兴利除弊"的改革这件事情上，探春的目光之敏锐、反应之敏捷、分析之敏慧，还有态度之敏坚，都让读者领略了她的"敏"之表现，对她啧啧称叹、佩服之至。你听她对承包责任制之意义作用的阐释："一则园子有专定之人修理，花木自有一年好似一年的，也不用临时忙乱；二则也不至作践，白辜负了东西；三则老妈妈们也可借此小补，不枉年日在园中辛苦；四则亦可以省了这些花儿匠山子匠打扫人等的工费。将此有馀，以补不足，未为不可。"这一段分析，从明确管理责任人，到"不至作践"花木；从承包的老妈妈们可以"借此小补"，到省了官中对"花子匠山子匠打扫人等的工费"支出，条分缕析，层层剖解，四大好处，纹丝不乱，简直就是一份言简意赅、让领导看了不能不心动的"决策建议稿"。

读者有理由相信，如果没有探春的精明之才和高远之志，如果没有探春的执意坚持和强力推动，这荣国府的"临时三人组"真还不可能实施这种突破旧制甚至"壮士断腕"式的"自我革命"。但是，三丫头探春毕竟还是年轻哪！在整个过程中，魄力有余而虑谋不深，勇气可嘉而圆融不足：她俨然忘记了王夫人给她确定的"合同"之角色，竟然从提建议的协同者而"越位"成为作决策的领导者。她不但对前来汇报工作的下人直接发号施令，而且当面批评主持工作的李纨"这大嫂子也糊涂了"。她不但严厉地批评平儿"你主子真个倒巧，叫我开了例，他做好人，拿着太太不心疼的钱，乐的做人情"，直接将矛头对准了正在生病休养的"老领导"王熙凤，对凤姐大为不敬、大放厥词；而且在实施相应的改革举措之前竟然也没有向王夫人汇报。要知道，王夫人之所以要组成三人小组，其指导思想很清晰，只是为了平稳地度过凤姐因"小月"而请假休养的这段时期，只要"别弄出大事来"就行。而探春则显然没有领会王夫人的意图，不仅没有将"维稳"作为重中之重，反而还"自作聪明""自以为是"地往荣国府那一潭"深水"里不停"扔石头"，从而把平静的"湖面"搅得水花四溅。

相比之下，宝钗对领导意图的领悟力和对时势大局的把控力则超出探春好几个档次。相比于探春的在魄力上木秀于林，宝钗则在方方面面的平衡上更胜一筹；探春的风格是敢突破，而宝钗的特质是顾大局。无论是"时"还是"识"，都道出了宝钗身上那截然不同于探春的特质："时"者，识得时务，懂得时势，既"安分随时"，又机变待时。"识"者，一识大局大体，二识时务时势，三识人情人性。

你看，在"兴利除弊"这次轰轰烈烈的改革中，宝钗做了些什么？

当探春和李纨坐在议事大厅处理那错综复杂的大小事务时，她则按照王夫人"你替我辛苦两天，照看照看"的指示，在里面对大观园进行巡察，既不缺位，也不越位；即使来到了议事大厅，她也从不轻易发表自己的意见，决不主动介入其中。

当探春发出"从那日我才知道，一个破荷叶，一根枯草根子，都是值钱的"感叹时，她则巧妙地将话题转移到了朱熹的《不自弃文》那里，既没有顺着探春的思路进行改革的探讨，又不失时机地向探春和李纨展示了一下自己渊博的学识，在笑谈中显摆了一下那"天下没有不可用的东西；既可用，便值钱""学问中便是正事。此刻于小事上用学问一提，那小事越发作高一层了"之类的价值观和学问观。

最让人惊叹的是，当探春提出了要对大观园进行承包制改革的设想，并摆出了改革的四大好处时，她的反应也是跟李纨完全不同：李纨是直接"点赞"探春出了个"使之以权，动之以利"的"好主意"；但她则不然，她当时的言行举止虽然简单，却聪明老辣至极，不能不让人叹服。你看她的表现：探春在侃侃而谈的时候，她"正在地下看壁上的字画"，眼睛看着壁上之画，耳朵则听着探春之语；听到探春激情洋溢的分析，她第一个作出反应，一边"点一回头"，一边笑着说了一句"善哉，三年之内无饥馑矣"。"善哉，三年之内无饥馑矣"，这句诙谐戏谑的话语，充分显示了宝钗过人的智慧。从字面而言，这似乎是高度肯定了探春的理家理财之能；但透过字面，我们似乎又隐约可以品味出一种调侃的味道，暗讽探春的设想虽然美好却还显得过于单纯稚嫩。

当探春和李纨将承包的设想与众婆子媳妇大概一说，众人便兴奋至极，个个都"无不愿意"，一些婆子媳妇甚至按捺不住激动的心情，立即主动请缨，有的要求承包"那一片竹子"，有的希望负责"那一片稻地"，并给出了很好的承包条件。在众婆子离开后，探春询问宝钗的态度时，宝钗的回答只有一句话："幸于始者怠于终，缮其辞者嗜其利。"话虽然简单，却昭示出了她在知人识人方面的过人之处，体现了她对人性的深刻识见。这句话的意思是：那些最初侥幸得利的人，往往过后反而容易懈怠；那些夸夸其谈的人，往往是贪图利益、不一定有真本事。

在探春的承包责任制粗具眉目，并得到众人的肯定之后，先前基本上没发表什么观点的宝钗，这时候突然插入了一长段话，概括起来，其中心意思有以下几点：一是对承包人而言，不能让他们吃亏。他们"辛苦闹一年，也要叫他们剩些，粘补粘补自家"。二是对荣国府而言，不能过于"艰啬"。承包改革"虽是兴利节用为纲，然亦不可太啬"，否则就会失了"大体统"。三是对没有承包的婆子媳妇而言，也不能委屈了她们。承包者的钱可以"不入官中"，但也应该从中"拿出若干贯钱来，大家凑齐，单散与园中这些妈妈们"，因为她们一年到头在园里也很辛苦，有福须得同享。一席话就将探春的"让少部分人先富起来"变成了"慈雨普降""雨露均沾"的"共同富裕"，从而赢得了一片叫好声，让众婆子都"各各欢喜异常"，也让她自己"圈粉"无数。

大千世界，估计很少会有人喜欢与城府极深、过于老辣的人打交道，因为与他们在一起，你虽然可以学到为人处世的圆融智慧，却很难有开诚布公、推心置腹的真诚。探春虽然在很多地方还显得比较"嫩"、身上还带着许多"刺"，但她的身上却有着那一种弥足珍贵的真性情和敢说敢做、敢破旧立新的担当，也许正因为如此，所以喜欢这位"三丫头"的读者并不在少数。

妙玉：最纯的性情，最苦的人

若论金陵十二钗中哪一位最饱受非议，估计有不少读者都会选择妙玉。应该说，对她这样一位出身不错、"文墨也极通""模样儿又极好""气质美如兰，才华阜比仙"的女孩，贾家的上层还是"高看一眼、厚爱三分"的。当林之孝家的一说到妙玉因为贾家是"侯门公府"所以不想来时，王夫人很是理解她的"傲骄"行为，当即训令林之孝家的"下个帖子请他何妨"，并且第二天就"备车轿去接"她，给之以上宾的特别礼遇；把她请到栊翠庵后，贾家也没有给她定下念多少经卷、点多少油灯的目标任务，允许她按着自己的性子行事；贾母带着"参观团"去栊翠庵"考察"时，看到院里面"花木繁盛"，也对她的管理能力给予了高度肯定："到底是他们修行的人，没事常常修理，比别处越发好看。"

但这位美丽而有个性的苏州女孩，却很难受到众人的待见，看不惯她之作派的人并不在少数。且不说通行本续集第一百十七回中贾环评价"妙玉这个东西是最讨人嫌的，她一日家捏酸，见了宝玉就眉开眼笑了"，仅在前八十回，李纨、岫烟、黛玉就都对她发出过微词：第五十回，低调厚道的李纨直接对众人说"可厌妙玉为人，我不理他"，当众表示了对她的嫌恶；和妙玉做过"十年的邻居"、有着"贫贱之交"的邢岫烟，在第六十三回也说她是"这等"的"放诞诡僻"，简直是"俗语说的'僧不僧，俗不俗，女不女，男不男'"，其不屑、厌弃妙玉之心也溢于言表；即便是与她关系不错、可以直接坐在她专用"蒲团"上的黛玉，在第四十一回对她的印象竟然也是"天性怪僻"，认为与她"不好多话，亦不好多坐"。

妙玉在小说中亮相的次数并不是很多，但她在金陵十二钗"正册"的判词中却被曹公排在第六位出场，竟然列于迎春、惜春、李纨、可卿等之前，甚至比王熙凤还要靠前。慢品细思，你会有一种越来越强烈的感觉：在小说"万艳同杯"的群芳谱中，最苦的那位，除了那"平生遭际实堪伤"的香菱，应该就是她了。妙玉的苦，不但在于其令人嘘唏的身世遭际，更在于其孤僻压抑的心性情殇。

妙玉的第一个苦：修而不行。

出身"读书仕宦"之家的她，出家本非她所愿。她之所以选择遁入空门，做了"槛外人"，实在是迫不得已。她和黛玉一样，从小就体弱多病，为了治病，她父母给她"买了许多替身儿"，但"皆不中用"。与黛玉所不同的是，黛玉的"不足之症"一直没有治好，因为林如海舍不得让黛玉出家，她也做不到"总不许见哭声"，做不到"除父母之外，凡有外姓亲友之人，一概不见"；而妙玉父母亲的心则比较"硬"，为了孩子的健康，豁出去了，见买"替身儿"的办法不管用，就狠心让她"亲自入了空门"，终于治好了她的病，妙玉后来就正式"带发修行"。

但从小就在佛门修道的她，却始终怀有一颗不甘的心。整个贾府中，哪里的红梅开得最为炽烈？不是怡红院，也不是蘅芜苑，而是她所在的栊翠庵。栊翠庵门前的"十数株红梅如胭脂一般"，在白雪的映照下，不但显得"分外""精神"，而且"好不有趣"。我们从那让人叹为观止的蓬勃红梅中，是不是可以感受到妙玉那颗渴望怒放的少女之心？是不是可以品读到妙玉那种身在槛内、心在槛外的红尘之恋？

对满身土气而又质朴善良的刘姥姥，谁的眼眸中闪烁着最为鄙夷的目光？不是那些势利的婆子丫鬟，而是本应慈悲为怀、出家修行的她。贾母带着刘姥姥造访栊翠庵，作为主人，她只给贾母捧了一杯茶，却没有给刘姥姥也泡一杯；更为过分的是，看到贾母将那只喝了"半盏"的茶杯递给了刘姥姥，而刘姥姥也拿起杯"一口吃尽"之后，她的心中便再也无法接纳那只杯子，即便那杯子是一只价值不菲的"成窑五彩小盖钟"。

佛教注重修行，其基本要理是"戒、定、慧"三个字，即弃欲望、绝心念、悟真理，但妙玉那样的言行，怎么配得上"慈悲"与"修行"两个词！大观园的其他女孩们在海棠社菊花诗中一起热闹着、奔放着，而妙玉则在栊翠庵内孤独地燃烧着、闪耀着。她的身体虽然在青灯古卷相伴的庵堂中关闭着、修炼着，但她的心灵却依然在好恶爱恨的红尘情感中纠结着、汹涌着。借用现在流行的一句话，她的修炼确实还远没有达到"内化于心，外化于行"的境界。

妙玉的第二个苦：爱而不能。

妙玉，这位本应超然物外的妙龄女孩，她的第二个苦，便是"爱你在心口难开"。她的出家人之身份，让她明白必须抛弃滚滚的红尘，必须剪断缕缕的情思，必须将胸中那团爱的火焰牢牢地锁闭在栊翠庵里。但即使这样，"带发修行"的她，依然会时常萌动着青春的情愫，依然会情不自禁地对宝玉表现出与众不同的关心和怜爱。

贾母带众人一起到她那里喝茶时，她悄悄拉着宝钗和黛玉到"耳房"去喝"梯己茶"，然后宝玉也跟了进去。特别值得品嚼的是，她给三个人用的竟然是三个不同的茶杯：给宝钗喝的是晋代首富王恺和宋代苏轼都曾经"珍玩"过的一只"瓟斝"；给黛玉喝的是一只也颇有来头的"点犀䀉"，有的版本也写作"星犀䀉"或者"杏犀䀉"，不管哪个名，反正都是极其名贵的珍品；而递给宝玉喝的，却是她自己"前番""常日吃茶的那只绿玉斗"。若不是情有所恋、心有所系，她怎么可能将自己专属的茶杯如此轻易地捧给另一个人，而且对方居然还是一个身在"槛内"的"须眉浊物"！

宝玉生日的那天，她竟然特意派人送去了一张上面写着"槛外人妙玉恭肃遥叩芳辰"的信笺，用的还是代表着甜美和浪漫的"粉笺子"。要知道，小说中，宝钗、凤姐、贾母等很多与她关系密切的重要人物都举办过大大小小的生日宴，却从没有看到妙玉对她们发过生日帖，有过任何形式的生日问候。

她对宝玉的这种特别态度，就连李纨等都已了如指掌。第五十回联诗，宝玉输了，李纨给出的惩罚措施便是让宝玉去栊翠庵向妙玉讨要梅花；当宝玉准备"冒雪而去"，而李纨"命人好好跟着"时，黛玉则说了一句意味深长的话："不必，有了人反不得了。"宝玉一个人去就给，如果其他人跟着去就不给，这种超乎常人的亲近，不能不让人往"暧昧"处去联想。

只是，妙玉明白，对宝玉的那份情感，终究是她此生一个遥不可及的幻梦，这一辈子，她只能将这种情愫严严实实地锁在心房里。第四十一回，宝玉他们离开栊翠庵时，她一"送出山门，回身便将门闭了"，她所努力关闭的，不仅是那扇栊翠庵的大门，更是她自己的那扇心门。但明知爱而无望的她，依然在孤独执著地做着一个美丽而又凄楚的青春女孩之幻梦，中国作家出版社 2010 年 1 月出版的《红迷》一书中，一位叫"简单简"的作者给了妙玉一个非常贴切的评价："离世傲梅恋红尘。"

妙玉的第三个苦：洁而不保。

说起妙玉，不能不提到第五回中那几句关于她的"滴血"判词："欲洁何曾洁，云空未必空。可怜金玉质，终陷淖泥中。"一个本应"四大皆空"的出家之人，心中却燃烧着青春的火焰；一个一生孤傲高洁、不把人放在眼里的金玉女孩，最后竟然陷入污浊不堪的泥淖。在前八十回中，曹公倾力描写出了她的三个"洁"：

一是高洁，不屈从权贵。第十八回，林之孝家的曾向王夫人汇报，第一次去请妙玉时，竟然直接拒绝，答之以"侯门公府，必以贵势压人，我再不去的"，这个回答是何等的掷地有声！第六十三回，曹公又借邢岫烟之口，讲述了妙玉对历朝历代诗歌的看法，说是"古人中自汉晋五代唐宋以来皆无好诗"，能够入她法眼的只有"纵有千年铁门槛，终须一个土馒头"这两句，这个评价点出妙玉是何等的骄傲孤高！

二是净洁，不允许污染。其最典型的表现，便是四十一回对刘姥姥喝过茶杯的态度，因为那杯子沾过了刘姥姥的唇，她便弃而不要；在宝玉的恳求下，她才勉强同意，做了个顺水人情，允许将杯子送给刘姥姥。给就给了呗，但她偏偏"到底意难平"，又愤而发声，说出了一句让自己更招致非议的补白："幸而那杯子是我没吃过的，若我使过，我就砸碎了也不能给他。"当宝玉调侃要让"几个小幺儿来河里打几桶水"来给栊翠庵洗地时，你听她怎么回答？"这更好了，只是你嘱咐他们，抬了水只搁在山门外头墙根下，别进门来。"抬水洗地可以，但"小幺儿"的泥腿决不能踏进栊翠庵半步！

三是孤洁，不在乎别人。她的头颅始终高扬着，她的骨子里流淌着似乎是与生俱来的孤高血液，别人对她什么态度，她不在乎，她所在乎的是那一个孤芳自赏的自己。你看，贾母和刘姥姥还在她这里坐着，她却"把宝钗和黛玉的衣襟一拉"，当众搞起了自己的"小圈子"；你看，她即使同意将杯子送给刘姥姥，也不愿意亲手相送，而是对宝玉说"你要给他，我也不管你，只交给你，快拿了去罢"；当黛玉谦虚地问了一句"这也是旧年的雨水"，结果她就"冷笑"着、毫不客气地批评黛玉是个"连水也尝不出来"的"大俗人"。

正因为这样，目无他人、行无顾忌的妙玉，无论在小说中，还是在读者心目中，几乎都成了一个"太高人愈妒，过洁世同嫌"的孤魂，就连温文尔雅的林语堂先生也一脸厌恶地称呼她是"那个好洁神经变态的色情狂家伙"[①]。虽然我们现在还没有寻见曹公原创的全本《红楼梦》，但那第五回的"残忍"判词早已经为我们点出了妙玉的结局：这样一个洁身自好的孤傲女孩，最后依然没法逃脱"到头来，依旧是风尘肮脏违心愿。好一似，无瑕白玉遭泥陷"的悲剧命运。

---

① 林语堂. 平心论高鹗[M]. 长沙：湖南文艺出版社，2019：4.

○美不胜收的小人物

　　她们有的雅重内敛，有的细致周全；

　　她们有的聪慧而又专情，有的闲闲无语而又光彩照人；

　　她们有的书写了鲜活的"职场教科书"，有的唱响了"野百合也有春天"的传奇。

　　她们是不起眼的小花，但她们绽放着沁人心脾的芬芳。

　　她们是不知名的小溪，但她们流淌着动人心弦的旋律。

　　她们快乐着自己的快乐，忧伤着自己的忧伤；

　　她们梦想着自己的梦想，追逐着自己的追逐；

　　她们活出了属于自己的模样。

岫烟："雅重"的好姑娘谁人不爱

　　在《红楼梦》光芒四射的诸女孩中，邢岫烟就像一朵极不起眼的小花，在太虚幻境薄命司的"女子档案室"中，找不到她的名字；在十二位仙女"轻敲檀板，款按银筝"演唱的十二支红楼金曲中，见不到她的形踪。小说中，这位和宝玉同一天生日的女孩，直到第四十九回才姗姗出场，但即便出场后，不仅故事的"桥段"少得可怜，而且也完全被同时出场的薛宝琴的光环所掩盖。她，就如她所作的"看来岂是寻常色，浓淡由他冰雪中"的那句诗一样，虽不寻常，却浓淡由他、好坏随缘。

　　她贫寒，不卑不怨。

　　她来贾府的目的其实很难说出口，她父亲是邢夫人的兄弟，因为家境困难，她父母就带着她"来投邢夫人"，期望邢夫人能够助他们"治房舍，帮盘缠"。尽管她的"投奔"不像"打抽丰"的刘姥姥那般直接，但事实上也相差不了多少，而且可能还有过之而无不及，刘姥姥毕竟是来了然后马上就回去了，但她和她父母却住下就不走了。小说中虽然没有介绍她家到底困难到什么程度，但曹公在好几处都有交代：比如在第四十九回的"琉璃世界白雪红梅"之中，众金钗一个个都打扮得花枝招展，只有她，"仍是家常旧衣，并无避雪之衣"，甚至连一顶像样的"斗篷"也没有；比如第五十七回，在她对宝钗的倾诉中，我们可以知道，她须得从每月二两的月例中拿出一两交给父母，逼得自己只好"悄悄的把绵衣服叫人当了几吊钱盘缠"。除此之外，小说中还多次从薛姨妈、宝钗、凤姐、探春等的视角，写出其"家道贫寒，是个钗荆裙布的女儿"；凤姐也常"怜他家贫命苦，比别的姊妹多疼他些"；探春见其没有佩饰，还特意悄悄地送给她一个"碧玉珮"。

比"家业贫寒"更痛心的是，她还摊上了一对很不"上路"的父母。凤姐曾"冷眼敁敠""岫烟心性为人"，然后作出了岫烟"竟不像邢夫人及他的父母一样"的判断，也就是说，对岫烟父母的为人，凤姐打心眼里瞧不上；即使"随时从分"的宝钗，对岫烟父母的评价也是给直接打了个"不及格"："别人之父母皆年高有德之人，独他父母偏是酒糟透之人，于女儿分中平常的。"

她雅重，温厚可疼。

"幸他是个知书达礼的，虽有女儿身分，还不是那种佯羞诈愧一味轻薄造作之辈"，这是第五十七回曹公直接对她的赞美；还是在这一回，宝钗之所以对她"暗中每相体贴接济"，也是因为看中了她"凡闺阁中家常一应需用之物，或有亏乏，无人照管，他又不与人张口"的那种"雅重"品性；第六十三回，贾宝玉与她路上相遇，只交谈了几句话，便情不自禁地夸赞她"举止言谈，超然如野鹤闲云"；第四十九回，知人识人的凤姐，一见到岫烟，也下出了一个"温厚可疼"的结论。

她恬静达观，满心都是"阳光心态"，一起来到贾家的薛宝琴被贾母喜欢得"无可不可"，她毫无妒嫉之心思；她稳重淡定，坦然笑迎生活的困难，她在贾家得到的月例虽然和其他姐妹一样，但不仅不能自己全部留用，而且要不时地"拿出钱来"给迎春的婆子们"打酒买点心吃"，她从无苦怨之牢骚；她忍辱负重，平静对待别人的歧视，平儿的虾须镯丢了，平儿最先怀疑的窃贼是"邢姑娘的丫头"，那理由竟然是"本来又穷，只怕小孩子家没见过，拿了起来也是有的"，她一点也没有受不了委屈。她知礼重孝，她知道邢夫人"非真心疼爱"自己，但一听说邢夫人"害火眼"，便立即和迎春一起"过去朝夕侍药"。

在贾府寄住期间，薛姨妈竭力撮合她与薛蝌的姻缘。薛姨妈最看中她的是什么？四个字："端雅稳重。"其实，薛姨妈最初的计划是想让她做自己的儿媳妇，后来之所以改变初衷，并不是因为邢岫烟与自家"门不当户不对"，而是觉得自己的儿子薛蟠"素习行止浮奢"，恐怕"糟塌"了岫烟这么好的姑娘。从中可以看出薛姨妈对邢岫烟是多么地欣赏。

在贾母亲自"硬作保山"之下，岫烟与薛蝌的婚姻大事立马敲定。这时候的岫烟，虽然心中很"如意"，但一点都没有喜形于色，反而表现得"未免比先时拘泥了些，不好与宝钗姊妹共处闲语"，全然一副人见犹怜的小家碧玉之模样。当宝钗见到她身上的碧玉珮而给了她一通"一色从实守分为主，不比他们才是"的教诲时，岫烟不但没有生气，反而笑着说"姐姐既这样说，我回去摘了就是了"。

她聪敏，智慧超然。

若论容貌和才艺，她与黛玉、宝钗、湘云、宝琴等都无法相比。你看，第四十九回，她和薛宝琴等一起来到贾府，宝玉一见，当众赞叹："老天，老天，你有多少精华灵秀，生出这些人上之人来。"宝玉夸赞的这些"人上之人"中，不仅有宝琴，甚至连"大嫂嫂这两个妹子"李纹、李绮也都在内，却独独没有岫烟。但她的聪慧才智却也和她们有得一拼，她积极参与金钗们的诗社活动，在庐雪广即景联诗中，面对李纹的"寒山已失翠"那悲凉的上句，她即刻对了一句"冻浦不闻潮"，不仅对仗工整，而且把境界提升了不少，传递出一种冷而不悲、静而不哀的美感；在"咏红梅"诗赛时，她三下两下就写出了"桃未芳菲杏未红，冲寒先已笑东风""看来岂是寻常色，浓淡由他冰雪中"等非同凡响的诗句。

她甚至还做了宝玉的老师。第六十三回，宝玉生日时，收到了妙玉的一张祝福信笺，上书"槛外人妙玉恭肃遥叩芳辰"，便想立即回帖，但一下子"不知回帖上回个什么字样"才能与"槛外人"的雅号"相敌"，便想去问黛玉。但最后给宝玉指点迷津的并不是黛玉，而是岫烟。岫烟在听到宝玉的"请教"后，当即解了他的急难："他若帖子上是自称'畸人'的，你就还他个'世人'。畸人者，他自称是畸零之人；你谦自己乃世中扰扰之人，他便喜了。如今他自称'槛外之人'，是自谓蹈于铁槛之外了；故你如今只下'槛内人'，便合了他的心了。"这一席话，体现出了岫烟对妙玉"知根知底"的了解，同时也显出了她敏捷的反应和过人的智慧，让宝玉听了后"如醍醐灌顶"，不但立即写了"槛内人宝玉熏沐谨拜"的回帖，而且还长了知识，明白了"铁槛寺"的来历和内涵。

岫烟，一抹轻灵飘逸的云烟，多么美好、多么充满诗意的一个名字。虽然我们从现存的前八十回中无法明了邢岫烟的最终结局，但我们有理由相信，在红楼女孩中，她应该会是命运相对较好的一个。这样的女孩，不少红学评论家和爱好者在谈论到她时，都给予了不错的评价和美好的期愿，陈其泰先生誉其为"书中第一流人物"①；百合女士夸其为"好姑娘不愁没人爱"②。"老鸦窝里出凤凰"，这是脂砚斋对张守备那"知义多情"的女儿的批点，我以为，如果把这句批注放在邢岫烟身上，或许会更为合适妥切。

① 转引自：小麻鸟.《红楼梦》："书中第一流人物"邢岫烟[J].《红楼梦赏析》公众号，2020-03-15.

② 百合. 梦里不知身是客：百看红楼[M]. 太原：山西出版传媒集团·北岳文艺出版社，2017：71.

平儿：鲜活的"职场教科书"

越读《红楼梦》，我们就越会对平儿生出喜爱之情和敬重之感。

清代学者涂瀛在《红楼梦论赞》中如此点评平儿："求全人于《红楼梦》，其维平儿乎！平儿者，有色有才，而又有德者也。"周汝昌先生在《红楼梦脂粉英雄谱》一书中对平儿这样笺解："平，以和为本；和与平两者互为表里。和则平，平则和。平儿理家处事、解纷待人，处处以持平为准，善心良意。是以上下众人悉心悦服。全书中无一烦言怨语，独平儿一人一例。可知雪芹也赞此女过于他人远矣。"①百合女士也说，平儿"如花似玉，蕙质兰心，表里俱美""是金陵十二钗一干正册、副册、又副册里最无可挑剔的女子，都说《红楼梦》里无完人，平儿就是唯一的一个"②。

平儿，真是一本值得大书特书的职场教科书。

先看她的名：平儿。曹公对这个丫头的名字取得实在太好了！百合说她有着"平衡之美"，她能够"平心静气地接受现实"，能够"心平气和地为

---

① 周汝昌. 红楼梦脂粉英雄谱[M]. 桂林：漓江出版社，2008：42.

② 百合. 梦里不知身是客：百看红楼[M]. 太原：山西出版传媒集团·北岳文艺出版社，2017：91.

人处世"，能够"平淡平稳地经营生活"①。王家惠先生则把"平"谐音为"屏"，说"平者，屏也"，说"她是王熙凤身边的一面屏风"，是王熙凤与众人关系的"某种润滑剂和缓冲器"②。相较于"心比天高，身为下贱"的晴雯，处事周全却又一心渴望着成为宝二爷之妾的袭人，和聪明能干却又嘴不饶人的鸳鸯，"平"，可以说是平儿区别于她们的最大特质。她的心，始终放得很平，正因为平静平淡，所以她能够在"贾琏之俗"与"凤姐之威"之中游走自如；她做事，始终摆得很平，正因为平和公平，所以她能够赢得贾府上下的交口赞誉。如果要公推一位在小说中和读者群中都最受欢迎、美誉度最高的女子，那么十有八九非她莫属。

再看她的身份，她是王熙凤的陪嫁丫头，也是贾琏名正言顺的通房丫头。第三十九回，曹公借平儿之口说了这么一段话："先时陪了四个丫头，死的死，去的去，只剩下我一个孤鬼了。"也就是说，凤姐陪嫁时本来有四个丫头，但最后只剩下了平儿一个人，至于其他人是怎么死、怎么走的，曹公并没有交待，读者可以自由驰骋想象。反正不管怎么说，王熙凤最后只让平儿一个人留在了自己身边。王熙凤对待自己陪嫁过来的人尚且如此，更何况是后来的人呢！在王熙凤身边，她如果没能耐，像"扭扭捏捏的蚊子似的"，则根本入不了王熙凤的"法眼"；她即使有能耐，但如果和贾琏粘粘乎乎，像尤二姐和秋桐那样，那么王熙凤也根本容不得她。而平儿不但能够被王熙凤所容留，而且常常被王熙凤所赞赏，第五十回，王熙凤甚至还当着众人的面这样夸赞平儿："所以知道我的心的，也就是他还知三分罢了。"这就不能不让人从心底里佩服了。

平儿的高能耐和好口碑不是吹出来的，也不是装出来的，而是实实在在做出来的。在小说中，她的"光辉事迹"可以说俯拾皆是，随便一抓就能抓出一大把。

凤姐把偷情的贾琏与鲍二家的捉了个现形，气急败坏之中痛打了平

---

①　百合. 梦里不知身是客：百看红楼［M］. 太原：山西出版传媒集团·北岳文艺出版社，2017：99.

②　王家惠. 红楼五百问［M］. 石家庄：河北出版传媒集团，2016：336.

儿，贾母主持公道让凤姐"安慰"平儿，无辜挨打、受尽委屈的平儿却没等凤姐"安慰"，就"忙走上来给凤姐儿磕头"，自我检讨说"奶奶的千秋，我惹了奶奶生气，是我该死"，直让凤姐也感动得"滴下泪来"。

尤其是第五十五回，被王夫人任命为"临时三人组"负责人之一的探春，刚一赴任，便遇到了一件亲舅舅死亡抚恤金的棘手事，管事婆子吴新登家的故意刁难，生母赵姨娘又对探春当众羞辱，直把探春"气的脸白气噎"、花容失色。就在事情闹得不可开交、无法收场之际，平儿带来了凤姐的最新指示，但那个指示不但不能解决问题，反而让问题更加复杂化："奶奶说，赵姨奶奶的兄弟没了，恐怕奶奶和姑娘不知有旧例，若照常例，只得二十两。如今请姑娘裁夺着，再添些也使得。"果然，探春一听这个一边明确"旧例"规矩、一边又授予"破例"特权的模棱两可之指示，当即就黑了脸，"拭去泪痕"对平儿"开炮"："又好好的添什么，谁又是二十四个月养下来的？不然也是那出兵放马背着主子逃出命来过的人不成？你主子真个倒巧，叫我开了例，他做好人，拿着太太不心疼的钱，乐的做人情。你告诉他，我不敢添减，混出主意。他添他施恩，等他好了出来，爱怎么添了去。"面对眼角喷火并摆出一副"决战"模样的探春，平儿并没有与她正面交锋，而是接连使出了耐心倾听、细心服侍、训斥婆子、真诚劝慰和坚决力挺五个"组合拳"，给陷于上有生母作践羞辱、下有婆子刁难欺侮、中有凤姐糊涂指令之困境的探春以深情抚慰，帮其站队、助其立威，同时又替发布莫名之指令的凤姐以巧妙解释，帮其圆融、护其威望。在谈笑之间就浇灭了探春那熊熊燃烧的心头怒火。当后来探春又对家族内部的管理提出质疑，甚至毫不留情地进行"炮轰"时，你看平儿怎么着？她既高度赞赏探春的"兴利除弊"之举，同时又全力维护自己主人的威信，说凤姐也早"有此心"，只是"未必好出口"。她的"忠诚护主"之水平，让薛宝钗都情不自禁地要平儿"张开嘴"，想去"瞧瞧"她的"牙齿舌头是什么作的"。

很难想象，凤姐这样一位"脂粉队里的英雄"，如果离开了平儿，将会是什么样子。凤姐一生作恶无数，在她为数不多的如救济刘姥姥二十两银子、送邢岫烟御寒衣服、送秦钟见面礼等好事中，都有着平儿的功劳。难怪李纨把平儿誉为凤姐的"总钥匙"，甚至当着凤姐的面讽贬凤姐"给平儿拾鞋都不配，她们两个该换一下位子才对"。

自第五十六回开始，平儿那堪称贾府"灭火器""润滑剂"的作用发挥得淋漓尽致。正是平儿的及时出现，一次又一次地"救"了贾探春的"急"，一次又一次地"灭"了荣国府的"火"。如果没有平儿的出场，赵姨娘不会那么轻易地"偃旗息鼓"，春燕母亲不会那么轻易地"缴械投降"，林之孝家的对大观园厨房重新"洗牌"的"阴谋"就会得逞，王夫人的丫头彩云也很有可能将重蹈坠儿之覆辙，而那个卑微如蝼蚁的柳五儿则一定会梦碎大观园。换句话说，荣国府将会鸡飞狗跳、乱成一团。

平儿在众人心中的地位怎样？我们从第五十九回的一句话可以看出。当麝月要小丫头"去把平儿给我们叫来"，而春燕母亲不知轻重地说"凭你那个平姑娘来也凭个理"时，旁边的众婆子有段补白："他有情呢，你说两句；他一翻脸，嫂子你吃不了兜着走！"从这段话中，我们不难看出：大家对平儿是既敬又怕。敬什么？她有"情"：她不会死扣原则不放，当你有问题的时候，她会酌情处置。怕什么？她有威：这个威，不但是因为她是"二奶奶屋里的"，手中掌握着管理的"权杖"；而且她处置起来也是雷厉风行，不徇私情，如果是原则性的问题，她绝不会放任不管，更不会姑息纵容。这正如百合所说的那样，"平儿弯弯的笑眼背后，是一颗明察秋毫的心，谁也别想在她面前弄鬼"①。

但让人奇怪的是，这样一位被贾宝玉赞为"极聪明极清俊的上等女孩儿"，这样一位白玉一般的丫头，在前八十回，曹公把她四次安排在回目之中，却竟然没有让她出现在太虚幻境中的"女子档案室"中。

① 百合. 梦里不知身是客：百看红楼[M]. 太原：山西出版传媒集团·北岳文艺出版社，2017：95.

袭人：何等风光的两次回家

作为贾宝玉的首席大丫头，袭人是小说丫头群像中塑造得相当成功的一位。曹雪芹不但在第五回中把她列入了太虚幻境"档案室"的"金陵十二钗又副册"，而且不惜耗费大量笔墨，述其为人处世，描其情感命运，更让人击节称叹的是，甚至还特别叙写了她的两次回家，而且曹公对袭人这两次回家的叙写之细竟然远远超过了第十二回的黛玉回家探父。

袭人的第一次回家出现在第十九回。

在"烈火烹油、鲜花着锦"的元妃省亲结束之后，贾府上下一干人等都是"人人力倦，各各神疲"。在这节骨眼上，曹公突然插述了一句"闲笔"："偏这日一早，袭人的母亲又亲来回过贾母，接袭人家去吃年茶，晚间才得回来。"本来，这是早上走、晚上就可以回来的"芥豆"小事，根本算不得什么事儿，但曹公偏偏不仅特意点明，更大费周章，在后面特别用两件事情突出了袭人这次回家的非同小可。

第一件事情是宝玉和茗烟竟然偷偷上门去看望袭人。

主子私自去丫头家里探访，那可是有违礼数的行为。第七十七回灯姑娘发现宝玉在探视晴雯，就抓住宝玉"你一个作主子的，跑到下人房里作什么"这致命短处进行要胁。第十九回，一看到宝玉和茗烟这两位不速之客来造访，袭人的哥哥花自芳当即"唬的惊疑不止"，袭人的第一个反应也是"一把拉着问"宝玉"你怎么来了"。在听到宝玉"我怪闷的，来瞧瞧你作什么呢"的回答后，放下心来的袭人也是直接批评他们"忒胡闹""这还了得""胆子比斗还大"。

"温柔和顺"、稳重周全，这是袭人的重要性格特征。袭人的这个特点在这一回得到了充分而又细腻的体现。宝二爷这个尊贵而又特殊"客人"的突然登门，让袭人的母亲与哥哥猝不及防，他们两个"百般怕宝玉冷，又让他上炕，又忙另摆果桌，又忙倒好茶"，一副手忙脚乱、不知所措的样子。而平静下来的袭人则把她的善解人意与体贴关心展现得淋漓尽致：她先是让母亲和哥哥"不用白忙""果子也不用摆，也不敢乱给东西吃"。然后一连四个动作，都是用"自己的"东西来招待、服侍宝玉：一是将"自己的坐褥"铺在"一个杌子"上，让宝玉坐了；二是将"自己的脚炉"放在地上，给宝玉"垫了脚"；三是把"自己的手炉"掀开，并"向荷包内取出两个梅花香饼儿"焚上后，再将手炉盖好，"放与宝玉怀内"；四是用"自己的茶杯"斟了茶，再"送与宝玉"喝。这每一个动作都体现出她与宝玉的那种无人可以替代的特殊之亲近。当她的母兄精心准备了"齐齐整整"的"一桌子果品"时，知道这些东西对宝玉来说是"总无可吃之物"的袭人，为了顾及母兄的热情，只从中选了一样给宝玉吃。她是怎么给宝玉吃的？她先是用手指轻轻"拈了几个松子穰"，然后小心地"吹去细皮"，再"用手帕托着送与宝玉"。这一"拈"、一"吹"、一"托"的动作，和第八回宝玉睡觉时她收好那块通灵宝玉时的一"摘"、一"包"、一"塞"一样，恰到好处地体现了那种姐姐照顾弟弟式的细心与体贴。

对宝玉的不期而至，袭人尽管从心底里也很高兴，但她在宝玉稍坐片刻后就给他下了"逐客令"，告诉他"这个地方不是你来的"。在宝玉离开之前，她还做了两件事：一是亲自"伸手从宝玉项上将通灵玉摘了下来"，给正在她家作客的"两姨妹子"来了个近距离观赏的机会。二是命哥哥雇一顶轿子或者小车来，让宝玉不要再骑着马回去，为的是不招摇过市地"碰见人"，以免生出事端。这样的细心与周全，是宝玉身边的晴雯、秋纹等其他丫头所没有的，这或许就是袭人能够成为宝玉的"首席丫头"的重要原因。

第二件事情是补述了袭人回家之原因，并进而引出了一段"情切切良宵花解语"的华美篇章。

袭人一回到贾家，几句嘘寒问暖之后，宝玉便问袭人在她家里遇到的那两位"红衣少女"是谁，并情不自禁地"赞叹了两声"。袭人则抓住时机，巧妙地使出了激将法，从她们"那里配红的"到"我一个人是奴才命罢了，难道连我的亲戚都是奴才命不成"，从"明儿赌气花几两银子买他们进来就是了"到她们"如今十七岁，各样的嫁妆都齐备了，明年就出嫁"，把宝玉激将得急忙"陪笑"、浑身"不自在"。更为厉害的是，袭人不但没有"见好就收"，反而是乘势而进，通过将话题转移到自己身上，对宝玉来了一番深情的开导。

如果说在姨妹子出嫁一事上，袭人将激将之法运用得恰到好处；那么，在对自己被赎身一事上，袭人则是将欲扬先抑法演绎到了极致。袭人为什么回家？因为她母兄要同她商量赎身之事。袭人对赎身是一百个不愿意，明确表态是"至死也不回去的""权当我死了，再不必起赎我的念头！"她母亲与哥哥在知道了她的"坚执"态度、看到了她与宝玉的"那般景况"后，也已经表示"死心不赎了"，也就是说"这一页已经翻过去了"。但她回到贾家后却"用骗词"对宝玉设了一个套。她先是轻轻地"叹"了一声，很平静地从姨妹子的事提到自己的事，说"只从我来这几年，姊妹们都不得在一处。如今我要回去了，他们又都去了"。以前，我在这里，她们在家里；现在，我要回家了，她们却要出嫁了。这举重若轻的轻轻感叹立即让宝玉"惊"得"忙丢下粟子"，追问袭人为什么要回去。然后袭人便趁机说出了母兄与她商议的赎身之事。当"越发怔了"的宝玉傻傻地发问"为什么要赎你"，并接连表明"我不叫你去也难""老太太不放你也难""我只一心留下你"和"多多给你母亲些银子"等态度时，袭人则分别从"我又比不得是这里的家生子儿""便是朝廷宫里，也有个定例"、老太太"只怕连身价也不要，就开恩叫我去呢"以及贾家可"从没有干过这倚势仗贵霸道的事"等理由逐个进行辩驳，那句句在理的回答，直让宝玉觉得"竟是有去的理，无留的理"。当陷入痴傻状态的宝玉怨艾袭人的"薄情无义"、感慨造化弄人并"赌气上床睡去了"时，已"探出其情""压住其气"的袭人，则趁机对宝玉提出了"你果然留我，我便不出去了"的三个条件：一是不许说混账话；二是不许毁谤"读书上进"的人和僧道；三是"不许吃人嘴上擦的胭脂"。这三条"箴规"每一条都击中宝玉的痛点，要换作平时，宝玉很有可能会翻脸不认人，而此时已被袭人的欲扬先抑之法搞得神魂颠倒、急魔痴呆的宝玉，竟然高兴得立即爽快地答应"都改，都改"。

好一个"情切切良宵花解语"！袭人这个被王蒙先生称为"最成功即最恶劣的表演"①，几乎和凤姐初见刘姥姥时的表演如出一辙，她们采取的方法都是："先狠狠地打一耙"，给对方泼下一盆冰水，让他冷得发颤，把他"抑"到极痛处；然后"再柔柔地捋一把"，给对方捧出一把阳光，让他热得发昏，把他"扬"到极乐处。

袭人的第二次回家出现在第五十一回。

如果说袭人的第一次回家，突出的是袭人为人处世之周全和对宝玉的"情解"开导；那么袭人的第二次回家，则从另一个侧面衬出了袭人在贾家的地位和贾府这个"钟鸣鼎食之家"的奢华和排场。

袭人第二次回家的原因很简单，她的母亲"病重"，因"想他女儿"就叫花自芳来"求恩典，接袭人家去走走"。对下人的告假事项，贾府自有严格的规矩。第三十九回，有两个"该班的小厮"同时"跑上来"向平儿告假，告假的理由也是"我妈病了，等着我去请大夫"。相对于那两位该班小厮告假时被平儿批评了一顿，这次袭人哥哥则直接向王夫人来求"恩典"，而对袭人颇为赏识的王夫人也答应得相当爽快，不但当即表示同意，而且派人把凤姐叫来，当面下达了五个字的指令："酌量去办理。"

得到王夫人指令的凤姐，对袭人的这次回家表现出了超乎寻常的重视和关心。她先是特别嘱咐周瑞家的务必要做到两条，把这事办好：一是要

① 王蒙. 王蒙谈红说事[M]. 北京：北京出版集团公司、北京十月文艺出版社，2011：192.

告诉袭人回家的"原故"，叫她立即放下手头的工作，赶紧回家去探望照顾母亲。二是确定了袭人回家的规格。袭人家到贾府只有"一半里"左右，但就是这么一段顷刻就到的路程，凤姐居然吩咐周瑞家的要派"一辆大车"和"一辆小车"，而且不能让袭人一个人去，要周瑞家的亲自带七个人跟去，哪七个人？一个是"跟着出门的媳妇"，两个是"小丫头子"，还有四个是外头"有年纪跟车的"人。这阵势，哪里是丫头回家？几乎比得上一般家庭的大小姐出阁的规格了。这还不够，凤姐还命令周瑞家的要告诉袭人一定"穿几件颜色好衣裳"，还要"大大的包一包袱衣裳拿着"，那包袱、那手炉还不能是一般的，都一定要"拿好的"。

在这样细细叮嘱了周瑞家的之后，仍旧放心不下的凤姐还亲自把袭人叫来当面"瞧"过、"审"过，极其认真地对袭人的穿戴进行把关。曹公不厌其烦地对其要求之高、把关之严进行了细细描述：凤姐看到袭人头上戴的"金钗珠钏"很"华丽"，没有问题；袭人身上穿的"桃红百花刻丝银鼠袄子"和"葱绿盘金彩绣绵裙"等是太太赏的，很般配，也没问题。但是当她看到袭人罩在外面的那件"青缎灰鼠褂"看上去"太素了些"，而且"穿着也冷"时，当即给予了否定！随后当她听到袭人现在还没有保暖的"大毛"衣服的回答后，更是二话不说，立即将自己的那件"风毛儿出不好，正要改去"的"石青刻丝八团天马皮褂子"送给了袭人。最后，在看到袭人的"弹墨花绫水红绸里的夹包袱"和里面"只包着两件半旧棉袄与皮褂"时，她又命令平儿拿出了"一个玉色绸里的哆啰呢的包袱"，并"包上一件雪褂子"。

凤姐这样的举动自然赢得了众人"在上体贴太太，在下又疼顾下人"的夸赞。但凤姐的关心还没有到此结束，她继而又不住地嘱咐袭人："你妈若好了就罢；若不中用了，只管住下，打发人来回我，我再另打发人给你送铺盖去。可别使人家的铺盖和梳头的家伙。"其细心竟然到了不能用"人家的铺盖和梳头的家伙"、宁可再派人给袭人"送铺盖"的地步。对周瑞家的等跟随的人，她也是反复强调"这里的规矩"，不得有半点含糊。

还有哪一个丫头能像袭人一样得到凤姐如此之高的礼遇？翻遍小说，你可能再也找不出第二个。凤姐为什么会这样对袭人"高看一眼，厚爱三分"？从表面上看，好像是因为"那袭人是个省事的"人，好像是为了贾家的"体面"，但实际上则是因为王夫人。王夫人先前的从自己"月例"中专门切出二两银子作为袭人"特殊津贴"的超常举动，以及这次亲自让她"酌量去办理"的命令，让最会察颜观色的凤姐怎么会不明白王夫人对袭人那种"特别的爱"呢？所以，袭人的第二次回家，这排场和风光的背后，其实更多的是势力和地位在起作用。赏读着这种超乎寻常的荣光与体面，再联想到贾家日后的入不敷出，联想到袭人那"枉自温柔和顺，空云似桂如兰"的悲剧命运，你便能从"小"中读出"大"来，从"笑"中读出"泪"来。

麝月：光彩照人的"荼蘼"①

麝月，在宝玉的丫头群中，虽也位居大丫头之列，但其地位不如列入太虚幻境"又副册"的袭人、晴雯那般重要，其性格也不似秋纹、碧痕那般张扬。在小说中，她看上去并没有给读者留下特别深刻记忆的故事，其突出的表现就是与世无争、不温不火。第二十回，脂砚斋曾经给她下过一个批语："麝月闲闲无语，令余鼻酸。""闲闲"有几种解释：一是安静，二是随便；三是豁达。也就是说，在脂砚斋眼里，她安静随和、与世无争、不生事端。总体而言，在《红楼梦》那么多出色的丫头群像中，她只是一个很普通的小角色，似乎多一个不多、少一个也不少。但就是这样一个在贾府和读者心中存在感都不是特别强的丫头，身上却散发着别样的光彩。

（1）尽心竭力的责任感。

在宝玉眼里，麝月是袭人调教出来的，"公然又是一个袭人"。较之素以温柔和顺、处事稳重、心地纯良之形象出现在众人面前的袭人，麝月的为人处世虽然还不如袭人那样周全细致，但从她的身上确能见到袭人的影子。

---

① "荼蘼"，参照人民文学出版社 2008 年 7 月出版的通行本《红楼梦》，吴铭恩汇校《红楼梦脂评汇校本》中作"荼蘼"。

第二十回，袭人生病，其他丫头都到外面"寻热闹"去了，是她，一个人留在宝玉外间房里"抹骨牌"。当"同贾母吃毕饭"后回来的宝玉问她为什么不去玩时，她先是假说"没有钱"去玩，然后在宝玉"床底下堆着那么些，还不够你输的"的追问下才道出实情："都顽去了，这屋里交给谁呢？那一个又病了。满屋里上头是灯，地下是火。那些老妈妈子们，老天拔地，伏侍一天，也该叫他们歇歇，小丫头子们也是伏侍了一天，这会子还不叫他们顽顽去。所以让他们都去罢，我在这里看着。"麝月的回答中明明白白地表达了两层意思：一是安全很重要，家里必须有人守候。二是大家很辛苦，忙活了一天，老的很累，需要休息；小的很乏，需要放松，所以我在这里"值班"。这话中传递出来的全是尽心竭力、主动担当的责任感，让宝玉听后特别感动，甚至主动提出为她"篦头"。

第五十一回，袭人因为母亲生病回家，于是贴身服侍宝玉的任务就落在了她和晴雯的身上。睡在宝玉房里外床的她，晚上听到宝玉在睡梦中喊，却故意装作没听见，等晴雯赶进来骂她"真是个挺死尸的"时，她的回答很有趣："他叫袭人，与我什么相干！"貌似又懒惰又爱吃醋；然而，在听到宝玉要"吃茶"后，她却二话不说，立即披衣起床，洗手、倒温水、拿漱盂、取茶碗、涮温水等一连串的动作相当娴熟；然后再"向暖壶中倒了半碗茶，递与宝玉吃了"，整个过程清晰连贯、有条不紊。等宝玉、晴雯玩笑了一阵之后要再次休息时，又是她，先是"将火盆上的铜罩揭起"，再是"拿灰锹重将熟炭埋了一埋"，又"拈了两块素香放上，仍旧罩了"，然后"至屏后重剔了灯"，等这一系列工作做得"停停妥妥"之后，她"方才睡下"。好一个尽职的丫头！

特别值得注意的是，还在第五十二回，当平儿查出虾须镯被偷的真相和嫌犯后，先是叮嘱唯一的知情者宋妈要守口如瓶，不能告诉任何人；再是编造了一个丢在雪地里后来自己捡到了的故事；然后是悄悄地到怡红院去告诉真相。平儿选择告诉的对象，既不是宝玉，也不是晴雯，而是麝月，从中可以看出麝月的稳重和牢靠。

通读整部小说，我们可以发现，这个看上去长相并不出众、反应有些迟钝、做事有点"笨笨"的麝月，对自己职责范围内的"一亩三分地"却毫不含糊，她始终在认认真真地守好自己的门，踏踏实实地做好自己的事。

（2）豁达随意的包容心。

麝月没有袭人那样明确的目标和"上进心"，也没有晴雯那样"爆炭"的性格和臭脾气，她似乎就喜欢那样从从容容、平平淡淡地生活着。

在丫头之间，她从不主动挑起是非、参与纷争；在主子那里，她也从不主动献媚卖萌、邀功请赏。宝玉关心她，帮她"篦头"，让她晚上出去前披上他的"貂颏满襟暖袄"，她都坦然接受，但决不忘乎所以、得意忘形。她的身上有三个特点：一有原则。晴雯为了宣泄自己的情绪，把她的扇子也给撕破了，她决不惯着、纵容着，当面批评晴雯怎么可以"拿我的东西开心儿"；宝玉为了换晴雯一笑而让麝月去把"扇子匣子"也拿来，她断然拒绝，表示决"不造这孽"。二有肚量。即便晴雯总要惹她，她也从不记恨晴雯，不与其反目为仇，相处一场，自当"且行且珍惜"。三有关心。第六十二回，春燕回宝玉时专门点出"方才麝月姐姐拿了两盘子点心给我们吃了"，只一句便道出了在待人接物上麝月那胜于晴雯、秋纹的亲厚周全。

在第六十三回的"寿怡红群芳开夜宴"，兴致甚高的众姐妹玩起了掣花签游戏，有三位"小人物"也幸运地抽了签，与袭人的桃花、香菱的并蒂花不同，麝月抽出的签是荼蘼花，上面的题为"韶华胜极"。荼蘼花是一种常见的蔷薇科草本植物，在春天即将结束时开花，所以它也隐示着美好的时光就要过去。平常、开花晚，这是荼蘼花的两个主要特征，这两个特征在麝月的身上体现得也相当明显，在美女如云、群芳争艳的大观园中，她就这样不显山不显水地活出了自己。

（3）青春诗意的浪漫情。

说麝月有一颗浪漫的心，十有八九的读者可能都会摇头。不说大观园，就说怡红院里那么一干丫头中，若论老老实实本本分分、既不生事也不惹事，除了袭人，应该就是她了，她几乎与浪漫搭不上什么边儿。但是，第五十一回的一件事，却让我们突然发现，麝月那颗恬淡安静的心灵一角，其实也洋溢着青春的热情、荡漾着诗意的芬芳。

那一天袭人刚好回自己娘家了，宝玉在半夜三更梦醒，"升级"为贴身侍侯的麝月起来后，伏侍宝玉和促狭的晴雯吃好茶。按理，完成任务的她可以回去踏踏实实地睡觉了，但她没有。兴致勃发的她竟然突发奇想，说"我出去走走回来"。要知道那可是数九寒天的冬日哪，外面那个冷呀，简直可以刺透人的骨髓，只"穿着小袄"的晴雯不是被冻出了一场大病吗？但麝月却全然不顾，披上宝玉的衣服，就"开了后门，揭起毡帘"走了出去。这样的冬夜户外会有什么？晴雯首先想到的是"有个鬼等着"，而在麝月的眼里和心中则有"如水"一样的"好月色"。一个人如果没有一颗诗意的心，怎么会在那"侵肌透骨"的寒冷冬夜独自走到室外去"晒月光"呢？

月亮总是能够和诗意联系在一起，不管是古代还是现代，月亮给我们的生活创造了很多的诗。比如："举杯邀明白，对影成三人"（李白），"露从今夜白，月是故乡明"（杜甫），"明月几时有？把酒问青天"（苏轼），"不知江月待何人，但见长江送流水"（张若虚），"故乡的歌是一支清远的笛，总在有月亮的晚上响起"（席慕蓉），"明月装饰了你的窗子/你装饰了别人的梦"（卞之琳），"温一壶月光下酒"（林清玄）……从麝月眼中那一轮"如水"的雪夜月亮上，我们可以感受到播种在她心底的那一颗诗性的种子。遗憾的是，麝月那萌芽生长着的诗意浪漫，在倏忽之间，竟便被晴雯"蹑手蹑脚"的吓唬和山石后头突然飞出的一只大锦鸡荡涤干净。

（4）敢于碰硬的战斗力。

让读者对麝月最为刮目相看的是，这位看上去安分守己的女孩，在关键时刻却以其敢于并善于碰硬的果敢和极为伶俐的口才，展露出了超乎其他人的极强战斗力。

第五十二回，晴雯听闻坠儿偷了平儿的虾须镯后，一怒之下，自己作主将坠儿驱逐出了怡红院。坠儿的母亲来领人时对晴雯不给"留个脸儿"的做法表示了强烈不满，并对晴雯将责任推给宝玉的说辞报以"冷笑"，提出了三点责问：一是我哪有胆子去问宝玉；二是宝玉最听你们的话，依了也"未必中用"；三是你们可以"直叫他（宝玉）的名字"，我们不行。面对这样的指责，心直口快的晴雯立即"急红了脸"说："我叫了他的名字了，你在老太太跟前告我去，说我撒野，也撵出我去。"整个人完全是气急败坏、乱了方寸。就在这时，平时一副木讷样的麝月挺身而出，连珠炮似的一口气回怼了一长段话，明确告诉坠儿的母亲要"四个认清"：一是要认清"地"。这是什么地方？这是怡红院，岂是你随便"叫喊讲礼"的地方！换句话说，就是在这里你根本没有说话的资格。二是要认清"人"。我们是谁？我们是连"赖奶奶林大娘，也得担待我们三分"的人，更不用说你了。你现在想"和我们讲礼"，真是不知道天高地厚！三是要认清"理"。我们为什么会喊宝玉的名字？我们是奉命而叫，因为这"都是老太太吩咐过的"，为的是"好养活"。宝玉的名字不但我们叫得，而且"连挑水挑粪花子都叫得"。四是要认清"你自己"。你是什么人？你从没"在老太太、太太跟前当些体统差事，成年家只在三门外头混"，你根本不知道"我们里头的规矩"。这段话有理有节、软硬兼施，绵里藏着针，柔里露着刚；既给了她如若不信不服则可以去"回了林大娘"的申诉权，又命小丫头"拿了擦地的布来擦地"、毫不客气地对她下了"逐客令"。直把坠儿的母亲说得"无言可对，亦不敢久立，赌气带了坠儿就走""嗐声叹气，不敢多言，抱恨而去"。

　　麝月敢于与"硬茬"进行面对面较量的出众战斗力还在第五十八回得到了充分展示。芳官被她的干娘何婆欺侮，被逼着用别人洗过的剩水洗头，娘儿两个因此发生了争吵。见此情景，想息事宁人的袭人另拿了"花露油并些鸡卵、香皂、头绳之类"给芳官洗头，没想到"益发羞愧"的何婆竟然动手打了芳官。于是，"爆炭"性格的晴雯立即指责何婆"我们饶给他东西，你不自臊，还有脸打他"，但遭到了何婆"一日叫娘，终身是母。他排场我，我就打得"的强硬反驳。见事态可能要失控，袭人不得已使出了"杀手锏"，就是立即唤麝月出马"快过去震吓他两句"。临危受命的麝月果然不辱使命，接连抛出五个反问：一问"你看满园子里，谁在主子屋里教导过女儿的"；二问"大些的姑娘姐姐们打得骂得，谁许老子娘又半中间管闲事了"；三问"都这样管，又要叫他们跟着我们学什么"；四问"你见前儿坠儿的娘来吵，你也来跟他学"；五问"他不要你这干娘，怕粪草埋了他不成"。第一问点出她"不懂规矩"，第二问点出她"不明事理"，第三问点出她"不知好歹"，第四问点出她"不知自重"，第五问点出她"不识大体"，这每一问都击中何婆的痛处和软肋，直将她说得"羞愧难当，一言不发"。而回转身来，麝月却又对芳官开起了"把一个莺莺小姐，反弄成拷打红娘了"的玩笑。一场眼看就要蔓延的战火，就这样让麝月在"谈笑间，樯橹灰飞烟灭"。

麝月的结局到底如何？前八十回并没有交待。但第二十回脂砚斋有过一段很长的"夹批"，其中有言："闲闲一段儿女口舌，却写麝月一人。(有)[在]袭人出嫁之后，宝玉、宝钗身边还有一人，虽不及袭人周到，亦可免微嫌小弊等患，方不负宝钗之为人也。故袭人出嫁后云'好歹留着麝月'一语，宝玉便依从此话……"依此段批语，不少红学研究者都认为她应该是最后一个留在宝玉身边的大丫头。

莺儿：《红楼梦》中的"三好丫头"

在《红楼梦》众丫头中，以鸟为名的并不在少数，其中一部分存在感并不强，如雪雁、春燕、小鹊、小鸠、彩鸾等，但还有几位却绝对算得上是"重量级"的角色：比如鸳鸯，这位美丽的"雀斑女孩"，是贾母一刻也离不得的"首席丫头"，李纨甚至给予了"老太太屋里"要没她那将"如何使得"的夸赞；比如鹦哥，她原先是贾母身边的一个"二等的丫头"，后来贾母见"雪雁甚小，一团孩气"，而"王嬷嬷又极老，料黛玉皆不遂心省力的"，便派她去服侍黛玉，而后更名为紫鹃；再比如莺儿，她的全名叫黄金莺，是薛宝钗身边的大丫头。假如来一个"红楼丫头十二钗"的"选秀"活动，估计莺儿虽能位列其中，但排位不会太靠前，至少会排在平儿、袭人、鸳鸯、晴雯、紫鹃等人的后面，因为无论从出镜率还是从影响力来说，莺儿与她们都还有一定的差距。但如果以性格、德行和能力为标准，再来一个"三好丫头"的排行榜，那么，相信莺儿不但能榜上有名，而且一定会名列前茅。小说前八十回，莺儿的出场次数并不算多，作者对她的着墨也很少，但她那可爱的性格、得体的举止，以及那出众的编织功夫，让她不仅在小说中拥有着良好的口碑，同时也赢得了众多读者的喜爱。

她的性格：既率真又娇憨。

在文学理论中，性格悲剧和命运悲剧、社会悲剧一起并列为人生三大悲剧。一个人的命运和幸福指数，与其自身的性格密切关联。为什么晚到贾府的宝钗要比黛玉"大得下人之心"？最重要的原因并不是她长得比黛玉"丰美"，而是她那"豁达"圆融的行为、"随分从时"的性格，较之于"孤高自许，目无下尘"的林妹妹更受人欢迎。作为宝钗的丫头，莺儿无论在性格上还是行事风格上，也都让人对她心生爱怜。

她聪灵可爱。第八回她一亮相，给人的第一感觉便是挡不住的可爱与机灵，曹公甚至把这一回的回目定为"比通灵金莺微露意"，特别地将她"置顶"为头条人物。那天中午，贾宝玉突然心血来潮，决定去探视生病的宝钗。到了梨香院，三两句寒暄过后，宝钗忽发奇想要"细细的赏鉴"宝玉的那块通灵玉。当宝钗翻来覆去审视玉石正面时，竟情不自禁地念出了镌刻在上面的那"莫失莫忘，仙寿恒昌"八个字，并且接连"念了两遍"，然后又借批评一旁的莺儿来掩饰自己的忘情失态："你不去倒茶，也在这里发呆作什么？"这时，无辜挨批的莺儿非但没有生气，反而是"嘻嘻"笑着补白了一句："我听这两句话，倒像和姑娘的项圈上的两句话是一对儿。"这句话不仅解释了自己"发呆"之原因，更为重要的是，还一语解开了通灵宝玉与宝钗项圈中的"密码"，从而让宝玉对宝钗的金项圈也产生了浓厚兴趣，使得本来平铺直叙、波澜不惊的事情变得灵动有趣。总观小说前八十回，莺儿出场时的情态常常是"笑说""拍手笑道""抿嘴一笑"。她的"笑"，虽然没有宝钗那样的风情万种，却也衬显出了她的清纯可爱、楚楚动人，第三十五回，她边打着络子边和宝玉说话时那种"娇憨婉转，语笑如痴"的可爱样儿，甚至把宝玉都看得"早不胜其情了"。

她纯真率性。与她那少年老成的主子宝钗相比，莺儿的身上则多了些难能可贵的纯真率性。第二十回，和她一起玩游戏的贾环，输了时竟要起了无赖，"伸手便抓起骰子来，然后就拿钱"，并谎称她掷出的骰子是六点。莺儿没有被贾环咄咄逼人的"气势"所吓倒，也没有因为贾环是主子而容忍其赖皮行为，而坚持自己掷出的"分明是个么"！即便在宝钗严厉批评她"越大越没规矩，难道爷们还赖你"，并命令她"还不放下钱来呢"时，她虽然"满心委屈""只得放下钱来"，但依然是不服气，咬定事实不松口，你听她嘴中的那个"嘟囔"："一个作爷的，还赖我们这几个钱，连我也不放在眼里。"言语中满是对贾环的不屑和鄙夷。不仅如此，她甚至还将贾环和宝玉进行了对比："前儿和宝玉玩，他输了那些，也没着急。下剩的钱，还是几个小丫头子们一抢，他一笑就罢了。"正是这个脱口而出的比较，深深地刺激了贾环，进而掀起了一场轩然大波。第五十九回，她在园中采了些柳枝和鲜花来编织花篮，结果被承包园子的春燕姑妈和母亲发现了，调皮的她开玩笑说是春燕让摘的，结果她们竟信以为真，对春燕又是骂又是打。见此情景，莺儿也毫不客气地拉下了脸：她先是批评春燕的姑妈"你老人家要管，那一刻管不得，偏我说了一句玩话就管他了"；再是斥责春燕的母亲"你老别指桑骂槐"；在春燕哭着跑向怡红院、春燕她妈又在后面追赶时，极为生气的莺儿又做出了一个率性的举动："赌气将花柳皆掷于河中，自回房去。"

她的品行：既忠诚又善良。

就《红楼梦》中的主仆关系而言，她与宝钗的亲近程度，较之以紫鹃与黛玉可能相差甚远。对黛玉来说，紫鹃几乎是她无话不说的贴身闺蜜，她们俩之间与其说是主仆，还不如说是更像姐妹和知己。而宝钗虽然待莺儿也很不错，但两人始终隔着名分，始终主仆分明，她们根本不可能有黛玉与紫鹃那样情同姐妹的"体己话"，也根本不可能同睡在一张床上。然而，莺儿在为数不多的亮相中，始终对自己的角色认得很清，对自己的位置摆得很正，体现出了良好的品行。

她绝对忠诚。忠诚是职场最重要的通行证，对宝钗，她保持着距离，但决不离心，始终是"一片丹心"。不管宝钗发出什么命令，她都坚决执行：宝钗让她去潇湘馆讨取蔷薇硝，她二话不说抬脚就走；宝钗命她去送"笔墨纸砚""香袋扇子香坠"等各种物件，她立即带着婆子挨家挨户地"送往各处"；宝钗让她把钱给贾环，她即使心里不服，但也是不折不扣地服从。第五十六回，探春、李纨等"临时三人组"在商量大观园"承包责任制"改革时，平儿提议将熟悉花花草草的莺儿母亲作为承包人选，结果被宝钗一句斩钉截铁的"断断使不得"予以了否定。作为时刻跟随着宝钗的莺儿应该不会不知道这件事，但没有看到她因此而向宝钗求过一次情、发过一句怨言。不管在人前还是人后，只要说到宝钗，她绝没有半个"不"字。第三十五回，她甚至还在宝玉面前把宝钗尽情赞美了一通："你还不知道，我们姑娘有几样世人都没有的好处呢，模样儿还在次。"言语之中，满是对宝钗的欣赏和敬佩，说得宝玉心痒难忍、好奇心爆满。遗憾的是，宝钗身上那"几样世人都没有的好处"到底是什么，曹公直到小说结束都没有向读者明示。

她循规守礼。她是否识字，曹公没有介绍，但第七回宝钗一念出"莫失莫忘，仙寿恒昌"八个字，她就立即想到了"不离不弃，芳龄永继"与它可以凑成"一对儿"，说明她有一定的文化底子。作为丫头，晴雯、司棋等之所以最后被逐出了大观园，是因为她们"心比天高"，忘了自己的"身为下贱"。但莺儿与她们不同，她非常清楚"我是谁"，非常明白自己的角色定位，对自己的一言一行，她都是非常地注意。最典型的是第三十五回，她奉命陪着玉钏去给宝玉送"汤饭"，一走进怡红院，玉钏想也不想"便向一张杌子上坐了"，但她却"不敢坐下"；即使袭人特意端了个"脚踏"给她，她依然"还不敢坐"。她为什么"不敢"？并不是因为她胆小，而是因为她懂得礼数、知道规矩。第五十五回，凤姐硬让平儿同桌吃饭，不得已的平儿当时是怎么陪凤姐吃饭的？她"屈一膝于炕沿之上，半身犹立于炕下"。莺儿的那种谨慎守礼之表现、那个进退分寸之拿捏，简直可称为"平儿第二"，这也让脂砚斋忍不住对她发出了"宝卿之婢，自应与众不同"的美誉。

她的能力：既能干又能说。

若论性格和德行，紫鹃和她有得一比；但若论手上的活儿，那紫鹃则要差她一大截。在偌大的大观园中，能够与莺儿比拼手工的，可能就只有晴雯、湘云和黛玉等屈指可数的几位。要不然，在需要请人帮忙给宝玉打络子的紧急关头，袭人也不会直接点莺儿的名了。

她是操作能手。在红楼群芳谱中，莺儿的女红堪称一绝，如果给她颁一个"高级工匠"的证书，那一定是名副其实、当之无愧。小说中她的第一次出场，便是全神贯注地和宝钗一起"伏在小炕桌上""描花样子"。曹公将她的手工"绝活"描摹得最为充分、最为淋漓尽致的，是在第五十九回。奉宝钗之命向黛玉讨要蔷薇硝的她，在去潇湘馆的路上给蕊官好好地上了一堂"手工课"。当蕊官问柳条可以"编什么东西"时，她自信满满地回答："什么编不得？顽的使的都可。"也就是说，生活中的玩物和用品，只要你想得出，她就都能编织得出。这牛皮可不是吹的，她说到做到，边走边用随路采摘的柳枝和鲜花编织了一个"别致有趣"的花篮。当她到了潇湘馆把那个小花篮送给黛玉时，眼界甚高的黛玉一见便"双眼冒光"，给予了极高的评价，夸赞她的手很"巧"，做的篮很"别致"。那些普普通通的柳条，到了她的手上，立即增加了附加值，化腐朽为神奇，料想后来看她再次现场编织的蕊官和藕官可能恨不得立即拜她为师。

她是理论高手。莺儿不仅有着高超的编织技艺，而且在美学理论上也毫不含糊。第四十二回，宝钗因在众人面前"卖弄"了一通绘画理论而"圈粉"无数；第三十五回，宝玉把莺儿请来替自己"打几根络子"，莺儿也当众狠"秀"了一把编织花样和"色彩美学"，从而也让众人刮目相看：

> 莺儿道："装什么的络子？"宝玉见问，便笑道："不管装什么的，你都每样打几个罢。"莺儿拍手笑道："这还了得！要这样，十年也打不完了。"宝玉笑道："好姐姐，你闲着也没事，都替我打了罢。"袭人笑道："那里一时都打得完，如今先拣要紧的打两个罢。"莺儿道："什么要紧，不过是扇子、香坠儿、汗巾子。"宝玉道："汗巾子就好。"莺儿道："汗巾子是什么颜色的？"宝玉道："大红的。"莺儿道："大红的须是黑络子才好看的，或是石青的才压的住颜色。"宝玉道："松花色配什么？"莺儿道："松花配桃红。"宝玉笑道："这才娇艳。再要雅淡之中带些娇艳。"莺儿道："葱绿柳黄是我最爱的。"宝玉道："也罢了，也打一条桃红，再打一条葱绿。"莺儿道："什么花样呢？"宝玉道："共有几样花样？"莺儿道："一炷香、朝天凳、象眼块、方胜、连环、梅花、

柳叶。"宝玉道："前儿你替三姑娘打的那花样是什么？"莺儿道："那是攒心梅花。"宝玉道："就是那样好。"

在这一段关于女红活儿的家常对话中，曹公通过对比的手法，以宝玉这个富贵公子的"无知"映衬出了莺儿的博学。在络子的花样上，她一口气向宝玉介绍了"一炷香、朝天凳、象眼块、方胜、连环、梅花、柳叶"和"攒心梅花"八种样式，几乎什么花样她都知道，也都会"打"。尤其让人对她翘起大拇指的是，她对色彩的搭配还很在行。色彩搭配看似简单，其实很深奥，如何通过对比和调和，构筑起和谐生动别致的色彩之美，属于专业的美学范畴。这个平时不显山不露水的莺儿，竟然不但知道"大红的须是黑络子才好看的，或是石青的才压的住颜色"，而且明确告诉宝玉"松花"须得由"桃红"来配。如果没有深厚的色彩学功力，断然发不出如此色彩搭配的论断。以至于蒋勋先生也禁不住感叹："这个丫头很懂得色彩学！可见美这个东西，其实不一定是靠社会上层完成的。"①

小红：一曲"野百合也有春天"的传奇

只要说起小红，相信喜欢《红楼梦》的读者都不会忘记她。她的原名叫林红玉，与林黛玉只有一字之差，她们都是林中之玉，但一黛一红，明显的两种对比色，昭示出这两个人物完全不同的身份、性格与命运。因为名字与宝玉"重了"而不得不改名的她，却在小说中唱响了一曲"野百合也有春天""屌丝也能逆袭"的传奇。

小红家"原是荣国府中世代的旧仆"，她的父亲林之孝是荣国府的一个管家，母亲也是婆子队伍中的"领班"，他们现在负责"收管各处房田事务"。按理，较之于那些买来的丫头，她的出身并不是太低微，地位也应该说还算"显赫"。但让人奇怪的是，作为"家生女儿"，她虽然被安排到了大观园工作，但只能在怡红院外面从事打扫之类的杂活，且不用说不能进到怡红院里面去近距离地为"领导"提供贴身服务，就连绮霰这样的二等丫头都可以将本该是自己的活儿派遣给她去做。

但她的心中燃烧着熊熊的梦想之光。她有两个美丽的梦。

她的第一个梦是想"往上攀高"。她对自己充满信心，她相信自己的容貌，她知道自己有着一副"容长脸面"和"细巧身材"，长得"十分俏丽干净"。她不甘心就这样做一辈子的"清洁工"，她不想让她的青春就耗费在浇花、喂雀、扫地之中，她渴望自己能够成为贾宝玉身边丫头"核心圈"中的一员。所以她时刻在寻找机会，"要在宝玉面前现弄现弄"，想方设法地刷刷自己的存在感。但这个梦对她来说实在是"妄想痴心"，就连宝钗都认为她是"眼空心大"。宝玉身边那一干"伶牙利爪"的人，绝不会轻易给她"插的下手去"的机会。那一天，她好不容易逮住时机，趁其他丫头不在，才给宝二爷倒了一杯茶，结果换来的却是被秋纹、碧痕兜头兜脸的一通啐骂，在秋纹她们眼里，小红就是个"没脸的下流东西"。

她的第二个梦是"情思缠绵"。十六岁的花季正是情窦初开的年龄，她在大观园里第一次偶遇负责花草的贾芸，便"下死眼"地"钉"他，而且一"钉"还"钉了两眼"。在遭到秋纹的恶骂而"心内早灰了一半"后，"闷闷的回至房中，睡在床上暗暗盘算，翻来掉去，正没个抓寻"的她，又做了一个不能对人说的甜美的梦。在梦中，她听到贾芸在窗外"低低的"叫着她的名字，给她送来了她不慎丢失的那块手帕。后来，当她再次与贾芸在蜂腰桥边擦肩而过时，她一边"只装着和坠儿说话"，一边又"把眼去一溜贾芸"，与同样正拿眼"一溜"的贾芸来了个"四目恰相对"。再后来，当贾芸采取"狸猫换太子"的法子，把拾到的手帕换成了自己的手帕，并托坠儿来还给小红时，一眼便识破贾芸心思的她，居然大胆地对坠儿一口承认"可不是我那块！拿来给我罢"，并再次冒天下之大不韪，把自己的另一块手帕作为"酬谢"，让坠儿去送给了贾芸。手帕是一种重要的定情信物，男女私相授受手帕，那可是有着特定的意味，在小说中，敢于这样做的，除了宝玉和黛玉，就是她和贾芸了。

她有能力，她相信自己无论说话做事都不逊于其他丫头。没有机会，她会主动去创造机会；机会来临，她则会积极去抓住机会。

这不，第二十七回，就在小红还在担心手帕事件会不会"走露了风声"之时，"文官、香菱、司棋、侍书等上亭子来了"，她和坠儿只好转移话题，和她们一起"顽笑"。这时候，一件意想不到的事出现了。什么事？"只见凤姐儿站在山坡上招手叫。"王熙凤在喊人，这在一般人心里可能更多的是麻烦，因为王熙凤肯定有什么事要吩咐，而且她可不是位好侍候的主儿，做不好可能还会挨一顿批。于是，文官、司棋等都没有什么反应，反正她又不是自己的主子。但小红却想也没想，就"连忙弃了众人，跑至凤姐前"，笑着问她"奶奶使唤作什么"。面对凤姐"我这会子想起一件事来，使唤个人出去，可不知你能干不能干，说的齐全不齐全"的怀疑，她在还不清楚做什么事的情况下，就毫不犹豫地答道："奶奶有什么话，只管吩咐我说去。若说不齐全，误了奶奶的事，凭奶奶责罚罢了。"这掷地有声的回答中，显示出十足的自信和坚定的担当！

王熙凤这次给她的差使只有两件事：一是转告平儿，那"外头屋里桌子上汝窑盘儿架儿底下放着"的一百六十两银子，是"给绣匠的工价"，等会"张材家的来要"时，要"当面称"好后"再给他拿去"；二是捎带一物，回来时把"里头床头间"的"一个小荷包拿了来"。这两件事比较容易，换了谁都能做，但后来凤姐临时又加试的一道题目却并不好答，凤姐问小红："他（平儿）怎么按我的主意打发去了（旺儿）？"这道题的难度在于：第一，如果你没用心，则搞不清；第二，如果你不聪明，则记不住。你听小红怎么回答？

> 红玉道："平姐姐说：我们奶奶问这里奶奶好。原是我们二爷不在家，虽然迟了两天，只管请奶奶放心。等五奶奶好些，我们奶奶还会了五奶奶来瞧奶奶呢。五奶奶前儿打发了人来说，舅奶奶带了信来了，问奶奶好，还要和这里的姑奶奶寻两丸延年神验万全丹。若有了，奶奶打发人来，只管送在我们奶奶这里。明儿有人去，就顺路给那边舅奶奶带去的。"

这么多"奶奶"，你搞清楚了吗？听了小红的回答，李纨就张大了嘴直呼"嗳哟"，而凤姐则直接给了她一个表扬："好孩子，难为你说的齐全。"这就是能力！在凤姐面前，你到底是骡子还是马，不出来遛遛是根本不可能过关的！生得"干净俏丽""说话知趣""说的齐全"，又不像别的丫头那样"扭扭捏捏的蚊子似的"的小红，抓住了这个稍纵即逝的机会，向凤姐交出了一张高分答卷，随即得到了凤姐的赏识，被凤姐"一纸调令"，从宝玉的房里调拨到了自己身边，用晴雯那句饱含酸意的话来形容，就是"爬上高枝儿去了"。

机灵聪明的小红还有着超出她年龄的远见卓识，她小小的年纪就充满了忧患意识。

秦可卿在临死前，托梦给凤姐，告诫她要谨防"登高必跌重""树倒猢狲散"；探春在大观园被抄捡时，提醒凤姐"你们别忙，自然连你们抄的日子有呢"。被宝钗视作"头等刁钻古怪东西"的小红也表现出了非同一般的深谋远虑，在接连遭到了晴雯、秋纹等的压制，连另一个小丫头佳蕙都为她鸣不平时，她却淡淡地说道："也不犯着气他们。俗语说的好，'千里搭长棚，没有个不散的筵席'，谁守谁一辈子呢？不过三年五载，各人干各人的去了。那时谁还管谁呢？"这席话不仅让佳蕙"由不得眼睛红了"，而且连脂砚斋也心有所动地作了一个批语："此时写出此等言语，令人堕泪。"

无论从哪一方面说，小红都堪称一位优秀的员工，她的地位不高，但志向不低；她的容貌并不特别出众，但能力却在常人之上；她奋斗的路上挫折不少，但信心之灯始终不灭。像她这样的人，无论走到哪里，都会比其他人更容易获得一方蔚蓝的天空。

春燕：一个不可或缺的"龙套"

一部《红楼梦》，数百号人物，光有名有姓的数数就得半天，更不用说那些微若草芥的"跑龙套"的角色了。比如，宝玉身边的丫头中，那个叫春燕的，就是个很不起眼的小人物。

春燕是谁？她应该是个比小红稍微好一点的二等丫头，因为至少宝玉还认得她，不像小红倒茶时宝玉还要问她一句"你也是我这屋里的人么"。春燕家几代都在贾府为仆，属于贾府的家生子。在小说中，她能够走到台前亮相的机会并不多，但这个直到第五十九回"小荷才露尖尖角"的丫头，一出场便登上了"回目头条"，那惊涛骇浪般的"嗔莺咤燕"事件中就有她的故事。坦率地说，她的登场稍显突兀，莺儿从潇湘馆拿了蔷薇硝回去的路上，又兴致勃发，在园中"采些柳条"后，"坐在山石上"编织起了花篮，这时，春燕刚好从这里路过。但就是这次偶然的"遇见"，结果牵引出了一连串信息量巨大的"画外音"。

（1）揭丫头与婆子矛盾之原由。

偶然路过的春燕看到莺儿独自坐着编东西，便好奇地询问莺儿"姐姐织什么呢"。正在这时，特想观赏莺儿编花篮的藕官、蕊官送好蔷薇硝后也回来了。春燕一见，立即把注意力转移到了藕官身上，问她："前儿你到底烧什么纸？被我姨妈看见了，要告你没告成，倒被宝玉赖了他一大些不是，气的他一五一十告诉我妈。你们在外头这二三年积了些什么仇恨，如今还不解开？"到这里，读者才明白，原来，在上一回中，那个把烧纸钱的藕官抓个正着，又被宝玉横插一杠的婆子，就是春燕的姨妈。

丫头和婆子同样都是贾府的下层人物，为什么相互间会有这么深的仇恨？这也是读者所关心的一个谜。这个谜底，直到这时才被藕官的一席"冷笑"回答所揭开："有什么仇恨？他们不知足，反怨我们了。在外头这两年，别的东西不算，只算我们的米菜，不知赚了多少家去，合家子吃不了，还有每日买东买西赚的钱。在外逢我们使他们一使儿，就怨天怨地的。你说说可有良心？"藕官的话说得很清楚：大家本没有仇恨，只是她们太"不知足"、没有"良心"，总想着从丫头身上盘剥"赚"钱。换句话说就是：因为婆子们既把钱看得太重，又不肯帮丫头做事，故而引发了矛盾。这个答案与春燕的想法不谋而合，她对自己的母亲和姨妈这"老姊妹两个，如今越老了越把钱看的真了"也感到百思不得其解，甚至对她们的贪得无厌而感到"好笑"至极。

（2）述宝玉那著名之"珠论"。

关于"女儿"，宝玉有两个著名的论断：一个是"水泥论"。第二回，曹公借冷子兴之口，道出了宝玉的一个"奇谈怪论"："女儿是水作的骨肉，男人是泥作的骨肉。我见了女儿，我便清爽；见了男子，便觉浊臭逼人。"宝玉将"女儿"与"男人"分别比喻为"水"和"泥"，前者"清爽"，后者"浊臭逼人"。还有一个是"珠论"。与"水泥论"一样，宝玉的"珠论"也是通过别人之口说出，而讲述者竟然是小人物春燕。第五十九回，春燕在听了藕官的回答后说："他是我的姨妈，也不好向着外人反说他的。怨不得宝玉说：'女孩儿未出嫁，是颗无价之宝珠；出了嫁，不知怎么就变出许多的不好的毛病来，虽是颗珠子，却没有光彩宝色，是颗死珠了；再老了，更变的不是珠子，竟是鱼眼睛了。分明一个人，怎么变出三样来？'这话虽是混话，倒也有些不差。"

宝玉的这个"珠论"最有趣味和深意的是，同一个女人，竟然被分成了三个阶段：第一阶段是无价之"宝珠"，第二阶段是无光之"死珠"，第三阶段则成了"鱼眼睛"。女人的一生为什么会有这么大的变化？宝玉给出的答案是："出了嫁。"未出嫁前，清爽纯澈、直率可爱；一旦出嫁了，沾染了男人的臭气，女儿成为了女人，清水便不再纯洁，宝珠便不再有光；年龄越大，则沾染的臭气越多，整个人也跟死鱼的眼睛相差无几。究其"珠论"的实质，还是宝玉的骨子里那种对"浊眉须物"的深恶痛绝，和对"水作"女儿的虔诚膜拜。

（3）叙园子承包改革之后续。

探春和李纨、宝钗的"临时三人组"成立后，大张旗鼓地对大观园进行了承包责任制改革。按照她们的设想，那样的"兴利除弊"不但能极大地提高生产力，而且可以开源节流。那么，改革的成效究竟如何？曹公在后文没有专门的补叙，但在字里行间也给了读者一些交待。

比如，春燕的"姑娘"（即"姑妈"）就是这片园子中的承包者之一，用春燕的话说："这一带地上的东西都是我姑娘管着。"春燕的姑妈在获得了承包权后，工作的积极性和能动性得到了极大的调动。在思想上，觉得"一得了这地方，比得了永远基业还利害"；在工作上，更是兢兢业业，"每日早起晚睡"，"自己辛苦了还不算"，而且每天"逼着"春燕她们也一同"来照看，生恐有人糟踏""老姑嫂两个照看得谨谨慎慎，一根草也不许人动"。当春燕的姑妈和母亲看到莺儿她们"采了许多嫩柳"和"许多鲜花"时，"心内便不受用"。虽然对莺儿因限于情面而不敢怎样、"不好说什么"，但对春燕就很不客气了：先是批评春燕"贪住顽""作乐"；再是"拿起拄杖"击打春燕，并骂她"小蹄子，我说着你，你还和我强嘴儿呢。你妈恨的牙根痒痒，要撕你的肉吃呢。你还来和我强梆子似的"。这承包地就是她们的"基业"，她们爱护这地就像爱护自己的眼睛一样。

这自然是好事。但从另一方面来看，这也破坏了大观园原有的格局。由于探春她们启动这项改革的过程还显得仓促，"顶层设计"还不够完善，很多问题还没有进行深入的研讨，致使承包者与非承包者之间的矛盾也渐渐浮出了水面，这一回春燕的姑妈、母亲同莺儿、春燕之间的冲突，便是一个代表性的例子。

藕官：呆性、深情而聪慧

贾府养了十二位小戏子，其中曹公倾力描写的有三位：第一位是芳官。确切地说，芳官的重头戏是在戏班子解散、她成为了宝玉房里的丫头之后，宝玉给她取了一个"耶律雄奴"的胡语名字和一个"温都里纳"的法语名字，她与干娘的吵架、与赵姨娘的互怼、与宝玉的划拳，以及后来的被逐等故事都极具冲击力，让读者对她留下了深刻印象。第二位是龄官。在十二位小女孩中，这位"眉蹙春山，眼颦秋水，面薄腰纤，袅袅婷婷，大有林黛玉之态"的女孩，在前四十回是戏文最重的一位，她的"雨中花园画蔷""严拒宝玉请求""冷对贾蔷讨好"等故事均堪称经典。除这两位之外，第三位当属藕官了。尽管在小说前八十回有关藕官的故事只有一个，但已足以让读者对她刮目相看。

因为老太妃的"薨"逝，皇帝颁布了一道"凡有爵之家，一年内不得筵宴音乐"的"敕谕"，贾府的戏班子也因此而"停工"解散，那些小戏子们也走的走、留的留，就这样，留下来的藕官被"分配"到了黛玉房里。作为丫头，她的服务水平怎么样，曹公没有告诉读者。第五十八回，她之所以能够成为回目"头条"人物，是因为她的"严重违纪"：她居然在大观园里面公开进行祭奠活动。曹公对她烧纸钱被人逮住的事情进行了细致描叙，在这个事件中，藕官给读者留下了一个深情而又聪慧的鲜明印象。

藕官的"深情"表现在哪里？

为了突出她的深情，曹公策划了一个"令人惊悚"的事件：烧纸钱。烧纸钱是中国的一种传统祭奠方式，在民间相当普遍，这本身不是问题，问题在于，这一天藕官选错了烧纸钱的地点。她在哪里烧？她竟然在大观园这禁地里面烧纸钱，更糟糕的是，还被当场人赃俱获。

那么，她究竟是在祭奠谁？曹公给宝玉和读者卖了个关子：当宝玉"转过山石"时，他看到藕官"满面泪痕，蹲在那里，手里还拿着火，守着些纸钱灰作悲"。这段话可以概括为一个字："悲。"她在悲伤地进行祭奠。当宝玉问她在"与谁烧纸钱"时，藕官没有回答。即使当宝玉将她从危急中帮救出来后，她也没有告诉宝玉原因，却让宝玉去问芳官。最后也正是芳官给宝玉和读者讲了一个"深情"的故事：原来她祭的竟然是那"死了的药官"。药官是谁？又是怎么死的？此前曹公只字未提，但此时从芳官的嘴中一出现，便让人难以释怀。原来在唱戏班，藕官演的是小生，而药官扮的是小旦，她们俩常在戏中扮演夫妻，"每日那些曲文排场，皆是真正温存体贴之事"。于是乎，她们两个人的关系便非同一般，即使在"寻常饮食起坐"时，也"竟是你恩我爱"。后来药官不知什么原因死了，藕官"哭的死去活来，至今不忘，所以每节烧纸"。

芳官讲述这段故事的时候"满面含笑，又叹一口气"，认为她们俩是"疯傻"了，简直是"可笑"至极。但宝玉听了之后"不觉又是欢喜，又是悲叹，又称奇道绝"，不但很是理解藕官，而且大为感动，对藕官又增添了几分敬重，甚至于竟然还对自己生出不屑："天既生这样人，又何用我这须眉浊物玷辱世界。"这种对自己的不屑和鄙视，简直和他初见秦钟时把自己贬作"泥猪癞狗""死木头"和"粪窟泥沟"的情景堪有一比。这还不够，宝玉还拉着芳官不放，叮嘱她无论如何要给藕官捎去自己的一句嘱托："以后断不可烧纸钱。这纸钱原是后人异端，不是孔子的遗训。以后逢时按节，只备一个炉，到日随便焚香，一心诚虔，就可感格了。"

在这个"惊悚事件"中，除了那一份纯澈的"深情"，藕官还充分展示了她的"聪慧"，其聪慧主要表现在她的临场应变。

就在她虔诚祭奠的时候，一个婆子发现了她，并当即把情况报告给了不知哪一位"奶奶"："藕官，你要死，怎弄些纸钱进来烧？我回去回奶奶们去，仔细你的肉！"这语气，这行动，直让人担心藕官一定没有好果子吃了。宝玉也正是循着这样的骂声发现了"满面泪痕"的藕官。于是藕官就有了接下去的"三步曲"：

第一步，默不作声。面对宝玉的"与谁烧纸钱""告诉我姓名"等一连串的关切询问，藕官"不作一声"，这时候的藕官一方面还沉浸在祭奠的悲情之中，另一方面还不了解宝玉的为人，对他还存有戒惧之心，故沉默"不答"。

第二步，转忧为喜。当报告回来的婆子"恶恨恨"要拉她去见"奶奶"，并骂她"别太兴头过馀了"时，宝玉却主动出来替她掩饰，为她作证说她"并没烧纸钱，原是林妹妹叫他来烧那烂字纸的"，是婆子自己"没看真，反错告了他"。见此情景，"正没了主意"、不知如何是好的藕官，立即"转忧成喜"，口气也硬了起来，也咬牙坚持说自己烧的就是"林姑娘写坏了的字纸"。

第三步，"反客为主"。那婆子可是久经沙场，并不好随便唬弄。听到宝玉为藕官辩护、藕官也说起硬话，她并没有轻信。烧的到底是什么？她知道一切凭事实说话。"发狠"的婆子果真从"纸灰中"拣到了两点"那不曾化尽的遗纸"，这可是第一手的有力证据呀！"你还嘴硬，有据有证在这里。我只和你厅上讲去！"证据在手的婆子采取的对策是：你硬，我比你更硬！边说边拉了藕官的袖子"就拽着要走"。眼看形势急转直下，藕官就要陷入绝境，这时候宝玉又站了出来，一边"忙把藕官拉住，用拄杖敲开那婆子的手"，一边重新找了一个辩词：她不是在替林姑娘烧坏了的字纸，而是在替我烧"白纸钱"。而且给出的理由也更加"充分"："我昨夜作了一个梦，梦见杏花神和我要一挂白纸钱，不可叫本房人烧，要一个生人替我烧了，我的病就好的快。所以我请了白钱，巴巴儿的和林姑娘烦了他来，替我烧了祝赞。原不许一个人知道的，所以我今日才能起来，偏你看见了。我这会子又不好了，都是你冲了！你还要告他去。藕官，只管去，见了他们你就照依我这话说。等老太太回来，我就说他故意来冲神祇，保佑我早死。"真没想到，情急之下的宝玉扯谎的水平竟然如此之高，连草稿都不用打。正是在宝玉的挺身相助下，藕官也底气大增，"益发得了主意"，积极配合着宝玉演起了"双簧"，她非但不再"不肯"和婆子一起去厅上，反而化被动为主动，"反倒拉着婆子要走"。那婆子怎么也想不到宝玉和藕官会出这一招，一时间真假难辨。不管怎么说，宝二爷身体健康，这可是头等大事，"宁可信其有，不可信其无"的婆子于是立即转向，"忙丢下纸钱"，对宝玉"陪笑"认错、"央告"求饶。从这场漂亮的翻身仗中，我们不仅可以读到宝玉那与生俱来的怜香惜玉之情，而且可以看到藕官的聪敏机灵。

只是让宝玉和藕官没想到的是，这个胜利也只是暂时的，失败了的婆子并没有善罢甘休，反而是更讲究了斗争策略，从开始时的明斗逐渐转变成了背地里的"暗枪"，形势反而渐渐地变得更加严峻、更加无法判断。直至第七十四回，局势瞬间急转直下，王夫人对大观园突然发动了一次"兜底"的抄检，矛头便直指这些丫头；到七十七回，忍无可忍的王夫人再次签发了"一纸文件"，把芳官配给了水月庵的智通，而藕官则和蕊官一起被送给了地藏庵的圆信，成为了出家的小尼。

《红楼梦》中四位"未见其人、却有其名"的女孩

都说《红楼梦》是一部歌颂青春女性的小说，那光彩照人的"金陵十二钗"，那精彩纷呈的丫头群像，都如芬芳美艳的鲜花一样，在大观园中争奇斗艳、绚丽绽放。除了那一大批多多少少都登过场、亮过相的风采各异的人物之外，小说中还有一些"未见其人、却有其名"的可爱女孩，茗玉、傅秋芳、真真国女孩和慧娘就是其中很有意思也很有代表性的四位。

第一位：柴房姑娘茗玉。

《红楼梦》这部小说中到底有几个人的名字中带有"玉"字？这个问题不难，但能说全的人真还不多。从前八十回来看，名字中带有"玉"字的人共出现了九位，除了为大家所熟知的贾宝玉、林黛玉、妙玉、蒋玉菡、林红玉（即小红）之外，甄宝玉、玉官儿、玉爱和茗玉四人则常常被遗漏。

较之于其他带有"玉"字人物的客观存在，茗玉其实只是刘姥姥嘴中一个"莫须有"的人物。第三十九回，刘姥姥见到贾母对"乡村中所见所闻的事情"颇感兴趣，就"没了说的"编了个故事：说是"去年冬天，接连下了几天雪，地下压了三四尺深"，刘姥姥那一天起得很早，但"还没出房门"，就"只听外头柴草响"。她以为"必定是有人偷柴草来了"，便"爬着窗户眼儿一瞧"，发现"却不是我们村庄上的人"，竟是"一个十七八岁的极标致的

一个小姑娘，梳着溜油光的头，穿着大红袄儿，白绫裙子——"。这个故事引起了众人特别是贾宝玉的浓厚兴趣。遗憾的是，刘姥姥刚讲到这里，故事便被贾家"南院马棚里走了水"的突发事件给打断了。等把火扑灭后，看到贾母对宝玉说"都是才说抽柴草惹出火来了，你还问呢。别说这个了，再说别的罢"，刘姥姥当即审时度势地换了一个吃斋念佛的老奶奶到九十多岁竟又得了个聪明伶俐的小孙子的故事。

但茗玉的故事并没有到此画上句号，虽然众人都一笑了之，但有一个人却念念不忘，谁？宝玉。在众人散去后，宝玉依然拉着刘姥姥"细问那女孩儿是谁"。没有办法的刘姥姥只得又"编了告诉他"：

> 那原是我们庄北沿地埂子上有一个小祠堂里供的，不是神佛，当先有个什么老爷……这老爷没有儿子，只有一位小姐，名叫茗玉。小姐知书识字，老爷太太爱如珍宝。可惜这茗玉小姐生到十七岁，一病死了……因为老爷太太思念不尽，便盖了这祠堂，塑了这茗玉小姐的像，派了人烧香拨火。如今日久年深的，人也没了，庙也烂了，那个像就成了精。

茗玉是谁？这并不重要，因为她本来就是刘姥姥杜撰出来的人物。二进荣国府的刘姥姥之所以编这个故事，和她后来被凤姐"将一盘子花横三竖四的插了一头"时"自黑"为"老风流"、宴席开始前煞有介事地打趣自己"老刘，老刘，食量大似牛，吃一个老母猪不抬头"一样，只是为了"哄着老太太开个心儿"。有趣的是，刘姥姥"信口开河"的编造恰好糅合了宝玉和茗烟的名字，而且让痴迷的宝玉"信以为真"，仿用崔健《花房姑娘》中的唱词，那时的宝玉已经被刘姥姥带着"走进柴房"，再也"无法逃脱茗玉的迷香"。他不但缠住刘姥姥"寻根究底"，而且专门派茗烟带了"几百钱"，"按着刘姥姥说的方向地名"去寻访布施、"去先踏看明白"。当茗烟回来报告"那里有什么女孩儿，竟是一位青脸红发的瘟神爷"时，深陷其中的宝玉还啐骂他"真是一个无用的杀才！这点子事也干不来"。这让读者忍俊不禁的"趣补"，恰到好处地映照出宝玉这个"情种"那浸润于血脉之中的痴狂。

第二位："大龄剩女"傅秋芳。

傅秋芳何许人也？傅试的妹妹。傅试又是谁？曾经的贾政门生，现今的京都通判。傅秋芳在小说中也没有正面亮过相，只是第三十五回在"傅二爷家的两个嬷嬷"到贾家来请安时，通过曹公的补叙而顺带出来。

傅二爷家的嬷嬷到贾家来，为什么要特意去怡红院给宝玉请安？宝玉为什么也会亲自接见？曹公介绍了其中的"原故"："只因那宝玉闻得傅试有个妹子，名唤傅秋芳，也是个琼闺秀玉，常闻人传说才貌俱全，虽自未亲睹，然遐思遥爱之心十分诚敬，不命他们进来，恐薄了傅秋芳，因此连忙命让进来。"原来宝玉对那个传说中"才貌俱全"的美女傅秋芳有着"十分诚敬"的"遐思遥爱之心"。

傅秋芳除了拥有和红楼诸多女孩一样才貌双全的特点之外，还有一个与众不同的特质，她到了"二十三岁"仍"尚未许人"，这在当时可以算得上是"大龄剩女"了。她为什么会成为没嫁出去的"老姑娘"？曹公还特别作了个注解："那傅试原是暴发的，因秋芳有几分姿色，聪明过人，那傅试安心仗着妹妹要与豪门贵族结姻，不肯轻意许人，所以耽误到如今。目今傅秋芳年已二十三岁，尚未许人。争奈那些豪门贵族又嫌他穷酸，根基浅薄，不肯求配。"原来原因在她哥哥身上！她那个"根基浅薄"却又势利的哥哥把她当作了联姻豪门、往上跳跃的跷跷板，高不成低不就，从而耽搁了自己妹妹的终身大事。

除第三十五回外，曹公对傅秋芳这个传奇式的"老姑娘"再没有其他片言只字的描写。傅秋芳这个人物的隔空存在，其意义不在于她到底有多聪明、多美丽，也不在于她到底与宝玉有什么关系，而在于三个方面：一是让读者看到在那样的时代，像傅试那样原本"根基浅薄"的人家想通过攀附豪门、趋炎附势来改变命运的艰难。二是映衬了宝玉的那颗"怡红"之心，对那些"水作的骨肉"般的美丽女孩，宝玉的心里总有着一种"诚敬"的"遐思遥爱之心"。三是通过傅二家的老嬷嬷对宝玉那"外像好里头糊涂，中看不中吃的，果然有些呆气"的趣评，再次从侧面凸显了宝玉的那种"无故寻愁觅恨，有时似傻如狂"的痴状与呆气，并从另一种社会价值观的角度审视评判了宝玉这个人物。

第三位：西洋美女真真国女孩。

与前面两个人物相比，出自宝琴之口的那个"真真国女孩"则更有意思。"真真国"究竟在哪里？我们大可不必费尽周章去考证，因为曹公早就明明白白地告诉我们"假作真时真亦假，无为有处有还无"，也就是说那可能是"真真国"，也可能是"假假国"或者"真假国"。第五十二回，薛宝琴之所以要向大家介绍那位"真真国女孩"，起因于她对宝钗所提的下一次诗社活动的要求表示异议。宝钗说下次诗社要设"四个诗题，四个词题。每人四首诗，四阕词"，而且"头一个诗题《咏〈太极图〉》，限一先的韵，五言律，要把一先的韵都用尽了，一个不许剩"。宝琴则认为这个要求是"分明难人"，如此"强扭""生填"出来的诗并没有什么"趣味"可言；继而宝琴便讲述了她"八岁时节"跟着父亲"到西海沿子上买洋货"时遇见的那个"真真国的女孩子"的故事，以其人其诗传递出宝琴的诗歌创作观。

"真真国的女孩子"有三个特点：

一是美丽的形象。她年龄不大，"才十五岁"，但长得很美。美到什么程度？宝琴并没有具体的介绍，只是说她美得"就和那西洋画上的美人一样"，甚至"实在画儿上的也没他好看"，她明显的一个特征就是"也披着黄头发"。

二是奇异的装扮。真真国女孩的装扮与众不同，她的头发"打着联垂"，即梳着一根根的细辫子；她的头上，"满头""都是珊瑚、猫儿眼、祖母绿这些宝石"；她的身上，穿着的是"金丝织的锁子甲洋锦袄袖"，更奇的是还佩戴着一把"镶金嵌宝的""倭刀"，给人的印象是美艳奇异而又满身富贵，聪明伶俐而又清爽干练。

三是杰出的才华。宝琴嘴里的这位女孩，不仅模样好，而且才华也高，既"通中国的诗书"，还"会讲五经，能作诗填词"。为了增加可信度，宝琴还说她父亲专门"央烦了一位通事官，烦他写了一张字"。在众人"都称奇道异"、黛玉和宝玉都希望"瞧瞧"时，宝琴借口没有随身携带，但给大家念了真真国女孩写的一首诗："昨夜朱楼梦，今宵水国吟。岛云蒸大海，岚气接丛林。月本无今古，情缘自浅深。汉南春历历，焉得不关心。"宝琴一朗读这首诗，即引发了众人"难为他！竟比我们中国人还强"的啧啧称叹。这首诗虽然没有题目，但一气呵成，尤其是颔联"岛云蒸大海，岚气接丛林"所呈现出的大气派、大胸襟，极为荡人心魄；颈联"月本无今古，情缘自浅深"所传递出的对自然和人生的哲学思考，极为耐人寻味。宝琴以此来阐述诗歌得自然天成，而不应该强扭造作。

第四位：姑苏绝绣慧娘。

第五十三回，在贾母的元宵夜宴上，曹公竟然不吝笔墨介绍了一位名叫慧娘的姑苏女子。说实话，慧娘的出现有点突兀，在描叙到贾母的夜宴场景时，曹公特别将镜头聚焦到那"紫檀透雕"的"嵌着大红纱透绣花卉并草字诗词的璎珞"。曹公本可以点到为止，但他却兴致勃发，滔滔不绝地介绍起了描绣璎珞的那个主人——慧娘。

慧娘是一个什么样的人？从曹公的叙述中可以得知：一是她身份高贵，出生于"书香宦门之家"。二是她才艺精湛，很是"精于书画"，其针绣虽属于偶或"作耍"，但绣工精妙，绣品上的花卉"皆仿的是唐、宋、元、明各名家的折枝花卉"，其"格式配色"极为雅致；而题在绣花之侧的"诗词歌赋""皆用黑绒绣出草字来，且字迹勾踢、转折、轻重、连断皆与笔草无异"，其字迹没有市绣那样的"板强可恨"。三是她红颜薄命，只活到"十八岁便死了"。四是她绣作名贵。由于其留存的绣品数量极少，而针技又极佳，而且"凡所有之家，纵有一两件，皆珍藏不用"，故在市场上成为了极难得的珍品。其针绣还有一个专属的名字："慧绣"，后来还有"那一干翰林文魔先生们"觉得"'绣'字不能尽其妙"，更改称为"慧纹"。

曹公之所以不厌其烦地介绍慧娘，并不是为了突出慧娘的品行和红颜早逝的命运，而是从一物难求、有钱难买的"慧纹"，来表现贾家在隆盛时期的大富大贵。这样的"真'慧纹'之物"，每一件都是"价则无限"，但贾家原来却"有两三件"，后来"将那两件已进了上"，现在就"只剩这一副璎珞，一共十六扇"。贾母对它"爱如珍宝"，没有把它放在"请客各色陈设之内，只留在自己这边，高兴摆酒时赏玩"。在这元宵夜宴的隆重场合，贾母把它拿了出来，和"炉瓶""点着山石布满青苔"的"新鲜花卉""小盆景"及"内放着旧窑茶杯并十锦小茶吊，里面泡着上等名茶"的"小洋漆茶盘"一起，摆放在案几上，这样的显摆很是抓人眼球。

　　与小说中提到的卓文君、红拂、姽婳将军林四娘等历史人物不同，这些"未见其人、却有其名"的女孩都是虚拟的小人物，而且从故事情节而言，似乎与小说没有很大的关联度。但她们的出现却从不同的角度增加了思想的厚度，添增了小说的趣味，并为其他相关人物的性格作了很好的衬染，而且常常让我们不由自主地在心底发出一声莫名的叹息！

○目不暇接的众配角

如果没有他们，生活就会索然无味；

如果没有他们，世界就不再丰富多彩。

从他们的身上，你可以读到人情的世故、人性的善恶；

从他们的身上，你也可以读到生活的不易、世道的艰难。

在小说中，他们都是小小的配角；

但在这个世界中，他们却是人生舞台不可或缺的绝对主角。

贾家的"鱼眼睛"不是省油的灯

偌大的荣宁两府，数百号人众中，有一支被宝玉喻称为"鱼眼睛"的特殊队伍，她们有的是陪房，有的是管家，有的是奶妈，也有的是做各种粗活的婆子。她们卑微如尘土，让人心生悲悯；她们脆弱似软柿，任人肆意揉捏。但她们的勾心斗角，她们的貌合神离，她们的见风使舵，她们的阳奉阴违，她们的欺上瞒下，却让我们在哀其不幸的同时，又怒其不争、愤其不堪。《红楼梦》中的"鱼眼睛"主要有以下几种类型：

第一种：见风使舵型。

见风使舵，八面玲珑，这是"鱼眼睛"们能够在贾府"混饭"吃的一个重要基本功。而把这一特征体现得最全面、最生动的当数周瑞家的。周瑞家的，是小说中很早就亮相，而且算得上是出场次数最多的一个"鱼眼睛"。作为王夫人的陪房，她知道在什么场合应该做什么事，对什么人应该说什么话，她最大的能耐就是练就了"变脸"的绝技。

她喜欢显弄。第六回她一出场，就帮助刘姥姥拜见了"真佛"王熙凤。可以说，刘姥姥第一次进贾府就能够从凤姐那里打到二十两银子的"抽丰"，她居功至伟。如果没有她的精心策划和引见，刘姥姥连凤姐的佛面都见不到；如果没有她的"眼色"和鼓励，一见到凤姐便"飞红"了脸的刘姥姥连话都说不顺畅。而她之所以对刘姥姥倾力相助，除了因为刘姥姥家曾经帮助过自己家而"心中难却其意"之外，也有个重要的原因就是为了"显弄自己的体面"和能耐。

她圆滑老练。"原有些体面，心性乖滑"的她，平日里"专管各处献勤讨好，所以各处房里的主人都喜欢他"。即便遇到尴尬的事情，她也能稳得住神、沉得住气。第七回，她替薛姨妈去给姐妹们送宫花，当最后送到黛玉那里时，不曾想不但没有得到一个字的感谢，反而被黛玉姑娘以一句"我就知道，别人不挑剩下的也不给我"给刻薄了一顿。但脸上挂不住的她并没有替自己辩解，更没有显出一丝儿不快，只是"一声儿不言语"，不动声色地保持着"沉默是金"。

她举重若轻。依然是第七回，她在送宫花的路上，碰到了自己的女儿，女儿火急火燎地向她汇报她那做古董生意的女婿因为"和人纷争"而被"告到衙门里，要递解还乡"。但她听后却若无其事，异常镇定地对女儿说"这有什么大不了的！你且家去等我"。那在女儿眼中急慌如救火的"吃官司"之大事，到了她那儿，却成了"小菜一碟"。这倒不是她自己能耐有多大，而是因为她深知贾府的能量，这样的事"晚间只求求凤姐儿"，就铁定能够搞定。

她疏于家教。她对子女的教育，小说并没有直接描述，但从第四十五回的一件事中，我们可以看出她的家教是何等不堪。在凤姐生日那一天，她儿子喝醉了酒耍酒疯，不但不恪尽职守地"在外头张罗"，反而"倒坐着骂人，礼也不送进来"；后来把一盒子馒头给撒了，也不但不自我检讨，反而"倒骂了彩明一顿"。凤姐一怒之下，作出了"两府里不许收留他小子，叫他各人去罢"的处罚，后来还是看在赖嬷嬷求情的面子上才收回成命，改作"打他四十棍，以后不许他吃酒"。

她帮腔凑趣。第七十四回，作为大观园抄检组主要成员之一的她，在抄检中，一切唯凤姐马首是瞻，始终将分寸拿捏得恰到好处，不像王善保家的那样不知好歹、不计后果，她的脸上时而堆笑、时而严厉。看到探春发怒，她适时向凤姐提议"既是女孩子的东西全在这里，奶奶且请到别处去罢，也让姑娘好安寝"；在迎春那里，她知道"凤姐倒要看看王家的可藏私不藏"，便在王善保家的想对自己的外孙女司棋"藏私"时，亲自动手从司棋箱子中搜出了天大的"罪证"。

她冷酷无情。第七十七回，她先是适时建议王夫人快刀斩乱麻，抓紧"把司棋带过去，一并连赃证"交给邢夫人瞧过后"打一顿配了人"；然后亲自到迎春那里，鼓动还有点犹豫的迎春下决心把司棋给"打发"走；然后又对"哭告"的司棋不住地"催促"、不断地"冷笑"，甚至"发躁"对司棋说出了"你如今不是副小姐了，若不听话，我就打得你"的狠毒之语，以至于宝玉都对着她的背影忍不住发出了"恨话"："奇怪，奇怪，怎么这些人只一嫁了汉子，染了男人的气味，就这样混帐起来，比男人更可杀了！"

第二种：狡诈奸滑型。

第五十五回，王熙凤因"小月"而不能理事，王夫人便让李纨、探春和宝钗一起组成"临时三人组"主持荣国府内部事务。那些"鱼眼睛"们认为李纨"素日原是个厚道多恩无罚的，自然比凤姐儿好搪塞"，探春"不过是个未出闺阁的年轻小姐，且素日也最平和恬淡"，于是工作比以前就"更懈怠了许多"。其中，那个吴新登的媳妇更是从心眼里"藐视"她们，试图借探春舅舅之死一事来"试他二人有何主见"。

怎么试？

一是该参谋却故意不参谋。吴新登家的在汇报了"赵姨娘的兄弟赵国基昨日死了"后，便"垂手旁侍，再不言语"，装出一副毕恭毕敬地聆听领导指示的模样，试图测试领导的办事能力：领导"若办得妥当，大家则安个畏惧之心"；"若少有嫌隙不当之处"，则"不但不畏伏，出二门还要编出许多笑话来取笑"。而李纨果然入了套，"想了一想"后便提出按袭人母亲死时"赏银四十两"的标准办理。

二是明知道却装作不知道。当吴新登家的一边窃喜一边"接了对牌"就要走时，探春叫住了她，反问了她一个问题："家里的若死了人是赏多少，外头的死了人是赏多少？"她竟然先答之以"忘了"，再狡黠地进行了第二次试探，说"这也不是什么大事，赏多少谁还敢争不成"，换成现在的话就是

"一切都是领导说了算"。

三是应准备却特意不准备。当探春毫不客气地批评她"这话胡闹。依我说，赏一百倒好。若不按例，别说你们笑话，明儿也难见你二奶奶"时，她立即陪着笑表态马上去"查旧账"。没想到探春并没被她的搪塞所迷糊，直接点出了"你办事办老了的，还记不得，倒来难我们"的别有用心，而且以"素日回你二奶奶"作比较，最后下令"还不快找了来我瞧"，直说得她"满面通红"、灰溜溜而去。而识破了其"险心"的探春，刚定下神，竟又遭到了匆匆赶来的自己母亲的当众羞辱。至于去向赵姨娘告密的是不是吴新登家的，则成为了不言自明的公开答案。

第三种：倚老卖老型。

倚老卖老，是"鱼眼睛"们非常惹人厌、讨人嫌的重要原因，小说中最有代表性的此类人物便是李嬷嬷。作为宝二爷的奶妈，在贾家，她自然有着超过他人的骄傲资本，但躺在历史"功劳簿"上的她，却常常因为不知轻重、不识时务而惹人生厌。

她讲话不知分寸，行事随心所欲，以至于被薛姨妈和黛玉都斥为"老货"。第八回，宝玉特意命人从宁国府捎来"豆腐皮的包子"给晴雯吃，但不曾想被她擅自拿给她孙子去吃了；宝玉"早起沏了一碗枫露茶"准备留着自己回来后再喝，没想到又被李嬷嬷给喝掉了，气得宝玉怒骂她"如今逞的他比祖宗还大了"，盛怒之下甚至差点要"立刻回贾母"把她给撵了出去。第十九回，元春给宝玉送来了皇家糕点"糖蒸酥酪"，宝玉出门前特意关照要"留与袭人"，但特来"请安"的她重犯错误，不听众人之劝，再次肆无忌惮地吃了宝玉的"糖蒸酥酪"，而且竟然还说出了不识好歹的话："我不信他这样坏了。别说我吃了一碗牛奶，就是再比这个值钱的，也是应该的。难道待袭人比我还重？难道他不想想怎么长大了？我的血变的奶，吃的长这么大，如今我吃他一碗牛奶，他就生气了？我偏吃了，看怎么样！你们看袭人不知怎样，那是我手里调理出来的毛丫头，什么阿物儿！"若不是后来袭人巧妙掩饰，她差点真的"摊上了大事"。

尤为过分的是，第二十回，她更是在宝玉房里演了一出倚老卖老的闹剧。她见生病的袭人躺在床上，便立即"拄着拐棍"开骂："忘了本的小娼妇！我抬举起你来，这会子我来了，你大模大样的躺在炕上，见我来也不理一理。一心只想妆狐媚子哄宝玉，哄的宝玉不理我，听你们的话。你不过是几两臭银子买来的毛丫头，这屋里你就作耗，如何使得！好不好拉出去配一个小子，看你还妖精似的哄宝玉不哄！"几乎把她所有能想到的脏词污水全都泼在了袭人身上。当听不下去的宝玉"替袭人分辨病了吃药等话"时，她又将矛头指向了宝玉，哭着狠批宝玉"只护着那起狐狸，那里认得我了"。然后，当黛玉和宝钗一起过来相劝"你老人家担待他们一点子就完了"时，气稍稍顺了一些的她，又变哭骂为唠叨，"说个不清"地倾诉委屈。最后，路过的凤姐对她好言相慰、好酒相诱，被给足了面子的她才"脚不沾地跟了凤姐走了"，但嘴上依然撒着泼、发着狠："我也不要这老命了，越性今儿没了规矩，闹一场子，讨个没脸，强如受那娼妇蹄子的气！"看似争得了脸面，实则失丢了身份。

第四种：争权夺利型。

最能反映"鱼眼睛"们势力之斗和利益之争的是第六十一回、第六十二回的厨房风波。在司棋大闹厨房事件之后，林之孝家的又带着人在贾家厨房中搜出了玫瑰露瓶和茯苓霜。然后，林之孝家的立即将"赃物"和厨房主管柳嫂子以及她女儿柳五儿"一并拿了"，并汇报到了凤姐这儿，而"听见此事"的凤姐也是查也不查就作出了"先打后撵"的决定。着手处理的平儿听了五儿的"细诉"之后，当即作主先将五儿"交给上夜的人看守一夜，等明儿我回了奶奶，再做道理"。林之孝家的等与五儿"母女不和的那些人"没有办法，只得依命而行，但第二天一大早她们就都"悄悄的来买转平儿，一面送些东西，一面又奉承他办事简断，一面又讲述他母亲素日许多不好"；同时又为秦显家的说了一大箩筐好话，赞她"干净谨慎"而又"爽利"。她们这样做的目的只有一个：早点把柳嫂子母女俩撵出去，让秦显家的成为厨房主管。没想到秉承"大事化为小事，小事化为没事，方是兴旺之家"之理念的平儿查清了冤情，妥善处置了玫瑰露事件，最后让柳家的继续"当差"厨房主管，而将那未任命已先上岗、又给林之孝家的等打点了不少礼物的秦显家的"仍旧退回";同时对林之孝家的"扬铃打鼓的乱折腾"进行了严肃的批评。

这次厨房风波，表面看起来好像是一个偷盗案，实则是贾家厨房这个肥缺的利益之争和"鱼眼睛"们的势力之争。为了这个肥缺和扩大自己的势力范围，林之孝家的、秦显家的不惜使出了搜查、进谗、行贿等种种手段。虽然平儿的"行权"将事态暂时平息，但尔虞我诈、明争暗斗的旋涡依然在"鱼眼睛"们之间汹涌翻滚。

第五种：拿腔作势型。

小说中最喜欢拿腔作势的"鱼眼睛"之代表是王善保家的。她是邢夫人的陪房，深受主子的信任，是一个连王熙凤都认为是"邢夫人的耳目，常调唆着邢夫人生事"的狠角色。相对于周瑞家的风风火火、出场次数很多，王善保家的在小说中则显得相对落寞，她直到第七十四回才"冒泡"。但这个"鱼眼睛"一"冒泡"便非同小可，直把大观园搅得鸡犬不宁。

她因为自己不被园里的丫鬟们"趋奉"而"心里大不自在"，所以便抓住在大观园发现"绣春囊"的时机，先是在王夫人面前添油加醋地狠狠"黑"了晴雯一把，说晴雯"天天打扮的像个西施的样子"、动不动"就立起两个骚眼睛来骂人，妖妖趫趫，大不成个体统"；然后又给王夫人出了个当晚突击搜检大观园的主意；在得到了王夫人的首肯后，又积极地加入了搜查组，并在搜查中充当了冲锋陷阵的"马前卒"，又是"喝命"，又是"细翻"，那个认真得意劲儿，活脱一副跳梁小丑的模样。最后搜到探春那里时，甚至"越众向前拉起探春的衣襟，故意一掀"，没想到却挨了探春的狠狠一巴掌，这一巴掌被王蒙先生称为"余音绕梁，三百年不绝"，是整篇小说中"最令人痛快的事"①。这个狐假虎威的"鱼眼睛"最终也是搬起石头砸了自己的脚，查出问题最多的竟然还是自己的外孙女司棋。"又气又臊"的她回去后，也被邢夫人责骂"多事"，赏了"几个嘴巴子"。

第六种：胆大妄为型。

---

① 王蒙. 王蒙的红楼梦[M]. 北京：北京联合出版公司出版，2017：168.

　　小说中，贾母基本上都是以慈祥和善、怜贫惜老的形象出现在大家面前，但至少也有三次，这位老人却当众拉下了脸：一次是第三十三回，看到自己的宝贝孙子被打得死去活来时，她当即给贾政一通脸色；一次是第四十六回，听到贾赦要讨鸳鸯为妾，她立即"气的浑身乱战"，对旁边的王夫人等直接开骂；还有一次则是在第七十三回，与前两次生气的对象是自己的儿子儿媳不同，这一次，贾母则是将矛头直接指向了"渐次放诞"的"鱼眼睛"们。

　　当探春向贾母道出了"近因凤姐姐身子不好，几日园内的人比先放肆了许多"，有的"竟开了赌局"，有的"竟有争斗相打"的事实时，贾母一听便生了气，责问探春"你既知道，为何不早回我们来"。其实这怪不得探春，早在第五十五回王夫人就曾经向宝钗说"老婆子们不中用，得空儿吃酒斗牌，白日里睡觉，夜里斗牌，我都知道的"。听到探春的解释后，贾母正言厉色而又语重心长地对大家进行了训诫，明之以"要钱""吃酒"会造成"藏贼引盗"的严重后果，并当众将"林之孝家的等总理家事四个媳妇""申饬了一顿"，而且发布了"即刻查了头家赌家来，有人出首者赏，隐情不告者罚"的命令。

　　而这一彻查，果真查出了不少聚众赌博、胆大妄为的"鱼眼睛"，其中"大头家三人，小头家八人，聚赌者通共二十多人"，而且那"三个大头家"分别是"林之孝家的两姨亲家""园内厨房内柳家媳妇之妹"和"迎春之乳母"。愤怒至极的贾母立即亲自发出第二条命令："将骰子牌一并烧毁，所有的钱入官分散与众人，将为首者每人四十大板，撵出，总不许再入；从者每人二十大板，革去三月月钱，拨入圊厕行内。"并再次"将林之孝家的申饬了一番"。

　　小说中的"鱼眼睛"还有很多，她们身份不一、性格各异，是我们读研《红楼梦》所不能忽视的人物群像。第十六回，刚完成了协理宁国府之大事的凤姐曾经对贾琏这样诉苦："你是知道的，咱们家所有的这些管家奶奶们，那一位是好缠的？错一点儿他们就笑话打趣，偏一点儿他们就指桑骂槐的抱怨。'坐山观虎''借剑杀人''引风吹火''站干岸儿''推倒油瓶儿不扶'，都是全挂子的武艺。况且我年纪轻，头等不压众，怨不得不放我在眼里。"虽然这诉苦中有着卖弄和夸张的成分，但却一语中的道出了那些"鱼眼睛"们个个都不是省油的灯。而脂砚斋也在旁边"侧批"道："独这一句不假。"

调嘴弄舌的“长舌妇”

　　洋洋百万字的《红楼梦》，堪称小说版的《清明上河图》，写尽了世间百态、人间万象。就人物角色而言，上至权高位重的王公显贵、势强力大的主子官员，下至低声下气的奴才门子、游手好闲的地痞阿混，从天上到地上，从豪门到贫寒，从和尚道士到侠客义士，一个个在小说中“你方唱罢我登场”，组成了生动的人物群像和多彩的社会生活画卷。就在这粉墨登场的各色人等中，还有一批被宝玉戏称为“只一嫁了汉子，染了男人的气味，就这样混帐起来，比男人更可杀了”的“死珠”和“鱼眼睛”群体，她们地位不高、身份卑微，让人心生悲悯；她们品行不端、心术不正，又让人心生厌恶。在这些“死珠”和“鱼眼睛”群体中，还有四位最擅长调嘴弄舌、搬弄是非的“长舌妇”。

　　第一位：挟私进谗的王善保家的。

　　在这些“长舌妇”中，出场最晚、描写最细、给读者印象最深的是那个王善保家的。她直到第七十四回才款款露面，但较之于其他几位，她的名气可是要大得多，甚至还上了回目的“头条”，七十四回的回目“惑奸谗抄检大观园”中的“奸”指的就是她。

　　王善保家的是“邢夫人的陪房”。她为一己之私而制造是非、陷害于人，她先是奉邢夫人之命将从傻大姐那里得到的绣春囊送给了王夫人，后在打探王夫人将如何处理绣春囊事件时，又逮住机会，把大观园里那些平日"不大趋奉他"的丫鬟们狠狠地"参了一本"，说"这些女孩子们一个个倒像受了封诰似的"，骄傲得不得了，尤其是那个"宝玉屋里的晴雯"，仗着"比别人标致些"和"一张巧嘴"，每天"打扮的像个西施的样子"，而且总是"在人跟前能说惯道，掐尖要强，一句话不投机，他就立起两个骚眼睛来骂人，妖妖趫趫，大不成个体统"。

正是她的那些谗言，让王夫人"触动往事"，脑海中浮现出了"上次""跟了老太太进园逛去"时那个"水蛇腰，削肩膀，眉眼又有些像你林妹妹"的晴雯"正在那里骂小丫头"的记忆画面。听了王善保家的"挑唆"，又联想到晴雯以前那种让自己很是"看不上"的"狂样"，王夫人立即从心底里对晴雯产生了极度的厌恶，即使凤姐在旁边进行了一些解释和调和，也没有消除王夫人对晴雯的嫌恶。王夫人不但吩咐下人把晴雯即刻带过来亲自进行审问，而且吸纳了王善保家的"建议"，在当天晚上对大观园来了个猛不防的突击抄检。可以说，晴雯的被逐以致最后的惨死，与王善保家的挟报私怨、弄奸进谗有着直接的关系。

第二位：搬弄是非的费婆子。

费婆子和王善保家的一样，同是邢夫人的"陪房"，在小说中，她几乎是一个可以忽略不计的小角色，只在第七十一回出过一次场。但仅这唯一的一次出场，已足以让她那搬弄是非、信口雌黄的"长舌妇"之本色展现得淋漓尽致。

费婆子一亮相，曹公就给她画了一个不堪入目的"脸谱"：

> 这费婆子原是邢夫人的陪房，起先也曾兴过时，只因贾母近来不大作兴邢夫人，所以连这边的人也减了威势……这费婆子常倚老卖老，仗着邢夫人，常吃些酒，嘴里胡骂乱怨的出气。如今贾母庆寿这样大事，干看着人家逞才卖技办事，呼幺喝六弄手脚，心中早已不自在，指鸡骂狗，闲言闲语的乱闹。

曹公的描摹尽管只有三言两语，但费婆子那种"倚老卖老"的不堪表现已活现在读者面前。

当时，她的一个亲家母因为"吃酒混说"、履职不力而"惹出事来"，被凤姐"打发人捆了起来"，准备严肃处理。听到消息的她，先是"仗着酒兴，指着隔断的墙大骂了一阵"，然后便"来求邢夫人"。在向邢夫人说情时，费婆子最厉害的一招是刻意将那件事情的起因隐去不表，只轻描淡写地说成"和那府里的大奶奶的小丫头白斗了两句话"，从而将她亲家母的责任全部"清零"，说"并没什么不是"。更让人背脊骨发凉的是，她将其亲家母之所以现在被"捆到马圈里""等过了这两日还要打"的原因归结为周瑞家的在背后"调唆"。

周瑞家的是王夫人的"陪房"，这件事跟周瑞家的也有关系，但这么一件因园门没关、"玩忽职守"而引起的严重事件，到了费婆子那里，竟避重就轻，被改编成了"斗嘴""调唆"事件，从而将凤姐的"正风肃纪"之治"调唆"成了挟怨争宠之争。这还不够，费婆子一干人又不住地在邢夫人面前搬弄是非，大嚼"老太太不喜欢太太，都是二太太和琏二奶奶调唆的"之类的"舌头"，从而让本来就被贾母"冷淡""凤姐的体面反胜自己""心内早已怨忿不乐"的邢夫人，更是对王夫人、凤姐生出了"嫌隙之心"。邢夫人虽然没有马上大发雷霆、大动干戈，但心内已经因此而"着实恶绝"凤姐，这也为后面的邢夫人将绣春囊事件这一难题抛给王夫人设下了伏笔。

第三位：添油加醋的鸳鸯嫂子。

相比于有头有脸的鸳鸯，鸳鸯的嫂子在小说中可是连姓名都没有的一个小角色。曹公所告诉读者的唯一重要信息是，她是贾母那边的一个"浆洗的头儿"，也就是浆洗班的一个小班长，专门为贾母那边服务。而她在前八十回中的唯一一次出场，与她负责的浆洗工作又没有半毛钱的关系，她是被鸳鸯骂作"九国贩骆驼的""娼妇"而粉墨登场的。"九国贩骆驼的"是什么意思？有一个歇后语叫"九国贩骆驼的——到处兜揽生意"，鸳鸯在此借用这句歇后语，对喜欢钻营的、作为"说客"的嫂子进行了无情的嘲讽。

第四十六回，不知哪根神经搭错的贾赦突然萌生了想娶鸳鸯为妾的念头，并让邢夫人去做说服工作。邢夫人找到鸳鸯，对她说了一大堆好话，又许了一大箩筐承诺，结果鸳鸯始终低头不语。误以为鸳鸯害羞"怕臊"的邢夫人，便找到了鸳鸯的嫂子，让她去劝说鸳鸯同意这门"天大的喜事"。没想到，鸳鸯嫂子不但没有完成"光荣任务"，反而还自讨了个没趣，被鸳鸯照脸上"下死劲啐了一口"，并被骂了个狗血喷头。"脸上下不来"的鸳鸯嫂子想挑唆在场的平儿和袭人替自己洗白，不曾想又遭到了平儿和袭人的冷嘲热讽。

就这样"兴兴头头"而去又"羞恼"不堪、"赌气"回来的鸳鸯嫂子，一见到邢夫人，便使出了"长舌妇"的手段，从而让邢夫人的气也不打一处来：她先是叹苦经。她向邢夫人汇报的第一句话就是叫苦连天，直接报告说"不中用，他倒骂了我一场"。她继而是添油加醋。为了突出自己为完成这件任务所受的委屈，她还特意强调"袭人也帮着他抢白我，也说了许多不知好歹的话"，而且那些话讲得非常难听，是"回不得主子的"。最后是编谎言。她向邢夫人汇报时，恰好凤姐也在旁边，因慑于凤姐之威，她便特意不提平儿；后来在邢夫人"还有谁在跟前"的追问下，才交待出"还有平姑娘"，但补充说平儿并"没在跟前"，只是我"远远的看着倒像是他，可也不真切，不过是我白忖度"。她的话虽然不多，却将一副欺软怕硬、无事生非的嘴脸展现无遗，无怪乎鸳鸯一见到她便痛骂"你快夹着屁嘴离了这里"。

第四位：煽风点火的夏婆子。

较之于鸳鸯嫂子和费婆子的"一次性"亮相，夏婆子，这个春燕的姨妈、藕官的干娘，她在小说中出场的次数相对较多。第五十八回，藕官在园子里违规烧纸钱，被她逮住了；第五十九回，莺儿、春燕和藕官在园子里私自采了许多嫩柳和鲜花，又被作为"承包人"的她当场捉住。这两次事情，本来她都占着理，但结果却都让她碰了一鼻子灰。心中愤愤不平、郁郁寡欢的她，终于在第六十回找到了"借刀杀人"的报复良机。

那一天，因儿子贾环傻傻分不清"蔷薇硝"和"茉莉粉"而被芳官"耍"

了、气恼至极又觉得自己“抓住了理”的赵姨娘，在贾环“你敢去，我就服你”的刺激下，立即“拿了那包子”，“一头火”地“飞也似往园中去”找芳官算账。刚进园子，“顶头”便遇见了夏婆子。

看到赵姨娘那“气恨恨”的样子，再听到赵姨娘那“这屋里连三日两日进来的唱戏的小粉头们，都三般两样掂人分两放小菜碟儿了”的诉说，夏婆子便“正中己怀”，明白自己“报仇”的机会来了。于是，就“叽叽叽叽”地对赵姨娘煽起了风、点起了火：

> “我的奶奶，你今日才知道，这算什么事。连昨日这个地方他们私自烧纸钱，宝玉还拦到头里。人家还没拿进个什么儿来，就说使不得，不干不净的忌讳。这烧纸倒不忌讳？你老想一想，这屋里除了太太，谁还大似你？你老自己撑不起来；但凡撑起来的，谁还不怕你老人家？如今我想，乘着这几个小粉头儿恰不是正头货，得罪了他们也有限的，快把这两件事抓着理扎个筏子，我在旁作证据，你老把威风抖一抖，以后也好争别的礼。便是奶奶姑娘们，也不好为那起小粉头子说你老的。”

这一席话说得！她先是给赵姨娘“帮腔”，将今日芳官“以粉作硝轻侮贾环之事”与昨日藕官“私自烧纸钱”的“忌讳”之事进行比较，得出今日之事“这算什么事”的结论，指出这些“小戏子”早已无法无天。再是对赵姨娘“激将”，以“这屋里除了太太，谁还大似你”和“你老自己撑不起来；但凡撑起来的，谁还不怕你老人家”两句反问，给予赵姨娘以自尊自大的强烈刺激。最后又给赵姨娘“助威”，建议赵姨娘正好“把这两件事抓着理扎个筏子”，去园子里要个说法，抖抖自己的“威风”，她也会适时在旁边帮赵姨娘“作证据”。

正是在她的推波助澜、煽风点火之下，赵姨娘“越发得了意”，“仗着胆子”“一径到了怡红院中”，然后向芳官抖起了威风。而在赵姨娘“只身斗群芳”的过程中，本来承诺会“作证据”“帮着你”的夏婆子又做了什么？她和"那一干怀怨的老婆子"变成了事不关己的"吃瓜群众"，一起作壁上观，而心里则暗暗"各各称愿"。

有意思的是，这四个惯于调嘴弄舌的"长舌妇"，有三个都与邢夫人有关，而且其中两个还都是邢夫人嫁到贾家时的陪房丫头。什么样的将领带出什么样的兵，她们都是"邢夫人的耳目"，她们最大的能耐就是倚老卖老、喝酒逞能，"调唆着邢夫人生事"。身边的"陪房"都如此，可见作为主人的邢夫人是何等的不堪！

刘姥姥："趣中滴血"的错认

　　生活需要故事，有了故事，平淡的日子就会充满回味，普通的人生就会光彩照人。小说家的重要能耐就在于编织故事，并把故事讲好。村上春树曾这样说："小说家的基本工作是讲故事，而所谓讲故事，就是要下降到意识的底层去，下降到心灵黑暗的底部去。要讲规模宏大的故事，作家就必须下降到更深的地方。这就好比想建造高楼大厦，地基就必须越挖越深。"①曹雪芹无疑是讲故事的高手，吃喝玩乐、吟诗赏花、吵架拌嘴、生病吃药……那么多男男女女、老老少少的悲喜生活，那么些贫富贵贱、家长里短的平常小事，在他的笔下，变成了一个时代的文化记忆，变成了洞察人生的人性悲悯，变成了一个个趣味盎然的生动故事。

　　刘姥姥，这位鲜活在小说中的村野老妪，之所以出场不多却给读者留下了深刻印象，不仅是因为她的形象刻画之传神，还因为她的身上有故事。可以说，她走到哪里，便将故事留到了那里，同时也将笑声带到了那里。第一次去贾府，她觍着老脸"打抽丰"，在与"真佛"王熙凤的"过招"中被玩得"一半是火焰，一半是海水"，几乎完败的她最后却"不辱使命"，

―――――――――――

　　①　［日］村上春树. 我的职业是小说家［M］. 施小炜，译. 海口：南海出版公司，2017：136-137.

带着二十两银子"荣归故里"。第二次进贾府，短短的两三天时间，除留下了插花、夹蛋、行令等那些脍炙人口的故事之外，她还犯下了很多妙趣横生、让人捧腹的"错误"。

第一个错误：将螃蟹账错算成糊涂账。

第三十九回，刘姥姥到贾府后，正和周瑞家的坐等王熙凤时，平儿来了。周瑞家的见平儿"脸上有些春色"，便引出了螃蟹宴的话题。周瑞家的道："早起我就看见那螃蟹了，一斤只好秤两个三个。这么三大篓，想是有七八十斤呢。"听到周瑞家的这么话，旁边的刘姥姥立即插嘴算了一笔账："这样螃蟹，今年就值五分一斤。十斤五钱，五五二两五，三五一十五，再搭上酒菜，一共倒有二十多两银子。阿弥陀佛！"

这个账本来很好算，不过是一道简单的乘法题而已，但经刘姥姥一算，竟成了一笔搞不清楚的糊涂账。按刘姥姥的算法，这螃蟹的时价为"五分一斤"，那么"七八十斤"螃蟹就是 350～400 分，按银子一两等于十钱、一钱等于十分进行折算，总共也就三四两银子。而刘姥姥在计算中，煞有介事地加上了不知从哪里冒出来的"五五二两五，三五一十五"的乘法口诀，然后又"搭上"了那谁都没说过、也不知有多少的"酒菜"钱，最后竟给出了"二十多两银子"的结论。

刘姥姥这冷不丁的插话，一方面是出于对贾府奢侈生活的惊诧，另一方面也是为了刷一下自己的"存在感"。她那一本正经却又违背数学常识的错误算法，给小说涂上了一层活泼有趣的喜剧色彩。而她紧接着说的那一句"这一顿的钱够我们庄家人过一年了"，更在贫富之间形成了石破天惊的强烈对比，这也使得我们在阅读时常常会对她的错误算法忽略不计。

第二个错误：将黄杨酒杯错认为是黄松酒杯。

为了让刘姥姥"出洋相"，在贾母第二次的宴会上，凤姐和鸳鸯特意搬出了一整套"黄杨根整抠的十个大套杯"，想"灌他十下子"。"金杯银杯倒都也见过，从来没见有木头杯之说"的刘姥姥，一见到这副套杯，当即惊讶得嘴巴半天都合不拢，她又惊又喜又怕。她惊什么？一惊其多，贾府竟然真的有十个套杯，而且那十个杯子"挨次大小分下来"，就像是一列整齐的队伍；二惊其大，"那大的足似个小盆子"，即使那"第十个极小的"，也居然有她"手里的杯子两个大"。她喜什么？喜的是杯子之精致，那杯上"雕镂奇绝，一色山水、树木、人物，并有草字以及图印"，简直是"美得不要不要的"。她怕什么？怕的是促狭凤姐又编出了一个"这个杯没有喝一个的理"，让她"必定要挨次吃一遍才使得"。

然后，在那道不可思议的"茄鲞"名菜之后，鸳鸯又突然给刘姥姥出了一道考题，问她"到底这杯子是什么木的"。对这个本来只用一句话就可以解决的问题，曹公却卖了一个关子，没有直接给出答案，而是着重刻画了刘姥姥那"爆棚"的自信心。在听到鸳鸯的问题后，刘姥姥以为鸳鸯不知道木材而在向自己请教，就想也不想地说你们生长"在这金门绣户的"，因而"怨不得"你们"不认得"；然后又不失时机地"标榜"了一下自己"好歹真假，我是认得的"，为什么？因为"我们成日家和树林子作街坊，困了枕着他睡，乏了靠着他坐，荒年间饿了还吃他，眼睛里天天见他，耳朵里天天听他，口儿里天天讲他"；再是拿起杯子"细细端详了半日"，在进行了贾家"这样人家断没有那贱东西"的地位之判断和那杯子的"体重"之拈量后，才得出了"断乎不是杨木，这一定是黄松做的"结论。

"黄松做的"，刘姥姥这个自信满满、不容置疑而又慎重其事的错误结论，与曹公前面早已向读者明示的"黄杨根"之答案形成了强烈反差。刘姥姥这位识树高手的"意外走眼"，在小说情节发展上，渲染出了众人"哄堂大笑"、忍俊不禁的喜剧氛围；在艺术技巧上，展示出了曹公欲抑先扬、节奏掌控的匠心独具。

第三个错误：将牌坊错认为大庙。

大观园门口那个让宝玉一见便有似曾相识之感的玉石牌坊，早在第十七回就已经有了交代。其"龙蟠螭护，玲珑凿就"的那种建筑式样，被跟随贾政的众清客们冠名为"蓬莱仙境"，而后又取名为"天仙宝镜"，最终在第十八回被归省的元春钦定为"省亲别墅"。就是这个与太虚幻境颇为相似、高大庄严的牌坊，到了刘姥姥眼中，却被错认作了一个"大庙"。

第四十一回，陪着刘姥姥游大观园的贾母感到"身上乏倦"，便去稻香村午休了，"不知疲倦"的刘姥姥就由鸳鸯带着"各处去逛"。当她们来到"'省亲别墅'的牌坊底下"时，刘姥姥突然作出了一个出人意料的举动：立即对着牌坊"爬下磕头"。为什么？你听她的感叹："嗳呀！这里还有个大庙呢。"原来她看到牌坊就误以为这是"大庙"的标志性山门。

作为讲故事的高手，曹公并没有到此为止，他要让刘姥姥"在错误的道路上越走越远"。看到"众人笑弯了腰"，刘姥姥并没有明白过来，而继续认真地表示："笑什么？这牌楼上字我都认得。我们那里这样的庙宇最多，都是这样的牌坊，那字就是庙的名字。"在众丫鬟故意逗她说出庙名时，她还煞有介事地指着上面的字回答："这不是'玉皇宝殿'四字？"顿时让大家"笑的拍手打脚"。

第四个错误：将竹篱笆错认为"扁豆架子"。

在牌坊之误后，刘姥姥又出现了第四个错误。

因多"喝了些酒"，而且喝的又是不合她"脾气"的"黄酒"，加上又贪嘴吃了"许多油腻饮食"，然后又"发渴多喝了几碗茶"，刘姥姥的肠胃顿时不堪重负。"腹内一阵乱响"的她，被一个婆子引到大观园的一个角落"解手"。在"蹲了半天"终于"完成任务"之后，"忽一起身"的她"只觉得眼花头眩"，竟然"辨不出路径"，而那个引路的婆子在"指与地方"后又早已"乐得走开去"自顾自"歇息"，于是，独自一人的刘姥姥在园子中迷路了。

但最擅长"摸着石头过河"的刘姥姥并没有哭天喊地，也没有待在原地"等待救援"，而是主动寻找出路。就这样，她凭着记忆，沿着"一条石子路"，来到了一个房舍跟前。有趣的是，醉眼朦胧的她，没有找见房门，却忽然看到了路旁的"一带竹篱"。正是这"一带竹篱"让她的心里又"咯噔"了一下：怎么"这里也有扁豆架子"？

扁豆是农村常见的一种缠绕性的藤本植物，只要有篱笆、墙等可供攀爬的地方，它就能伸藤展蔓、茁壮生长。在这里，刘姥姥将竹篱笆误认作"扁豆架子"，既符合她的身份和经验，又契合她当时酒后的情形。这个小小的"错误"，使小说跳荡出了生动活泼的泥土芬芳，让刘姥姥这个乡野老妪的形象鲜活地站立在小说之中。

第五个错误：将画中人错认为真人。

将"竹篱"错认作"扁豆架子"，这个错误对这一天的刘姥姥来说还只是"小儿科"，更离奇的是，她在七转八拐、胡撞瞎摸中，竟误闯误入了宝玉的怡红院，继而又犯了好几个"错误"。

一走进怡红院，她就迎面碰到了一位满面含笑的"女孩儿"。刘姥姥慌忙向她解释自己之所以来到这里，是因为姑娘们"把我丢下来了，要我碰头碰到这里"。让刘姥姥没想到的是，自己这么主动、态度这么好，但那女孩竟然没有搭理自己。刘姥姥想继续套近乎，便走上前去"拉他的手"。这一"拉"可不得了，只听得"咕咚"一声，刘姥姥就直接"撞到板壁上"，真的"碰"了一个"头"。头被碰得"生疼"的姥姥再"细瞧了一瞧"，才发现那原来不是女孩，而是"一幅画儿"，而且那画还非同一般，它看上去是"活凸出来"的，但"用手摸去，却是一色平的"。

第六个错误：将自己错认为亲家母。

贫穷总是会让人限制了对富贵的想象力。刘姥姥在前面所出现的五个错误，只是把东西认错了、把账算错了，这还不难理解，最有意思的是她的第六个错误，竟然把自己认作了另外一个人。

当她摸进一个"门上挂着葱绿撒花软帘"的"小门"后，看到"四面墙壁玲珑剔透，琴剑瓶炉皆贴在墙上，锦笼纱罩，金彩珠光，连地下踩的砖，皆是碧绿凿花"时，她"竟越发把眼花了"。紧张慌乱的她好不容易从屏后找到了一扇门，但刚转过门，刘姥姥惊讶地发现"他亲家母"居然"也从外面迎了进来"。于是，刘姥姥热情地同她打招呼，问她是"那一位姑娘"带进来的，笑她"你好没见世面，见这园里的花好，你就没死活戴了一头"，但"他亲家只是笑"，始终没有回答。

曹公设计的这个细节，一方面映照出刘姥姥那种醉酒后神志恍惚的状态，另一方面则巧妙地突出了那个稀罕物件——西洋穿衣镜。到底什么才是富贵？贾家到底富贵成什么模样？曹公喜欢采用的一种方式，就是通过第三者的眼光来描状。第六回，刘姥姥第一次去见"真佛"王熙凤，曹公就通过刘姥姥的视角，以一座那先发出"大有似乎打柜筛面的一般"的"咯当"

"咯当"声，后又突然冒出"金钟铜磬一般"的"当当"声的挂钟，写出了"贾琏的女儿大姐儿睡觉之所"的惊艳。这一回，曹公再次通过刘姥姥的误认、误摸等细节，以一面四边都是用"雕空紫檀板壁"嵌围着、又是镜子又是"机括"的西洋穿衣镜，突出勾画了宝玉房中那精巧的设计和富贵的摆设。

第七个错误：将怡红院错认为小姐闺房。

在刘姥姥那么多的"错误"中，最让人越品越觉得其味隽永的是第七个。

众人左等右等都不见刘姥姥"解手"回来，然后去"各处搜寻"也没有找到，刘姥姥就好像突然从人间蒸发了一样。最后，反复"战龰其道路"后猜测刘姥姥可能"醉了迷了路"的袭人亲自去寻，终于在怡红院里找到了刘姥姥。那时的刘姥姥正"扎手舞脚的仰卧在床上""鼾齁如雷"，把整个房间搞得"酒屁臭气"混成一团。惊诧无比的袭人"慌忙赶上来将他没死活的推醒"，并赶紧"将鼎内贮了三四把百合香"来驱除房里的异味，同时又和她达成了"就说醉倒在山子石上打了个盹儿"的"串供"。终于酒醒过来的刘姥姥这时候犯了第七个错误，问袭人"这是那个小姐的绣房"。当听到袭人那"是宝二爷的卧室"的回答后，刘姥姥顿时被"吓的不敢作声"。

刘姥姥为什么会错以为自己闯进的是"小姐的绣房"？原因很简单，这屋子实在是太"精致"了，墙壁精致、地砖精致、壁画精致、镜子精致，那床帐更为精致，使刘姥姥恍若梦中，有了一种"就像到了天宫里的一样"的感觉。这样处处精致的地方，让刘姥姥怎么能想到是宝二爷的住处。刘姥姥的这个错觉，既侧面突出了宝二爷的洁癖与喜欢女孩子的性格特征，同时又与第四十回她误以为黛玉的潇湘馆"必定是那位哥儿的书房"形成了巧妙的呼应。

刘姥姥这样"四仰八叉地躺在宝玉床上"，给干净唯美的怡红院来了一次滑稽的"劫遇"和颠覆性的践踏，蒋勋先生曾在他一篇文章中引用《心经》里的那句"不垢不净"，一针见血地指出这是"作者最具深意的救赎"①。

---

① 蒋勋. 微尘众：红楼梦小人物 2[M]. 北京：中信出版社，2015.

刘姥姥在这次二进贾府的"快乐行"和"欢乐颂"中，接二连三地犯下了一系列错误，除上面那些外，还有将"鸽子蛋"错认为"鸡蛋"、将"长出凤头""也会说话"的鸟儿错认为"黑老鸹子"等。这种当贫穷遇上富贵时的"错上加错"，描状出了刘姥姥就像步履不稳地在打一套没有章法的醉拳，既让小说在平淡中增添了不少妙趣，产生出化庄为谐的喜剧效果，同时又增强了小说的艺术张力，让我们读者"趣中见血""笑中味泪"，品味出贾家那让人难以想象的富贵和奢华，以及几乎弥漫在整部小说中的那若干年后繁华不再、"蛛丝儿结满雕梁"的凄悲。

贾政的眼泪

眼泪，除了少数"喜极而泣"的高兴场景之外，大多数情况下，总是和哀伤、悲痛、别离、死亡、委屈等相伴。在《红楼梦》这样一部"满纸荒唐言，一把辛酸泪""字字读来皆是血"的著作中，"泪"，不仅和"笑"一样是小说人物极为常见的情态，更是读者解悟作者、解读小说的一把钥匙。那位终日间"临风洒泪"、要用自己"一生所有的眼泪"报答神瑛侍者的绛珠仙子，那一见外孙女便"一把搂入怀中，'心肝儿肉'叫着大哭起来"的贾母，那在自己生日盛宴却发现丈夫和别的女人偷情，但丈夫竟然还举剑要杀自己而"哭倒"在贾母怀里的凤姐等，她们的眼泪总是让人不由自主地心生悲悯。除了这些女性人物外，曹公还生动传神地描状了不少须眉男人的眼泪，如总是无缘无故地"不觉泪下"、在小说前八十回单为了黛玉就流了九次眼泪的宝二爷，如在儿媳妇秦可卿的丧礼上忘情地哭得如"泪人一般"的贾珍，如见到尤三姐用自己的定情信物悲痛自刎而"扶尸大哭""俯棺大哭"的柳湘莲等，另外，还有一位因眼泪而让读者难以释怀的男人是谁？贾政。

贾政，这位忠君孝母、严管孩子、谦恭厚道得近乎迂腐的贾府二老爷，也曾以流泪的形象出现在读者面前，这确实有点出乎意料。和其他几位男性人物相比，贾政的眼泪似乎更多了些爱恨交织的矛盾与难以言表的悲情，从而也更有深味、更具穿透力。在小说中，贾政的眼泪集中出现在第三十三回，而且一连出现了三次。

贾政的第一次流泪："满面泪痕。"

这一天对贾政来说绝对是一个揪心的日子，他接连听到了两件惊天大事：一件是平时并不来往的忠顺王府突然派长史官上门索人，长史官那一副不住"冷笑"的神态，那一种不屑讥嘲的口气，以及那一个当堂抓住的宝玉与戏子有涉的实证，让贾政"又惊又气""目瞪口歪"；还有一件是贾环向他密告宝玉强奸不遂，致使丫头金钏自杀，把贾政气得"面如金纸"、雷霆大怒。

作为父亲，他知道自己的儿子喜欢和女孩子们在一起，喜欢"精致的淘气"，而且"不长进"，但他无论如何也没想到宝玉竟然会犯下如此不可饶恕的滔天大罪，让自己担起了"上辱先人下生逆子"的罪责。于是，他决意要好好教训教训自己的那个混账儿子，宁可自己成为家族的"罪人"，也不能让不肖儿子辱没门楣。他"喝令"身边的众门客仆从"快拿宝玉来"，并不得再劝自己。在众门客仆人见他"这个形景"、一个个都"咬指咬舌，连忙退出"后，他怎么样？他"喘吁吁直挺挺坐在椅子上，满面泪痕，一叠声'拿宝玉！拿大棍！拿索子捆上！把各门都关上！有人传信往里头去，立刻打死！'"

在那"喘吁吁直挺挺"的气急败坏之情形和三个"拿"的声嘶力竭之怒吼间，曹公不动声色地插入了四个字："满面泪痕。"这样的神态，结合前面的"喘坐"之情状与后面的"拿""打"之叫嚣，将一位父亲突闻儿子不孝不仁之"恶行"后的愤怒描摹得如在目前。贾政的这个"泪痕"中，浸润着对"祖宗颜面"之毁于己手的愧，流淌着对儿子之不成才、不成器的恨，也饱蘸着对家族之前途命运的忧。脂砚斋在蒙本的这段话旁边还有一个"侧批"："为天下父母一哭。"

贾政的第二次流泪："泪如雨下。"

当闻讯而来的王夫人苦苦阻拦贾政责打宝玉并发出"先勒死我，再勒死他"的求告时，万般无奈的贾政"不觉长叹一声，向椅上坐了，泪如雨下"。

在这段文字之前，因惊闻儿子"在外流荡优伶，表赠私物，在家荒疏学业，淫辱母婢"而极端愤怒的贾政正对宝玉痛下"杀手"。他先是声嘶力竭地命令手下众人不得到里面去通风报信，然后"喝令"小厮们把宝玉"堵起嘴来，着实打死"。这八个字的命令可是够狠的！也就是说，不但要打，而且要"堵起嘴来"打，让宝玉在挨打的时候叫不出声；不但要狠狠地打，而且要往死里打。"不敢违拗"的小厮们"只得将宝玉按在凳上"，狠下心"举起大板打了十来下"。但怒火攻心的贾政对小厮们的表现并不满意，"犹嫌"他们打得太轻，不足以达到惩戒警训的效果，便"一脚踢开掌板的，自己夺过来，咬着牙狠命盖了三四十下"。"踢""夺""咬""盖"这一连串的动作，使贾政那怒气冲天、几乎丧失理智的暴怒之状活现在纸上。即便面对众人不住的夺劝、求情，他依然压不住心头的怒火，不但没有中止对儿子的毒打，甚至还把矛头也对准了说情的众人。

在得讯后的王夫人顾不上避讳之礼、慌慌急急地赶到书房后，贾政更是"火上浇油"，将"那板子越发下去的又狠又快"。这时候的贾政已经什么都顾不上了，唯一的想法就是把自己这个混账儿子打死算了，直到王夫人一边死死地"抱住板子"，一边哭诉"老爷虽然应当管教儿子，也要看夫妻分上。我如今已将五十岁的人，只有这个孽障，必定苦苦的以他为法，我也不敢深劝。今日越发要他死，岂不是有意绝我。既要勒死他，快拿绳子来先勒死我，再勒死他。我们娘儿们不敢含怨，到底在阴司里得个依靠"时，他才极其无奈地"不觉长叹一声，向椅上坐了，泪如雨下"。

小说前八十回中，曹公曾经四次使用过"泪如雨下"这个词。第十八回，元春归省时将宝玉"携手揽于怀内，又抚其头颈"，笑着说"比先竟长了好些……"时，"一语未终"而"泪如雨下"；第六十六回，尤三姐好不容易盼到柳湘莲到来但发现他竟然是来要回定礼时，她"泪如雨下"，一手"将剑并鞘送与湘莲"，另一手用雌剑"只往项上一横"；第七十四回，王夫人去向王熙凤追问绣春囊时也是"泪如雨下"。相比于这三次"泪如雨下"的女性角色，作为男人的贾政，他的"泪如雨下"暴发出了更强的冲击力，可以说是百感交集、五味杂陈。他那纵横的老泪中，有着对儿子承继家业无望的痛苦，也有着对妻子娇宠儿子过度的无奈，更有着对自己忠孝难全的苍凉泣悲。

贾政的第三次流泪："泪如滚瓜。"

在妻子"先勒死我，再勒死他"那出乎"天下慈母"之本能的泣劝下，贾政终于放下了"板子"。而此时的宝玉已然被打得"动弹不得""面白气弱"，那一条"绿纱小衣"上"皆是血渍"。王夫人见此情景，禁不住解下他的汗巾细细察看，当她看到自己的宝贝儿子"由臀至胫，或青或紫，或整或破，竟无一点好处"时，便"失声大哭起来"。她一边哭，一边口中还喊着"苦命的儿吓"；然后"忽又想起贾珠来"，就又叫着贾珠的名字哭道"若有你活着，便死一百个我也不管了"。早已闻讯急赶过来的李纨一听到婆婆喊出了贾珠的名字，也触动了心中之痛，忍不住"放声哭了"。这时候，整个场景便变成了一片泪的海洋。听到这婆媳俩撕心裂肺的痛哭，坐在椅子上的贾政，"那泪珠更似滚瓜一般滚了下来"。这大把大把滚落的眼泪中，从对宝玉爱恨交织的层面，进而又往里深了一层，探触到了那一个深藏在他心底的隐痛，添增了对大儿子过早亡故的伤悲。

贾政的这三次流泪，虽都不是响彻云霄的哀嚎，却给人以天下父亲痛彻心扉的共鸣。这三次泪哭，从"满面泪痕"到"泪如雨下"，再到"泪珠""滚瓜"，其程度一次次加深，冲击力也一次次加大。从中，你可以读出一位家族继承人肩负重任、手擎使命的生命之重，你可以读出一位父亲心如刀绞、万念俱灰的刻骨之痛，你也可以读出一个男人梦想难圆、壮志难酬、未来难期的人生之苦。这样的泪，感天动地；这样的泪，直击人心。

对宝玉这个"衔玉而诞"的奇异儿子，贾政应该说也是充满舐犊之情。即使看到宝玉在周岁"抓周"时竟然不争气地抓了胭脂而心生厌恶；即使看到宝玉要去上学而来向自己请安时骂之为"你如果再提'上学'两个字，连我也羞死了"；即使听到宝玉为大观园题写了几句诗联而洋洋自得时而对他又是"摇头"、又是"冷笑"甚至喝命"又出去"……但作为父亲，他的心里还是对儿子有着血浓于水的亲子之爱与深深的期待。

作为家族的重要继承人，贾政的形象虽然不像他哥哥贾赦那样"不堪""无耻"，但在小说和读者群中也没有多少美誉度，甚至于也常常"被反面"，因为他总是那样苦着一张脸，总是那样端着一副架子。笔者以为，这不仅仅是因为他对孩子那近乎极端的严苛，更因为在人们需要"真性情"的时候，他却总是给你"假惺惺"地讲一通放之四海而皆准的"大道理"。

他知道自己的使命艰巨，虽然自己不是长子，但肩上却担负着继承先祖之风、光耀门庭的重任；他也知道自己的地位尴尬，不管自己怎么努力，母亲也没对他"高看几眼"，儿子对他畏若猛虎，女儿不是他的"贴心小棉袄"，而妻子也对他的那个总是要生出事端的小妾赵姨娘耿耿于怀。所以他选择了一种沉重的活法，他不能像其兄贾赦那样可以随心所欲，想干什么就干什么，他必须上顺天命、下教逆子。他活得很累、很不容易。这样一个端方正直、谦恭厚道、对上孝敬母亲、对下严管儿子的工部员外郎，这样一个满心渴求既顺乎礼教又顺乎亲情、事业和家族"双丰收"的男人，这一次，他那美好的理想，被自己那不忠不孝不仁不义的儿子击得粉碎。

人们常说："男儿有泪不轻弹，只是未到伤心处。"可以说，《红楼梦》这部小说中，最让笔者动容的，除了贾府祠堂那一声悲冷惊恐的叹息，和贾母那一包"虽未成灰，然已成了朽糟烂木，也无性力"的珍藏了百年的人参，便是贾政这三次无声涌淌的流泪。

贾雨村生命中的四位"贵人"

在《红楼梦》中，贾雨村绝对算不上主角，却是不可或缺的"重量级"人物，这个被平儿骂为"半路途中那里来的饿不死的野杂种"的"禄蠹"，他的存在丰富了作品的内涵。小说前八十回，他这个人物显得有点头重脚轻。小说甫一开始，他就有一个非常惊艳的亮相，曹公对他浓墨重彩，从寄居破庙到中秋吟诗，从荣升府尹到悄娶娇杏，从谋得林家"西宾"之职到对冷子兴高谈阔论"正邪两气""仁恶生人"，从护送黛玉去荣国府到"乱判葫芦案"等，其在小说中的分量之重，大有抢占"男一号"之势。但在第五回以后，他迅即"沦落"成为隐身的"龙套"，即使偶有露脸，也是一掠而过，往往连说一句整话的机会都没有。曹公在小说中，对他从一个豪情满怀的落泊书生写起，写出了他在宦途的几度沉浮，把笔触直指官场的"厚黑"、司法的腐败、人情的冷暖和世态的炎凉。

关于他的忘恩负义、贪赃枉法、媚上欺下、阴险狡诈等诸种劣迹恶行，红学界早有定论，笔者不想再费唇舌。笔者想与大家交流的是，曹公在塑造他的形象时，把他大落大起的仕途生涯与四位"贵人"联系在了一起。正是他们的出现，让贾雨村在关键时刻能够逢凶化吉、转危为机，能够穿过激流、高扬起生命的风帆。

其生命中的第一位贵人：慷慨资助的甄士隐。

在小说第一回的回目中，贾雨村就和甄士隐并肩站立成了一道耀眼的风景，曹公还冠以他一个"风尘怀闺秀"的"地标"，也就是说，沦落漂泊于红尘的他，有了一个红颜知己。就在甄士隐"痴想"着梦中那两个"必有来历"的和尚道士之时，他悄然走进了甄士隐的视野。他一出场，曹公就给他敲下了一个"定场音"：

> 这贾雨村原系胡州人氏，原系诗书仕宦之族，因他生于末世，父母祖宗根基一尽，人口衰丧，只剩得他一身一口，在家乡无益。因进京求取功名，再整基业。自前岁来此，又淹蹇住了，暂寄庙中安身，每日卖字作文为生。

这段话可以用四个字来概括："落魄穷儒。"他有一个不错的出身——"诗书仕宦之族"，也算得上是书香门第，但可惜生不逢时，出生时家道已经中落，"父母祖宗根基一尽"，而且没有兄弟姐妹可以协力帮衬。他虽然孤身一人，却心有不甘，和很多读书人一样，梦想着通过"进京求取功名"，来"再整基业"、东山再起。但是，一分钱难倒英雄汉，被贫穷所困的他，连上京赶考的路费都没有，只能"暂寄庙中安身，每日卖字作文为生"。

其实，甄士隐与他并没有特别深的交情，他们既非亲也非故，既不是同学也不是师生，只是因为贾雨村所寄居的葫芦庙就在甄士隐家的隔壁，偶然成为邻居的两人低头不见抬头见，因此就有了些交集。身为"乡宦""望族"的甄士隐有着"神仙一流人品"，他甚是惜才，时常把这位"隔壁老贾"请到家里饮酒畅谈。

在某个中秋佳节，贾雨村"对月有怀"，情不自禁地"高吟"出了一副"玉在匮中求善价，钗于奁内待时飞"的联句，恰被甄士隐听到。感慨于他的"抱负不浅"，甄士隐就把他请到了自己的书房，两人一起"款斟漫饮""飞觥限斝"。当贾雨村喝到有"七八分酒意"时，又"狂兴不禁"、豪情勃发地高歌一绝："时逢三五便团圆，满把晴光护玉栏。天上一轮才捧出，人间万姓仰头看。"这首洋溢着"飞腾之兆"的即兴诗作让甄士隐对他更是刮目相看，相信这位落魄书生"必非久居人下"，不日定会"接履于云霓之上"。两人相谈甚欢，当甄士隐得知雨村因"目今行囊、路费一概无措"而陷入困境时，就想也不想，当即"命小童进去，速封五十两白银，并两套冬衣"，既不收一分利息，更不打一张借条，助其"买舟西上"，到都城作"春闱一战"。

贾雨村也正是在甄士隐这个"贵人"的慷慨资助下，得以走出困境，并在"大比之期""会了进士"，进而被"选入外班"，开始了自己的仕途生涯。试想，如果没有遇见甄士隐，真还不知道贾雨村猴年马月能够离开那个寄居的寺庙。

其生命中的第二位贵人：宅心仁厚的林如海。

贾雨村遇见林如海的时候，早已在官场中跌了一个"大跟斗"。得甄士隐资助后，春闱高中的他不久就升任为"本府知府"。本来，他完全可以凭着"才干优长"而大显身手，但因"有些贪酷之弊"，且"恃才侮上"而与同僚结怨。结果好景不长，"不上一年，便被上司寻了个空隙"，"作成一本"参奏，致使"龙颜大怒，即批革职"。

削职后的贾雨村虽然心中"十分惭恨"，但没有怨天尤人，脸上竟"全无一点怨色，仍是喜悦自若"，很有种能屈能伸的大丈夫气概。他在把全家老少都"安排妥协"之后，一个人开启了"世界那么大，我想去看看"的"担风袖月"、云游四方的自在模式。后来，当游历到"维扬地面"时，一次"偶感风寒"让他病了"一月光景"，再加上"盘费不继"，于是，他就想方设法在巡盐御史林如海家里谋了一个"西宾"之职，成为了林黛玉的老师，这一做就是"一载的光阴"。

林如海真是他生命中特别重要的"贵人"，不但在他陷入困境之时给了他一份工作，而且在夫人去世、女儿"守丧尽哀"之时，也没有把他给"炒了鱿鱼"，使他的小日子过得轻松滋润。更让人敬重的是，当机缘巧遇的贾雨村在得到了"都中奏准起复旧员"的信息后向林如海"央烦""面谋"时，林如海也是二话不说，当即做了两件事，尽心"酬报"他对黛玉的"训教之恩"：

第一件，借一个由头。为了顾及贾雨村的面子，林如海找了一个合情合理的理由："因贱荆去世，都中家岳母念及小女无人依傍教育，前已遣了男女船只来接，因小女未曾大痊，故未及行。"也就是说，我岳母思念我的女儿，已派船来接，你正好可帮我一个忙，将"未曾大痊"的黛玉护送到"都中"她的外婆家。一句话，便让你来求我的"要我帮"，变成了"天缘凑巧"的我们"相互帮"。

第二件，修一封荐信。林如海的帮忙可不是空口白话、嘴上说说而已，他是真把它当作了一件极重要的事。你看他做了什么？他特别慎重地亲自写了一封推荐信给他的内兄贾赦和贾政。里面写了什么？曹公虽没有全部明述，但其中心意思相当明确，就是请他们一定要帮贾雨村"周全协佐"，即使需要"有所费用之例"，也不能让贾雨村"多虑矣"。这不，后来贾政一读到那封信，就忙将贾雨村"请入相会"，并给予了特别"优待"。

贾雨村想到的，林如海给准备好了；贾雨村没想到的，林如海也给"筹画"周全了。而且，在与贾雨村的言谈之中，林如海还一直谦恭地呼其为"兄"、称己为"弟"，誉其为有"清操"之人、谦己为尽"鄙诚"之心，使得贾雨村"面子"鲜亮、"里子"温暖，"心中十分得意"。也正是得力于林如海的这次引荐，贾雨村的仕途生涯再一次来了个"咸鱼大翻身"。

其生命中的第三位贵人：鼎力相助的贾政。

喜欢读《红楼梦》的人很多，但喜欢贾政的读者却很少。这位被林如海赞为"谦恭厚道，大有祖父遗风，非膏粱轻薄仕宦之流"的"工部员外郎"，外不懂世务，内不会理家；既迂腐古板，又生硬无趣，几乎每天都板着一张苦瓜脸，涂瀛先生在《读花人论赞》中直接评论他为"迂疏肤阔，直逼宋襄，是殆中书毒者"。但我们不能不承认，在贾雨村的人生旅途上，如果没有政老爷的全力相助，那么他的后半生很有可能还是"流浪的人儿漂泊在外头"。

贾政对贾雨村的重视和欣赏程度确实出乎了人们的意料。他一见到贾雨村送上的“宗侄的名帖”和妹夫林如海的推荐信，便分分钟也没有耽搁，立即把雨村“请入相会”。待看到贾雨村衣冠整齐、“相貌魁伟，言语不俗”之后，更是将他奉若上宾，其重视程度，用“礼遇”“优待”这些词来形容显得远远不够，配得上的似乎只有一个词：“厚爱。”怎么个“厚爱”法？他当即全力以赴，尽自己所能“内中协助”，在“题奏之日”帮贾雨村“轻轻谋了一个复职候缺”。也正是借助于贾政的竭力推荐，“不上两个月”的工夫，贾雨村就填补上了一个空缺，而且是“金陵应天府”这么一个举足轻重的空缺。

就这样，那对于张如圭来说“起复之难，难于上青天”的“复出”，到了贾雨村这里，却易如反掌，轻轻松松就跃上了“龙门”。究其原因，最重要的就是张如圭没有遇见像贾政一样能够说得上话、帮得上忙的“贵人”。如果说林如海是贾雨村“华丽转身”的“引路人”，那么，贾政就是为贾雨村这个“转身”而大开方便之门的“开门人”。贾雨村有了这两个“贵人”，他的再次步入官场就有“门”有“路”，就不用再费尽周章。

其生命中的第四位贵人：奸猾刁钻的门子。

说甄士隐、林如海、贾政是贾雨村生命中的“贵人”，应该不会引起什么纷争，但如果对门子也以“贵人”相称，那很有可能会遭到不少红迷的“口水”甚至严厉的驳斥。什么是“贵人”？顾名思义，就是尊贵、高贵的人，这小小的门子何贵之有？！充其量也只能说是“高人”，而且是个奸猾阴险的“高人”。

其实，“高人”和“贵人”完全可以合二为一，如果高人用他的“高”，点化了你的“迷”，消除了你的“惑”，化解了你的“危”，那么，他就成为了你的“贵”。这位门子无疑就是这样一个人。

贾雨村在应天府上任伊始，便揽到了一件人命官司。其案情其实并不复杂：“两家争买一婢，各不相让，以至殴伤人命。”复官上任、正想好好报答“隆恩”的贾雨村，初接状告时雷霆大怒，想“发签差公人立刻将凶犯族中人拿来拷问”，以匡扶正义，但到最后却“葫芦僧乱判葫芦案”，以“扶鸾请仙”之法，胡言“嫌疑犯”已“得无名之症，被冯魂追索已死”，最后用钱解决了问题。那么，是谁让贾雨村对此案的态度发生了一百八十度的大转弯？就是以前那个葫芦庙的小沙弥、现在为他做参谋的门子。这位门子到底有着什么样的"能耐"？

其一，一个及时的"眼色"。就在贾雨村慷慨激昂地高唱"正气歌"、准备下发"海捕文书"时，站在案边的门子给他使了一个意味深长的"眼色"，示意他不要"发签"。已经在官场"吃了一堑"的贾雨村再也不是以前的那个"愤青"，他知道这"眼色"必有深意，便"长了一智"，"即时退堂""休庭"，然后走到里面的"密室"，将周围的侍从全部清退，只留下门子一个人。

其二，一张特别的"护官符"。这位门子让贾雨村最为吃惊的，不是他曾经还是自己的"故人"，也不是他对该案的来龙去脉了解得一清二楚，而是他的身上居然还有一张"护官符"，那上面的四句顺口溜给"本省最有权有势、极富极贵"的"四大家族"画了像。正是这张符纸，让贾雨村顿悟了官场的"道道"：原来"这四家皆连络有亲，一损皆损，一荣皆荣，扶持遮饰，皆有照应的"，原来官场就是一张盘根错节的、硕大的关系网，你只要动其中一个点，整张网就都会联动起来，你搞不好就会无处可逃，甚至会死得很惨。

其三，一个奇特的点子。"贵人"的重要性，不仅在于能让你发现问题，更在于能帮助你解决问题，门子就做到了这一点。这么一件历时一年都"无人作主"的人命官司，这么一个让贾雨村"忠义不能两全"的"烫手山芋"，最后，门子用"大丈夫相时而动"和"趋吉避凶者为君子"的两句古训，和一个在堂上"扶鸾请仙"的古怪点子，不仅让被告顺利地"漏网"，而且居然还让原告高兴地"息诉"，使得贾雨村妥妥地解决了这个"历史遗留问题"，在贾政和王子腾那里"得了高分"，从此便平步青云。

如果没有这个门子的及时"点醒"，给贾雨村来了一次为官处事的"现场教育"，也许贾雨村坐的这条官船可能再次倾覆，而这一次"翻船"，对他来说可能会是永劫不复。说得再严重一点，他不但官位难保，而且搞不好那条小命也"呜呼哀哉"。这样的人，难道不是贾雨村的贵人么？

让人唏嘘的是，面对这些生命中有着知遇之恩的"贵人"，遍被恩泽的贾雨村不仅没有以"涌泉"报"滴水之恩"，反而是心安理得，甚至是过河拆桥。对甄士隐的资助，他不辞而别；对甄士隐女儿英莲被拐的官司，他没有秉公而判，反而草菅人命；对恩人的女儿、自己的学生林黛玉，他也没有什么特别的表现；在高鹗的续集中，当贾家有难时，也见不到已官居高位的他有什么特别的报恩举动。最惨的是那个全心为他做参谋的门子，最后竟也被他"到底寻了个不是"，给"远远的充发了"。难怪，曹公给他取的名字是"化"（假话），表字为"时飞"（假是非），别号叫"雨村"（假语存）。

邢夫人：何其尴尬的尴尬人

邢夫人，曹公除了在第七十一回回目中给了她一个"有心生嫌隙"的"嫌隙人"的封号外，在第四十六回又称她为"难免尴尬事"的"尴尬人"。在小说中一直把自己的爱恨情仇隐而不显的曹公，为什么会给她送上"尴尬人"这样一个带有明显讽贬意味的"雅号"？

笔者不喜欢索隐，也不喜欢考证，因而无法给出确切的答案。但笔者知道，这世上没有无缘无故的爱恨，也没有无缘无故的尴尬。既然被曹公"誉"为尴尬之人，那定然因为她有着尴尬之处。你看：她有荣国府长媳之地位，却无掌控话语之权力；她有当家揽权之欲望，却无治家理事之才能；她有一个世袭官位的丈夫，但他却荒淫无德，也不被贾母所看重；她有贾琏、迎春两位儿女，却又均非她所亲生；她也有邢忠、邢德全等亲戚兄弟，却全都无权无势，也无良好的德行；她有一帮自己带来的亲信"陪房"和"豢养"的奴才，却多是像王善保家的、费婆子这样既无能又无德的"不省油的灯"。屈指数来，她的亲戚群中唯一一位有着璀璨亮色并让人心生怜爱的，就剩下邢岫烟了。这个邢夫人，婆婆瞧不上她，丈夫看不起她，在两妯娌之间，她根本不是王夫人的对手。即便是儿媳妇王熙凤，心中对她也满是不屑和鄙夷："凤姐儿知道邢夫人禀性愚弱，只知承顺贾赦以自保，次则娄聚财货为自得，家下一应大小事务，俱由贾赦摆布。凡出入银钱事务，一经他手，便克啬异常，以贾赦浪费为名，'须得我就中俭省，方可偿补'，儿女奴仆，一人不靠，一言不听的……"

撇开那些鸡毛蒜皮的琐碎小事不说，最让她在小说前八十回显示存在感的是两件事：一件是在第七十三回，她别有用心地将傻大姐拾到的那个"绣春囊"交给了王夫人，从而成为了那轰轰烈烈的抄检大观园事件的幕后推手；还有一件就是第四十六回，她竟然荒唐地为自己的丈夫贾赦张罗起娶妾之尴尬事。那么，这究竟是一件怎样的尴尬事？

其一，身为填房的尴尬：帮丈夫做媒人。

在中国古代和近代，如果丈夫要娶妾，那么做妻子的大发醋意、大动干戈的可能不在少数，而不但不阻止、反而热心做媒牵线的，则可能少之又少。即便有，要么是因为自己不能完成传宗接代之重任而不得已为之，要么就是懦弱愚钝。而邢夫人，毫无疑问是两者兼有。小说中的种种迹象表明，她并不是贾赦的正妻，她应该是在贾赦的正妻死后，才从填房而"升格"成为妻子的，这样的身份有点类似于娇杏，只不过她没有娇杏那般幸运。在第七十三回，她还曾经对迎春说"倒是我一生无儿无女的，一生干净"，说明她自己没有亲生的孩子。在"强强联合"的四大家族之中，她又不像王夫人那样有着显赫的家族背景和王子腾这样"重量级"的"娘家人"。

这样的地位，这样的身份，以及这样的"愚犟""禀性"，使得她在自己的丈夫贾赦面前缺少"话语权"，任其"摆布"。所以，当赦老爷想娶鸳鸯为妾，并把事情托付给她的时候，她虽然知道"为难"、不好办，但又不敢不接、不能不办，尴尬地张罗起这件"成人之美"的"好事"。

其二，身为婆婆的尴尬：商媳妇碰钉子。

作为在贾家"摸爬滚打"了好多年的大儿媳，她知道鸳鸯之于贾母的重要性。所以当贾赦提出要娶妾时，她的感觉是什么？她认为娶妾是"平常有的事"，但她也意识到，要娶鸳鸯却不容易，"只是怕老太太不给"。于是，她便想到了足智多谋的儿媳妇，主动把王熙凤请来商议。让她没想到的是，她一提到这件事，问凤姐"可有法子"时，竟然被王熙凤当头浇了一盆"冷水"：

> "依我说，竟别碰这个钉子去。老太太离了鸳鸯，饭也吃不下去的，那里就舍得了？况且平日说起闲话来，老太太常说，老爷如今上了年纪，作什么左一个小老婆右一个小老婆放在屋里，没的耽误了人家。放着身子不保养，官儿也不好生作去，成日家和小老婆喝酒。太太听这话，很喜欢老爷呢？这会子回避还恐回避不及，倒拿草棍儿戳老虎的鼻子眼儿去了！太太别恼，我是不敢去的。明放着不中用，而且反招出没意思来。老爷如今上了年纪，行事不妥，太太该劝才是。比不得年轻，作这些事无碍。如今兄弟、侄儿、儿子、孙子一大群，还这么闹起来，怎样见人呢？"

凤姐不但认为这是一件肯定要"碰钉子"的事，因为老太太根本没有办法离开鸳鸯；而且明确表示自己决"不敢去"同老太太讲，讲了只会"招出没意思来"。更让邢夫人无法接受的是：自己的儿媳妇竟然还借着老太太的话，直接指责公公"行事不妥""放着身子不保养，官儿也不好生作去，成日家和小老婆喝酒"；甚至还当面批评自己本应该好好劝劝老爷才是，现在却要"拿草棍儿戳老虎的鼻子眼儿去"。

当场下不了台的邢夫人也立即"冷笑"着反唇相讥。看到婆婆如此不明事理，本来已经掏心掏肺的王熙凤马上换了副脸孔，话风一转，变真情为假意，先是深刻检讨，说自己是个年轻不知"什么轻重"的"呆子"；再是分析事理，推出天下父母对子女有什么舍不得的道理；再是热心参谋，建议趁着"老太太今儿喜欢"，索性就不管三七二十一，"要讨今儿就讨去"；再是热情点赞，夸赞婆婆"到底是太太有智谋，这是千妥万妥的"；最后又巧改主意，以"太太的车拔了缝"正在"收拾"为由，提出"不如这会子坐了我的车一齐过去倒好"，让自己巧妙摆脱"走了风声"的嫌疑。在"目光四射、手腕灵活"①的王熙凤面前，我们不难发现，尴尬，早已在向"愚蠢""左性""多疑"的邢夫人招手。

其三，身为主子的尴尬：劝鸳鸯遭冷遇。

如果说在儿媳妇那儿碰了钉子还属于推心置腹、能够理解的话，那么，接着邢夫人自己亲自去劝说鸳鸯，则实在是不明事理、不识态势的愚笨之举。第一，她认为自己是主子身份，主子只要一发话，丫头想拒绝也难；第二，她认为"做妾"对丫头们来说，是一条攀上高枝的捷径，是一件快速改变命运的"喜事""好事"；第三，她认为鸳鸯"素日志大心高"，也想着"巴高望上"。

就凭着这三点，邢夫人想到了鸳鸯可能会"害臊"，却定然不会拒绝。但让她万万没有想到的是：她对鸳鸯从针线绣工引入，到直奔主题"道喜"；从老爷要"可靠"之人的诉求，到人里头只有鸳鸯"是个尖儿，模样儿，行事作人，温柔可靠，一概是齐全的"赞美；从"进门就开了脸"，直接封为"又体面，又尊贵"的姨娘之允诺，到若"生下个一男半女，你就和我并肩了"的地位之诱惑，话讲了一大笸，理说了一大筐，但是，鸳鸯的反应一直是"红了脸，低了头一言不发""红了脸，夺手不行""只管低了头，仍是不语"，让邢夫人摸不着头脑，最后只得悻悻然离开，去找鸳鸯的嫂子作说客。而更出乎她意料的是，后来，鸳鸯不但把前来作说客的嫂子给痛骂了一顿，而且在贾母和众人面前边哭边表白，甚至做出了袖剪铰发的绝誓行动，可以说当众和她彻底撕破了脸，让她的颜面荡然无存。

其四，身为儿媳的尴尬：见贾母挨怼批。

她在经历了作为妻子、婆婆、主子不同身份的尴尬之后，一个更大的尴尬来临了。就如王熙凤所预料的那样，贾母一听说儿子竟然要把自己的贴身丫头鸳鸯娶去为妾，当即"气的浑身乱战"。就在探春、宝玉和王熙凤等好不容易联手平息了贾母的雷霆之怒后，第四十七回，邢夫人遭遇到了她在小说中一个最大的尴尬。

---

① 王昆仑. 红楼梦人物论[M]. 上海：生活·读书·新知三联书店，1983：138.

她去向婆婆贾母"请安"，刚进院门，几个婆子就赶紧悄悄地把贾母盛怒的消息告诉了她，她正想抽身回去，没想到被王夫人接了进去。一走进屋里，她赶紧"请安"，但婆婆"一声儿不言语"，而其他人又全部一个个退了出去。当屋里只剩下她和婆婆两个人的时候，贾母先是冷讽她"倒也三从四德"，再是批评她"贤慧也太过了"，然后又是劈头盖脸给了她一顿训斥：一是训其无是非。对丈夫只知应承，不知劝导，一句"他逼着你杀人，你也杀去"的反问让邢夫人无地自容。二是训其无能耐。家里那么一摊子事，都得你那"本来老实"又"多病多痛"的兄弟媳妇去"操心"，你的儿媳妇"虽然帮着，也是天天丢下筢儿弄扫帚"，做不了什么事。言外之意就是，你作为我的大儿媳实在没法与二儿媳相比。三是训其无脑子。鸳鸯是什么人？她之于这个家的重要性无人可以替代。"不单我得靠"鸳鸯，只要有鸳鸯在，家里"这几年一应事情""连你小婶媳妇也都省心"。四是训其无孝心。自己到了风烛残年，已经离不开百事齐全、心细能干的鸳鸯，鸳鸯是我"不得缺"的不二人选，你们做儿子儿媳的大凡有点孝心，怎么会生出如此夺人所爱的念头呢？最后她还抛给邢夫人一句话：你丈夫"他要什么人，我这里有钱，叫他只管一万八千的买，就只这个丫头不能。留下他伏侍我几年，就比他日夜伏侍我尽了孝的一般"。

这是一顿怎样的教训！这是一种怎样的尴尬！可以想象：如果当时屋子里有个洞，那邢夫人一定会马上钻进去。邢夫人，这样一个本来完全可以忽略不计的配角，却因为极其难堪的尴尬之事，而极其尴尬地上了第四十六回的"头条"，而脂砚斋也在该回的开头作批："只看他题纲用'尴尬'二字于邢夫人，可知包藏含蓄文字之中，莫能量也。"

一样的眼泪，不一样的痛

第三十三回绝对是《红楼梦》的高潮之一。这一回，宝玉挨了其父亲贾政一顿空前的毒打，其间不少人甚至包括贾政自己都泪流不已。仅在挨打现场，曹公明确写到流泪的人就有四位：王夫人、李纨、贾政和贾母。虽然他们同样都是在流泪，但细细品之，你会发现，每个人的落泪原因和表现却不全一样。

贾政的泪：理想幻灭的父亲之痛。

如果进行一次民主测评，估计很少会有读者在测评表上给贾政打上一个好看的分数。他的那张苦瓜脸一出现，人们对他的第一印象就好不到哪里。他的迂腐古板，他的不近人情，还有他对孩子几乎没有一句表扬的"挫折教育"，还有如此正统的他竟然会娶那般不堪的赵姨娘为妾等，都是被人诟病的理由。第三十三回，他在听信贾环挑唆之后，连基本的调查都没有进行就对宝玉"痛下杀手"。尤其当读到宝玉被打得"由臀至胫，或青或紫，或整或破，竟无一点好处"时，广大善良的读者都会在心中暗骂，甚至会忍不住拍案而起：政老爷，哪有你这样做父亲的！

但千万别急！我们不能只见到他那被"气的面如金纸"的脸，不能只听到他那"拿宝玉！拿大棍！拿索子捆上！把各门都关上！有人传信往里头去，"立刻打死"和"堵起嘴来，着实打死"的怒喝，也不能只看到他那"一脚踢开掌板的，自己夺过来，咬着牙狠命盖了三四十下"的毒打。我们千万不能忽视，在那些被愤怒的情绪冲昏了头脑的现象背后，他那直击人心的"眼泪"。

这是一位父亲的眼泪！这是一位望子成龙的美好理想近乎幻灭时的父亲之泪。和其他很多父亲一样，他也渴望着儿子能够光耀门楣，成为贾家的出色接班人，但儿子又偏偏"在外流荡优伶，表赠私物，在家荒疏学业，淫辱母婢"。从家仆去"拿宝玉"时他"喘吁吁直挺挺坐在椅子上"的"满面泪痕"，到听到王夫人"先勒死我，再勒死他"的"护犊子"时他"不觉长叹一声，向椅上坐了"的"泪如雨下"，再到王夫人哭喊死去的贾珠时他"那泪珠更似滚瓜一般滚了下来"，你若能反复品味，是不是会品出政老爷心中那难以言表的刻骨疼痛？作为一个承继着振兴家业之重任的父亲，想到自己的两个儿子，一个很早离世，一个又如此不堪，让自己一下子变成了"上辱先人下生逆子"的"千古罪人"，其心中的那种伤痛又能够向谁诉说？

王夫人的泪：护犊情深的母亲之伤。

王夫人的泪，完全是一位母亲的泪。

王夫人，她出身名门，身居"要职"，却被贾母评价为"可怜见的，不大说话，和木头似的，在公婆跟前就不大显好"，当权而无权！她生了两个儿子，一个英年早逝，一个"衔玉而诞"、聪明美貌却不思进取、不入主流，当"贵"而不贵！她终日吃斋念佛，遇事却心狠手辣，当"福"而没福！但不管怎样，也无法挡住她作为母亲的那种对儿子的护犊骄宠。

她在得到儿子挨打的消息后，第一个反应是什么？就是"不顾有人没人""忙忙赶往书房中来"。什么礼仪，什么男女回避，在儿子被打面前，统统地靠一边去吧！她的"忙忙"闯入，让众门客和小厮们都"慌的""避之不及"。当她看到儿子早已被打得"动弹不得"时，她的第一个动作是什么？立即"抱住板子"，使得贾政的板子再也打不下去。她一边"哭"，一边又以"老爷也要自重""老太太身上也不好"两个很好的理由进行解劝。当早已气急败坏的贾政不但不听反而变本加厉"要绳索来勒死"儿子时，她使出的

"杀手锏"是什么？一边抱住丈夫大哭，一边指责丈夫"今日越发要他死，岂不是有意绝我"，把丈夫的错误从"教训之过"上升到了"绝后之罪"；更厉害的是，她身上那种天下母亲所共有的护犊情深一下子呼啸喷涌，发出了"先勒死我，再勒死他"的哭喊，然后便"爬在宝玉身上大哭起来"。当丈夫终于"被迫屈服"而坐在椅上默自流泪时，这时的她抱着宝玉，见到"面白气弱"的儿子已被打得浑身"或青或紫，或整或破，竟无一点好处"，便"失声大哭"，进而又想到了死去的大儿子。王夫人那悲恸的哭声中，既有着对不争气的宝玉的痛心，也有着对丈夫竟然"下死手"毒打儿子的怨艾，还交织着对大儿子早亡、自己命运坎坷的悲伤。

李纨的泪：丈夫早亡的寡妇之悲。

宝玉挨打，本来与李纨并没有多少关联。李纨虽然是宝玉的嫂子，但丈夫死后，已如"槁木死灰一般"的她，除了"唯知侍亲养子，外则陪侍小姑等针黹诵读"之外，其他的"一概无见无闻"。在小说中，也看不出她与宝玉这个小叔子有着多少特别的情意。但在宝玉挨打那么庞杂的场景中，曹公竟然还对她的眼泪特别地点了一笔。

得知王夫人从里面急匆匆出来的讯息，李纨和凤姐、迎春姐妹便知道大事不好，也都紧接着赶了过来。当她们赶到的时候，王夫人与贾政的"较量"已经到了高潮，王夫人正从哭叫着"苦命的"宝玉发展到了哭叫着贾珠："若有你活着，便死一百个我也不管了。"贾珠是谁？王夫人的大儿子，李纨的丈夫。李纨一进屋，便听到婆婆对贾珠的失声哭号，这自然拨动了这位年轻守寡的少妇的心弦，让她想起了夫妻相敬如宾的"匆匆那年"和自己这些年来的独守空房的艰难。于是，在这里，曹公轻轻地补了重重的一笔："王夫人哭着贾珠的名字，别人还可，惟有宫裁禁不住也放声哭了。"这李宫裁情不自禁、一发而不可收的眼泪为谁而流？并非为宝玉，乃为英年早逝的丈夫，也为苦守孤灯的自己。

贾母的泪：爱恨交加的长辈之疼。

贾母，这位在贾府至尊无上的"老祖宗"，不但会享乐，而且会享福。也许是见惯了世事，也许是悟透了人生，在小说中，她既是一位"对生活有着非常强烈的热情的老太太，又喜欢玩，喜欢美食、美景、美人、美物"①，又显得惜老怜贫、从容淡定、和蔼可亲、慈祥可敬。而在宝玉挨打的这个场景中，她的情绪严重失控，不但给了贾政一通严厉至极的啐骂，而且先后两次潸然泪下。

贾母的第一次流泪，是在她闻讯赶来见到贾政时。贾政见母亲大人也大驾光临并发出了"重话"，赶忙上前陪笑"大暑热天，母亲有何生气亲自走来？有话只该叫了儿子进去吩咐"，并解释自己"教训儿子"只是为了"光宗耀祖"。贾母一听，便气不打一处生，对他怒"啐了一口"，先是责骂他"我说一句话，你就禁不起，你那样下死手的板子，难道宝玉就禁得起了"，再是以"当初你父亲怎么教训你来"的话，直接驳斥了这种所谓"光宗耀祖"的教训方式。当她说到这里的时候，极其细微之能的曹公，让镜头定格在贾母的"不觉就滚下泪来"。这个在"不觉"间流淌的"眼泪"中，包含着多少复杂的情感：对孙子的疼爱，对儿子的气恨，甚至还可能有对自己丈夫的忆念。

贾母的第二次流泪，是在她走到屋里后。当她把贾政骂了个"狗血喷头"，又急匆匆来到里面时，第一眼就看到她的宝贝孙子"今日这顿打不比往日"，表现出什么情况？"又是心疼，又是生气，也抱着哭个不了。"曹公一连用了两个"又"、一个"也"："又"字，传达出的是她对孙子被打得体无完肤的"心疼"和对儿子狠下死手的"生气"；"也"字，则让贾母的眼泪融进了王夫人和李纨的痛哭之中，整个屋里成了一片悲痛的海洋。

---

① 张骁儒. 中国古典小说的世界——深圳学人·南书房夜话第四季[M]. 北京：中国社会科学出版社，2018：152.

"可爱"的王太医

王太医在《红楼梦》里至多也只能算是一个微不足道、无足轻重的小角色。他的名字叫王济仁，他出身太医世家，他的叔祖王君效就已经是太医院的名医，而且与贾家的关系相当不错。他与贾府似乎有着一种特殊的联系，他可以说是太医院中到贾府诊病来得最多的一位，贾家对他也是待若上宾。他的医术水平自不必说，虽然没有"神医""华佗再世"之类的封号和锦旗，但他的实力就摆在那里。每次在贾母、宝玉等生病时的紧要关头，只要他一出现，一切都迎刃而解。但如果来诊病的不是他，那么多半都会有事件发生。

如果用一个词形容王太医，你会想到什么词？笔者想到的是："可爱。"这个词语可能会引起不少红迷朋友的质疑：这样一个所有说过的话加起来也没有两分钟的老太医，这样一个最后为了儿子的前程而放弃"御医"之职位选择从军的医生，说他是一个"老夫子"还差不多，怎么会配得上"可爱"这个词呢？

说真的，笔者开始对这个人也没有什么特别的印象，只觉得他就是一个医术高明、为人敦厚，还有一点迂腐的老夫子。但有一次笔者却突然发现，这个老夫子竟然是那么"可爱"，而且是越看越觉得可爱。为什么？你看，他诊病时的那股认真劲儿与为人处世时的那种木讷状形成了强烈反差。

作为太医，他一旦诊起病来，就会迅即进入状态，毫不含糊、全身心地投入工作中，不但病情把得准，而且讲起来也是头头是道，体现出很强的职业精神和专业能力。第四十二回贾母染恙，贾珍、贾琏就把他给请来了。而他一到，简单寒暄后，也是马上"便屈一膝坐下，歪着头诊了半日"，然后给出了一个明确的诊断："太夫人并无别症，偶感一点风凉，究竟不用吃药，不过略清淡些，暖着一点儿，就好了……"第五十一回晴雯着凉，宝玉让人去请医生，先来的胡庸医开出了虎狼猛药，又是王太医对症下药，加减了"汤剂"，并立见成效。在第五十七回，当宝玉突发痴疯病时，又是他，只"拿了宝玉的手诊了一回"，便成竹在胸地向贾母汇报："世兄这症乃是急痛迷心。古人曾云：'痰迷有别。有气血亏柔，饮食不能熔化痰迷者；有怒恼中痰裹而迷者；有急痛壅塞者。'此亦痰迷之症，系急痛所致，不过一时壅蔽，较诸痰迷似轻。"这汇报中，既有病之名，又有病之因，条分缕析，娓娓道来，尽显名医风采。

与他诊病时那种满满的自信形成鲜明反差的是，在闲谈时，王太医却又完全是另一副形象。最有代表性的是第五十七回的一段"趣文"：

贾母道："你只说怕不怕，谁同你背医书呢。"王太医忙躬身笑说："不妨，不妨。"贾母道："果真不妨？"王太医道："实在不妨，都在晚生身上。"贾母道："既如此，请到外面坐，开药方。若吃好了，我另外预备好谢礼，叫他亲自捧来送去磕头；若耽误了，打发人去拆了太医院大堂。"王太医只躬身笑说："不敢，不敢。"他原听了说"另具上等谢礼命宝玉去磕头"，故满口说"不敢"，竟未听见贾母后来说拆太医院之戏语，犹说"不敢"，贾母与众人反倒笑了。

得知宝玉又犯痴魔，贾母的心里正火急火燎、百爪挠心，而王太医诊断后汇报病情时却不急不慢地先背了一通"医书"，实在忍不住的贾母便立即打断了他，让他只说"怕不怕""碍不碍事"。闻听此言，犹如挨了当头一棒的王太医赶紧"躬身"，陪着笑连说了两个"不妨"。但贾母还是放不下心，继续追问："果真不妨?"这时候，王太医又立即拍着胸脯、底气十足地回答"实在不妨，并都在晚生身上"，显示了一位名医对自己医术的坚定自信。王太医的回答让贾母顿时长吁一口气，压在胸中的那块巨石终于放了下来。如释重负的贾母当即就让他到外面去开药方子，并表态"若吃好了，我另外预备好谢礼，叫他亲自捧来送去磕头；若耽误了，打发人去拆了太医院大堂"。换句话说就是：治好了，重奖重赏；治不好，拆太医院。

但是，王太医不知是正沉浸在诊疗的兴奋之中，还是因为过于紧张的缘故，竟然只听到了"另具上等谢礼命宝玉去磕头"这上半句话，而没有听清贾母的那下半句"拆太医院之戏语"，便再次"躬身"对贾母来了个客套，笑着说"不敢，不敢"。这个阴差阳错、稀里糊涂的回答，让紧张的诊疗过程产生了强烈的喜剧效果，使得贾母和众人忍俊不禁。在艺术手法上，这与第三十三回那个把宝玉之"要紧"的求助错听成"跳井"的半聋婆子有着异曲同工之妙。如果再联想到先前他的那两个"不妨"之答，王太医那敦厚中透着可爱的形象更是生动地跃然纸上。

自在飞花轻似梦

○奇巧魔幻的结构

打开《红楼梦》，犹如走进一个奇巧的迷宫。

那触目惊心的对比，那伏脉千里的伏应，那意味深长的隐喻，让你痴醉其中、流连忘返。

曹雪芹用他的如椽之笔，在天上与地下辗转跳荡，在现实与梦幻中腾跃变化，小说以其精巧的编织、神妙的呼应，创造了一曲如魔如幻、如梦如诗的神奇篇章。

魔幻的开头，疯狂的石头

　　小说离不开故事，我们的生活中也并不缺乏故事，缺乏的是把故事写得精彩绝伦和讲得美仑美奂的人。万事开头难，一篇好小说必然需要一个好开头，马尔克斯的《百年孤独》设计了一个"惊世骇俗"的开头："多年以后，面对行刑队，奥雷里亚诺·布恩迪亚上校将会回想起父亲带他去见识冰块的那个遥远的下午。"①加谬的《局外人》，则以"今天，妈妈去死了，也许是昨天，我不知道"②这样一个荒谬而惊悚的悬念，拉开了莫尔索一系列怪诞行为的帷幕。而《红楼梦》的开头很有点"魔幻"的色彩，坦率而言，在故事的开头，涂上这种"魔幻"的色彩是相当冒险的，因为讲究效率优先的现代人总是恨不得一见到头就能马上见到尾，根本没有那么好的耐心，坐着听你长篇大论、娓娓道来。而《红楼梦》自一开篇就闪烁着的这种"魔幻"之光，自然会让你不由自主地陷入云里雾里，从而放慢了行进的节奏。

　　就让我们对"四大名著"的开头作一个简单的比较：

　　"话说天下大势，分久必合，合久必分。"这是《三国演义》的开头，只

---

　　① ［哥伦比亚］加西亚·马尔克斯. 百年孤独［M］. 范晔，译. 海口：南海出版公司，2011：1.

　　② ［法］阿尔贝·加缪. 局外人［M］. 郑克鲁，译. 沈阳：辽宁人民出版社，2019：5.

一句发人深省的哲理概括，就把读者引入了合合分分、战火纷飞的历史潮流，几乎没有任何的铺垫和烘染，就直接拉开了群雄逐鹿、硝烟弥漫的三国纷争的帷幕。这个开头，与托尔斯泰《安娜·卡列尼娜》那个"幸福的家庭都是相似的，不幸的家庭各有各的不幸"有着异曲同工之妙。

"话说大宋仁宗天子在位，嘉祐三年三月三日五更三点，天子驾坐紫宸殿，受百官朝贺。"这是《水浒传》的开头。它更加开门见山，镜头定格之处，就是天子驾坐于大殿接受百官朝贺的场景，在祥云迷盖、瑞气笼罩的庄严氛围中，以"宰相赵哲、参政文彦博"的出班启奏，即刻铺陈出了瘟疫蔓延、百姓民不聊生的宏大背景。

这两部小说的开头，简洁流畅，显出的是"大"与"实"："大"，大的场面、大的气魄；"实"，实的背景，实的英雄。相比而言，《红楼梦》和《西游记》的开头则似乎显得"小"和"虚"了许多，它们都不约而同地将时间推向了上古时代，将镜头聚焦到了一块小小的仙石上面。所不同的是，《西游记》中的那块仙石，是在盘古开天后领受了"天真地秀，日精月华"，进而有了"灵通之意"，最后"内育仙胞"，"迸裂"成为一个"五官俱备，四肢皆全"的石猴；而《红楼梦》里的这块石头，之所以能够通灵，靠的不是采日月之精华、纳天地之灵秀，而是与中国上古神话中的一位美丽女神有关。

那位美丽的女神是谁？女娲。女娲有着两个特殊的身份，给我们留下了两个动人的故事：一是造人的大地之母。她抟土造人，化生万物，被民间崇拜为创世神和始母神。二是补天的救世之母。《淮南子·览冥训》记载："往古之时，四极废，九州裂，天不兼覆，地不周载。火爁炎而不灭，水浩洋而不息。猛兽食颛民，鸷鸟攫老弱。于是女娲炼五色石以补苍天，断鳌足以立四极，杀黑龙以济冀州，积芦灰以止淫水。"①女娲造好人之后，人类繁衍了，社会动荡了，战争也开始了。水神共工氏和火神祝融氏在不周山大战，战败的共工氏一怒之下，狠撞不周山，结果把天给撞塌陷了，

---

① 陈广忠译注. 淮南子(上)[M]. 北京：中华书局，2012：323.

天河之水汹涌而下，给万民造成了巨大的灾难。于是，女娲再次挺身而出，炼石补天，成为了救赎苍生的母亲。曹雪芹在《红楼梦》的开头就直接借用了这个气势恢弘的传奇故事，并在此基础上演绎出了一块"疯狂的石头"。

关于女娲炼石的地点，曹雪芹杜撰了一个很有意思的地名："大荒山""无稽崖"。那荒唐至极的大山，那无从稽考的山崖，直接把读者带入了扑朔迷离、虚实难辨的世界，你可以信，也可以不信，反正信不信由你。小说一开篇，曹公就"狡黠"地强调了这是一个"根由虽近荒唐，细按则深有趣味"的故事，这是一个"假作真时真亦假，无为有处有还无"的故事。这种"荒唐"的"趣味"，这种"真假""有无"的幻境，可以说是整部小说的总基调和主旋律。你的整个阅读过程，就是在虚虚实实、真真假假中穿行的过程。

女娲炼了多少块石头？三万六千五百零一块。补天最后用了多少？三万六千五百块，"只单单的剩了一块未用"。这应该是曹公的点睛之笔！就是因为还剩下了这一块进入不了补天的范围内，结果就生出了那么多的事情。"都是女娲惹的祸"呀！如果叫那块后来在凡间历经风霜的石头用一首歌来总结它的经历，也许它会对女娲唱出这样的心声："都是你的错，精心炼好我，让我不知不觉有了灵性的生活。都是你的错，轻易抛下我，让我糊里糊涂迷醉人间的诱惑。"

脂砚斋读到这里时，也忍不住把矛头指向了女娲："剩了这一块便生出这许多故事。使当日虽不以此补天，就该去补地之坑陷，使地平坦，而不得有此一部鬼话。"是的，女娲在这件事上至少犯了两个错误：一是炼石数量之错。既然补天只需要三万六千五百块石头就够了，那你干嘛要炼三万六千五百零一块呀？这多出的一块怎么办呢？大家都是一样的"高经十二丈""方经二十四丈"的通灵之石，凭什么它们能够补天，而独独这一块却变成了命运的弃儿？这不是人为地制造矛盾吗？！二是弃石处理之错。退一万步说，这剩下的一块石头如果真不能补天，那么你也可以让它去"补地"呀。地上也有那么多的坑坑洼洼，让它去补地，那它也算是英雄有用武之地了。而现在，你不但不让它去"补地"，反而随手把它遗弃在了"此山青埂峰下"，这不是明摆着没把它放在心上吗？你这样做，让石头情何以堪？它的心里怎么能够平衡？

但不管怎么说，女娲的随手一扔，就这样决定了这块弃石的命运。这块通灵的弃石就此开启了"抓狂"的故事！他"自怨自叹，日夜悲号惭愧"，不为什么，只为"众石俱得补天，独自己无材不堪入选"。这是一种对阳光不能普照的怨叹，这也是一种壮志难酬、自愧不如的痛苦。这样的怨叹与痛苦岂止是那块石头！现实人生中不也是常有这样的遭际与不平吗？

鲁迅在他的《中国小说史略》中有一段论述："神话大抵以一'神格'为中枢，又推演为叙说。"[1]《红楼梦》的这一开头，就是从通灵的"补天之石"这一"神格"，推演叙说为贾宝玉这一痴迷到疯狂的"红尘之人"。小说中，这块被遗弃的石头终于觅到了一个改变自己命运的机会：某一天，两个"吃饱了没事干"的僧道来到了青埂峰下，他们坐在那块石头的旁边说说笑笑，又是说"云山雾海、神仙玄幻之事"，又是说"红尘中荣华富贵"。他们的"高谈快论"很快打动了石头的"凡心"，想到了发展的另一条路径：既然在这里不能"补天"，那还不如到人间的"富贵场中、温柔乡里"去好好"受享几年"。于是石头便"口吐人言"，向那僧道"苦求再四"。石头的执著终于打动了僧道，神通广大的僧道"念咒书符，大展幻术"，使石头成功变成了一块"鲜明莹洁""且又缩成扇坠大小的可佩可拿"的"美玉"，并"跳槽"到凡间，去那"花柳繁华地，温柔富贵乡"走了一遭，从而把滚滚红尘的酸甜苦辣、悲喜哀乐给体验了一遍，最后又带着满身的创伤和"到头一梦、万境归空"的感悟回归到了仙界。

《红楼梦》的这种结构，就是典型的"从神话和史诗中发展而来的叙事结构"[2]，曹公借助于神话传说的虚构话语力量，实现了自身小说创作的现实目的。这部小说还有着另外几个书名，但其中最重要的一个就是《石头

---

① 鲁迅. 中国小说史略[M]. 北京：中国书籍出版社，2016：10.
② 耿占春. 叙事美学：探索一种百科全书式的小说[M]. 郑州：郑州大学出版社，2002：121.

记》。细心的读者还会发现：这块通灵之石，在仙界的时候，因无材补天、英雄无用武之地而终日郁郁寡欢；但到了凡间，那将它挂在脖子上的主人却是一个不思"仕途经济""于国于家无望"的"蠢物"，有了用武之地却根本不想成为所谓的英雄。石与人、虚与实、梦与情、真与假，《红楼梦》这样的一块石头，这样的一种魔幻笔法，直让我们深深地痴于"细按"其"趣味"之中而"沉醉不知归路"。

癞头僧和跛足道：两个梦一般的存在

　　读过《红楼梦》的人，都不会对小说中的"一僧一道"熟视无睹。戴望舒在《雨巷》中曾经这样描写那位"丁香一样的"女郎："她飘过，像梦一般地/像梦一般地凄婉迷茫/像梦中飘过/一枝丁香地/我身旁飘过这女郎/"①《红楼梦》中的这两位和尚道士，虽然与"凄婉迷茫"相差甚远，但他们在小说中确实也像梦一样，总是梦一般地出现，又梦一般地消失。他们的飘忽不定，他们的高深莫测，很好地契合了这"梦"的书名和"梦"的主题。他们，一个是疯疯癫癫的癞头僧，一个是神神秘秘的跛足道。他们在小说中出现了很多次，有时结伴而行，有时只身独出。而且，这两个梦一般的存在，时常会让我们或眼睛一亮，或心头一惊。

　　这一僧一道的每次出场都有一个规律：不是给疾病缠身的人送来药方，就是给执迷不悟的人指点迷津。黛玉三岁的时候，是"癞头和尚"开出了"出家、不哭、不见人"这三剂奇特的药方，以治其"不足之症"；对从"胎里带来的一股热毒"的宝钗，是"秃头和尚"提供了一个叫"冷香丸"的"海上方"；对挣扎在情欲苦海中的贾瑞，是"跛足道士"送上了一面照反面

---

　　① 佟自光，陈荣赋. 人一生要读的 60 首诗歌［M］. 北京：中国书籍出版社，2004：31.

即生、照正面即死的"风月宝鉴"；对中了马道婆魔魔之术的宝玉、凤姐，是他们两个"激活"了那已"被声色货利所迷"的"通灵宝玉"，使宝玉和王熙凤得以康复如初；对抱着英莲在街上游玩的甄士隐，是他们两个给了"好防佳节元宵后，便是烟消火灭时"的预言；对因尤三姐之死而痛悔不及的柳湘莲，是"跏腿道士"启悟他斩断"万根烦恼丝"而飘然"出家"……他们似乎无所不知、无所不能，他们似乎就是先知先觉的智慧之化身，就是无所不能的万能之代表。

《红楼梦》的人生哲学是什么？如果用一个词来概括，也许就是"空"。只有"有"过去了、"满"过了，才知道什么是"空"、什么是"无"。一只盒子，你从来都没装过什么东西，哪来的"空"之说！石头到凡间走了一遭，尝遍了酸甜苦辣，最后就悟出了"空"。这一僧一道初一亮相，就让人觉得是"吃饱了撑的"。他们坐在石边"高谈快论"，从"云山雾海、神仙玄幻之事"，再聊到红尘之中很多荣华富贵、快乐有趣的事情，无意之中就把那块无材补天之石头的"凡心"给打动了，萌生出了到滚滚红尘中去走一遭的念头。于是石头就"口吐人言"，央求僧道"发一点慈心，携带弟子得入红尘"，到那凡间的"富贵场"中、"温柔乡"里去"受享几年"。闻听此言，悟通大道的一僧一道"憨笑"着开导石头：

> 善哉，善哉！那红尘中有却有些乐事，但不能永远依恃，况又有"美中不足，好事多磨"八个字紧相连属，瞬息间则又乐极悲生、人非物换，究竟是到头一梦、万境归空。倒不如不去的好。

在这段话中，曹雪芹借僧道之口，说出了整部小说中那最重要的八字人生哲学："到头一梦、万境归空。"红尘之中，虽然有快乐，但快乐是不能常在的。而且，物极必反，乐到了极点，必然会生出悲来。到最后，一切都是梦，大江东去，即使是千古风流人物，最终也都会被大浪所淘尽。

其实，《三国演义》在哲学思想上也有这样的历史观，其开篇有一首同样也是总纲式的《临江仙》词："滚滚长江东逝水，浪花淘尽英雄。是非成败转头空。青山依旧在，几度夕阳红。白发渔樵江渚上，惯看秋月春风。一壶浊酒喜相逢。古今多少事，都付笑谈中。"那么多悲壮惨烈甚至残酷血腥的战争，那么多壮怀激烈、雄姿英发的英雄人物，那么多说也说不清楚的千秋功过、是非成败，最后在历史的长河中不全都成为"空"、都付于"笑谈"了吗？

既然到最后都是空，那么"还是不去的好"，僧道这样苦口婆心地"规劝"石头。但那时候的石头"凡心已炽"，已近乎疯狂，再也抑制不住心中强烈的渴望，所以向僧道"苦求再四"。一半是感动、一半又是无奈的僧道明白此乃"静极思动，无中生有之数也"，就生发了菩萨心肠，答应了石头的请求，但同时提出了两个附加条件：一是不准后悔。"只是到不得意时，切莫后悔。"这像不像父母对孩子的劝导？二是"劫终再还"。僧人把送石头到凡间走一遭的事情说成"劫"，很有点类似《西游记》把唐僧到西天取经路遇的险称作"难"。劫和难，都是人生路上的沟沟坎坎，电影《何以笙箫默》有首主题歌叫《默》，其中有一句歌词："眉头解不开的结，命中解不开的劫。"既然是命中注定，那就该怎样就怎样的吧。"也罢，我如今大施佛法助你[一]助，待劫终之日，复还本质，以了此案。"待劫难结束，你还得回来，"复还本质"。"本质"是什么？石头还是石头，"空"依然还是"空"。

除此之外，小说中的这一僧一道还有三个地方很值得我们注意：

其一，神界与俗界的形象反差。一说起癞头僧和跛足道，总会让人想到其身体之残缺，其形象之委琐。在他们出现在甄士隐面前时，曹公的描写虽然不多，但那"癞头跣脚""跛足蓬头""疯疯癫癫""挥霍谈笑"的词语，也绝对不会使人产生美好的联想。到第二十五回他们再次出现时，一个是"破衲芒鞋无住迹，腌臜更有满头疮"，另一个是"一足高来一足低，浑身带水又拖泥"，更是腌臜丑陋、不忍直视。但他们在小说中第一次出现时，却完全是另一种形象，非但不是"癞头""跛足"的造型，反而显得非常高大。曹公对"远远而来"的他们俩冠以了非同凡响的八个字："骨格不凡，丰神迥别。"可以说是气宇轩昂、仪表堂堂，这与后来的形象形成了巨大的反差。这一僧一道，在凡间，他们是"肢残人疾"的"人师"，脂砚斋称之为

"幻像"；在仙界，他们又是"仙形道体"的"仙师"，脂砚斋称之为"真像"。"幻像"与"真像"虽然在形象上迥然不同，但他们同样有着睿哲的智慧、高深的道行。

其二，僧与道的合二为一。和尚、尼姑和道士、道婆，前者信佛，后者信道；前者讲"因果轮回""明心见性"，后者讲"唯道是从""从道为事"。他们本来就是具有不同的信仰、行走在两条不同道路上的人，但在《红楼梦》这部小说中，那癞头僧人与跛足道士却几乎成了统一体，他们有着一样的"初心"、一样的能耐、一样的智慧、一样的情怀。他们行走在一起，说笑在一起，度救苍生也在一起。而且，较之于小说中所刻画的其他僧道形象，他们俨然一同成了"高大上"的代表。你看，那馒头庵里的净虚尼可以说是藏污纳垢、老谋深算，那会使魔魔法的马道婆可以说是贪婪成性、歹毒至极；那清虚观的张道士可以说是人情练达、世事洞明，那天齐庙的王一贴可以说是坑蒙拐骗、圆滑世故。只有这两位僧人道士，心明大道，行济苍生，来去自由，出入无形，给痴迷者以点化，给疾患者以疗治。

其三，虚与实的轮换转接。在《红楼梦》这部小说中，这一僧一道绝对不是主角，只知道他们一个叫"茫茫大士"，一个叫"渺渺真人"，却不可或缺，甚至可以说是举足轻重。他们在小说中有着三个重要的作用：第一个是"传"，即传递着作者的思想和人生观。他们开导石头的"到头一梦、万境归空"这八个字，被脂砚斋评为"一部之总纲"；在念完那首著名的《好了歌》后，"疯狂落脱，麻屣鹑衣"的道士，又以一句"可知世上万般，好便是了，了便是好。若不了，便不好，若要好，须是了"，把祸不单行、家道中落的甄士隐给启悟了。第二个是"穿"，即在小说中穿针引线。他们是推动小说故事情节向前发展、预示人物命运的重要角色。在小说前八十回，他们总共出现了八次，每一次出现都与小说人物的命运息息相关。第三个是"转"，即在神界与俗界之间转接。他们时而出现在太虚幻境，时而又行走在凡间红尘；他们时而出入在街头古庙，时而又潜身于甄士隐的梦中。他们不动声色地在幻境与实境之间进行轮转，从而使整部小说铺上了一层浓郁的魔幻色彩。

红楼第一梦：
"还泪"的仙草，通灵的"蠢物"

《红楼梦》，顾名思义，自然离不开梦。据不完全统计，小说前八十回大概写了二十个左右的"梦"，其中很多梦都惊心动魄、意味深长，比如第五回贾宝玉的游历太虚之"幻梦"，第十二回贾瑞照"风月宝鉴"时的人生之"迷梦"，第十三回秦可卿给王熙凤的离奇之"托梦"，第六十九回尤二姐梦见死去的尤三姐泣血相告之"惊梦"等，都让读者玩味再三、难以释怀。那么，小说的第一个梦是什么？又是发生在谁的身上？

红楼第一梦出现在小说第一回，做这个梦的主人公是甄士隐。甄士隐何许人也？他是小说开篇从"女娲补天"的仙界神话跳转到"地陷东南"的凡界故事后的首位"地球人"。在"甲戌本凡例"中，曹公便明确告诉我们，之所以安排甄士隐这个角色，一个重要的原因就是要假借其名而"将真事隐去"。我们且不去考究曹公隐去的"真事"到底是什么，也不去探析甄老先生在小说中究竟有着怎样的重要作用，反正，小说中的"红尘第一人"，是他；小说中的"红楼第一梦"，也是他。只需这"两个第一"，他的分量便举足轻重，我们便再也无法将他忽略不计。

当曹公借着石头上的文字，将镜头忽地从天上摇移到人间的姑苏城时，第一个出现在画面中的就是甄士隐。他是一位"乡宦"，家境虽"不甚富贵"，却也被本地人推为"望族"；他年过半百，"禀性恬淡，不以功名为念"，每日"只以观花修竹，酌酒吟诗为乐"，活得自由潇洒、淡定从容，小说中誉赞他有"神仙一流人品"。不仅如此，他还有一个好家庭：妻子封氏"情性贤淑，深明礼义"；他虽然"膝下无儿"，但三岁的女儿很是漂亮可爱。当代社会学家周国平曾说自己有三大爱好："读一本好书、有一位好女人、和孩子玩乐。"甄士隐可以说是这三者皆备。按理说，他这样的生活应该"幸福得像花儿一样"，但造化弄人，他这样的好日子并没有持续多久，没多少时日，接连降临的天灾人祸让他顿时家破人亡。

让我们继续回到"红楼第一梦"。就在某个炎热的夏天午后，这位甄老爷闲坐在书房，惬意地翻看着书，看着看着，就有了倦意，于是就"伏几少憩"。正是在这"朦胧睡去"的一会儿工夫，他做了一个梦，在梦中遇见了"一僧一道"，听他们讲述了一石一草的故事，从而牵引出了那个不知让多少读者感动而又唏嘘的"木石前盟"之爱情传奇，而这个传奇故事则是小说中"最吸引人的宝黛之恋"的"神话的先验"①。

那株仙草叫绛珠草，长在"西方灵河岸上三生石畔"。西方灵河，三生石，都出自佛经。佛教认为万物归终于日没处，就称西方为虚空大无边际的净土；佛教又称龙住而不枯竭的河川为灵河。"三生"也源于佛教的因果轮回学说，分别代表"前生""今生"和"来生"，现已成为情定终身的象征，现在也有一个词叫做"缘定三生"。就在那样一个虚无飘渺的地方，就在那株绛珠仙草的身上，发生了一件"千古未闻的罕事"。为什么说是"千古未闻"？曹公给出的答案是四个字："以泪还情。"

绛珠草欠了一份情，在她的生命旅程中，遇见了赤瑕宫的神瑛侍者。正是那位神瑛侍者对她"日以甘露灌溉"的精心呵护，使得她得以"久延岁月"，进而在"既受天地精华，复得雨露滋养"之后，"脱却草胎木质，得换人形，仅修成个女体"，从仙草修炼成了一位美丽的仙女。这是一种生命的脱胎换骨，这是一种灵魂的滋长升华。但是，让人没想到的是，这珠仙

① 卜喜逢. 红楼梦中的神话[M]. 北京：文化艺术出版社，2019：45，41.

草修成仙女后，却不知怎的，每天都"游于离恨天外，饥则食密青果为膳，渴则饮灌愁海水为汤"。也就是说，她终日愁肠百结、愁眉不展，她的"五衷便郁结着一段缠绵不尽之意"，什么"意"？想报偿神瑛侍者灌溉之情却又苦于没有机会的"意"。

报恩的机会终于来了。神瑛侍者突然无缘无故地"凡心偶炽""意欲下凡造历幻缘"。闻讯的绛仙没有错过这个机会，也立即跑到警幻那里，主动要求还报神瑛侍者的那份灌溉之恩。警幻问她怎么偿还？她的回答斩钉截铁、石破天惊："他是甘露之惠，我并无此水可还。他既下世为人，我也去下世为人，但把我一生所有的眼泪还他，也偿还得过他了。"在这里，她言简意赅地说出了自己的两个偿还办法：一是陪伴，与他一同下到凡间为人，时刻陪在他身边；二是眼泪，用自己"一生所有的眼泪还他"，他以水浇灌我，我则以泪报偿他。天哪，这是一种怎样的"还情"！如果读懂了这段神话，我们便会对小说中那位终日以泪洗面的林妹妹生出更多的共情与敬意。这样的故事，让脂砚斋也动情地作出了"恩情山海债，唯有泪堪还""千古未闻之奇文"等大段批语。

那块石头，并不是那位下凡为人的神瑛侍者，而是女娲补天时遗弃的那块已有灵性的顽石。顽石因"无材""补天"，而"自怨自叹"，后幸遇"一僧一道"而得以被携至"昌明隆盛之邦，诗礼簪缨之族，花柳繁华地，温柔富贵乡去安身乐业"。就在僧道准备携石下凡的路上，甄士隐和他们居然在梦中相遇。这样的结构铺排，让小说在字里行间闪烁出奇妙动人的魔幻光影。

特别值得我们注意的是，这块石头是一个矛盾的统一体。你看，甄士隐一入梦，听到那"一僧一道"反复提到的是什么？"蠢物。"而当甄士隐抑制不住好奇心，从僧人手中接过那"蠢物"时，看到的又是什么？一块"鲜明美玉"。一边是愚笨至极的"蠢物"，一边是又"鲜"又"明"又"美"的"通灵宝玉"，两种完全相反的特质竟然杂糅在同一件物体上面，从中我们可以感悟到曹公对多重人性、多样人生的深刻理解和哲学思考。那位"衔玉而诞"的宝二爷，不正是一个集"正邪两气"于一身的矛盾统一体吗？他既是一位"神彩飘逸，秀色夺人""天然一段风骚，全在眉梢；平生万种情思，悉堆眼角"的漂亮多情的公子，同时又"似傻如狂""不通世务"，是个"天下无能第一，古今不肖无双""于国于家无望"的"纨绔""膏粱"。

　　更让读者张大的嘴半天也合不拢的是：甄士隐梦中的那个去处，竟然和贾宝玉在第五回的梦中游历的是同一个地方："太虚幻境。"

紫鹃试玉：曹公的"魔力神圈"

无论从哪个角度说，试玉，都是紫鹃在小说中最为出彩的一出重头戏。宝二爷的婚姻大事，究竟是木石前盟，还是金玉良姻，抑或是另有所选？小说一直是若明若暗、隐而不表，这不但纠结着里面的主人公，也纠结着很多读者的心。为了黛玉的未来，第五十七回，紫鹃终于逮住时机，"用心良苦"地向宝玉撒了一个弥天大谎，没想到，这个谎，把宝玉折腾得死去活来，把贾府上下搅得鸡犬不宁、波涛汹涌。而对于该事件的始作俑者，曹公在回目中竟然给了一个特别的赞许："慧。""慧"在哪里？慧在全心为主的慧心，慧在假言以试的慧行。

谁都知道，宝玉与黛玉这两块玉，是一对谁也离不开谁的"冤家"。他们在仙界就有了一段特别的传奇故事，自黛玉来到贾家后，他们更是厮守在一起，"日则同行同坐，夜则同息同止"，其"亲密友爱，亦自较别个不同"。虽然因为宝钗的到来，虽然因为宝玉"见了'姐姐'"就会常常"把'妹妹'忘了"的"情种"本性，使他们时不时地会有一些口舌之争和腹腓之怨，但他们之间那种决意"一同走""一处活"的情感，却是谁也无法替代的。而他们之间的心心相印、魂梦相牵，却始终都隔着一层模糊的窗户纸。这层窗户纸，第二十五回王熙凤曾经用一个玩笑捅过，但那只是隔靴搔痒，真正把这层窗户纸捅破的人，是和黛玉不是闺蜜却胜过闺蜜的紫鹃。

紫鹃等待这一天可以说不是一天两天了。这个和《西厢记》中的红娘一样地位卑贱、一样机智聪明的丫头，最懂得黛玉的心思，也最渴望黛玉能够梦想成真，同时也对宝黛姻缘的最大威胁有着敏锐的嗅觉。这一次，她终于抓住了一个机会。当她听雪雁说宝玉独自在桃花树下流泪后，马上就想到宝玉的表现应与刚才自己对他的态度有关，便二话不说赶了过去。待一见面，她先是笑着批评他没必要"赌气跑了这风地里来哭"；再是很自然地把话题引到了"燕窝"上面，对宝玉就燕窝问题专门向老太太汇报表示感谢；然后接着宝玉的话故意说"在这里吃惯了，明年家去，那里有这闲钱吃这个"，继而对"吃了一惊"的宝玉撒了一个林姑娘将要"回苏州家去"的谎言。

对于紫鹃这个凭空冒出的说辞，宝玉开始并不相信，认为她说的是"白话""扯谎"，因为他知道黛玉在苏州已经没了家。但聪明的紫鹃却"冷笑"着批评宝玉"太小看了人"，并严肃认真地给出了"两句反问"和"一句转告"。"两句反问"是：一是林氏"房族中真个再无人了不成"？二是"终不成林家的女儿在你贾家一世不成"？这两句反问逼得宝玉无言以对、信以为真。"一句转告"是："前日夜里姑娘和我说了，叫我告诉你：将从前小时顽的东西，有他送你的，叫你都打点出来还他。他也将你送他的打叠了在那里呢。"这不但进一步"佐证"了她刚才撒的那个谎，更宣告了黛玉和他缘分已尽，到了万劫不复的"分水岭"。于是，本来还轻松说笑着的宝玉，"头顶上"犹如"响了一个焦雷一般"，顷刻跌入了痴癫状态。

宝玉的这一痴癫可不得了，再次把贾府闹了个天昏地暗、天翻地覆。曹公从"响了一个焦雷一般"开始，围绕紫鹃之"情试"所引发的宝玉之"情痴"，玩起了"魔力神圈"，竭尽铺垫之功，极展渲染之能，把宝玉的痴癫描状得活灵活现，把相关人物的形象描摹得栩栩如生。

（1）宝玉之"急痴"。

在听到紫鹃那无法辩驳的反问之后，宝玉只觉得一个惊雷在头顶炸响，然后就"只不作声"，头上冒出了"热汗"，整个脸都"紫胀"通红，整个人就是一副"目瞪口呆"的模样。在他被晴雯拉回到怡红院后，曹公更是从神态和举止两个方面进行了生动描摹：神态上，他的"两个眼珠儿直直的起来""口角边津液流出"，并且他已经"皆不知觉"；举止上，"给他个枕头，他便睡下；扶他起来，他便坐着；倒了茶来，他便吃茶"，只三个排比句，就将他之呆状活现在读者面前。

不仅如此，曹公在后面还特别刻画了两个趣味横生、堪称经典的细节，把宝玉之呆推向高潮：一是闻"林"便闹。听到林之孝家的、单大良家的来瞧，只一个"林"字，宝玉就"满床闹起来"，以为是"林家的人"来接黛玉她们了，便嚷着喊着要把他们"快打出去"；并哭着叫着"除了林妹妹"，其他人"都不许姓林的"。二是见"船"便疯。看到房间"十锦格子上陈设的一只金西洋自行船"，竟错以为是"接他们来的船来了"，就立即让袭人拿过来，把它牢牢地"掖在被中"，傻笑着说这下林妹妹她们"可去不成了"。

宝玉为什么会这样的闹、这样的疯、这样的傻？只因为：情到痴时难自抑，魂归深处是虚空。

他这一次的呆病，在痴癫程度之深、发作时间之长上，可能还不及第二十五回犯的魔魔之症，但影响之大却超出了以往任何一次。其最直接的影响就是将木石姻缘从秘密变成了公开，从地下走到了地上。第二十五回他之所以犯病，是因为莫名其妙地被人施了巫术；而这一次他的犯病，则是因为紫鹃的一句戏言，"日则同行同坐，夜则同息同止"的心上人将要回老家、将要嫁给别人、将要与自己永别。从犯病的情形来看，第二十五回，宝玉是不省人事，自始至终都蒙在鼓里，不知道究竟发生了什么；但这一回，宝玉是不敢相信，整个人始终处于清醒而又糊涂的状态。前者是因魔而病，后者却是因情而呆。

紫鹃的这一假言相试，结果试出了宝玉对黛玉的一腔真情，让他们俩那种"笑在一起、泪在一起、痛在一起"的情感，成为了尽人皆知的"阳光下的秘密"。如果说第五十四回元宵夜宴时黛玉将酒杯"放在宝玉唇上边"是当众"秀恩爱"的话，那么，第五十七回这一次宝玉的犯痴，则几乎是他在众人面前发出的对黛玉"不离不弃"的宣言书。

（2）李嬷嬷之"急哭"。

在这紧要关头，再次为情节推波助澜的，竟然是那个倚老卖老的李嬷嬷。众人见到宝玉完全是一副傻子模样，就没了主意，因不敢直接报告贾母，就先将“年老多知”的李嬷嬷请了过来。让人没想到的是，她的登场不但没有起到“灭火”的作用，反而让事件进一步升级。

不能不说，这个对宝玉有着哺乳之恩的李嬷嬷很是尽心尽责。她一闻讯便忙忙赶来；她一到后就急急施出了自己的“看家本领”：一“看”，仔细地对宝玉“看了半日”；二“问”，细细端详了宝玉的脸容之后，她又试着问宝玉几个问题，却不见回应；三“摸”，又“摸了摸”宝玉的“脉门”，听他的脉搏跳动情况；四“掐”，用手“掐了两下”宝玉的“嘴唇人中上边”，掐得还很用力，那指印有“如许来深”，但宝玉没有一丁点疼痛的反应。

望也望了，问了问了，切了切了，而宝玉什么反应都没有。见此情景，李嬷嬷当即“嚎”出一声“可了不得了”，然后就“‘呀’的一声便搂着放声大哭起来”。这一嚎一哭，直把旁边焦急等待的袭人她们吓得不知所措。接着，这位宝玉的乳母一边“捶床倒枕”，一边再次哭嚷“这可不中用了！我白操了一世心了”。李嬷嬷这种悲痛欲绝的情状，将袭人等人心中的希望击得粉碎，顿时，整个怡红院变成了一片泪水的海洋。

(3)袭人之急怒。

表现最反常、最让人吃惊的，是袭人。这位视宝二爷为自己之未来全部寄托的大丫头，在听了李嬷嬷的诊断后心如刀绞，在听了晴雯那“方才如此这般”的“情况通报”后更是急怒攻心，马上怒气冲冲地到潇湘馆去找紫鹃“兴师问罪”。

到了潇湘馆后，她一改平日的彬彬有礼和周全细致，看到“紫鹃正伏侍黛玉吃药”，她竟然什么都不顾，那急吼吼的情状甚至较之第三十三回那位忠顺王府的长史官都有过之而无不及，长史官至少还对贾政谦称为“下官”，并告知自己此来并非“擅造”，乃“因奉王命而来”“相求”“一件事”；而袭人却根本视黛玉为“空气”，连一句下人对主子起码的问候都没有，就直接“走上来”责问紫鹃“你才和我们宝玉说了些什么”，并命令紫鹃“你瞧他去，你回老太太去，我也不管了”，而且居然将称呼都换成“紫鹃姑奶奶"了。在一口气说完后，她更是就直接"坐在椅上"。在听到黛玉问她到底发生了什么事情时，她也是连用五个"了"来形容宝玉的情状："眼也直了，手脚也冷了，话也不说了，李妈妈掐着也不疼了，已死了大半个了！"这哪里还是那个顾大局、识大体的贤袭人，分明是个不知礼数、任性急躁的蛮横丫头哪！

曹公在此以袭人之全然不同于平常的体统大失、"举止大变"来表现她的"急怒"，而以"贤慧"著称的袭人之"急怒"则又从另一侧面衬染出了宝玉这次的病情之严重。在庚辰本中，脂砚斋对袭人那"一口气来的""急怒"作出了一段批注："奇极之语。从急怒娇憨口中描出不成话之话来，方是千古奇文。"

(4) 黛玉之"急痛"。

看到袭人那一反常态、不懂礼数的表现，黛玉的反应不是生气，而是"不免也慌了"。当听到袭人说宝玉已经"连李妈妈都说不中用了……只怕这会子都死了"，而且此事竟然还与紫鹃有关时，黛玉的反应之强烈可以说既出乎意料，却又在意料之中。

曹公通过五个层次描状出了黛玉遭到突如其来的强刺激之后的巨大反应：一是"呛"。她"哇的一声，将腹中之药一概呛出"，这是承应了先前紫鹃的喂药。二是"咳"。"咳"是身患"不足之症"的黛玉之常态，曹公只用一句"抖肠搜肺、炽胃扇肝的痛声大嗽了几阵"，便写出了黛玉此次之咳较之往常更为厉害。三是"喘"。"喘"到什么程度？"一时面红发乱，目肿筋浮，喘的抬不起头来。""喘"到脸也红了，头发也乱了，眼睛也肿了，而且连筋也突浮起来了，整个头也抬不起来了。四是"推"。当紫鹃见状忙上来给她"捶背"时，她直接把紫鹃推开，不但说"你不用捶"，而且加上了一句"你竟拿绳子来勒死我是正经"，这话可比骂要狠得多了。第三十三回，王夫人见贾政要勒死宝玉时哭喊"先勒死我，再勒死他"；第四十四回，王熙凤发现贾琏在偷情，便"撞在贾琏怀里"叫嚷"你也勒死我"。要知道，王夫人与宝玉可是母子关系，凤姐与贾琏可是夫妻关系，而黛玉在这里因宝玉也产生了如此激烈的相似反应，无疑是情动于中、情不自已。五是"催"。

在听了紫鹃的解释后，黛玉再也顾不上批评，而马上催她"你说了什么话，趁早儿去解说，他只怕就醒过来了"，一切都是宝玉的身体要紧哪！

黛玉为什么会这样？急痛哪！为宝玉的突发变故而又急又痛。于黛玉来说，她不敢想象：如果宝玉真有个三长两短，那么自己将怎么办？自己还有没有明天？

（5）贾母之"急火"。

在宝玉的长辈中，最急的自然非贾母莫属。这位把这个孙子当作宝贝的老祖宗，一得到宝玉痴疯的消息，就第一时间赶到了那里。在第二十五回看到宝玉"拿刀弄杖，寻死觅活"的魔魔状时，贾母的反应是急怕，她"唬的抖衣而颤，且'儿'一声'肉'一声放声恸哭起来"。这一回，闻听宝玉不省人事而且得知此事与紫鹃有关，她的第一反应是"急火"。她一见紫鹃来了，便"眼内出火"，直接开骂"你这小蹄子，和他说了什么"。不过，比起二十五回对赵姨娘那"烂了舌根的混帐老婆，谁叫你来多嘴多舌"的骂来，这一声对紫鹃"小蹄子"的骂，却要平缓许多，而且似乎还有一种不同于对其他丫头的亲近感。这也许是因为紫鹃原本就是她的丫头，她最了解紫鹃之为人的原因。

在这件事情中，贾母的反应变化最快。在急火怒骂之后，宝玉也看到了紫鹃，而且竟然"'嗳呀'了一声，哭出来了"，这时，贾母的怒火立即消去了一半，她急拉住紫鹃，命宝玉去打紫鹃出气。让她没想到的是，宝玉不但没打，反而"一把拉住紫鹃，死也不放"，嘴上还说"要去连我也带了去"。在贾母弄清原来是紫鹃一句"要回苏州去"的"顽话"所引出来的缘故后，她那喷涌在眼内的怒火瞬间变成了泪珠，然后如释重负地说了一句"我当有什么大事，原来是这句顽话"。对待犯下"弥天大罪"的紫鹃，她也只是轻描淡写、不痛不痒地责怪了一句："你这孩子素日最是个伶俐聪敏的，你又知道他有个呆根子，平白的哄他作什么？"

一起由一句情到深处的"顽话"所引发的突发事件，就这样轻松而解。这可以说是一枚凸显着宝黛之恋情的"重磅炸弹"，而与之相关的紫鹃、袭人甚至贾母、王夫人、薛姨妈等人对待此事的态度也颇令人玩味。

梦中有梦的"盗梦空间"，
怎一个"奇"字了得！

诗向梦边生，人在梦中行。

梦，到底是什么？古今中外，人们从哲学、文学、心理甚至医学等层面都对梦进行过多角度的探索和解析，墨子认为梦乃"卧而以为然也"①，亚里士多德认为"梦并非神谕，也非神赐之物，其源于'恶魔'"，精神分析学家弗洛伊德则将梦解析为"愿望的实现"②；在中国文学史上也留下了庄周梦蝶、黄粱美梦、南柯一梦、游园惊梦等众多脍炙人口的"梦故事"，古希腊神话中甚至还塑造了一位专门掌管人们梦境的梦神。

《红楼梦》，顾名思义，自然离不开梦，据不完全统计，小说前八十回描叙的梦就有二十个左右，其中发生在贾宝玉身上的有实质性内容的梦就有五个。那些扑朔迷离、千奇百怪的梦，给小说笼上了一种魔幻神秘的色彩。第五回，宝玉梦游太虚幻境，做了一个亦真亦幻、"像雾像雨又像风"的迷梦；第三十四回，挨了父亲毒打之后的宝玉在"昏昏默默"中梦见"蒋玉菡走了进来，诉说忠顺府拿他之事；又见金钏儿进来哭说为他投井之情"，而睁开眼见到的却是"两个眼睛肿的桃儿一般，满面泪光"的黛玉；

---

① 谭家健、孙中原注释. 墨子今注今译[M]. 北京：商务印书馆，2009：240.
② 西格蒙德·弗洛伊德. 梦的解析[M]. 海哲，译. 北京：中国致公出版社，2017：8，89.

第三十六回，宝玉在午睡时，梦中喊骂"和尚道士的话如何信得？什么是金玉姻缘，我偏说是木石姻缘"，让正坐在床边绣针线的宝钗听闻后"不觉怔了"；第七十七回，宝玉梦见晴雯对他说"你们好生过罢，我从此就别过了"，马上便预感"晴雯死了"，然后"恨不得一时亮了就遣人去问信"。除这四个梦以外，曹公还叙写过贾宝玉的另一个梦，一个"梦中有梦"的奇谲之梦，一个常常被人忽视，甚至被影视戏曲作品也删除不表的奇幻之梦，一个你若能静心捧读便会大呼有趣、有味、有嚼劲的奇趣之梦。

那个梦出现在第五十六回。

和太虚幻境之梦一样，宝玉做那个梦的时间仍然是在白天，但地点则从宁国府秦可卿那间让他"眼饧骨软"的卧室换到了他自己的"房中榻上"。宝玉之所以会梦游太虚幻境，是因为那一天其心有所迷、心有所喜；而第五十六回宝玉之所以会做那个奇之又奇的梦，则是因为其心有所思、心有所疑。他思疑什么？说出来吓一跳，他思疑的是：这个世上居然还存在着另一个自己。

这可是一个几乎可以与"我是谁"相提并论的哲学命题！

在吴承恩的《西游记》中，当真美猴王遇见那个和自己"相貌、言语等俱一般"、唐僧念《紧箍咒》试验时都"一般疼痛"、连观音和玉帝都无法辨别甚至在阴间都没有簿册可查的假美猴王时，顿时坠入了必须想方设法来证明自己才是自己的痛苦深渊。而曹公的《红楼梦》中，当贾宝玉被叫到贾母那里，从江南甄家来的四个女人口中听到甄家的那个孩子不仅和自己取了一样的名字，而且都一样地"淘气古怪"、一样地"弄性"、一样地"胡乱花费"、一样地"怕上学"时，始则认为是"那四人承悦贾母之词"，后则陷入了"思疑"的困惑苦闷之中："若说必无，然亦似有；若说必有，又并无目睹。"这种困惑苦闷，较之于第二十二回在湘云和黛玉那里两头受气之后的那种"你证我证，心证意证。是无有证，斯可云证。无可云证，是立足境"的"悟禅"，显得更为真切，也更加深入。然后，生出痴状的他不仅在蘅芜苑与湘云就此"怪事"进行了一番唇枪舌战；而且在回到怡红院后依然一个人对此"苦思闷想""默默盘算"；直待"忽忽的睡去"后，更是做了那一个千古未闻、让人哑然失笑的"奇梦"。有意思的是：第五回，宝玉是在"惚惚睡去"后，由秦可卿引领着"悠悠荡荡"地"穿越"进入了太虚幻境；而这一回，宝玉则是在"忽忽的睡去"后，独自一人"不觉竟到了一座花园之内"。

现实中那匪夷所思的"疑虑"，映射到贾宝玉的梦中，仍然是匪夷所思的"诧异"。可以说，在整个梦境中，贾宝玉一直处于"诧异"状态。贾宝玉之所以"诧异"，是因为他不敢相信，他在梦中所到的地方、所见的人几乎就是贾家的"克隆"。

对梦中来到的这座花园，他虽然是第一次去，却是那么地熟悉，那花园简直就是大观园的翻版。在花园中遇见的那"几个女儿"，他虽然是第一次见到，却是那么地似曾相识，她们让他又生出了"除了鸳鸯、袭人、平儿之外，也竟还有这一干人"的"诧异"。而那些丫头们一见到他，也是误将他错认作她们的主子甄宝玉；丫头们待知道认错人后，竟然又评说他"生的倒也还干净，嘴儿也倒乖觉"；最让贾宝玉无法释怀的是，她们不但不带他"逛逛"，反而因为自己惊讶地问了一声"姐姐们，这里也更还有个宝玉"，那"友谊的小船便说翻就翻"，立即对他恶语相向，其中一个竟然还直接骂他"你是那里远方来的臭小厮，也乱叫起他来。仔细你的臭肉，打不烂你的"，而另一个丫头则还笑着对那个骂他的丫头说"咱们快走罢，别叫宝玉看见，又说同这臭小厮说了话，把咱熏臭了"。

天哪！那未曾谋面的另一个宝玉居然也和自己一样，丫鬟们可以直呼他的名字，而且奉的也是"老太太、太太之命"，为的是"保佑他延寿消灾"。如此不可思议的一系列巧合，再次引发了贾宝玉对于生命与人生的思考。什么是生命？什么是人生？在贾府被百般骄宠、千般溺爱、视作"凤凰"的他，在梦中不但被人"漠视"，而且竟然还被骂作"臭小厮"。在贾府被千人宠、万人捧的宝玉，到了梦中，竟然被几个小丫头斥责为"小厮"，还是"臭小厮"，而且竟然是连肉也是"臭"的、在一起说说话就会把对方也给"熏臭"的"臭小厮"。这对宝玉是何等巨大的打击！"自己"依然是"自己"，但却已从一个众星托月的"宝"变成了一颗被人鄙夷不屑的

"草"；而造成这巨大反差的，只是因为变了一个地方、换了一个平台。这与其说是虚飘飘的梦境，还不如说是活生生的现实。这种巨大的落差，给了宝玉以"涂毒"的感觉："从来没有人如此涂毒我，他们如何更这样？"这种疑虑已经很有点类似于秦朝李斯关于"厕中鼠"与"仓中鼠"的思考，从而让宝玉也对自己的生命和迷梦的人生有了更深一层的感悟。

但贾宝玉的"诧异"还不仅仅是这些。最会"玩小说"的曹公，接着竟然玩起了"盗梦空间"，让心中思疑"真亦有我这样一个人不成"的贾宝玉继续在梦中神游：贾宝玉又步入了一所与怡红院没什么差异的院内，并看到了同样卧在榻上的甄宝玉，甄宝玉的旁边同样陪伴着或"做针线"，或"嘻笑顽耍"的众多女孩。更让贾宝玉"心下也便吃惊"的是，他甚至还听到了甄宝玉的叹气声，听到了那些丫头们在调侃甄宝玉"想必为你妹妹病了，你又胡愁乱恨呢"，而甄宝玉的回答竟然也是"听见老太太说"长安有一个"和我一样的性情"的贾宝玉。最为神奇的是，正在梦中游历的贾宝玉，居然听到甄宝玉也说他做了一个梦，在梦中也到了"一个花园子里头"，也遇到了"几个姐姐"，而且也都叫他"臭小厮"、不理他；听到甄宝玉说好不容易找到贾宝玉的房里，却发现他也在睡觉，整个人是"空有皮囊，真性不知那去了"。

这究竟是一个什么样的梦？究竟谁是甄宝玉，谁又是贾宝玉？究竟哪个是梦境，哪个又是现实？读到这里，笔者不禁拍案叫绝：曹公是何等的笔力，竟能将小说玩到如此酷炫、神奇的地步！这时候，反复在笔者脑海中闪烁跳荡的，就是太虚幻境那副梦一般的对联："假作真时真亦假，无为有处有还无。"

包袱抖到这里，曹公并没有让贾宝玉的奇梦结束。玩到兴头上的曹公居然还让贾宝玉与甄宝玉在梦中牵上了手、对上了话，把虚幻的梦玩到了极致：他们俩一个说"原来你就是宝玉？这可不是梦里了"；另一个又说"这如何是梦？真且又真了"。梦乎？真乎？读者仿佛被曹公引领着步入了一个充满趣味的"烧脑"迷宫。如果说《西游记》中"真假行者"之故事突出的是"以假乱真"，是孙悟空跟随师父去西天取经途中困难重重、历尽艰险而初心不改的话，那么，《红楼梦》中的"真假宝玉"突出的则是"真假交融"，是梦中有梦、梦中套梦的艺术趣味和浪漫色彩，以及蕴藏在其中的人生思考与哲学探究。

但就在读者兴味盎然、猜想着故事会不会像第七回宝玉与秦钟初见一样往趣处铺开、往深处探入之时，曹公却突然将笔收了回来，那不知道是谁的一声"老爷叫宝玉"的通报，让两个宝玉顿时被"唬得"慌乱不堪："一个宝玉"慌忙"就走"，另"一个宝玉"则不住"忙叫""宝玉快回来，快回来"……继而在旁边听见"他梦中自唤"的袭人便把贾宝玉推醒，将他从梦中拉回到了现实。

"宝玉在那里?"这与其说是袭人在推醒贾宝玉后见他依然"犯浑"而故意提出的趣问，还不如说是贾宝玉在听了甄家女人的介绍、做了这个奇梦后而生发出的"我是谁""我从哪里来"和"我又要到哪里去"的人生思索。脂砚斋在第二回有个"甲戌侧批"："甄家之宝玉乃上半部不写者，故此处极力表明，以遥照贾家之宝玉，凡写贾家之宝玉，则正为真宝玉传影。"这样的梦，这样的两位宝玉，不仅与第二回冷子兴与贾雨村的对话形成了前呼后应，更让小说的故事真假难辨、艺术的处理虚实相生、人物的性格互照互影。

老太妃"薨逝"的"蝴蝶效应"

　　脂评本有戚蓼生序，其中有言："第观其蕴于心而抒于手也，注彼而写此，目送而手挥，似谲而正，似则而淫，如春秋之有微词、史家之多曲笔。"①在这段话中，戚蓼生点出了《红楼梦》一个重要的写作手法："注彼而写此，目送而手挥。"后来的不少红楼研究者对曹公的这种叙事笔法也兴味盎然，给予了高度的评价和精到的分析，何士龙先生赞曹雪芹"创造性地运用这一方法，达到了非常精美的地步"②；周汝昌先生更是誉之为"奇妙笔法""值得我们叹为古今与中外，绝无而仅有"③。诚如斯言，"注彼而写此，目送而手挥"，几乎已经被公认为《红楼梦》结构艺术中的一个"地标性建筑"。在这里，我们暂且抛开已被红学专家们着重探讨过的黛玉、宝钗、湘云等主角以及贾芸、刘姥姥等那些重要的配角，而把目光聚焦到一位"老太妃"身上。

　　且看第五十八回的开头：

---

　　① 转引自：周汝昌. 红楼艺术[M]. 北京：人民文学出版社，2016：35.
　　② 何士龙. 手挥五弦 目送飞鸿——《红楼梦》"注彼写此"论[J]. 红楼梦学刊，1987(4).
　　③ 周汝昌. 红楼艺术[M]. 北京：人民文学出版社，2016：39.

"话说他三人因见探春等进来，忙将此话掩住不提。探春等问候过，大家说笑了一会方散。//谁知上回所表的那位老太妃已薨，凡诰命等皆入朝随班按爵守制……"

在第五十七回的收尾，围绕邢岫烟的那张"当票"，宝钗、湘云和黛玉三个人正议论得不可开交，但一个"三姑娘四姑娘来了"的通报阻断了她们的对话。就在读者期待着第五十八回将如何续接"当票"故事之时，曹公却突然略而不表，而将笔锋一转，把镜头摇转给了一位"老太妃"。

那位"老太妃"是谁？很多读者都会感到莫名其妙，曹公一没有交代出她的名姓，二没有叙述过她的故事。至于这里所说的"上回所表"，还得追溯到第五十五回。在五十五回的开头，曹公曾经对她划过淡淡的一痕："且说元宵已过，只因当今以孝治天下，目下宫中有一位太妃欠安，故各嫔妃皆为之减膳谢妆，不独不能省亲，亦且将宴乐俱免。故荣府今岁元宵亦无灯谜之集。"在这片言只字的叙述中，那位太妃只起了一个模糊的背景作用：因为她身体"欠安"，所以各嫔妃不能再像去年一样回娘家省亲，各侯门也不得再在元宵佳节设宴作乐。此后，曹公用了整整三个章回浓墨重彩地进行铺陈的是：探春等"临时三人组"所面对的赵国基死亡抚恤金之风波，所实行的去除头油脂粉钱、启动承包责任制等之改革，以及"慧紫鹃情辞试忙玉"等惊心动魄、波谲云诡之事件。这些精彩纷呈的事件让读者魂牵梦绕，早已把"欠安"的太妃抛到九霄云外。就在这时，曹公竟不动声色地又将读者的视线引到了"老太妃"的身上，三回前那蜻蜓点水般的一扫而过，在三回后居然又再次无缝续接。这样的结构铺排，恰如中国传统建筑中的榫卯结构，不着痕迹，且又严丝合缝。

最令人拍案的是，曹公之所以再次将镜头扫到这位"无名"的老太妃身上，并不只是为了在时间线索上将她从身体"欠安"续接到"薨逝"，其最终的目的依然是"注彼而写此，目送而手挥"，铺叙出这位老太妃的"薨逝"对贾家所带来的"蝴蝶效应"。

老太妃身体"欠安"之时，所波及的只是嫔妃层面，那时候诸位嫔妃一要"减膳谢妆"，二要"宴乐俱免"。但在"薨逝"之后，皇帝颁布了一条"敕谕"，明确了三条祭悼的规矩：其一，所有诰命，均须"入朝随班按爵守制"；其二，所有"有爵之家"，"一年内不得筵宴音乐"；其三，所有"庶民"，"皆三月不得婚嫁"。如此举国哀悼的"国殇"，贾家自然也得严格遵守相应的规矩。于是，贾母等诰命们"皆每日入朝随祭，至未正以后方回"，而且时间总共需要持续"一月光景"，包括在"大内偏宫二十一日""请灵入先陵""来往得十来日之功"等。更为苦累的是，这还只是平时的情形，遇到"大祭"，则更加劳苦，小说用了70多个字作了介绍：

> 一日正是朝中大祭，贾母等五更便去了，先到下处用些点心小食，然后入朝。早祭①已毕，方退至下处，用过早饭，略歇片刻，复入朝待中晚二祭完毕，方出至下处歇息，用过晚饭方回家。

曹公并没有描述那"大祭"的场面有多么隆重、仪式有多么烦琐，只是给读者罗列了贾母这一天的日程安排。你看，从早到晚，贾母的日程是多么地紧张："五更"也就是清早三、五点钟就要出发，先到临时租赁的"下处""用些点心小食"，然后就"入朝"参加早祭；早祭结束，再回到"下处"吃"早饭"。稍事休息后，第二次"入朝"，这次"入朝"待的时间就比较长，要连续参加中祭和晚祭，等这"二祭"完毕后，再回到"下处歇息"，在那里"用过晚饭方回家"。真可以说是披星戴月、朝出晚归，真苦了这位老太太！

在点出贾母等如此这般的劳辛之后，曹公竟然又"忙里偷闲"地"瞄准"了贾母她们的临时落脚处：

> 可巧这下处乃是一个大官的家庙，乃比丘尼焚修，房舍极多极

---

① "早祭"，按人民文学出版社 1982 年 3 月北京第 1 版、2008 年 7 月北京第 3 版版本；《红楼梦脂评汇校本》为"早膳"。

净。东西二院，荣府便赁了东院，北静王府便赁了西院。太妃少妃每日宴息，见贾母等在东院，彼此同出同入，都有照应。外面细事不消细述。

这个同样一掠而过的镜头中，让我们心里"咯噔"一下的，不是那"大官的家庙"房舍到底有多大、院落到底有多干净，而是那北静王府的"太妃少妃"竟然与贾母成了邻居。为了出席对老太妃的"大祭"，她们两家"可巧"租住在同一个"家庙"中，一个在东院，一个在西院。不仅如此，她们还"彼此同出同入，都有照应"。贾府与北静王府到底是什么关系？在第十四回，曹公曾经介绍过在北静王水溶之所以路祭秦可卿的原因："因想当日彼此祖父相与之情，同难同荣，未以异姓相视。"也就是说，他们两府是"世交"。自那回之后，贾宝玉便与北静王"搭上了线"，偶尔会去登门拜访。到这一回，因为祭悼"薨逝"的老太妃，两家的关系再次升级，发展成为了亲如一家的临时邻居，从而为这部看似反映家长里短的小说增添了张力，也使读者对八十回后贾家被抄时北静王是否伸出援手的故事充满了想象和期待。

但如果我们据此就以为老太妃的"薨逝"所引出的只是"国殇"规格之高和贾府、北静王府两家关系之密切的话，那我们真还太小看了曹公那"注彼而写此，目送而手挥"的高超笔力。随着贾母等诰命都"入朝随班按爵守制"，荣宁两府的原有格局顿时被打破了，在管理上出现了"两府无人"的严重问题。这才是曹公"一声两歌""一手二牍"的匠心之所在。

荣宁两府暂时无人管理，怎么办？这本来也很简单，因为王夫人在王熙凤"小月"后早已组成了李纨、探春和宝钗的"临时三人组"，她们在管理上也堪称尽心尽职。这次老太妃"薨逝"，曹公没有明确交代李纨是否也跟着贾母一起"入朝随祭"，退一步说，即便去了，至少还有探春和宝钗，凭这两人的能力，她们完全能够胜任荣国府内部事务的管理。但出乎意料的是，贾母等采取了两个应急举措：一是让尤氏留守。按理，尤氏也要"入朝随祭"，大家商量后便假托了一个"产育"的名义，给尤氏请出了"产假"，然后让她来"协理荣宁两处事体"。二是托薛姨妈"照管"。大家又特意把薛姨妈请出了山，让她进驻大观园来"照管"那些"姊妹丫鬟"们，薛姨妈于是也顺理成章地"挪进"了园子，并住到了潇湘馆。至于薛姨妈之所以选择和黛玉同住的原因，有的红学专家和红迷认为是居心叵测、别有用心，笔者倒宁愿认为这只是"亲黛抑钗"派自以为是的无端猜忌。

这样的应急举措看上去加强了管理力量，而实际上使得荣国府的管理层级更为复杂。在这种多头管理的模式下，探春、宝钗和李纨等"临时三人组"的管理权限受到了严重掣肘，这或许就是探春等在"新官上任三把火"之后再也没有什么大作为的重要原因吧。

问题还不仅仅在这里，更为严重的是："留守""协理"的尤氏和帮助"照管"的薛姨妈并没有"全力以赴、不辱使命"，她们到底是怎么在"留守""照管"的？曹公不动声色地用了两个"不过"和两个"不肯"：薛姨妈虽然住在大观园里面，但"不过"是"照管他姊妹，禁约得丫头辈"而已，"一应家中大小事务也不肯多口"；而尤氏虽然每天都过来，但也"不过"是"应名点卯"而已，"亦不肯乱作威福"。换句话说，她们一个只是管管黛玉、宝钗，另一个只是"签个到""打个卡""走过场"罢了。

曹公就这样从那位"薨逝"的"老太妃"落笔，引出了荣国府在特殊时期对管理体制所作的临时调整。这样的调整导致了职责不明和管理缺位，其后果相当严重：赖大新委派的几个手下"或赚骗无节，或呈告无据，或举荐无因，种种不善，在在生事，也难备述"；"荣宁两处"的下人见"主人既如此不暇"，"执事人等"也都是"各各忙乱"，便"无了正经头绪，也都偷安，或乘隙结党，与权暂执事者窃弄威福"，整个贾府可以说是波涛汹涌、鼓角争鸣。从这一回开始，到第六十三回，曹公不吝笔墨，对荣国府底层群体之间此起彼伏的矛盾冲突作了入木三分的叙述：先是藕官公然违规在园里烧纸钱被一位婆子人赃俱获；再是芳官与自己的干娘因为洗头问题发生争执；然后，春燕和莺儿在园子里采柳条编篮子，被承包者春燕的姑妈和母亲发现后，引发激烈的冲突；接着，因为蔷薇硝和茉莉粉之事，导致了芳官与赵姨娘进行了一场火药味十足的互怼，并进而上升为一个群殴事件；然后，又是惊心动魄的玫瑰露和茯苓霜事件，司棋率小丫头大闹厨房，柳家的和秦显家的两派又开展了"厨师长"之位的争夺……原先遮隐在繁荣和谐之大家气象下的各种矛盾逐渐发酵，进而演变成为你死我活、势不两立的相互倾轧与明争暗斗，美丽清朗的大观园一片乌烟瘴气，几乎变成了"腐烂园、糊涂园、对付园"①。这样的冲突，发展到第七十三回，贾母对聚赌的婆子们"大开杀戒"；到第七十四回，王熙凤奉命带领婆子们连夜抄检大观园，冲突一波接着一波，高潮一个接着一个，使笼罩在这个"钟鸣鼎食""赫赫扬扬"的百年望族之"华林"上空的"悲凉之雾"更加触目惊心。

那位"老太妃"从"欠安"到"薨逝"，在小说中看似只是不痛不痒、无足轻重地一语带过，但其"注彼而写此，目送而手挥"所引发的"蝴蝶效应"却让人心惊肉跳，曹公暗藏在其中的伏笔照应可谓是匠心独具。

---

① 王蒙. 王蒙的红楼梦（讲说本）[M]. 北京：北京联合出版公司，2017：123.

○奇妙传神的器物

《红楼梦》之奇妙，

不仅在于"摹一人，一人必到纸上活现"，

而且在于"状一物，一物必在纸上生辉"。

从通灵的"蠢物"到"赤金点翠"的麒麟，

从满纸扑鼻的茶香到"两面皆可照人"的风月宝鉴，

从"会说话"的手帕到"有故事"的扇子……

小说中那一件件看似普通却奇妙传神的器物，

成为我们探视红楼之艺术宫殿的窗口。

《红楼梦》里的杯子：
装盛着太多的人生酸甜和命运悲欢

古语有云："壶里乾坤大，杯中日月长。"也就是说，一只小小的杯子，里面装盛着大大的天地，流淌着长长的岁月。杯子，在《红楼梦》中，是不能被忽视的存在，它已不仅仅是用来喝茶喝酒的工具，也不仅仅是显示主人身份地位的器物，而且曹公还将人物性格、人物关系甚至命运隐喻巧妙地熔铸于其中，从而赋予其以极其深刻的人性内涵与思想张力。

（1）宝玉之"捧杯"："至情至性"的母子之真情。

> 不一时，只听得箫管悠扬，笙笛并发。正值风清气爽之时，那乐声穿林度水而来，自然使人神怡心旷。宝玉先禁不住，拿起壶来斟了一杯，一口饮尽。复又斟上，才要饮，只见王夫人也要饮，命人换暖酒，宝玉连忙将自己的杯捧了过来，送到王夫人口边，王夫人便就他手内吃了两口。

这是第四十一回的一个镜头。

在贾母第二次宴请刘姥姥的酒席上，在那道神乎其神的"茄鲞"菜之后，悠扬的音乐声"穿林度水而来"。也许是被如此美丽的场景所打动，平日里在贾母面前总是小心翼翼的王夫人突然来了兴致，想喝一口暖酒。这时，在旁边早已"神怡心旷""禁不住，拿起壶来斟了一杯，一口饮尽"的宝玉，听闻自己的母亲"命人换暖酒"，便二话不说，连忙将自己那"复又斟上"的酒杯"捧了过来，送到王夫人口边"。而王夫人见儿子捧了酒杯过来，也是想也没想，立即"便就他手内吃了两口"。这个镜头虽然一闪而过，却是那么自然，那么温情脉脉，以至于被脂砚斋批语为"便是天地间母子之至情至性"。

你说，这世间有哪一个母亲会嫌弃儿子吃过喝过的东西？看到孩子主动将自己在喝的酒杯捧送给自己，王夫人的心底自然流淌出一种难以用语言来形容的温暖。读到此处也情不自已的脂砚斋在后面还特别加批了一句："献芹之民之意令人酸鼻。"这是一种"令人酸鼻"的感动！这是一种击中"泪点"的"至情至性"！

（2）黛玉之"喂杯"：明目张胆的恩爱之"狗粮"。

较之于王夫人与宝玉之间的骨肉深情，第五十四回黛玉送到宝玉唇边的那杯酒，则颇有些"喂酒"的味道：

> 宝玉便要了一壶暖酒，也从李婶薛姨妈斟起，二人也让坐。贾母便说："他小，让他斟去，大家倒要干过这杯。"说着，便自己干了。邢王二夫人也忙干了，让他二人。薛李也只得干了。贾母又命宝玉道："连你姐姐妹妹一齐斟上，不许乱斟，都要叫他干了。"宝玉听说，答应着，一一按次斟了。至黛玉前，偏他不饮，拿起杯来，放在宝玉唇上边，宝玉一气饮干。黛玉笑说："多谢。"宝玉替他斟上一杯。

元宵佳节，贾母在家里大摆盛宴，"荣宁二府各子侄孙男孙媳"集聚荣国府之花厅、廊下，再加上戏班子的助兴，可以说要多热闹就有多热闹。宝玉也很会凑趣，在外面溜达了一圈回来后主动给大家斟酒。看到宝贝孙子如此懂事，高兴至极的贾母便命宝玉"连你姐姐妹妹一齐斟上，不许乱斟，都要叫他干了"。宝玉奉命依次而斟，开始都很顺利，但斟到黛玉的时候，却发生了状况。什么情况？宝玉给黛玉斟好酒后，黛玉"偏不饮"。她不但不喝，反而还"拿起杯来，放在宝玉唇上边"，显得那么的你侬我侬、亲密无间。

好家伙！一向"步步留心，时时在意"的林妹妹这是怎么了？你不喝就不喝呗，大家都知道你身体弱，你不喝也不会怪罪于你。但你怎么可以当着众人的面、在众目睽睽之下对宝玉作出如此发乎情却超乎礼的亲昵举动呢？这不是在当众"撒狗粮"吗？这不是在明目张胆地宣告你与宝玉的关系非同一般吗？你不是一进荣国府便向王夫人保证"我来了，自然只和姊妹同处，兄弟们自是别院另室的，岂得去沾惹之理"吗？你在自己的潇湘馆看到赵姨娘来了不是马上就使眼色让宝玉赶紧离开吗？怎么现在就敢如此无所顾忌、胆大妄为了呢？而宝玉看到黛玉将她的那杯酒递到了自己的唇边，也是毫不含糊，作出了热烈的回应，当即"一气饮干"；而且，喝完后，又给黛玉的杯子里重新倒上了酒。

(3)凤姐之"抢杯"：八面玲珑的能耐之展示。

第五十四回的元宵夜宴，除了黛玉递给宝玉的那一杯令人瞠目的酒之外，还有一个细节同样流光溢彩，让人过目难忘：

> 贾母笑道："可是这两日我竟没有痛痛的笑一场，倒是亏他，才一路笑的我心里痛快了些，我再吃一钟酒。"吃着酒，又命宝玉："也敬你姐姐一杯。"凤姐儿笑道："不用他敬，我讨老祖宗的寿罢。"说着，便将贾母的杯拿起来，将半杯剩酒吃了，将杯递与丫鬟，另将温水浸着待换的杯斟了新酒上来。

如果说黛玉的那个"喂杯"是当众与宝玉秀着恩爱的话，那么凤姐的这个"抢杯"，则体现出了她的八面玲珑。当女先儿那《凤求鸾》的故事主人公与自己同名之"犯讳"时，凤姐没有生气；当听到贾母那"佳人才子"都是"一个套子"的"批谎"时，凤姐立即将之称为《掰谎记》，并让老祖宗"喝一口润润嗓子再掰谎"；当贾母痛痛快快地喝了酒，并命宝玉再给凤姐敬一杯时，王熙凤则是拒绝了宝玉的敬酒，却出人意料地抢过贾母的杯子，喝下了那"半杯剩酒"。

她的笑容是那么动人，整个夜宴，她自始至终都是不愠不怒、满脸春风，都是"粉面含春威不露，丹唇未启笑先闻"。她的话语是那么动听，从与珍大爷的"兄妹""叔伯"之关系说到《二十四孝》上'斑衣戏彩'"，再将喝老太太的酒比喻为"讨老祖宗的寿"，始终是舌灿莲花、收放自如。她的动作又是那么自然，一边逗着趣，一边不动声色地"将贾母的杯拿起来"一气喝尽；而且，喝完后不是把那只杯子放还到贾母面前，而是"递与丫鬟，另将温水浸着待换的杯斟了新酒上来"，这一细微的动作，将凤姐超乎常人的细心周全体现无遗。难怪贾母对她的"抢杯"之举不仅没有生气，反而高兴得心花怒放。

(4)尤三姐之"灌杯"：泼辣刚烈的自我之救赎。

尤二姐和尤三姐这一对姐妹花，是贾珍夫人尤氏之继母的两个女儿，是小说中极为生动精彩的两个人物。她们一样的风流标致，一样的楚楚动人，但她们的性格却又完全不一样：一个温柔怯弱，另一个果敢刚烈。第六十五回的这个镜头，很好地表现出了尤三姐那种泼辣大胆的性格，以及陷于淤泥而不染的品性与智慧。

> 尤三姐站在炕上，指贾琏笑道："你不用和我花马吊嘴的，'清水下杂面，你吃我看见'；'提着影戏人子上场，好歹别戳破这层纸儿'。你别油蒙了心，打量我们不知道你府上的事。这会子花了几个臭钱，你们哥儿俩拿着我们姐儿两个权当粉头来取乐儿，你们就打错了算盘了。我也知道你那老婆太难缠，如今把我姐姐拐了来做二房，'偷的锣儿敲不得'。我也要会会那凤奶奶去，看他是几个脑袋几只手。若大家好取和便罢；倘若有一点叫人过不去，我有本事先把你两个的牛黄狗宝掏了出来，再和那泼妇拼了这命，也不算是尤三姑奶奶！喝酒怕什么，咱们就喝！"说着，自己绰起壶来斟了一杯，自己先喝了半杯，搂过贾琏的脖子来就灌，说："我和你哥哥已经吃过了，咱们来

亲香亲香。"唬的贾琏酒都醒了。贾珍也不承望尤三姐这等无耻老辣。弟兄两个本是风月场中耍惯的，不想今日反被这闺女一席话说住。

贾琏如愿偷娶了尤二姐，并悄悄在"宁荣街后二里远近小花枝巷内"购置了"一所房子"，让尤三姐也和尤二姐同住，企图和贾珍父子一起在那里过上"家外有家""二马同槽"的幸福生活。

面对别有用心、无耻不堪的贾珍贾琏，如何守住自己的洁净、保持自己的尊严，对尤三姐来说确实是一个不小的难题：躲，躲不过；逃，逃不掉；忍，忍不了。怎么办？尤三姐救赎自己的方法是：一是撕破脸皮。你们要"提着影戏人子上场"，那我索性就不让你们藏着掖着，直接"戳破这层纸儿"，把"你们哥儿两拿着我们姐儿两个权当粉头来取乐儿"的如意算盘暴露在太阳底下。二是反客为主。贾琏你不是要让我陪你的兄弟来一杯吗？那好，我就跟你们来，看看咱们到底谁玩谁！她一边在嘴上说着"喝酒怕什么，咱们就喝"，一边作出放浪之态，就"搂过贾琏的脖子"，将自己"先喝了半杯"的酒杯递到贾琏嘴边，说"咱们来亲香亲香"。这一下，让"本来风月场中耍惯的"、想玩弄一下尤三姐的贾琏贾珍兄弟俩，一个"唬的""酒都醒了"，另一个想"得便就要一溜"，再也不敢对尤三姐有非分之想、行轻薄之举。

尤三姐就以这一种几乎"自毁式"的"淫态风情"，"禁住"了贾琏兄弟，从而保全了自己的尊严，完成了报复性的自我救赎；同时，这也为其后来在苦盼真爱而不得的绝望中以身殉情而作了铺垫。

(5)妙玉之"弃杯"：欲洁未洁的修行之渡劫。

在《红楼梦》众多人物形象中，妙玉，这位美丽的出家女子，无疑是一个饱受非议的角色。邢岫烟说她"放诞诡僻"，很是"僧不僧，俗不俗，女不女，男不男"，一向低调厚道的李纨在众人面前也直接表态"可厌妙玉为人，我不理他"，甚至连林语堂先生都在《平心论高鹗》一书中称她是一个

"好洁神经变态的色情狂家伙，到底落了粗汉之手"①，言语间满是对她的轻蔑鄙视。妙玉在小说中的出场次数屈指可数，而她的言行和表现总是成为被人诟病的重要把柄，比如第四十一回她对刘姥姥喝过的那只成窑杯的态度。

> 只见妙玉亲自捧了一个海棠花式雕漆填金云龙献寿的小茶盘，里面放一个成窑五彩小盖钟，捧与贾母。贾母道："我不吃六安茶。"妙玉笑说："知道。这是老君眉。"贾母接了，又问是什么水，妙玉笑回"是旧年蠲的雨水"。贾母便吃了半盏，便笑着递与刘姥姥说："你尝尝这个茶。"刘姥姥便一口吃尽，笑道："好是好，就是淡些，再熬浓些更好了。"……妙玉刚要去取杯，只见道婆收了上面的茶盏来，妙玉忙命："将那成窑的茶杯别收了，搁在外头去罢。"宝玉会意，知为刘姥姥吃了，他嫌脏不要了……

贾母带着一大批客人来到了栊翠庵，作为主人的妙玉特意用一杯"老君眉"款待。贾母"吃了半盏"后顺手将杯子递给刘姥姥，请她也尝尝。见此情景的妙玉，一种"嫌脏"的厌恶感便油然而生，心中再也无法接纳那只沾过了刘姥姥这个乡野老妪嘴唇的"成窑小盖钟"，哪怕它价值连城，也决意让道婆将它"搁在外头"，不得再拿到里面。当"会意"的宝玉适时提出不如将杯子送给"那贫婆子"时，妙玉在答应的同时又说出了一句让人咋舌的话："这也罢了。幸而那杯子是我没吃过的，若我使过，我就砸碎了也不能给他。你要给他，我也不管你，只交给你，快拿了去罢。"

出身"读书仕宦"之家的妙玉，出家，本非其所愿。迫不得已遁入空门、"带发修行"的她，始终怀有一颗不甘"槛外"的红尘之心，身欲洁净而性未洁，人处空门而心未空。比如杯子，于妙玉而言，她既可以将自己专属的"绿玉斗"捧给"须眉浊物"宝玉去喝，也可以对沾过刘姥姥之唇的"成

---

① 林语堂.平心论高鹗[M].长沙：湖南文艺出版社，2019：4.

窑小盖钟"弃如敝屣。为什么妙玉的态度会有这么大的反差？原因不在杯子，而在于妙玉心中的"痴魔"与"执著"，她身在槛外，心仍在槛内，她的修炼还远没有达到"内化于心，外化于行"的境界。

《红楼梦》中的杯子究竟是一只怎样的杯子？那小小的杯子中，装盛着太多的人生酸甜，浸泡着太多的人物苦乐，记载着太多的命运悲欢。那以杯传情的情感扩张力，那借杯隐喻的艺术冲击力，那"万艳同杯"的思想震撼力，总让人欲罢不能、欲走还留。

风月宝鉴：一面神奇的镜子

　　《红楼梦》里有两面神奇的镜子：一面是怡红院宝玉房里的"玻璃大镜"。这面镜子有着一个精彩至极的故事：第四十一回，喝高了酒的刘姥姥，阴差阳错地摸进了怡红院。曹公借着刘姥姥的醉眼，别有趣味地引出了这一面四边用"雕空紫檀板壁"嵌围的西洋穿衣镜，它居然一物两用，既是用来观照整衣的镜子，同时又是进入宝玉卧室的"机括"。还有一面是"风月宝鉴"，就是第十二回跛足道士送给贾瑞的那面神奇镜子。"癞蛤蟆想吃天鹅肉"的贾瑞因为坠入情网，而被王熙凤"毒设相思局"折磨得死去活来，"相思""难禁"、又添"债务""更兼两回冻恼奔波"的贾瑞终于一病不起。就在贾瑞命悬一线之际，跛足道士奇迹般地给他送来了救命的镜子。这两面镜子，前者是名贵的西洋舶来货，后者则更为神奇，居然"出自太虚幻境空灵殿上"，而且是警幻仙子亲手所制；前者是贾府昭显富贵的摆设和"机关"，后者则是"专治邪思妄动之症"的"神药"；前者让误闯误撞的刘姥姥吃尽了苦头，给读者带来了充满趣味的欢笑；而后者则给绝望中的贾瑞带来了生的希望，留给我们诸多的启发和思考。

　　启思之一，两种生活方式："活着"和"死亡"。

　　小说这样写道：

那道士叹道："你这病非药可医！我有个宝贝与你，你天天看时，此命可保矣。"说毕，从褡裢中取出一面镜子来——两面皆可照人，镜把上面錾着"风月宝鉴"四字——递与贾瑞道："这物出自太虚幻境空灵殿上，警幻仙子所制，专治邪思妄动之症，有济世保生之功。所以带他到世上，单与那些聪明俊杰、风雅王孙等看照。千万不可照正面，只照他的背面，要紧，要紧！三日后吾来收取，管叫你好了。"

道士的这段话，道出了这面"风月宝鉴"一个与众不同的特点，即它的两面都可以照人，但是只可照背面，不可照正面。道士并没有说出个中的原因，但我们阅读下文即可明白，贾瑞从背面和正面照见的形象完全不一样：照背面，见到的是骷髅；照正面，见到的是美女。不管是背面还是正面，它都不同于日常的镜子，家常镜子照见的是自己的形象，而它照见的是什么？是生死。骷髅表示什么？凄悲痛苦的死。美女表示什么？幸福快乐的生。

而且，曹公更赋予这面镜子以一个相当特别的功效：如果照骷髅一面，则可以生；如果照美女一面，则必定死。天哪！这与其说是一面镜子，还不如说是一个发人深省的人生警示，美女，人见人爱；而骷髅，人见人怕。生活中，你如果多想想病痛、多想想死亡，你就会有所害怕，就会心存敬畏，那么也就能更好地活着；但如果你贪图金钱美色，贪图物欲享受，那么就会死得越快。

这样的镜子，自然会让我们想起贾雨村在智通寺看到的那一副有着同样警示意义的对联："身后有余忘缩手，眼前无路想回头。"

启思之二，两门人生功课："放下"与"挡住"。

活着，总会做梦，或美梦，或恶梦，或奇梦。《红楼梦》这部关于"梦"的小说中，不管主子丫鬟，不管男人女人，几乎每个人都有自己的梦，几乎每个人的梦又都是以美丽开始，以破碎结局。贾母的梦是贾家基业能够万古长青，贾政的梦是儿子能够出人头地，袭人的梦是能够成为宝玉之妾，薛蟠的梦是能够逍遥自在，智能儿的梦是能够与秦钟"共沐爱河"，这不，只是因为在风景如画的宁府花园中"可巧"遇到了王熙凤，不知道自己几斤几两的贾瑞就喜上眉梢，也做起了"合该我与嫂子有缘"的美梦，开始了对凤姐近乎疯狂的追求。

面对楚楚动人的凤姐，贾瑞无法抵挡，为了能得到她的"芳心"，他赴汤蹈火，在所不辞，甚至连"死也愿意"。在屡次被她的"毒计"折磨得人不像人、鬼不像鬼后，他依然飞蛾扑火、义无反顾，满心满脑都是凤姐而无法"放下"。即便是到了再也"不能支持，一头睡倒，合上眼还只梦魂颠倒，满口乱说胡话，惊怖异常"的临死地步，他虽然"要命心胜"，但依然挡不住镜子中凤姐的魅惑，一见到镜子背面的骷髅便骂"道士混帐，如何吓我"，一见到镜子正面的凤姐在向他"招手"，便喜滋滋"荡悠悠"地走进镜子，与凤姐温存云雨，而且一次还觉得不过瘾，接连"如此三四次"后，直把自己变成了石榴裙下的风流鬼。

生活在这么缤纷的世界，面临着这么多美丽的诱惑，我们每个人该获得什么，又该放下什么？该快乐享受，还是该适可而止？该一往直前地勇敢前行，还是该毅然决然地乐行乐止？这其实是人生的大智慧，是我们所必修的两门功课。耐得住寂寞，守得住清贫，挡得住诱惑，说起来很简单，而真正做起来，则是"两个我"之间的一场惨烈无比的灵魂"战争"。

启思之三，两类治病之药："剂药"和"心药"。

是人总会生病，生病就得用药。对症下药，既是医之道，也是教之道，更是人之道。

贾瑞病了。贾瑞的这场大病虽然有冻寒的因素，但更多的还是在于走火入魔，那是种始于情欲、盛于情虐的魔症。治这种魔症，哪怕吃再多的中药、西药，都无济于事。这不，他"百般请医治疗，诸如肉桂、附子、鳖甲、麦冬、玉竹等药，吃了有几十斤下去，也不见个动静"；他虽然"无药不吃"，但都"只是白花钱，不见效"。用那位道士的话说，就是"你这病非药可医"。

道士知道：一般意义上的药，对贾瑞的病来说没用；若要治好贾瑞的病，必先得解开贾瑞心中的"结"。于是，道士就想用那面"宝贝"魔镜来让他顿悟"色字头上一把刀"之理，让他明白如若再不悬崖勒马那必然是骷髅相迎、死路一条之果。道士原以为：这面警幻仙子定制的宝镜"专治邪思妄动之症"，有着"济世保生之功"效；贾瑞好歹也是个"聪明俊杰、风雅王孙"。于是就拍着胸脯打下包票：只要能遵照"医嘱"，只需"三日"就"管叫你好了"。但遗憾的是，跛足道人下对了"药"，却看错了人，这一副用心良苦的"心药"，对已经深陷魔潭而不能自拔的贾瑞起不了任何作用。

如何打开一个人的心门？如何解治一个人的心病？这是工作和生活中的一门重要学问。

启思之四，两种纠错之法："责己"与"责人"。

跛足道人的"风月宝鉴"最终没能把贾瑞的性命从阎王爷那里救回来，在"旁边服侍"的众人，虽然不知道贾瑞到底在镜子里看到了什么，但他们都目睹了贾瑞临死前"还拿着镜子照，落下来，仍睁开眼拾在手内"的情形，知道那面镜子肯定与贾瑞的死脱不了干系。于是，"哭的死去活来"的贾代儒夫妇，立即把道士作为了泄愤对象，破口大骂："是何妖镜！若不早毁此物，遗害于世不小。"甚至立即命人"架火来烧"。让读者意想不到的奇幻一幕发生了："只听镜内哭道：'谁叫你们瞧正面了！你们自己以假为真，何苦来烧我？'"

是的，人生充满错误，如何对待自己所犯的错误？一般有两种方法：一种是归过于己，从自己身上找原因；一种是归责于人，从别人和客观外界找原因。前者为"反躬自省"，后者则为"嫁祸于人"。代儒夫妇看到了贾瑞拿着镜子而死，但没有看到或者忘记了也是贾瑞自己没有遵守道士"不可照正面"的嘱咐，而让他自己小命归西。就在宝镜哀哭之际，那跛足道人又忽地跑来，边喊着"谁毁'风月鉴'，吾来救也"，边"直入中堂"，把镜子"抢入手内"然后飘然而去。

唯愿镜子的哭声和道士的喊声能够惊醒众多的梦中人！

曹公在小说第一回早就介绍，此书最先的名字为《石头记》，后被空空道人改为《情僧录》，又被吴玉峰题名为《红楼梦》，而东鲁孔梅溪则给了它另一个书名："《风月宝鉴》。""甲戌本凡例"中也有一段话，点出了"风月宝鉴"之名的来历："《红楼梦》旨义是书题名极［多，一曰《红楼］梦》，是总其全部之名也；又曰《风月宝鉴》，是戒妄动风月之情……又如贾瑞病，跛道人持一镜来，上面即錾"风月宝鉴"四字，此则《风月宝鉴》之点睛。"

一面小小的镜子，一个大大的世界；一声浅浅的哀哭，一种深深的警醒。

最是那一袭"前后照耀生色"的"斗篷"

作为一部百科全书式的文学巨著,《红楼梦》可以说是集了中国封建时代的文化之大成,周汝昌先生甚至誉之为"中华的唯一的一部真正当得起'文化小说'之称的伟著"①。一翻开《红楼梦》,那几乎囊括了那个时代人们衣食住行、生老病死等方方面面的浓郁厚重的文化气息便朝你迎面扑来。在小说那姹紫嫣红的文化大观园中,还开放着一朵让众多读者啧啧称叹的艳丽奇葩,那就是琳琅满目、精彩纷呈的服饰文化。其祖辈有着连任"江宁织造"之背景的曹雪芹,在小说中将各类人物四季服装的名称、款式、颜色以及用料描状得细腻生动,并赋予其一种独特的文化内涵。红楼的服饰文化光彩照人、令人目不暇接,其中有一种服饰被脂砚斋称为"前后照耀生色",它就是"斗篷"。

"斗篷",又名"莲蓬衣""一口钟""一裹圆",是一种披在肩上的、宽大无袖的外衣。于小说中的人物来说,那一袭"斗篷",不仅是可以用来遮阳、挡风、御寒的衣物,更是契合其身份、性格和心理的重要道具,让他们显得风情万种、与众不同。

---

① 周汝昌. 红楼艺术[M]. 北京:人民文学出版社,2016:1.

　　小说中最早出现"斗篷"是在第八回。当时，宝玉正在向宝钗探问其身上那"凉森森甜丝丝的幽香"是什么香时，黛玉忽然也"摇摇的走了进来"。宝玉一见到黛玉"外面罩着大红羽缎对衿褂子"，便连续发问"下雪了么""取了我的斗篷来不曾"。然后，宝玉和黛玉又被薛姨妈留下来喝酒吃饭。临离开之前，小丫头给宝玉戴"斗笠"，结果弄疼了宝玉，被宝玉骂为"蠢东西"。见此情景，"站在炕沿上"的黛玉，立即让宝玉走到近前，亲自"用手整理"，当着薛姨妈和宝钗的面，帮他"轻轻笼住束发冠，将笠沿掖在抹额之上"；待整理完毕，再仔细"端相了端相"，觉得很满意之后，才对宝玉说："好了，披上斗篷罢。"于是，宝玉"方接了斗篷披上"。

　　这一回中"斗篷"虽然一连出现了四次，但几乎都可以忽略不计，因为它完全被那顶"斗笠"的夺目光环所淹没。黛玉替宝玉整理"斗笠"时的那种特别的细心、温柔、亲昵，简直就是当着薛姨妈和宝钗的面对宝玉撒恩爱之"狗粮"，是小说的经典桥段。与这顶"斗笠"所显示出的妙不可言相比，宝玉的那一领"斗篷"完全是微不足道的小小陪衬。

　　让读者"亮瞎了双眼"的"斗篷"之集中展示出现在第四十九回。曹公把读者带到了一个"白雪红梅"的"琉璃世界"，大观园的"脂粉香娃"们在芦雪广演绎了一出"割腥啖膻"、吟诗作联的好戏。就在这美丽而充满诗意的环境中，青春之花幸福绽放，青春之歌响彻云霄，宝琴、黛玉、宝钗、宝玉、李纨、凤姐甚至连贾母都纷纷披着"斗篷"登场，简直成了"斗篷"的盛会。这时的"斗篷"，不仅是给小说穿针引线的重要物件，更成为了那一曲青春交响乐中的华彩乐章。

　　其中，最让读者惊艳的是薛宝琴的"斗篷"。宝琴，这个美丽可爱得直让宝玉惊叹"老天，老天，你有多少精华灵秀，生出这些人上之人来"、一出场就让贾母喜欢得"无可不可"的女孩，这一回，当她款款出现在众人面前时，最抓人眼球的就是她身上的那领"斗篷"。那"斗篷""金翠辉煌"，让众人都"不知何物"，宝钗不清楚它是哪里来的，香菱误以为是"孔雀毛织的"，只有从小跟着贾母生活的湘云知道那是用"野鸭子头上的毛作的"，是老太太极为珍爱的"压箱底"的衣服。以至于宝钗都当众对自己的堂妹

"吃起了醋"："你也不知是那里来的福气！你倒去罢，仔细我们委曲着你。我就不信我那些儿不如你！"第五十回，宝琴披着这领"斗篷"再次亮相的镜头，更成为了白雪世界中的一个唯美画面。当时，薛宝琴"披着凫靥裘站在山坡上遥等"，她的身后有"一个丫鬟抱着一瓶红梅"。这幅图画被众人赞之为"就像老太太屋里挂的仇十洲画的《双艳图》"，而贾母则摇头而笑道："那画的那里有这件衣裳？人也不能这样好！"在此，曹公以斗篷之珍贵，突出了贾母对宝琴之疼爱；又以斗篷之金翠，凸显了宝琴之惊艳，华丽的"斗篷"和美艳的宝琴相得益彰、相映生辉。

黛玉，这个在宝玉眼里的"神仙似的妹妹"，在小说前八十回，也许是为了突出她飘缈空灵、恍若仙子的特质，曹公对她的穿着装扮之描写可以说是少之又少。但在第四十九回，为了参加众人商议诗会的活动，这一天的黛玉也对自己进行了精心的装扮，她特意换上了一双"掐金挖云红香"的"羊皮小靴"，身上也披了件"斗篷"。那"斗篷"非同寻常，是一件相当别致的"鹤氅"，由中国艺术研究院《红楼梦》研究所校注、人民文学出版社出版的《红楼梦》1982版对它的注释是："原为用鸟羽制成的衣裳，这里指斗篷之类。"2008版调整为"析鸟羽为裘，后亦指着斗篷类御寒外衣。"按明刘若愚《明宫史》中的解释，"鹤氅"是一种"有如道袍袖者""彩、素不拘""旧制原不缝袖"①的服饰。黛玉的这件"鹤氅"，其面子是"大红羽纱"的，里子是"白狐狸"皮的。它有温度，让黛玉御寒保暖；它还有风度，让黛玉在众人面前显出了独特的神韵。这一天的黛玉还特别在外面束上了一条"青金闪绿双环四合如意绦"，在头上罩了一顶"雪帽"，使自己在众姐妹之间，更显得卓尔不凡、卓然不群。

就在这样一个美丽的下雪天，宝玉和其他众姐妹也都清一色地披上了"斗篷"。这些"斗篷"色泽绚丽，光彩夺目：宝玉穿的是"大红猩毡"，探春三姐妹则是"一色大红猩猩毡与羽毛缎斗篷"，鲜艳的色彩让他们青春洋溢、活力四射。较之于宝玉和探春三姐妹之"斗篷"的暖色调，李纨和宝钗

---

① 转引自百度百科。

则是相同的冷色调：李纨的"斗篷"为青色，是"青哆啰呢对襟褂子"，衬出了她的沉郁稳重；宝钗披着的是和黛玉一样的"鹤氅"，但颜色却截然不同，黛玉为"大红"，而宝钗则为蓝紫色，是一件"莲青斗纹锦上添花洋线番羓丝的鹤氅"，衬出了她的素雅冷静。

不独他们，这一天的凤姐和贾母也都不约而同地穿上了"斗篷"。但相比而言，曹公对她们的"斗篷"并没有详细的描状，只以"凤姐也披了斗篷走来"和"贾母围了大斗篷，带着灰鼠暖兜，坐着小竹轿，打着青绸油伞，鸳鸯琥珀等五六个丫鬟，每人都是打着伞，拥轿而来"作了简单交待。但不管怎么说，这一天，"斗篷"成为了大观园中一道最为亮丽的风景线。

让我们不能不驻目沉思的是：在这道绮丽美艳的"斗篷"风景线中，还有两位女孩的身上并没有"斗篷"的装束。她们一个是史湘云，一个是邢岫烟。史湘云没有披"斗篷"，是因为她素向"只爱打扮成个小子的样儿"，她在那一天穿的是一件"貂鼠脑袋面子大毛黑灰鼠里子里外发烧大褂子"，再加上那头上的"挖云鹅黄片金里大红猩猩毡昭君套"、颈上的"大貂鼠风领"，让她整个人显得特别的精神爽利，以至于黛玉一见到她便对众人说"你们瞧瞧，孙行者来了。他一般的也拿着雪褂子，故意装出个小骚达子来"。但因为家境贫寒特来投奔贾家的邢岫烟则不然，湘云是不想穿，邢岫烟是没得穿，她不仅置不起贵重的"斗篷"，而且连可以"避雪"的保暖之衣都没有。在这寒冷的雪天，别人可以尽情地用服饰来展示自己的亮丽风采，让自己风情万种、艳压群芳，而她只能穿着"家常旧衣"，默默地躲在一角。这时候，对邢岫烟来说，惊艳是别人的，她什么也没有！

在第四十九回的末尾，脂砚斋作了一个提纲挈领的"总批"，更点出了"斗篷"的深意："此文线索在斗篷。宝琴翠羽斗篷，贾母所赐，言其亲也；宝玉红猩猩毡斗篷，为后雪披一衬也；黛玉白狐皮斗篷，明其弱也；李宫裁斗篷是哆啰呢，昭其质也；宝钗斗篷是莲青斗纹锦，致其文也；贾母是大斗篷，尊之词也；凤姐是披着斗篷，恰似掌家人也；湘云有斗篷不穿，着其异样行动也；岫烟无斗篷，叙其穷也。只一斗篷，写得前后照耀生色。"也就是说，这一袭"斗篷"，昭示了人物的身份地位，显示了人物的性格特点，成为了我们走进红楼的重要线索。

把"斗篷"写得"前后照耀生色"的还有第五十二回，它甚至还上了该回的回目头条，它就是"雀金裘"，也叫"雀金呢"，是一件"哦啰斯国拿孔雀毛拈了线织的""乌云豹的氅衣"，它是贾母特意给自己宝贝孙子的一件珍品。"宝琴所披之凫靥裘"的特点是"金翠辉煌"，曹公描状宝玉之"雀金裘"时，则在"金翠辉煌"的后面又增加了"碧彩闪灼"四个字，其色泽显得更为亮丽夺目。但宝玉才穿了一天，那"雀金裘"便被火烧了一个洞眼，遍寻裁缝而无人能补，最后还是病中的晴雯主动揽活。看到晴雯"头晕眼黑，气喘神虚，补不上三五针"就要"伏在枕上歇一会"，在旁边的宝玉便于心不忍，一时问她"吃些滚水不吃"，一时命她"歇一歇"，一时"又拿一件灰鼠斗篷替他披在背上"，一时"又命拿个拐枕与他靠着"，言行中尽显关切之状。

"斗篷"在小说前八十回还出现了好几次：比如第二十一回，袭人看到宝玉"半日无动静，微微的打鼾"，以为他睡着了，"便起身拿一领斗篷来"盖在他身上。比如第七十六回，贾府中秋节夜宴，见贾母兴致甚高，又担心"夜深了""露水下来"让贾母着凉，鸳鸯便特意"拿了软巾兜与大斗篷来"给贾母围上；贾母在凸碧山庄赏月结束后，也是"围着斗篷"坐上"竹椅小轿"回去，等等。也许可以这样说，"斗篷"，这件历史悠久、在清代主要用作上层社会妇女的礼服外衣，也是我们理解红楼人物、品悟小说服饰文化的一扇窗户。

一碗小小的荷叶汤，一张生动的众生像

《红楼梦》第三十五回，挨了毒打的宝玉突然想喝一种"小荷叶儿小莲蓬儿的汤"。这样一碗荷叶汤，如果你稍不留意，就很容易略过。但就是这碗小小的荷叶汤，却牵动了贾家上下众多的人员，上到老祖宗贾母，下到丫头玉钏，一个个鱼贯登场，上演了一出出生动至极的好戏，可以说，一碗汤照出了众生像。

其一，时刻不忘显摆的王熙凤。

宝贝孙子想喝汤，老祖宗贾母自然"一叠声"地催人赶紧去做。见此情景，旁边的凤姐立即站了出来，好好地显摆了一下。

一是显摆管理的能耐。她让"老太太别急，等我想一想这模子谁收着呢"。其实，关于模子放在哪里的问题，凤姐根本用不着对老祖宗说，她完全可以自己悄无声息地解决，因为这是她这个内当家的分内之事。她之所以要当着老太太的面提出来，其实只是为了显摆，以印证自己作为内当家并不是"浪得虚名"，并没有辜负老太太的殷切期望。只是，凤姐也有点弄巧成拙，那副小小的"模子"，竟然从厨房找到茶房，再找到金银器皿房，一连找了三次才找寻出来。

二是显摆思虑的周全。出乎众人意料的是，宝玉要喝汤，而凤姐却借此命令厨房"立刻拿几只鸡，另外添了东西，做出十来碗来"。因为什么？因为她知道那东西虽"不算高贵"，但"太磨牙"、做起来很麻烦，所以要"借势儿弄些大家吃"，让大家都能够分享到"口福"，以做个顺水人情。

三是显摆廉洁的风范。当老祖宗一语揭穿她要"拿着官中的钱你做人"时，她又立即一转，顺势显摆了一下自己的"廉洁"，强调今儿这碗汤不动用公款，由她自己做个"小东道"来"孝敬"大家，而且当众向厨房发布了"在我的账上来领银子"的命令。当然，最后厨房到底有没有把账记到她的头上，那就不得而知了。

其二，"四两拨千斤"的薛宝钗。

就像黛玉初进贾家、刘姥姥二进贾府时一样，在这件荷叶汤小事中，凤姐也出尽了风头，把自己"脂粉队里的英雄"形象展示得淋漓尽致，她无疑就是满天繁星中那颗最闪亮、最耀眼的星星。但是，让凤姐没想到的是，山外有山，楼外有楼，有一个人，只说了一句话，就立即把众人仰望的她给"比下去了"。这个人是谁？八面玲珑的薛宝钗是也。宝钗说了什么话？她笑着说："我来了这么几年，留神看起来，凤丫头凭他怎么巧，再巧不过老太太去。"天哪！这说话的水平之高，无人能比。

一是高在"不动声色"。宝钗说这话时并没有大声嚷嚷，她只是和往常一样，阳光一样地笑着，清波一样地漾着。

二是高在"核心意识"。宝钗充分肯定了凤姐的"巧"，但又更巧地抬出了老太太的"巧"，她知道谁是这里掌控大局的"核心"。在"核心"面前，其他都微不足道。

三是高在"借梯上楼"。凤姐费尽心机使自己成为了万众瞩目的"中心"，没想到宝钗借势借力，只蜻蜓点水般地轻轻一拨，那荣誉的光环便迅即转到了她的身上，以至于开心至极的老太太都当众对宝钗作出了"提起姊妹，不是我当着姨太太的面奉承，千真万真，从我们家四个女孩儿算起，全不如宝丫头"的评价。这话的评价之高、分量之重、影响之大，可以说难以估量。

四是高在"大智若愚"。当大家都对宝钗大加赞美，就连本来想让老太太"赞林黛玉"的宝玉也"意出望外"时，宝钗并没有沉浸在喜悦之中而得意忘形，也没有故作自谦之态、表自谦之词，而是难得糊涂地故意装作没有听到，"早扭过头去和袭人说话去了"。

其三，"做事不过脑子"的王夫人。

对王夫人这个角色，很少有读者会产生好感。她虽然舐犊情深，但对儿子却宠溺过度、教而无方；她虽然每天吃斋念佛，但却是口中有佛、心中无觉；她身为正妻，却对周姨娘、赵姨娘两位小妾缺少宽厚仁心；她身为主子，却对下人时常严厉苛责、意气用事；管理家务，她既想管又管不了，既想放又放不下；处理问题，她缺少基本的是非辨别能力，常常先入为主，被情绪所控制。可以说，她是典型的一个大事做不了、小事又做不好、做任何事都"不过脑子"的领导。

就拿这次来说，本来她已经做得很好，看到贾母有点乏累，便及时提出了去"上房内坐"的建议，并得到了已觉"腿酸"的贾母的首肯；看到荷叶汤端了上来，她便想到了宝玉，让人先把汤送到宝玉那边，体现出做母亲的舐犊情深。但问题是：贾家上下那么多人，你派谁去不行，为啥却偏偏要派玉钏去送？玉钏可是金钏的妹妹，而金钏刚刚因为宝玉事件被你逼上绝路、跳井自杀，此时玉钏的心中正充满着伤痛和愤怒呢。你现在这样做，岂不是给玉钏制造难堪吗？

其四，"左也难右也难"的玉钏。

在荷叶汤事件中，处于最难堪境地的当数玉钏。一方面，自己那一起为王夫人"工作"的姐姐刚刚含羞自尽，这突如其来的噩耗，让她陷入了失去亲人的痛苦深渊，同时也对自己未来之未卜的命运充满了担忧。另一方面，她最不想见、最痛恨的就是事件的始作俑者宝玉，但此时又不得不服从王夫人的命令，去担当那个给宝玉送汤的临时任务。

于是，心里一百个矛盾、一万个不情愿的她，到了宝玉那里后，先是把东西交给袭人等后"向一张杌子上坐了"，而对宝玉则是不理不睬；当宝玉主动找话题向她示好时，她是"满脸怒色，正眼也不看宝玉"，让他的热面孔碰了冷板凳；等宝玉"变尽方法，将人都支出去，然后又陪笑问长问短"时，她的"脸上方有三分喜色"；到最后终于禁不住宝玉"甜嘴蜜舌"的软缠硬磨，才亲自动手喂他喝汤，并自己也"赌气尝了一尝"汤的味道。曹雪芹用他的生花妙笔，在这一出送汤、喂汤、喝汤的好戏中，在看上去轻描淡写的叙描中，把玉钏的恨与爱、苦与痛、无奈与纯真刻画得入木三分。

其五，"思虑做事滴水不漏"的花袭人。

袭人的忠诚贤淑、周到细密，在贾家那么多丫头中首屈一指，要不然贾母也不会把本来在"伏侍"自己的她送到宝玉的身边，王夫人也不会把她视为"我的儿"，并专门从自己的俸银中每月划出二两银子贴补给她。每天在宝玉睡下后将那块"通灵宝玉"细心用手帕包好的，是她；替犯了错的李嬷嬷息事宁人的，是她；被宝玉踢伤了肋骨隐忍不表的，是她；受了再大的委屈，也咬碎牙和着眼泪往肚子里咽的，仍是她。她，可以说是职场员工的楷模。

比如，在这次小小的送汤之事中，除了玉钏外，还有一位重要配角，那就是陪着玉钏一起来怡红院的宝钗丫头——莺儿。在对莺儿的接待过程中，只有袭人显出了过人的细密周到：当莺儿在宝玉房里"不敢坐下"时，是她连忙"端了个脚踏"让莺儿坐下；当莺儿仍没有坐下，而且宝玉又只顾和玉钏说话时，是她立即"拉了莺儿""到那边房里去吃茶说话儿去了"；当化怒为笑的玉钏和"傅二爷家的两个嬷嬷"都离开后，是她，又马上"携了莺儿过来"，谱写了莺儿帮宝玉"打络子"的"新篇章"。正是因为有了袭人，才没有让莺儿陷入被冷落、被为难的尴尬境地。

一碗滚烫的"火腿鲜笋汤"

《红楼梦》中的食物，不仅带有鲜明的时代印记和地方特色，而且和故事情节的推移、人物性格的刻画紧密关联。自小说问世以来，不少红学爱好者对红楼食物产生了浓厚的兴趣，从那令刘姥姥咋舌称叹的做工极其考究的"茄鲞"，到薛姨妈糟制的"鹅掌、鸭信"；从笼蒸螃蟹、火腿炖肘子、鸡皮虾丸汤、烤鹿肉等美味佳肴，到枣泥山药糕、藕粉桂花糖糕、螃蟹馅炸饺子等精美点心，可以说是琳琅满目。以至于在红学研究中形成了一个"饮食文化"的专题，北京、扬州等地还有餐馆专门推出了特别的"红楼宴"。在让人眼花缭乱的红楼美食"大观园"中，有一碗普通得不能再普通的"火腿鲜笋汤"，这碗家常菜汤在第五十八回不但成为了故事发展的一个重要道具，而且很好地扩展了小说内涵，增强了小说张力，让读者玩味再三，在啧啧称叹的同时又心有戚戚。

第五十八回，曹公描叙了发生在贾府下层群体之间的两个激烈冲突：一是藕官烧纸钱被一个婆子当场逮住；还有一个是芳官与她的干娘因洗头水而发生争吵。等到这两个冲突平息后，已到了吃晚饭的时间，这时候，小丫头子捧了食具盒子进来了，小说有下面一段文字：

晴雯麝月揭开看时，还是只四样小菜。晴雯笑道："已经好了，还不给两样清淡菜吃。这稀饭咸菜闹到多早晚？"一面摆好，一面又看那盒中，却有一碗火腿鲜笋汤，忙端了放在宝玉跟前。宝玉便就桌上喝了一口，说："好烫！"

这段文字，通过晴雯的牢骚之语，写出了宝二爷的疗养之餐。宝二爷大病初愈后，是怎么进行饮食调理的？原来一直是"稀饭咸菜"。这样的饮食貌似大煞风景，但倒是贾家的一惯做法，第五十三回曹公曾经介绍过"贾宅中的风俗秘法"："无论上下，只一略有些伤风咳嗽，总以净饿为主，次则服药调养。"除"净饿"外，还有一种"秘法"就是"米汤"，第二十回袭人生病后静养时和第二十五回宝玉、凤姐中邪醒来后，喝的都是清淡的"米汤"。这次宝玉大病初愈后的饮食也不例外，只不过，这天晚上宝玉的菜盒中多了这么一碗"火腿鲜笋汤"。

这碗汤的出现，意味着宝玉的身体来到了一个重要的"拐点"。晴雯看到这碗汤后什么反应？"忙端了放在宝玉跟前。"久未见荤的宝玉见到这碗汤后的举动是什么？"便就桌上喝了一口。"那神态，当如饿虎扑食。但曹公的高超笔力在于：你越想急不可耐地喝这碗汤，他越不让你一气喝下，那可是一碗滚烫的汤！烫，那就凉凉呗！本来，这是一件极简单的事，宝玉身边有那么多丫头在，袭人、晴雯贴身服侍的大丫头们也都在场，没什么好写的，至多也只需一语带过，但是，曹公居然设计了一段精彩的"吹汤"折子戏。这段折子戏分为三个桥段：

第一个桥段：袭人吹汤。听见宝玉说汤"好烫"，一向尽心尽职的袭人马上就行动起来，她一面笑着调侃馋嘴的宝玉，说"菩萨，能几日不见荤，馋的这样起来"，一面又"忙端起轻轻用口吹"。这样的场景当在读者意料之中，可以说是波澜不惊，不过是给细心周到的袭人之事迹榜单中又加了个佐证而已。

第二个桥段：芳官吹汤。作为小说"玩家"的曹公自然不会简单地把"吹汤"停留在第一个桥段，继"袭人吹汤"后，曹公立即转入了第二个桥段，把"袭人吹汤"发展成为"芳官吹汤"。袭人正在吹汤时，见到芳官站在旁边，便逮住时机，对她进行了一番教育，那教育可谓是恰到好处：一是时机好。芳官刚与她干娘争吵过，挨了干娘的打，心中还有点委屈，让她做"吹汤"这一等丫头才能做的事，也算得上对芳官的心灵抚慰。二是方法好。既指出了芳官要改改"一味呆憨呆睡"的坏毛病，又教导她怎么吹汤的具体要领：要"口劲轻着"，但千万"别吹上唾沫星儿"。也正是在袭人这样的言传身教下，本来就聪明伶俐的芳官，依言而吹，没费什么力气，就把"吹汤"的任务完成得"甚妥"。

这个桥段，很容易使我们联想到第二十四回的小红倒茶。小红作为怡红院的"原住民"，好不容易找到了一个给宝二爷倒茶的机会，结果却被秋纹和碧痕骂了个狗血喷头。相比而言，芳官则不知是哪里修来的福气！她不但意外地获得了"吹汤"的授权，而且随后更得到了宝二爷"你尝一口，可好了"的特别"奖赏"，以及袭人"你就尝一口何妨"的许可，甚至连素向刁蛮高傲、目中无人的晴雯都亲自给她做"你瞧我尝"的示范。

如果我们对这碗"滚烫"的"火腿鲜笋汤"的理解仅停留在此，那可真小看了曹公的能耐。在怡红院这般美好和顺的氛围中，曹公不动声色地给我们"玩"出了第三个桥段：干娘吹汤。小说突然笔锋一转，让芳官的干娘再次粉墨登场，而且在她登场前，见缝插针地对她的背景作了简单补述：原来她只是一个从事"浆洗"的"荣府三等人物"；原来她确实"不知内帏规矩"；原来她在领教过麝月的"排场"之后已心生惶恐，"生恐"自己不能再做芳官的干娘。正想找机会示好的她，见到袭人教芳官学习"吹汤"，便觉得机会来了，于是立即跑到房里面，扮出一副笑脸，对大家说芳官做这事还"不老成"，还是"让我吹罢"；而且边说边就要接过碗去吹。让她没想到的是，嘴唇还没挨到碗沿，就先挨了晴雯劈头盖脸的一顿训斥："出去！你让他砸了碗，也轮不到你吹。你什么空儿跑到这里槅子来了？还不出去。"写到这里，曹公似乎还不过瘾，还继续让她出丑：先是那些连带被晴雯骂上的小丫头一边忙不迭地解释一边把她推出了房门；再是"阶下几个等空盒家伙的婆子"也对她进行了"嫂子也没用镜子照一照，就进去了"的冷嘲热讽。

一出平淡的"吹汤戏"就这样立即发展成了让人忍俊不禁的"滑稽戏"。但是，这碗汤的"滚烫"之处还不仅仅在于此，在读者忍不住笑过之后，突然会生出几许悲悯和辛酸：那些等在阶下的婆子对芳官干娘的嘲讽，为什么与秋纹对小红的"你也拿镜子照照，配递茶递水不配"的啐骂如此相似？同样都是人，为什么会有这样的三六九等？同样都是下层的人物，为什么竟要如此地"相煎太急"？这样的敌意和讥讽，会给当众蒙羞、"又恨又气"的芳官干娘播下什么样的仇恨种子？现在的"忍耐"，会不会在以后发展成为强烈的爆发与报复？当我们从轻松的文字中悟想到这些时，这碗鲜美的"火腿鲜笋汤"就有了另一种"滚烫"的意义，那种意义不但涉及故事情节的延展，更让读者深入唏嘘不已的人性，探摸到贾府"鲜花着锦"之"华林"上空那一层渐渐弥漫开来的"悲凉之雾"。

二十把扇子：器物叙事的经典范式

自有文学开始，那些不会说话的冰冷器物，便在文学作品中占据了重要的位置，如《诗经》中的酒器、食器，《离骚》中的香花芳草，还有《三国演义》中诸葛亮的白羽扇、《西游记》中孙悟空的如意金箍棒等，这些有着特别叙事、文化甚至象征意味的器物，都成为了我们理解文学作品的一把特别钥匙。作为标志着中国文学之高峰的《红楼梦》，小说中那包罗万象的诸种器物，不但承载着时代文化的记忆，更推进着故事情节的发展，丰富着小说的思想内涵，隐喻着人物的性格命运。陶明玉先生曾经这样评价《红楼梦》，它可以说是"将器物叙事推向了一个新的艺术高峰"①。

和手帕、香囊、金麒麟、红麝串、鸳鸯剑等一样，扇子也是《红楼梦》中极为重要的一个道具。作为日常的器物，《红楼梦》中的扇子，并不单单是为了突出扇子本身的价值之大小、品种之多样，更多的还紧紧地维系着人物的命运，映照着人物的性格。在滴翠亭边，宝钗的那把从"袖中"取出的扑蝶小扇，将宝姑娘那"香汗淋漓，娇喘细细"的绰约风姿衬染得更加妩媚动人；史湘云那把掉落到地上"半被落花埋了"的扇子，映照出云丫头醉

① 陶明玉. 器物叙事：《古镜记》艺术新探[J]. 阜阳师范学院学报(社会科学版)，2018(1)：58.

卧芍药裀时的憨态可掬和纯真无邪；那些被无端撕成碎条的扇子，则使晴雯之任性真率、刚直无忌的形象鲜活于纸上；宝玉一见到琪官，便解下自己扇子中的"一个玉玦扇坠"相送，昭示的是惺惺相惜、相见恨晚的真挚情谊；而第四十八回那二十把名贵的扇子，则牵引出了一桩惊天的血案，描状出了石呆子、贾赦、贾雨村、贾琏等诸多人物的人生态度和性格特点，揭露出了权谋厚黑、草菅人命的官场生态。

那二十把扇子的主人叫石呆子，石呆子究竟叫什么名字？谁也不知道！在小说中，曹公不但没有明示他的名姓，甚至从没有让他正面出过场、亮过相。他和那真真国女孩、慧娘、傅秋芳一样，只是一个出现在别人或者叙述者口中的人物。我们知道石呆子这个人，是在平儿与宝钗的一次对话中。第四十八回，在"慕雅女"香菱苦吟诗歌的中间，曹公突然冷不丁地通过平儿的介绍，插入了这么一个触目惊心的故事。

这一天，平儿专程到了蘅芜苑，她去干什么？目的只有一个：向宝钗讨要一种疗治棒疮的特效"丸药"，就是那个在宝玉挨打后宝钗亲自送去，并交代袭人"用酒研开，替他敷上，把那淤血的热毒散开，可以就好了"的丸药。见到宝钗，平儿没有直奔主题，而是特意绕了个圈子，问宝钗"姑娘可听见我们的新闻了"。当听闻宝钗"我没听见新闻。因连日打发我哥哥出门，所以你们这里的事，一概也不知道，连姊妹们这两日也没见"的回答后，平儿才道出了"老爷把二爷打了个动不得"这个近日发生在贾府的"爆炸性新闻"。那可以说是小说中平儿一口气说得最长的一段话：

"都是那贾雨村什么风村，半路途中那里来的饿不死的野杂种！认了不到十年，生了多少事出来！今年春天，老爷不知在那个地方看见了几把旧扇子，回家看家里所有收着的这些好扇子都不中用了，立刻叫人各处搜求。谁知就有一个不知死的冤家，混号儿世人叫他作石呆子，穷的连饭也没的吃，偏他家就有二十把旧扇子，死也不肯拿出大门来。二爷好容易烦了多少情，见了这个人，说之再三，把二爷请到他家里坐着，拿出这扇子略瞧了一瞧。据二爷说，原是不能再有的，全是湘妃、棕竹、麋鹿、玉竹的，皆是古人写画真迹，因来告诉了老爷。老爷便叫买他的，要多少银子给他多少。偏那石呆子说：'我饿死冻死，一千两银子一把我也不卖！'老爷没法子，天天骂二爷没能为。已经许了他五百两，先兑银子后拿扇子。他只是不卖，只说：'要扇子，先要我的命！'姑娘想想，这有什么法子？谁知雨村那没天理的听见了，便设了个法子，讹他拖欠了官银，拿他到衙门里去，说所欠官银，变卖家产赔补，把这扇子抄了来，作了官价送了来。那石呆子如今不知是死是活。老爷拿着扇子问着二爷说：'人家怎么弄了来？'二爷只说了一句：'为这点子小事，弄得人坑家败业，也不算什么能为！'老爷听了就生了气，说二爷拿话堵老爷，因此这是第一件大的。这几日还有几件小的，我也记不清，所以都凑在一处，就打起来了。也没拉倒用板子棍子，就站着，不知拿什么混打一顿，脸上打破了两处。我们听见姨太太这里有一种丸药，上棒疮的，姑娘快寻一丸子给我。"

平儿的这段叙述中，出现了四个人物：贾赦、贾琏、贾雨村和石呆子，他们都围绕着一个共同的中心，那就是"二十把扇子"。

（1）石呆子"藏"扇子。

《红楼梦》中有两位"石兄"：一位是那块被女娲通灵后又遗弃的顽石宝玉，它被"茫茫大士、渺渺真人携入红尘""历尽离合悲欢、炎凉世态的一段故事"；还有一位石兄就是这位平儿口中的"不知死的冤家"。他们有一个共同的特征："呆痴。"一个是"天分中生成一段痴情"的"情痴"，另一个则是"要扇子，先要我的命"的"扇痴"。这个"扇痴"家里"穷的连饭也没的吃"，却收藏着"二十把旧扇子"。那些扇子都相当名贵，由"湘妃、棕竹、麋鹿、玉竹"等制作而成，而且上面"皆是古人"的"写画真迹"，可以说是"不能再有的"绝品。这个石呆子对它们的痴迷已经到了视扇胜命的地步，他整天就守着那些扇子，"死也不肯"把它们"拿出大门来"。贾琏想尽了办法、费尽了口舌，甚至还开出了"五百两银子"的高价，石呆子依然如同他的姓一样"石骨铁硬"、不为所动，一点面子也不给贾琏，表明了宁可"饿死冻死，一千两银子一把我也不卖"的坚定决心。

（2）贾老爷"迷"扇子。

在小说中，贾赦要么不出场，一旦出场，就总会生出事端。究其事端的起因，都归于他身上那贪得无厌的旺盛欲望：一是色欲。他名字中的"赦"与"色"就是谐音，第六十九回曹公描述他"况素习以来因贾赦姬妾丫鬟最多……"，第四十六回连袭人都情不自禁地批评"这个大老爷太好色了，略平头正脸的，他就不放手了"。好色的贾赦对姬妾丫鬟总是"贪多嚼不烂"，除他的妻子邢夫人和有名字的嫣红、翠云两位小妾外，其儿子贾琏、女儿迎春的母亲是谁？小说中还没有明确的交待。他甚至还看上了老太太的大丫头鸳鸯，还把自己的丫头秋桐送给儿子做妾，可以说是无所不为、任意妄为。二是财欲。第八十回，迎春向王夫人哭诉自己被丈夫欺凌惨虐的情状时，就道出了自己实际上就是被父亲贾赦因为"使了"孙绍祖的"五千银子"而"准折"卖给那个"中山狼"的。三是物欲。最典型的就是第四十八回的这些扇子。这年春天他在某个地方"看见了几把旧扇子"后，就忽然觉得自己家里的"这些好扇子都不中用了"，便派人去"各处搜求"。你搜就去搜呗，他却偏偏有着强烈的占有欲，搜到了就一定要占为己有。为了弄到手，他可以不择手段，至于过程，那不重要。在被鸳鸯拒婚时，他发出了"凭他嫁到谁家去，也难出我的手心"之狠话；这一次，见自己儿子贾琏不但没弄来扇子而且还要"挤兑"他时，他则干脆向儿子动了手，"不知拿什么"在他的身上脸上狠狠地"混打一顿"。

（3）贾琏"挨"棒子。

在《红楼梦》前八十回，贾琏、宝玉、薛蟠这三位表(堂)兄弟都分别有过一次惊心动魄的挨打。相对于宝玉的挨父亲之打、薛蟠的挨湘莲之揍，贾琏的这次被贾赦不分青红皂白的"混打"，则是最冤枉，也最男人的一次。

宝玉和薛蟠是有错在先，理该挨打接受警训；而贾琏在"扇子"一事上，不但没有丝毫的过错，反而是光明正大，行得正、做得对。贾赦让他去"搜求"扇子，他即刻就去了；听说石呆子藏有扇子，他就"烦了多少情"，终于见到了石呆子和扇子，并及时将情况向父亲作了汇报；在得到父亲"要多少银子给他多少"的指示后，他又立即对石呆子做深入细致的思想工作，但不管他怎么向石呆子"许银两"，无奈石呆子都始终是铁石心肠、坚决不卖，致使他只好作罢。当贾赦责问他"人家怎么弄了来"时，他就回答了一句话，结果使得贾赦"生了气"，然后老账新账一起算，二话不说，便"不知拿什么混打一顿"，把他的脸给"打破了两处"。而贾琏的那句"为这点子小事，弄得人坑家败业，也不算什么能为"的回答，可以说要道理有道理，要良知有良知。贾琏，这个好色成性、庸俗浅薄、被王希廉评为"小有才而无德"①，甚至被宝玉也视作"惟知以淫乐悦己"的纨绔公子，这次因这句话而挨了父亲的一顿揍，却让他的身上闪耀出良知未泯、底线不破的灿烂光泽。

(4)雨村"设"法子。

贾琏为什么会挨打？因为贾赦认为他办不了事，关键还在于：贾琏办不成的事，有人却妥妥地办成了，不但将扇子送到了贾赦的手上，而且花的还是"官价"。虽然曹公没有告诉我们那"官价"到底是多少，但估计一定要比贾琏原先开价的"五百两银子"少很多。

那个把贾琏办不成的事轻松搞定的人是谁？贾雨村。这个在小说一开始曹公便花大气力描叙，而后面又几乎成为"隐身人"的贾雨村，在贾琏对"扇痴"石呆子无计可施之时，竟然不声不响地走到了台前。而他的这次出现，就被平儿将他的名字不屑地调侃为"雨村什么风村"，甚至咬着牙怒骂为"半路途中那里来的饿不死的野杂种"。在小说中，还从没见过"心能放平，水能端平，事能摆平"的平儿对其他人也有如此鄙夷的调侃和如此恶毒的怒骂。

平儿为什么会对这个与自己并没有交集的男人骂得这般狠毒？原因就在于石呆子的扇子事件，而且该事件直接导致了她的主子被打得动弹不

---

① 王希廉. 红楼梦总评. 转引自：李小妹. "眼泪"综观下论贾琏[J]. 语文学刊, 2011(20).

得。那件在贾琏手中"难于上青天"的难事，到了贾雨村这里竟成了"易如履平地"的易事，丝毫不费吹灰之力。而贾雨村之所以能够"分分钟搞定"，是因为对石呆子玩阴招，"设了个"相当歹毒的"法子"：一是无中生有地"讹"，无缘无故地"讹"了他一个"拖欠了官银"的罪名；二是二话不说地"拿"，不容他分辨，就直接下了"逮捕令"，把他"拿到衙门里去"兴师问罪；三是明火执仗地"抄"，以一个"变卖家产赔补""所欠官银"的理由，派人将那二十把扇子"抄来"，并立即"作了官价"，然后悄悄地送给了贾赦。这哪里是"抄"，简直就是比强盗还要强盗的"抢"！这时的贾雨村，已全然不是那个寄居在葫芦庙里的落泊书生，也不再是那个乱判葫芦案的尚显"青涩""稚嫩"的应天府知府，而是已"成长"为一个深谙为官之道、玩转为官之术的"没天理"的官场老手。

让读者震惊的是，这么一件直揭人性之恶、明曝官场之黑的令人骇目惊心的血案，曹公竟然没有正面叙述，而只是通过平儿之口，简简单单地介绍了一下事情的大概。而那貌似轻描淡写的笔触中，饱蘸着滴泪的痛悲，流淌着泣血的愤懑。第十八回元妃省亲时曾点过《豪宴》一出戏，在这出自李玉之剧作《一捧雪》、故事又与石呆子之扇子事件颇为相似的戏文后面，脂砚斋留下了一个"庚辰双行夹批"："《一捧雪》中伏贾家之败。"这无疑又给了读者以更大空间、更深层面的启悟。

清虚观打醮：耐人寻味的三个物件

不少红学爱好者认为第二十九回在小说中的作用极其重要，有人甚至断论："读不懂这一回，就没有真正读懂《红楼梦》。"第二十九回的回目是"享福人福深还祷福 痴情女情重愈斟情"，其中心是两个字：一个是"福"，幸福，可以说是人们的终极追求；还有一个是"情"，情则是红尘众生所难以挣脱的一张网。从情节上看，这一回，贾母率众人到清虚观打醮，其间主要发生了四件事：一是小道士挨打；二是张道士说媒；三是老祖宗看戏；四是林黛玉"吃醋"。在整部小说的结构线索中，这几件事都算不得非写入"贾府大事记"不可的要事，也没有什么特别"博人眼球"的地方。但细心的读者却能敏感地嗅出其中的一些"猫腻"：比如为什么贾母会如此兴师动众地去清虚观打平安醮？比如为什么这么多人都去了但王夫人却没有去？比如那么一长串丫头名单中为什么没有宝玉的丫头？比如张道士给宝玉的做媒中是不是隐藏着玄机？比如贾母对宝玉之婚姻大事的表态有着怎样的深意？又比如那让读者口舌生香的脂批为什么在正文中忽然不见踪影？等等。仔细赏鉴，这一回的清虚观打醮在"祷福"和"斟情"这两大板块中，确实还有不少地方值得我们细细品味，比如下面的三个小物件。

其一，一举三用的茶盘。

我们很难想到，当凤姐对张道士开玩笑说"我们丫头的寄名符儿你也不换去。前儿亏你还有那么大脸，打发人和我要鹅黄缎子去"时，张道士一边从容应答，一边马上跑到大殿上取来一个茶盘，把凤姐要的"符儿"给托了过来。我们也很难想到，这个小小的茶盘竟然还有一物三用之功效，茶盘从张道士手中来回三次，每一回都装盛着东西，每一回装盛的东西还都不一样：第一回是"寄名符儿"，第二回是宝玉身上的通灵玉，第三回则是张道士的"徒子徒孙们""各人传道的法器"。最重要的，还不是这茶盘回回都没有"跑空趟"，而是这位颇有来头的张道士围绕这茶盘所做的事、所说的话都极有"水平"：

你看，那些"寄名符儿"，他用"大红蟒缎经袱子""搭着"，当凤姐嗔怪他"你就手里拿出来罢了，又用个盘子托着"时，他给出的理由是什么？"手里不干不净的，怎么拿？用盘子洁净些。"他在将自己贬得浊臭低微的同时，巧妙地抬高了"寄名符儿"的分量。抬高了"符儿"，也就是抬高了凤姐，此话此举自然让凤姐特别地受用。

你看，当"促狭"的凤姐再次调侃他"我不说你是为送符，倒像是和我们化布施来了"时，老练机灵的张道士非但没有尴尬得下不了台，反而顺势提出了一个要求，说"我拿出盘子来一举两用，却不为化布施，倒要将哥儿的这玉请了下来，托出去给那些远来的道友并徒子徒孙们见识见识"。一句话，便巧妙地围绕茶盘，将"化布施"变成了"请灵玉"。没想到当他提出要用"茶盘"请出"哥儿的玉"时，贾母表示了异议，认为这是多此一举，只需将宝玉这个人带出去给大家瞧瞧就行。面对这意想不到的情形，张道士一点也不慌乱，立即又拍了一个让贾母非常受用的"马屁"：第一，宝玉不用去，因为我"托老太太的福倒也健壮"，我的身体没问题；第二，宝玉不能去，因为"外面的人多，气味难闻"，而且天气暑热，宝玉的身体最重要。这两个理由让贾母无法辩驳，"便命宝玉摘下通灵玉来，放在盘内"。这时的张道士怎么做？他"兢兢业业的用蟒袱子垫着，捧了出去"。

你看，当送玉回来的张道士捧着茶盘再次回来时，茶盘里面盛装的是什么？除了那块通灵玉外，还盛满了小道士们"各人传道的法器""也有金璜，也有玉玦，或有事事如意，或有岁岁平安，皆是珠穿宝贯，玉琢金镂，共有三五十件"。张道士放这些东西干什么？他把它们作为了众道士得以亲眼目睹稀罕之玉后的"敬贺之礼"。当"祷福""惜福"的贾母批评他"胡闹"、不能收"出家人"的东西时，他则笑着解释这是大家的"一点敬心，小道也不能阻挡。老太太若不留下，岂不叫他们看着小道微薄，不像是门下出身了"。一句话又让贾母再也无法推辞，只好"命人接了"。但当贾宝玉打算将这些物件"散给穷人"时，张道士又马上拦阻，理由是不能"糟塌了这些东西"。

小小的一个茶盘，先后来回三次，分别装了三种不同的物件，透露出很大的信息量，这些信息量早已超过了物件本身，值得好好玩味。

其二，一箭三雕的麒麟。

在众道士送给贾宝玉的那么一堆"敬贺之礼"中，有一件非同寻常的东西，什么？一个"赤金点翠的麒麟"。它之所以非同小可，并不是因为其价值不菲，而是其一箭三雕。

一是衬出了宝钗的有心。当宝玉让一位小丫头"用手翻弄寻拨"着"方才那一盘子贺物"时，贾母一见到那个"赤金点翠的麒麟"，就觉得很眼熟，但想不起谁也有差不多的一个，最后还是宝钗一语道破："史大妹妹有一个，比这个小些。"按理说，与宝钗相比，贾母、宝玉、黛玉和探春他们对史湘云要更为了解，但他们却都不知道或者说记不得湘云有这样的宝贝，可见宝钗的眼力之厉害和对贾家人事的用心之深，这是继在滴翠亭外闻听小红和坠儿的私房话之后，宝钗再一次显示出自己那惊人的观察力。对宝钗完成的这个出色"答卷"，贾母、宝玉、探春和黛玉的反应都不一样。贾母充分肯定了宝钗的好记性；宝玉吃惊自己跟湘云一起这么长时间，竟然从"没看见"；探春赞美宝钗特别"有心，不管什么他都记得"；而黛玉却对宝钗抱以"冷笑"，讥讽她"在别的上还有限，惟有这些人带的东西上越发留心"。

二是凸显了宝玉的有情。当宝玉听说史湘云也有这个物件时，他作出的第一个反应便是"将那麒麟忙拿起来揣在怀里"，为什么？先前他已对张道士说过，这些东西对自己来说都"无用"，还不如"施舍"给穷人，现在他却把其中的一件"忙拿起来"，并"揣在怀里"，说明什么？说明这件东西对他有用，对他非常重要，因为它的上面已经有了"情"，已经跟史大妹妹有关。更有意思的是，他藏这个麒麟的时候，"手里揣着，却拿眼睛飘人"。一个"飘"字，便传神地活现了宝玉心中有"鬼"、眼神飘忽、怕被别人看到的情状。有的版本将"飘"改成了"斜着眼看"的"瞟"，表现力便明显减弱。见宝玉这副样子，别人"都倒不大理论，惟有林黛玉瞅着他点头儿，似有赞叹之意"。从而搞得偷偷摸摸的宝玉反而"心里没好意思起来"，他索性又把东西"掏了出来"，对黛玉撒谎说"这个东西倒好顽，我替你留着，到了家穿上你带"，但自然又被黛玉的一句"我不希罕"打回尴尬的处境。好在宝玉的急智反应也很快，以一句"你果然不希罕，我少不得就拿着"的自嘲，把东西"又揣了起来"。

三是伏应了故事的发展。伏笔照应，是曹公"玩"得炉火纯青的一个高超笔法。一个很不起眼的物件，到了曹公的笔下，常常成为了别具深意的道具，贾府门口的石狮子如此，小红的手帕如此，晴雯的指甲如此，平儿的虾须镯如此，这一回的麒麟亦如此。在贾宝玉把麒麟"又揣了起来"之后，曹公的笔锋马上一转，但就在读者沉迷于宝黛之赌气、金钏之被逐、龄官之画蔷、晴雯之撕扇等连台好戏之时，那个麒麟竟然又冷不丁地数次出现：一次是在第三十一回，当湘云解释了特意给四位姐妹送来"绛纹戒指"的原因，宝玉夸赞她"还是这么会说话，不让人"时，旁边的黛玉立即报之以"他不会说话，他的金麒麟会说话"的"冷笑"。一次还是在第三十一回，曹公干脆把"因麒麟伏白首双星"搬上了回目，湘云和她的丫头翠缕在去怡红院找袭人的路上，捡到了宝玉不慎丢失的这个麒麟，而且，曹公在这里又颇有意味地作了一个比较，这个"文彩辉煌"的"金麒麟"，比湘云的那个"又大又有文彩"。还有一次是在第三十二回，黛玉怕"亦有麒麟"的宝玉"借此生隙，同史湘云也做出那些风流佳事来"，鬼使神差般地也来到了怡红院，结果听到宝玉在湘云面前夸赞自己，但感动至极的她随后却又向宝玉倒翻了"你死了倒不值什么，只是丢下了什么金，又是什么麒麟，可怎么样呢"的"醋坛子"。这些照应，既推动了故事情节的发展，又突出了人物的鲜明性格。

其三，一叶知秋的戏单。

看戏，是贾母此次去清虚观打醮的一场重头戏。但这次本该是高高兴兴地看戏，结果却事与愿违，让贾母心情沉重，问题就出在那张戏单上。

当张道士给宝玉送上一茶盘"敬贺之礼"的事情结束，贾母一行便上楼依次坐定，准备看戏。然后，贾珍就过来向贾母汇报演出戏目。且看这张在"神前"拈了来的戏单：第一出是《白蛇记》，贾珍把它说成是"汉高祖斩蛇方起首"的故事，这是创业的艰辛；第二出是《满床笏》，演的是唐朝名将汾阳王郭子仪六十大寿时，那些在朝廷做官的七子八婿都前来祝寿，拜寿时他们把笏板放满了床头，这是事业的鼎盛；第三出是《南柯梦》，是明代汤显祖创作的一部讽世剧，讲的是朝廷骄奢淫逸、文人奉承献媚、人生如梦的故事，这是家业的虚空。

当贾珍介绍前两出戏时，贾母还很高兴，但当说到第三出戏时，贾母的心里便"咯噔"一下，"听了便不言语"。贾母为什么"便不言语"？也许是因为这三出戏让她联想到了贾家的过去、现在与明天；也许还因为这三出戏不是随便点的，而是在神前"拈"的，代表着不可抗拒、无法拂逆的神的旨意。那时候贾母的那种"疑"和"痛"，与第二十二回贾政看到元春、宝钗她们的谜语时那种"愈觉烦闷""不由伤悲感慨"的感觉如出一辙。

在这部规模宏大的小说中，第二十九回确实显得不很"张扬"，但就在那些与清虚观打醮有关的小物件、小故事、小细节中，我们却能领略到曹公那精妙的编织技艺，品味到丰富的人性张力，云淡风轻中隐伏着汹涌的风潮，家常生活中浸润着深刻的悲悯。

从来佳茗似佳人

　　作为"中华的唯一的一部真正当得起'文化小说'之称的伟著"①，《红楼梦》一面世就光芒四射，成为了中国文学难以超越的标高。"一部红楼梦，满纸茶叶香。"说它是一部茶文化的百科全书，也绝不是过誉之词。较之于《三国演义》《西游记》和《水浒传》，《红楼梦》里的茶，已不仅仅是市井百姓的生活用茶，它所展示的是"诗礼簪缨之族"那超出穷人想象的"精致"和"富贵"。小小的茶中，蕴涵着文化的厚度，显示着情感的温度，埋藏着思想的深度，展现着艺术的力度。

　　(1)茶为家常：家庭日用的生活饮料。

　　唐代的陆羽在《茶经》中写道："茶之为饮，发乎神农氏。"也就是说，远古时期的神农氏，就已经把茶作为一种饮料。只不过那时茶饮的主要功用是药用，然后才慢慢地演变为食用和饮用。《红楼梦》里的茶，作为贾家的一种家常饮料，除了解渴、补充人体水分之外，还有三个功用：

　　其一，漱口茶，见黛玉之慧。

　　漱口是含漱液体以清洁口腔的一种方法，古人一般喜欢用清水或盐水

---

　　① 周汝昌. 红楼艺术[M]. 北京：人民文学出版社，2016：1.

来漱口，《红楼梦》中多次写到了贾母、宝玉、凤姐他们在饭后用茶水漱口，曹雪芹更借助一杯茶，映衬出了黛玉的聪慧。

第三回，年幼丧母的林黛玉被贾母派人接到了贾府，初入贾府的黛玉在举手投足之间，处处展露出她那非同寻常的聪明机灵：在邢夫人"苦留"她吃饭时，她的回答是那样的"得体"（脂砚斋语）；在王夫人"再四携他"坐东首上位时，她的表现是那样的"心到眼到"（脂砚斋语）。尤其是她面对到贾府后第一顿饭的餐后茶时，更显出了超出她年龄的智慧和机灵：

> 寂然饭毕，各有丫鬟用小茶盘捧上茶来。当日林如海教女以惜福养身，云饭后务待饭粒咽尽，过一时再吃茶，方不伤脾胃。今黛玉见了这里许多事情不合家中之式，不得不随的，少不得一一改过来，因而接了茶。早见人又捧过漱盂来，黛玉也照样漱了口。盥手毕，又捧上茶来，这方是吃的茶。

黛玉刚吃好饭，小丫鬟便端着小茶盘把茶捧到了她面前，她怎么做？"一想二接三模仿"：她先是想到了父亲那饭后要"过一时再吃茶"的教诲；然后再从小丫鬟手中接过茶，但并没有马上喝，而是看别人怎么做。这一看让她恍然大悟，原来那茶不是喝的，而是用来漱口的。于是，她照着别人的样子漱了漱口，然后又把水吐到了漱盂中。脂砚斋读到这里，在后面欣然批语："观此则知黛玉平生之心思过人。"小小的一杯漱口茶，很好地表现了"心较比干多一窍"的黛玉之聪慧和细心，显示出她那"心到眼到"的适应和机变能力。

其二，养生茶，言保健之道。

在形形色色的茶中，有一种茶叫养生茶，即是用茶为主要原料，再配以不同食材或药材制作的茶饮品，其主要作用是养生保健。小说前八十回点到了两种养生茶。

一是女儿茶。第六十三回，宝玉生日到了，大家打算晚上偷偷地举办一个生日派对。林之孝家的带人来查夜了，见到宝二爷还没睡，就立即

"忠告"他"该早些睡"。宝玉赶紧解释原因：自己之所以还没睡，是因为"吃了面，怕停住食"。林之孝家的一听，马上又建议他"该沏些个普洱茶吃"，以助消化。袭人和晴雯闻言立即回答："沏了一盏子女儿茶，已经吃过两碗了。大娘也尝一碗，都是现成的。"什么是女儿茶？《茶经》中没有记载，现在有南北两派之争：一种意见认为它是云南普洱茶的一种，因采摘的多为女性而命名，是清代普洱贡茶之一。还有一种观点是泰山女儿茶。据明人李日华《紫桃轩杂缀》中记述："泰山无好茗，山中人摘青桐芽点饮，号女儿茶。"也就是说，这种女儿茶可能是青桐芽制成的茶。从小说上下文来看，当以云南的女儿茶更合情理。

二是杏仁茶。杏仁茶是一种具有滋补作用的养生茶，其主料是精制杏仁粉，再配以杏仁、花生、芝麻、玫瑰、桂花、枸杞子等多种配料制成。第五十四回，贾母亲自主持举办了一个隆盛的元宵夜宴，喝好吃好后，又是听戏，又是讲笑话，一直搞得很晚，然后贾母觉得"有些饿了"。王熙凤一听贾母想吃夜宵，便马上回答"有好东西预备着"。但贾母的要求很高，对凤姐准备的"鸭子肉粥"和"枣儿熬的粳米粥"都不喜欢，说"不是油腻腻的就是甜的"。凤姐不慌不忙地说出了预备的第三样"好东西"："还有杏仁茶，只怕也甜。"贾母终于点头说"倒是这个还罢了"。这一杯给贾母解饿养生的杏仁茶，把王熙凤那"走在前列、干在实处"的过人职场能力展现无遗。

其三，喝酽茶，道醒酒之法。

第六十二回，姑娘们玩"射覆"游戏，一向大块吃肉、大碗喝酒的豪爽湘云，醉酒后竟直接躺在花园石头上睡着了。她做着沉酣的香梦，身上飘满"红香散乱"的芍药花，头下枕着的是"鲛帕"包着的"芍药花瓣"，身边还围着一群被酒香、花香所吸引的蜂蝶，整个画面香气四溢。众人看到湘云喝多了酒，就忙把她推醒，然后给她醒酒。怎么醒酒？探春用了两种方法：一是"忙命将醒酒石拿来给他衔在口内"；二是"命他喝了一些酸汤"。而湘云自己则在"用过水"后"又吃了两盏酽茶"。酽茶就是浓茶，用浓茶醒酒到底好不好？现在也莫衷一是，说不好的，认为要伤肾伤肺；说不错的，认为可以护肝。

（2）茶为礼仪：传统民俗的文化符号。

琴棋书画诗酒茶，自古至今，一杯茶中，蕴涵着人们日常社交和家庭生活中的礼仪习俗，《红楼梦》中的茶，也是一种特别的文化符号。

其一，茶乃待客之道。

客来献茶，是一种必不可少的待客礼仪。不管是家里来了客人，还是去别人家做客，《红楼梦》描写主人所做的第一件事，基本上都是献茶。第一回，甄士隐把贾雨村请到家里，"小童"立即上来"献茶"；第三回，林黛玉去拜见王夫人，婆子们把她带到东房后，"本房内的丫鬟忙捧上茶来"；第八回，宝玉去梨香院探望生病的宝钗，薛姨妈一见立即"一把拉了他，抱入怀内"，并"命人倒滚滚的茶来"；第三十三回，忠顺王的长史官突然到贾家造访，贾政一得知消息，就忙"接进厅上坐了献茶"……这待客的一杯茶中，有深深的敬意，也有浓浓的情谊；有真挚的热忱，也有应酬的客套。

其二，茶乃祭奠之物。

祭祀，是中国传统文化中非常重要的一种习俗。中国民间历来流传用"三茶六酒"和"清茶四果"作为丧祭品。小说前八十回，有三个地方写到了用茶祭祀：一是祭奠秦氏。第十四回，凤姐一到会芳园登仙阁秦可卿的灵前，眼泪就"恰似断线之珠，滚将下来"，然后她立即吩咐旁边的小厮"供茶烧纸"，祭奠秦氏的亡魂。二是祭拜天地。第六十三回，生日那天的宝玉，早晨起来梳洗完毕，做的第一件事就是"炷香行礼""奠茶焚纸"，祭祀天地祖宗。三是祭悼晴雯。第七十八回，宝玉以一篇《芙蓉女儿诔》祭悼死去的晴雯，在诔文中，他写自己带了四样特别的东西来祭悼，除了"群花之蕊，冰鲛之縠，沁芳之泉"外，还有一种就是"枫露之茗"。

其三，茶乃婚俗之礼。

在中华民族的文化中，茶叶还是传统婚俗中不可缺少的一种礼品。直到现在，我国许多农村仍把订婚、结婚称为"受茶""吃茶"，把订婚的定金称为"茶金"，把彩礼称为"茶礼"。为什么茶会与婚姻发生关联？明代郎瑛在《七修类稿》中说："种茶下子，不可移植，移植则不复生也，故女子受聘，谓之吃茶。"一语道出茶有"下子"和"不可移植"的两大特点，也正因此，茶便有了婚后多子多福和坚贞不移的双重寓意。

第二十五回，凤姐给宝玉和姑娘们送去了一种暹罗进贡的好茶，这个桥段妙趣横生，不但写出了众人对这种茶的不同态度，而且生动地描状了凤姐和黛玉这两位伶牙俐嘴人的"斗嘴"。在那次"斗嘴"中，王熙凤一句"你既吃了我们家的茶，怎么还不给我们家作媳妇"的趣逗，和一串"你瞧瞧，人物儿、门第配不上，根基配不上，家私配不上？那一点还玷辱了谁呢"的紧逼追问，便让黛玉无法招架，除了"红脸""一声儿不言语""抬身就走"和无力的"啐骂"之外，再无还手之力。凤姐这段话为什么会有这么大的力量？原因就在于她巧妙地将远道而来的暹罗茶与婚姻习俗联系在了一起，一下子击中了黛玉这位没出阁姑娘的软肋。

（3）茶为道具：情节发展的重要物件。

高明的作家善于运用道具来谋篇布局，推动情节发展，暗示伏笔照应，表现人物性格。《红楼梦》里的茶，也是小说情节演进的一种重要道具。

其一，争喝智能儿的茶：伏两人"偷情"之事。

第十五回，宝玉和秦钟跟随王熙凤送秦氏出殡，晚上借宿馒头庵，发生了两件事：一是凤姐弄权，挣了三千两银子；二是秦钟与智能儿弄情，被贾宝玉捉住。在这两件事之前，有一段关于茶的小插曲：

宝玉想让智能儿倒杯茶，但自己不说却要秦钟去说，理由是："我叫他倒的是无情意的，不及你叫他倒的是有情意的。"为什么宝玉会这么说？因为他抓住了秦钟和智能儿两人"情投意合"的把柄。秦钟虽然不情愿，但也只能"乖乖就范"。当智能儿"心眼俱开"地倒来一杯茶，秦钟和宝玉两人立即抢着要茶，智能儿一见便"抿着嘴笑道"："一碗茶也争，我难道手里有蜜！"在这段话后面，脂砚斋有个"甲戌侧批"："一语毕肖，如闻其语，观者已自酥倒，不知作者从何着想。"曹公究竟"从何着想"？我们已无从知道，但智能儿的"手里有蜜"之笑说却对应了宝玉先前所说的"茶中有意"之情语；这杯茶也让秦钟按捺不住激动的心情，后来居然又想趁黑与智能儿幽会，让秦钟没想到的是，"正在得趣"时却又被宝玉逮了个现形。

其二，骂小丫头不沏好茶：显贾家颓衰之势。

第七十二回，鸳鸯得知贾琏不在，便去探望生病休息的王熙凤，但没想到刚与平儿聊了几句，贾琏就回来了，她只得和贾琏寒暄了一会儿。就在她想回去时，贾琏却不让她走，说是"有事相求"。而在交待相求何事之前，曹公却先写了贾琏怒骂小丫头："怎么不沏好茶来！快拿干净盖碗，把昨儿进上的新茶沏一碗来。"贾琏为什么要骂？表面上看是因为小丫头服务不周、礼仪不到，没有给鸳鸯沏好茶；而实际上则是"醉翁之意不在茶"，在于恳求鸳鸯帮忙的那件事非同小可。贾琏向鸳鸯求什么事？求她"担个不是，暂且把老太太查不着的金银家伙偷着运出一箱子来，暂押千数两银子支腾过去"。为什么要鸳鸯去"偷"老太太藏着的金银家伙？因为荣国府的资金发生了严重的困难。

一句批评、一杯好茶的背后，竟然是一个让人大吃一惊、不可思议的恳求，曾经"白玉为堂金作马"、那么辉煌荣耀的贾家，已走向没落、显出颓势。这样的衰败，照应了第二回冷子兴那"如今外面的架子虽未甚倒，内囊却也尽上来了"的断言，又与第十八回"烈火烹油、鲜花着锦之盛"的元妃省亲形成了鲜明对比。

其三，给晴雯倒茶：状人物命运之变。

在贾宝玉的丫头中，王夫人最看不惯"轻狂"的晴雯，在抄检大观园后不久，王夫人就不容商量地把她逐出了贾府。第七十七回，贾宝玉偷偷地去看望暂居在她姑舅表哥那里的晴雯，那次让人垂泪的诀别，就从一碗茶展开。躺在病床上、"渴了这半日"的晴雯一见宝玉，就悲喜交加，哽咽着请他"且把那茶倒半碗我喝"，小说接着写道：

> 宝玉听说，忙拭泪问："茶在那里？"晴雯道："那炉台上就是。"宝玉看时，虽有个黑沙吊子，却不像个茶壶。只得桌上去拿了一个碗，也甚大甚粗，不像个茶碗，未到手内，先就闻得油膻之气。宝玉只得

拿了来，先拿些水洗了两次，复又用水汕过，方提起沙壶斟了半碗。看时，绛红的，也太不成茶。晴雯扶枕道："快给我喝一口罢！这就是茶了。那里比得咱们的茶！"宝玉听说，先自己尝了一尝，并无清香，且无茶味，只一味苦涩，略有茶意而已。尝毕，方递与晴雯。只见晴雯如得了甘露一般，一气都灌下去了。

这段描叙围绕茶水、茶具，突出了宝玉与晴雯的对比：在宝玉眼里，那"黑沙吊子""不像个茶壶"，那"甚大甚粗"的碗也"不像个茶碗"；那茶水"也太不成茶"，颜色绛红，"并无清香，且无茶味"，甚至"只一味苦涩"。但对于口渴至极的晴雯来说，她已全然顾不得什么茶壶、茶碗，当宝玉把茶碗递到她手里时，她立即"如得了甘露一般，一气都灌下去了"。这位"心比天高，身为下贱"的女孩，在怡红院时，"往常那样好茶""尚有不如意之处"，而现在那般劣质的茶水却甜若"甘露"、一气灌下。命运的巨大变化，全写在一杯小小的茶中。

（4）茶为媒介：人物性格的展现工具。

借助器物的描写，来展现人物细微的内心情感，凸显人物的性格特征，这是优秀小说常用的写作艺术。在《红楼梦》中，曹雪芹展示了"杯茶见人物"的高超笔力，借着一杯茶，便使人物形象更加丰满生动地活现在纸上。

其一，不接平儿的茶钟：显凤姐之"端""装"。

刘姥姥第一次厚着脸皮去贾府"打抽丰"，在见到凤姐之前，小说有一长段的铺垫，以突出刘姥姥内心的忐忑和贾家那不可思议的富贵。当周瑞家的把刘姥姥领到王熙凤这边，小说先不慌不忙地描写了屋里的陈设和凤姐的服饰打扮，然后又点出了一个细节："平儿站在炕沿边，捧着小小的一个填漆茶盘，盘内一个小盖钟。"而"粉光脂艳"的凤姐"端端正正坐在那里"、一言不发，"也不接茶，也不抬头"，只管用手拿着一根"铜火箸儿""拨手炉内的灰"。整个屋子里的环境让人窒息，无声的动作中透露出她那种居高临下的威严与高贵，而后凤姐竟然又慢吞吞地问了一句"怎么还不请进来"。这里的凤姐直接把生活当成了表演的舞台，简直就是一位把"端、装、弄"演得出神入化的"老戏骨"。

其二，喝下宝钗的半杯茶：见黛玉之"情性"。

在栊翠庵，贾母将自己"吃了半盏"的茶杯递给了身边的刘姥姥，请她也"尝尝这个茶"，刘姥姥当即"一口吃尽"。同样也是一杯茶，如果宝钗先喝了一口，再把剩下的半杯茶递给黛玉，黛玉会不会喝？第六十二回，这样的事情还真的发生了。

> 宝玉正欲走时，只见袭人走来，手内捧着一个小连环洋漆茶盘，里面可式放着两钟新茶，因问："他往那去了？我见你两个半日没吃茶，巴巴的倒了两钟来，他又走了。"宝玉道："那不是他，你给他送去。"说着自拿了一钟。袭人便送了那钟去，偏和宝钗在一处，只得一钟茶，便说："那位渴时那位先接了，我再倒去。"宝钗笑道："我倒不渴，只要一口漱漱就是了。"说着，先拿起来喝了一口，剩下半杯，递在黛玉手内。袭人笑说："我再倒去。"黛玉笑道："你知道我这病，大夫不许多吃茶，这半钟尽够了，难为你想的到。"说毕饮干，将杯放下。

茶只有一杯，人却有两个，送茶的袭人机智地以一句"那位渴时那位先接了，我再倒去"，便巧妙地将"自己送给谁"的难题变成了"姑娘谁先接"的选题。宝钗的反应相当怪异，她一边笑着说"我倒不渴"，一边却先接过茶"喝了一口"，而且居然还把剩下的半杯茶递到了黛玉手里。而黛玉的反应更是出乎读者的意料，听到袭人不好意思地说"我再倒去"，黛玉一边表扬袭人想得周到，一边"笑着"一口把那半杯剩茶"饮干"。她说的话，很简单、又很真诚；她做的事，很干脆，又很干净。这样的黛玉，还是那个动不动就要小性子、就流泪的姑娘吗？

其三，一杯落地而碎的茶，见三人之"鬼胎"。

薛蟠娶了夏金桂，又见她的丫鬟宝蟾"有三分姿色，举止轻浮可爱"，便经常故意撩逗她。宝蟾很解风情，只是因为"怕着金桂"而"不敢造次"。而金桂也察觉出了两人的心思，打算"舍出宝蟾"去"摆布了香菱"。第八十回，小说通过倒茶的细节，把这三个人刻画得如在目前。

故事情节很简单，这天晚上，宝蟾给已经喝得"微醺"的薛蟠倒茶，薛蟠在接茶碗时"故意捏他的手"撩逗，宝蟾"乔装躲闪，连忙缩手"，那茶碗便落地而碎。于是，"不好意思"的薛蟠"佯说宝蟾不好生拿着"，而宝蟾则责怪"姑爷不好生接"，一旁的金桂见此情景，便冷笑"两个人的腔调儿都够使了。别打谅谁是傻子"。这一杯豁啷落地的茶，写活了三个各怀鬼胎的人：薛蟠，得陇望蜀，贪多嚼不烂；宝蟾，轻浮有意，存非分之想；金桂，讥讽两人的欲盖弥彰，心中欲"舍出宝蟾"去先"摆布了香菱"。

（5）茶亦有道：品茶论道的丰富呈现。

如果说前面那些关于茶的描写是散落在小说中的点点星光，那么，第四十一回的"栊翠庵品茶梅花雪"则是红楼茶文化最集中、最生动、最丰富的展示。刘姥姥第二次来到贾家，得到了贾母高规格的接待。贾母两次宴请她，带她游大观园，陪她听戏文，而且特别领她去栊翠庵品茶。这品茶的故事中，有名贵的茶叶，有精致的茶具，有独特的茶水，有讲究的茶道，更有隽永的茶意。

其一，精致的茶具。

小说中最让读者瞠目结舌的茶具，竟然不是出现在富得冒油的贾府，而是在栊翠庵修行的妙玉手上。妙玉拿出来的茶具，一个奇过一个。对贾母，她亲自捧出的那个"小茶盘"，小说竟然用了12个字来形容，那"海棠"的"花式"，那"雕漆填金"的工艺，那"云龙献寿"的图案。小茶盘上放的"成窑五彩小盖钟"，那可是明代成化年间景德镇官窑所产的茶具，就连给众人用的也是"一色官窑脱胎填白盖碗"，脱胎，官窑，填白，这可都是了不得的制作工艺。

这还不算什么！妙玉后来和黛玉宝钗喝梯己茶时拿出来的杯子，更让读者"亮瞎了双眼"。她给宝钗喝的，是"瓟斝"，不管它是葫芦制成的还是做成葫芦形状的，只上面刻着的"晋王恺珍玩"和"宋元丰五年四月眉山苏轼见于秘府"那两行小字，就足以让读者对它"肃然起敬"。她给黛玉喝的是用犀牛角制成的"形似钵而小，也有三个垂珠篆字"的"点犀䀉"。她递给宝玉的杯子看上去似乎就是一只平常普通的"绿玉斗"，但当宝玉误认为它是"俗器"而表示"不满"时，却被妙玉斥责为"这是俗器？不是我说狂话，只怕你家里未必找的出这么一个俗器来呢"，更何况它还是妙玉"前番自己常日吃茶"的专用杯子。即便是宝玉后来改换的那只"大海"，也是非同寻常，竟然是用"九曲十环一百二十节蟠虬整雕竹根"精制而成。

其二，独特的茶水。

茶水亦有高低之分，陆羽《茶经》有言："山水上，江水中，井水下。"[①]在太虚幻境，警幻仙子给宝玉喝的千红一窟，用的是仙花灵叶上的"宿露"；在栊翠庵，妙玉则用两种特别的水来招待贾母和黛玉她们。

妙玉给贾母喝的水是"旧年蠲的雨水"。"蠲"是过滤、净化的意思，"雨水"即天上来的水，它被称为"无根水"，其特点是比较"轻浮"。《西游记》中的孙悟空给朱紫国国王治病，用的就是东海龙王打两个喷嚏吐出来的"三盏无根水"。贾母在品尝之前，问妙玉那茶是用什么水泡的，当听到是已经清洁过的隔年雨水后，她才"吃了半盏"，然后笑着把半杯剩茶递给刘姥姥，请她也尝尝。

如果说那"旧年蠲的雨水"已让人咋舌称赏的话，那么，妙玉用来招待宝黛的茶水则更让人叹为观止。在耳房喝梯己茶时，当黛玉脱口问了句"这也是旧年的雨水"时，妙玉立即满脸不屑，讥诮她为"连水也尝不出来"的"大俗人"，然后骄傲地说："这是五年前我在玄墓蟠香寺住着，收的梅花上的雪，共得了那一鬼脸青的花瓮一瓮，总舍不得吃，埋在地下……"好家伙，好特别的水：一是雪水；二是梅花上收下来的；三是五年前收下的；四是收放在鬼脸青花瓮里的；五是埋在地下的。更引人深思的是，妙玉在讥讽黛玉为"大俗人"的同时，居然还补了一句："隔年蠲的雨水那有这样轻浮，如何吃得？"如果贾母听到这句话，该作何感想？

---

① 转引自：王岳飞，周继红，徐平. 茶文化与茶健康[M]. 杭州：浙江大学出版社，2021：69.

其三，名贵的茶叶。

当妙玉捧着小茶盘给贾母送茶时，贾母说"我不吃六安茶"，而妙玉的回答是："知道。这是老君眉。"这细节明确交代了两种名茶：六安茶和老君眉。

六安茶产于安徽六安地区，是一种不发酵的贡品茶，现在还有一种名茶叫"六安瓜片"。明代屠隆先生在《考槃余事》中考证说，它与虎丘茶、龙井茶、阳羡茶、天池茶、天目茶一起列为"六品"。至于老君眉，现在一般有两种观点：一种认为是湖南洞庭湖君山所产的君山银针茶，属于绿茶；还有一种认为是福建武夷山的名枞，属于发酵的红茶。也许是因为"六安味苦"而老君眉"味轻甘甜"，且能消食解腻的原因，所以贾母选择了后者。

其四，讲究的茶道。

关于茶道，小说并没有详细的描写，在这一回中，作者也只是通过妙玉的行动和片言只语表现了她的茶道。在行动上，她把黛玉宝钗请进耳房后，亲自向"风炉上扇滚了水，另泡一壶茶"，突出的是她亲自用扇子扇风炉的动作。在语言上，当宝玉说她的绿玉斗是"俗器"时，她便换了一个"大海"问他是否"吃的了"，然后便借一句俗语讥讽："岂不闻'一杯为品，二杯即是解渴的蠢物，三杯便是饮牛饮骡了'。你吃这一海便成什么？"这一句茶饮之道中，隐露出妙玉对"不解风情"之宝玉的失望和酸涩。

其五，隽永的茶意。

作为金陵十二钗之一的妙玉，到底是个什么样的人？为什么她的判词是"欲洁何曾洁，云空未必空。可怜金玉质，终陷淖泥中"？曹雪芹通过第四十一回"栊翠庵品茶梅花雪"的茶具、茶水、茶叶、茶道等，向读者传递了不少关于妙玉的信息，让妙玉的形象变得丰满生动起来，也引发读者对妙玉进行深入的思索，并进而对小说隽永的意蕴有更深的思考和理解：妙玉怎么会有那么多名贵的茶具？她怎么知道贾母不喜欢喝六安茶？妙玉为什么不要那只成窑五彩小盖钟了？妙玉为什么把自己的专用杯子给宝玉喝？妙玉为什么给贾母喝的是"旧年蠲的雨水"而给黛玉宝钗喝的是"梅花上收来的雪水"？宝钗黛玉被引到耳房吃梯己茶时为什么一个"坐在榻上"

另一个却"坐在妙玉的蒲团上"？宝玉为什么不用妙玉的绿玉斗喝茶？……一个个接踵而来的问题，都激发出红迷的强烈好奇心和探究欲望。

（6）茶如人生：悲剧命运的深刻隐喻。

无论是一花一草、一物一器，也无论是一个人名一个谜语，曹公都在其本来的属性之外，巧妙地寄寓了深刻的隐喻意义，或衬托人物性格，或隐示人物命运。就连那一杯小小的茶，曹公都深深地植入了那些红楼女孩们的悲剧命运。

其一，枫露茶：茶中藏人生之隐喻。

枫露茶在小说中出现了两次，除第七十八回宝玉在祭悼晴雯时出现过外，还有一次是在第八回，宝玉从薛姨妈处吃好晚饭回来，在喝茶时突然发现喝的不是早起沏好留着的那杯枫露茶，便责问小丫头茜雪。茜雪解释那茶"我原是留着的，那会子李奶奶来了，他要尝尝，就给他吃了"。宝玉一听便勃然大怒，"将手中的茶杯只顺手往地下一掷，豁啷一声，打了个粉碎，泼了茜雪一裙子的茶"。宝二爷还不解气，暴跳如雷，继续怒骂茜雪："他是你那一门子的奶奶，你们这么孝敬他？不过是仗着我小时候吃过他几日奶罢了。如今逞的他比祖宗还大了。如今我又吃不着奶了，白白的养着祖宗作什么！撵了出去，大家干净！"

枫露茶，现在常理解为枫露点茶的简称，即取香枫的嫩叶，放到蒸锅里去蒸，然后把滴出来的露作为茶水，也有人认为它可能是一种白茶。但在小说中，枫露却更另有一层深意，它可谐音为"逢怒"。简单善良的茜雪恰逢宝二爷因李嬷嬷而心情不爽，李嬷嬷先是不让他喝酒，又擅作主张将宝玉特意要来给晴雯吃的"豆腐皮的包子"拿去给了自己孙子，当宝玉听到李嬷嬷又把他的枫露茶给吃了时，顿时雷霆大怒，郁结在胸的怒气喷涌而出，直接把茜雪作为了自己的"出气筒"。因为"逢怒"，茜雪不幸成为了小说中第一个被赶出贾府的丫头。周汝昌在其校订批点本《石头记》中则作了一个按语："枫露，细思亦红泪之化身也。"[1]一杯茶，竟然还关乎着一个丫

---

[1]　曹雪芹著，脂砚斋评，周汝昌校订批点本. 石头记[M]. 桂林：漓江出版社，2009：154.

头的命运！

其二，千红一窟：茶中寓命运之隐喻。

第五回的宝玉梦游太虚幻境，总是让许多红迷怦然心动。那让宝玉百思不解的"薄命司""正册""副册"中的判词，那如梦如幻、"怀金悼玉"的红楼金曲，还有那宝玉闻到的香、吃的茶、喝的酒，都透射出一股充满隐喻的魔幻气息。

当宝玉跟着警幻从薄命司出来，一走进后面的房间，就闻到"一缕幽香"，警幻仙子告诉他那香叫"群芳髓（碎）"。待入座后，小丫鬟又捧上了一种"清香异味，纯美非常"的茶，和"清香甘冽，异乎寻常"的酒。当警幻仙子道出那茶酒的名称时，不但宝玉称赏不迭，读者更是拍案叫绝。"千红一窟（哭），万艳同杯（悲）"，这茶这酒，与其说是用来吃喝的，还不如说是充满象征意义的。从那一杯用数以千计的仙花灵叶上的露水泡制而成的茶中，我们闻到了茶的清香纯美，读到了美丽女孩们那让人读之心痛、见之心碎的悲剧隐喻。正是这一杯奇思妙想的"千红一窟"与"万艳同杯"，让小说的思想穿透力更为深远厚重，艺术感染力更为强大动人。

○奇绝精雕的细节

米开朗基罗说："在艺术的世界里，细节就是上帝。"

《红楼梦》开篇有言："根由虽近荒唐，细按则深有趣味。"

那一个个鬼斧神工、堪称经典的细节，

或妙趣横生、令人捧腹，

或意味隽永、使人掬泪，

或逼真传神、入木三分。

小小的细节，大大的天地，

深深的内涵，久久的回味。

元妃省亲，让人拍案叫绝的奇文

元妃省亲在整部小说中有着举足轻重的地位。第十三回，秦可卿临终前托梦给凤姐时提到贾家将有一件"烈火烹油、鲜花着锦"的"非常喜事"，指的就是这件盛事，它不仅标志着贾家的事业步向了辉煌的巅峰，而且预示着大观园"青春王国"的大门即将洞开。对这件大事，曹公进行了浓墨重彩式的叙述和渲染，那层层叠叠的铺垫，那浩浩荡荡的阵势，那直击人性的相见，还有那"追魂摄魄"的眼泪等，都给读者留下了深刻印象。总观整个事件，最让人感慨不已的是一个字："奇。"

其一，无中生有的"奇事"。

根据史学家的考证，贵妃回家，这在小说成稿之前的中国历史上从未有过。历朝历代，无论是谁家的女儿，只要嫁入了皇宫，那里便成了她终老之地，她便再也没有机会走出那森严之宫，更不用说回家去探望父母和亲人了。第十六回，王熙凤在与贾琏的对话中说"历来听书看戏，古时从未有的"；第十八回，"满眼垂泪"的元春在"忍悲强笑"着安慰自己的祖母和母亲时，也称那皇宫是"不得见人的去处"。

既然"不得见人"，而现在又可以回家见人，这样的事情写不好是要"掉脑袋"的。但曹雪芹却巧妙地在第十六回借贾琏之口"狠狠"地歌颂了一下浩荡"皇恩"：说当今圣上"贴体万人之心"，深知无论贵贱贫富，"世上至大"都"莫如'孝'字"，故"启奏太上皇、皇太后"允许"宫里嫔妃才人"在"每月逢二六日期，准其椒房眷属入宫请候看视"；太上皇和皇太后闻奏即"深赞当今至孝纯仁，体天格物"，便"大开方便之恩，特降谕诸椒房贵戚，除二六日入宫之恩外，凡有重宇别院之家，可以驻跸关防之处，不妨启请内廷銮舆入其私第，庶可略尽骨肉私情、天伦中之至性"。

就这样，史实中的"无"，变成了小说中的"有"，曹公为这个纯属虚构的"探亲政策"，涂抹上了"尽骨肉私情"、合"天伦至性"的亮丽光环，使之上褒圣上之隆恩，下应民众之希冀。为了增加真实感，曹公又参照了皇帝巡访的史实，把整个场面描叙得煞有介事、荡气回肠。

其二，别开生面的"奇盛"。

曹公不仅是个在细处可妙笔生花的能手，更是位在大处能统领全局的高手。在叙描大场面的时候，他特别擅长运用衬染的技法，比如第三回的林黛玉进贾府、第十三回的秦可卿出殡，还有第四十回的贾母宴请刘姥姥等。同样，这第十八回的元妃省亲，曹公也是将衬染之法运用得收放自如、恰到好处。

一是以园子之畅亮衬染众人之"静悄"。

元宵节这天终于到了，五鼓时分的大观园是什么光景？"帐舞蟠龙，帘飞彩凤，金银焕彩，珠宝争辉，鼎焚百合之香，瓶插长春之蕊。"放眼望去，满目都是龙凤飘舞的帐帘和焕彩争辉的珠宝；深吸嗅来，满鼻都是百合之焚香和长春之花香。整个大观园呈现出一派生机盎然的热闹景象。而与之形成鲜明对比的，则是人的肃静：贾赦等站在西街门外的男人们，贾母等列在荣府大门外的女人们，都是"静悄无人咳嗽"。这时候的贾家，那么多人都列队而迎，却鸦雀无声，恭肃得几乎"连一根绣花针掉在地上都听得见"。

二是以众人之恭敬衬染贵妃之高贵。

元妃要回家省亲了，贾家隆重到什么程度？且不用说耗费巨资新建了一个"三里半大"的"省亲别院"，仅仅从元宵节这天的日程安排就可以见出非同寻常："至十五日五鼓，自贾母等有爵者，俱各按品服大妆。"五鼓时分，即五更时分。古人把黄昏到拂晓分为五个更次，每个更次相隔两个小时左右，换成现在的时间，一更指晚上 7:00—9:00，五更指凌晨 3:00—5:00，即拂晓时分。也就是说，在这个元宵节的三五点钟，贾母他们就都已起床，盛装站立在凛冽的寒风中等候。

那么，贵妃要什么时候来呢？曹公借着一位太监的口说："早多着呢！未初刻用过晚膳，未正二刻还到宝灵宫拜佛，酉初刻进太明宫领宴看灯方请旨，只怕戌初才起身呢。"换成现在的时间就是：贾贵妃要到 13:15 才用晚膳，14:30 再去拜佛，17:15 再去请旨，直到晚上 7:00 左右才能出发过来这里呢。

晚上 7:00 左右才出发，而贾母他们早在凌晨三五点钟就已盛装等候，为什么要提前这么长时间？因为这位省亲的贾元春已经不仅仅是贾家的女儿，更是高贵无比、万人仰止的贵妃。

三是以程序之芜杂衬染省亲之隆盛。

中国戏曲讲究"开场锣鼓打炮戏"，曹公在小说中也借用了这个手法，在元春正式出场之前，把这通"开场锣鼓"敲得震山响。自建大观园伊始，他就层层渲染，直到了元宵节这一天，还依然不紧不慢，让元春"千呼万唤始出来"，而且出来时仍然"犹抱琵琶半遮面"。

曹公是如何为元春出场作铺垫的？他先交代了三拨人：第一拨，挑担的人。他们挑的是什么？蜡烛。他们"一担一担的挑进蜡烛来"，到园中"各处点灯"，把晚上的园子照得如同白昼。第二拨，太监。在"马跑之声"中，十来个太监"喘吁吁跑来拍手儿"，告诉大家"来了，来了"。于是，贾家所有的人都"各按方向站住""贾赦领合族子侄在西街门外，贾母领合族女眷在大门外迎接"。第三拨，红衣太监。在贾母她们重新列好队、"静悄悄的"站了半日后，"一对红衣太监骑马缓缓的走来，至西街门下了马，将马赶出围幕之外，便垂手面西站住。"然后，又是一对红衣太监，也是等了"半日"后才来，动作和第一对一模一样。更让读者讶异不已的是，这第三拨的红衣太监，竟然"少时便来了十来对"。

　　等这三拨人全部"各就各位"后，曹公依然饶有兴趣地测试着读者的耐心，在引出下一拨人之前，竟然从视觉转到了听觉，他写了一种声音，一种"隐隐细乐之声"。隐隐的细乐，说明声音很细很轻，显示那声音离这里还有一段距离，同时又衬出了迎候的众人当时那种屏声静气的场景。然后，曹公的"摄像镜头"对准了三支由远及近的队伍：第一支是"旗队"，他们举着"一对对龙旌凤翣，雉羽夔头，又有销金提炉焚着御香"；第二支是"伞队"，他们"冠袍带履"，举着"一把曲柄七凤金黄伞过来"；第三支是"后勤保障队"，他们是值事的太监，"捧着香珠、绣帕、漱盂、拂尘等类"。直到这三支队伍次第"过完"，曹公才让这出戏的主人公隆重登场，但我们依然没有看到元春的"尊容"，缓缓映入我们眼帘的，是一顶由"八个太监抬着"的"金顶金黄绣凤版舆"。我们只是从这顶"八抬大轿"的规格，以及贾母他们一见便"连忙路旁跪下"的情形，才如梦方醒：元春真的来了。

　　我们不得不佩服曹雪芹的高超"玩技"：你急，我却慢；你迫不及待，我却娓娓道来。我们没有看到元春，但那隆盛的阵势，那肃穆的场景，以及"飞跑过几个太监来""扶起贾母、邢夫人、王夫人来"的细节，都昭示着贵妃无时不在。元春的坐轿没有停下来，"那版舆抬进大门、入仪门往东，去到一所院落门前，有执拂太监跪请下舆更衣"。这整个迎候的过程，曹公不厌其烦，极尽细致之能，远景与近景结合，全景与特写交错，视觉与听觉并用，给读者以一种梦幻般的感觉。

　　其三，妙趣横生的"奇笔"。

　　五代后周王仁裕在《开元天宝遗事·梦笔头生花》中记载了一个故事，说是李白少年时，曾梦见所用的笔头上长出了花，自此便才华横溢，名闻天下①。于是，也就有了"妙笔生花"这个成语，以此比喻笔法高超的人写出动人的文章。《红楼梦》这部书，就是曹雪芹用他的生花妙笔写出的一部神奇经典。

――――――――――

　　①　转引自：征溶，冠峰. 新汉语成语词典[Z]. 南京：南京大学出版社，1997：381.

在千等万盼、千呼万唤之后，元妃终于下了轿。下了轿的元妃是什么神态、什么心情、什么面容？曹公只字未写，他的笔触所展现的，是贾家院内的"花灯"："只见院内各色花灯闪灼，皆系纱绫扎成，精致非常。上面有一匾灯，写着'体仁沐德'四字。"这些花灯，一多，各种颜色、花样都有；二亮，"闪灼"耀眼；三精致，都用"纱绫扎成"；四有特殊意义，上面还写着歌功颂德的赞美语。待到贵妃"更衣毕复出"，再"上舆进园"，曹公又从元春的视角描状出了大观园中的景致："只见园中香烟缭绕，花彩缤纷，处处灯光相映，时时细乐声喧，说不尽这太平景象、富贵风流。"如此豪华富丽的园子，连元春都"默默叹息奢华过费"。

再接下去，到了船上后，曹公出人意料地依然把重点放在"灯"上：在"清流一带"的"两边石栏上"，是"皆系水晶玻璃"的"各色风灯"，"点的如银光雪浪"；在"上面柳杏诸树"上，是"皆用通草绸绫纸绢依势作成，粘于枝上的""悬灯"，每株树上都有"数盏"；在水里，则是"荷荇凫鹭之属，亦皆系螺蚌羽毛之类作就的"花灯；在船上，也都是"各种精致盆景诸灯"。这些灯"上下争辉"，把整个大观园装点成了一个透亮闪烁的"玻璃世界，珠宝乾坤"。

让读者啧啧称奇的是，在这花灯锦簇的两段描写之间，曹公并没有循着元妃的眼睛去描状如画的美景，也没有去述说亲人相见的动人场景，而是冷不丁地插入了一段文字，玩起了"穿越"："……此时自己回想当初在大荒山中，青埂峰下，那等凄凉寂寞；若不亏癞僧、跛道二人携来到此，又安能得见这般世面。本欲作一篇《灯月赋》、《省亲颂》，以志今日之事，但又恐入了别书的俗套。按此时之景，即作一赋一赞，也不能形容得尽其妙；即不作赋赞，其豪华富丽，观者诸公亦可想而知矣。所以倒是省了这工夫纸墨，且说正经的为是。"

在这里，曹雪芹突然将正在进行中的"故事"拦腰截断，而让那块几乎已被读者忘却了的通灵"顽石"走到了台前，以石头自语的口吻，发出一段从"凄凉寂寞"的大荒山来到这"豪华富丽"之家的由衷感叹，使小说的结构布局在现实与梦幻之间魔术般地跳转，使读者又不由自主地联想到那"陋室空堂，当年笏满床。衰草枯杨，曾为歌舞场"的空灵吟叹，极大地拓展了小说的深度与厚度。而且，这样的"截断"还不止一处，接下去元妃上船游园看到匾额题字时，石头又"突"地跳出来，发了一通"何今旧认真用此匾联？……竟用小儿一戏之辞苟且搪塞"之类的议论。

想当年，脂砚斋读到这里时，也是掷卷捉笔，刷刷刷地写下一排蝇头小楷："如此繁华盛极、花团锦簇之文，忽用石兄自语截住，是何笔力！令人安得不拍案叫绝。试阅历来诸小说中有如此章法乎？"古所未有，曹公有之。

别具匠心的"忙中闲笔"

"忙中闲笔"，是《红楼梦》惯用的笔法，体现了曹公对小说的高超掌控力。这种笔法被脂砚斋赞为"真大手眼，大章法"。那些闲笔，看似无关紧要、可有可无，增之不多，删之不少，但实则就像是火锅大餐的底料和作料一样，显得至关重要、举足轻重。比如第四回，门子拿出那张"护官符""递与雨村"时，曹公竟然不忘补上一句"石头亦曾照样抄写一张"之"闲笔"；第十四回，在王熙凤"协理"宁国府忙得不可开交之时，曹公突然也插入了宝玉怕秦钟"受了委屈"而拉着他"往凤姐处来坐"之"闲笔"；第十六回，在元春"晋封为凤藻宫尚书"的大喜讯传至贾府之时，曹公又不经意地补上了一句"林如海已葬入祖坟"、黛玉跟随贾琏马上就要"平安"回到贾府的信息；第二十五回，在宝玉和凤姐被魔法所镇而生死未卜之际，曹公又忙中偷闲，穿插了一段薛蟠"更比诸人忙到十分去"的叙述，他"又恐薛姨妈被人挤倒，又恐薛宝钗被人瞧见，又恐香菱被人臊皮"，更让读者忍俊不禁的是，他"忽一眼瞥见了林黛玉风流婉转，已酥倒在那里"，等等。这些闲笔，使得小说或妙趣横生，或画龙点睛，或曲径通幽。倘或你再能抽时间细细赏鉴，你就会发现，无名氏续、高鹗和程伟元整理的后四十回也正因为缺了这样的闲笔，其味便寡淡了许多。

当你读懂、悟彻了这些"闲笔"的趣味，《红楼梦》就会更加让你爱不释手！

我们就一起来看看小说第二十八回的"闲笔"吧。这一回的回目是"蒋玉菡情赠茜香罗 薛宝钗羞笼红麝串"，它主要讲了三件事：一是宝玉、宝钗和黛玉与王夫人闲谈"丸药"；二是宝玉、薛蟠等一起行酒令，蒋玉菡赠汗巾给宝玉；三是元春赏赐"端午儿的节礼"，宝玉对手腕上笼着"红麝串"的宝钗"动了羡慕之心"。这些轻松活泼的小故事，正好夹于第二十七回痛断肝肠的"《葬花吟》"和二十九回大张旗鼓的"清虚观打醮"中间，从内容上来说，似乎显得分量较轻。但是，考究这三件"闲事"，不但与宝黛的情爱冲突之主线紧密相关，而且在小说结构上又起到了"草蛇灰线，伏脉千里"的作用。

撇开这三件事不说，我们再来看这一回的一段叙述，在第一件事结束、宝玉从母亲那里吃好饭后去贾母处的路上，曹公穿插了这么一段文字：

　　一时吃过饭，宝玉一则怕贾母记挂，二则也记挂着林黛玉，忙忙的要茶漱口。探春惜春都笑道："二哥哥，你成日家忙些什么？吃饭吃茶也是这么忙碌碌的。"宝钗笑道："你叫他快吃了瞧林妹妹去罢，叫他在这里胡羼些什么。"宝玉吃了茶便出来，直往西院走。可巧走到凤姐院前，只见凤姐蹬着门槛子拿耳挖子剔牙，看着小厮们挪花盆呢。见宝玉来了，笑道："你来的正好。进来，进来，替我写几个字儿。"宝玉只得跟了进来。到了屋里，凤姐命人取过笔砚纸来，向宝玉道："大红妆缎四十匹，蟒缎四十匹，上用纱各色一百匹，金项圈四个。"宝玉道："这算什么？又不是账，又不是礼物，怎么个写法？"凤姐儿道："你只管写上，横竖我自己明白就罢了。"宝玉听说，只得写了。凤姐收起来，笑道："还有句话告诉你，不知你依不依？你屋里有个丫头叫红玉，我和你说说，要叫了来使唤，也总没得说，今儿见你才想起来。"宝玉道："我屋里的人也多的很，姐姐喜欢谁，只管叫了来，何必问我。"凤姐笑道："既这么着，我就叫人带他去了。"宝玉道："只管带去。"说着便要走。凤姐道："你回来，我还有句话说。"宝玉道："老太太叫我呢，有话等我回来罢。"说着，便来至贾母这边，已经都吃完了饭。贾母因问他："跟着你母亲吃什么好的了？"宝玉笑道："也没什么好的，我倒多吃了一碗饭。"因问："林妹妹在那里呢？"贾母道："里头屋里呢。"

这段文字可以说是"闲笔"中的"闲笔"，在洋洋百万字的长篇红楼中，犹如汪洋大海中一叶毫不起眼的浮萍。不到六百字的文字中给读者交待了三个信息：一是探春惜春"戏笑"宝玉；二是凤姐请宝玉帮忙记账；三是凤姐向宝玉要人。设若没有这些"闲笔"，对小说故事情节的发展并不会有丝毫的影响，但设若你放慢脚步、细细品赏，就会慢慢地品出其趣味之特别，悟出其深意之隽永，味出其照应之美妙。

从趣味而言，得先交代一下事情的前因。当时，宝玉对王夫人介绍了一种奇特的药，结果被他母亲斥之为"放屁"，而知情的宝钗又谎称"我不知道，也没听见"，黛玉因此"用手指在脸上画着"羞宝玉。在王熙凤旁证宝玉没有说谎后，宝玉却"袒护"宝钗，"指责"黛玉，以至于贾母派人来请他们去吃饭时，黛玉一反常态地没有等宝玉就自顾自走了，而宝玉也居然没有理会黛玉而在他母亲这里吃起了斋饭。一次无关紧要的关于"丸药"小事的闲谈，结果再次让宝黛这对"冤家"闹起了别扭。但宝玉的这餐饭吃得并不快乐，曹公在这段"闲笔"中点出了宝玉的一个特征："忙。"忙什么？他吃过饭后便"忙忙的要茶漱口"，旁边的探春和惜春见此情景也戏笑宝玉"成日家忙些什么"。宝玉为什么会如此之忙？曹公已悄然告诉读者："一则怕贾母记挂，二则也记挂着林黛玉。"他的嘴上虽然辩白着"理他呢"，但他的心里早已放心不下他的林妹妹，他怕她想不开，怕她伤心流泪，怕她……因此，宝玉急着想赶过去看望、抚慰黛玉，但不知就里的探春和惜春却偏要与他"胡羼"，让他不能即刻脱身。曹公的过人之处还在于并没有到此为止，你宝玉越急着要走，他偏不让你走。这事刚过去，他又让宝玉在路上奇不奇巧不巧地碰到了凤姐，而且凤姐还让他帮忙"写几个字儿"；宝玉好不容易写完了，这下可以走了吧，但凤姐竟然还让他回来，说"还有句话"要问他，尽管读者到最后都不知道那到底是一句什么要紧的话。完全是平淡无奇的闲细琐事，却形成了急缓张弛的趣味比衬，进而将宝玉与黛玉这对年轻人之间那种"一见便吵、一别便想"的青春情感描述得妙趣横生。

从内容而言，看似漫不经心的"闲笔"中却隐藏着一种深意。宝玉急匆匆地赶往"西院"，路过凤姐的院门时，不曾想又被"蹬着门槛子拿耳挖子剔牙"的凤姐给叫住了。凤姐叫住他干什么？让他"写几个字儿"。说是写字，其实是记账，这就又引出了三个"公案"：第一，凤姐究竟自己识不识字？红学专家们对此几乎争论得面红耳赤，至今已经形成了"不识字""识字""始不识字后才识字"以及"不识汉字识满文"四大派别。第二，凤姐为什么要让宝玉记账？凤姐身边有那么多下人，其中也有人专门负责记账，这一次凤姐究竟是出于什么考虑不让他们去记？第三，这笔账到底是什么账？从凤姐要求宝玉记录的文字来看并不复杂，只有"大红妆缎""蟒缎""上用纱"和"金项圈"四样东西。但要知道"大红妆缎""蟒缎""上用纱"在清代都是五品以上官员才能使用的高档物件，这些到底是别人送来的礼，还是荣国府准备送给别人的礼，抑或是凤姐不可告人的私设"小金库"？这些问题，曹公都没有给出明确的答案。曹公所告诉读者的是，当宝玉问凤姐这"又不是账，又不是礼物，怎么个写法"时，凤姐的回答是"你只管写上，横竖我自己明白就罢了"。也就是说，这笔账只有凤姐自己才明白。

从创作艺术而言，形成了环环相扣、浑然一体的前呼后应。凤姐叫住路过的宝玉，主要办了两件事：一是记账；二是要人。记账之事，上面已经说过。要人，她向宝玉要谁？原来是小红。在第二十七回中，凤姐临时交给小红一件事，结果没想到小红以其出众的执行力、伶俐的表达力以及敏捷的反应力，使得凤姐对她刮目相看，动了把她调到身边来"伏侍"自己的念头。此后，曹公便将镜头忽地一转，摇移到了林黛玉、贾宝玉等的身上，以探春因鞋动真气、黛玉悲歌《葬花吟》、宝黛深情诉衷肠等故事，在小说中掀起了一个又一个的小高潮。就在读者沉迷于这些故事而几乎快要把小红忘记的时候，曹公又不动声色地续补了这一笔，让王熙凤直接向宝玉发出了小红的"调令"，前有呼、后有应，前有伏、后有起，毫厘不爽，严丝合缝，整个结构的编织铺陈显得行云流水、巧妙自然。

过目难忘的"无可不可"

在《红楼梦》中，曹公以极其生动精准的描写，摹状出了人物的酸甜苦辣，让人物的形象、神态跃然纸上。关于《红楼梦》的用字，周汝昌先生在他的《红楼艺术》中曾作过这样的评价："下字下得精、下得稳，而又时有新意新趣。"①这种用字的"精""稳""意""趣"，在我们阅读这部经典时，总会春风般扑面而来。仅就其笔下的欢喜之状来说，就有"抓耳挠腮""心痒难挠""如得珍宝""酥倒""眉开眼笑""欢天喜地""狂兴不禁"等，而其中让笔者觉得特有意思而且过目难忘的一个词语是："无可不可。"

"无可不可"，在《辞海》《现代汉语词典》中都找不到这个词，在"百度"中解释为"无所不可，都能做到"，在"猜成语网"中解释为"形容极度兴奋而不知该怎么好"。这个典故，一般都认为出自唐代元稹的《唐杜工部员外郎杜君墓志铭》，里面有言："苟以为能所不能，无可不可，则诗人以来未有如子美者。"其意思就是指"没有什么不能做的"。在《红楼梦》前八十回中，这个词语一共出现了三次，分别用在三个不同人物的身上，都是形容人物的欣喜若狂之态。

---

① 周汝昌. 红楼艺术[M]. 北京：人民文学出版社，2016：266.

第一个"无可不可"出现在二十三回：

> 贾政、王夫人接了这谕，待夏守忠去后，便来回明贾母，遣人进去各处收拾打扫，安设帘幔床帐。别人听了还自犹可，惟宝玉听了这谕，喜的无可不可。

让宝玉"喜的无可不可"的是什么事？他姐姐元贵妃的"一道谕"。元春省亲后回到宫中，忽然想到了大观园，因担心它被"敬谨封锁"起来而日渐"寥落"，便命夏太监下了一道谕旨给荣国府，让宝玉和那"几个能诗会赋的姊妹"一起"进去居住"。这对宝玉来说确实是一件天大的喜事！他当即表现出与"还自犹可"的其他人所完全不一样的高兴劲儿，"喜的无可不可"。对他姐姐回来省亲这样"烈火烹油、鲜花着锦"的大事，宝玉的反应并不强烈，为什么一听到这个消息就如此激动兴奋呢？从中我们可以品读出宝玉那一颗不羁的灵魂。这个从一出生便被全家寄予了厚望的男孩，一直生活在祖母的宠溺和父亲的严管之中，他就像一只被关在笼中的鸟儿，每天的一举一动全暴露在那明晃晃的"探照灯"下，一点也由不得自己。现在，突然从天降下这样一个他梦寐以求的喜讯，想到自己从此不用再住在祖母的院子里，马上就能搬进那美不胜收的大观园；想到偌大的大观园中，除了他一个男的外，其他全是如花似玉的可爱女孩；想到自己从此每天都可以和那些水一样的女孩们朝夕相处，无忧无虑地快乐戏耍，他怎么会不快乐"爆棚"呢！事实上，也正是元春这一道别出心裁的谕旨，使得大观园从此春色满园、生机勃勃，成为了宝玉和那些姑娘们青春激荡的乐园、快乐诗意的天堂和自由飞扬的王国。

但是，让读者没有想到的是，宝玉那喜不自禁的"无可不可"，转瞬之间却被一个丫鬟那一声"老爷叫宝玉"的传告而驱散无踪。一听到父亲在叫唤自己，宝玉整个人立即"好似打了个焦雷"，不但"登时扫去兴头"，而且连脸上都"转了颜色"。这其实又从另一个侧面对宝玉先前高兴得"无可不可"的原因作了巧妙的注解。

第二个"无可不可"出现在第四十七回：

> 赖大家内也请了几个现任的官长并几个世家子弟作陪。因其中有柳湘莲，薛蟠自上次会过一次，已念念不忘。又打听他最喜串戏，且串的都是生旦风月戏文，不免错会了意，误认他作了风月子弟，正要与他相交，恨没有个引进，这日可巧遇见，竟觉无可不可。

对薛蟠这个有点傻的"呆霸王"来说，生活中最有意思的事情不外乎吃喝玩乐，只要有酒喝、有女人玩、有男宠爱，他的人生就快乐无比。至于传承家业、扛起家庭重任，都不属于他的考虑范围。第四十七回，曹公也将"无可不可"这个词用在了他身上。当时，赖大家为了庆祝赖尚荣升职而置办了一个酒宴，宴会场面搞得很大，请了不少的客人，把薛蟠和贾珍、贾琏等"几个近族的"和"几个现任的官长并几个世家子弟"都请了去。让薛蟠"竟觉无可不可"的，不是又有了酒可喝、有了戏可看，而是在这个酒席上遇到了一位"最喜串戏，且串的都是生旦风月戏文"的"风月子弟"，谁？柳湘莲。他第一眼见到柳湘莲，便对这个"素性爽侠，不拘细事，酷好耍枪舞剑，赌博吃酒，以至眠花卧柳，吹笛弹筝，无所不为"的美男子"念念不忘"，并"误认"其为和自己一样的"风月子弟"，渴望着有朝一日能够与他"相交"。而现在，那个"远在天边"的"风月子弟"竟然近在了咫尺，一想到待会就可以与他深交、寻欢，薛蟠的那种高兴之情、美美之心、得意之态，自然"无可不可"。如果说第二十三回宝玉的"无可不可"流露出的是天降喜事的快乐之状，那么，这一回薛蟠的"无可不可"所表现出的则是极为不堪的丑陋之态。

第三个"无可不可"出现在第四十九回：

> 袭人笑道："他们说薛大姑娘的妹妹更好，三姑娘看着怎么样？"探春道："果然的话。据我看，连他姐姐并这些人总不及他。"袭人听了，又是诧异，又笑道："这也奇了，还从那里再好的去呢？我倒要

瞧瞧去。"探春道："老太太一见了，喜欢的无可不可，已经逼着太太认了干女儿了。老太太要养活，才刚已经定了。"宝玉喜的忙问："这果然的？"探春道："我几时说过谎！"又笑道："有了这个好孙女儿，就忘了这孙子了。"

出乎读者意料的是，这第三个有着"无可不可"之表现的，竟然是贾母。作为一个经过了大风大浪、吃过的盐比其他人吃过的米还多的老人，什么场面没见过，什么事情不知道。别人眼里的惊天大事，在她眼里，常变成了"神马都是浮云"的小事。你看，当王熙凤对来不及躲避的小道士重重责打的时候，她却对小道士百般安慰；你看，当她听闻她很欣赏的丫头晴雯竟然被逐的时候，她也没有大吃一惊，只是随便问了一下就过去了；你看，当她得知迎春被她父亲许配给孙绍祖时，她尽管心里不很同意，但也没有说什么。似乎，她就是一个看透了人生、参悟了大道之人。但是，这一次，因为一个人的突然出现，这位阅人无数、举重若轻的老人，竟然失去了平日的淡定，而变成"喜欢的无可不可"，虽然这种情状是通过探春说出来的。

那个突然出现的人是谁？薛宝琴。一见到这个宝钗的堂妹，贾母的高兴喜爱之情大大出乎人们的意料，她一连做了三件不可思议的事：一是让她睡在自己的房里；二是"逼着"王夫人认她做干女儿；三是将自己压箱底的那件用"野鸭子头上的毛"制成的"凫靥裘"赠给了她。那可是连黛玉和宝钗都没有得到的待遇呀！是什么让一位年近八旬的老人如此反常？也许只有一个解释，她一"确认过眼神"，便认定宝琴就是她一直在寻找的那个人，若不是后来得知宝琴已许配给了梅翰林的儿子，宝二奶奶的位置几乎就铁板钉钉非宝琴莫属了。

值得注意的是，与"无可不可"相对应的还有一个"无可无不可"。《现代汉语词典》对"无可无不可"的解释是："怎么样都行，表示没有一定的选择。"①《新汉语成语词典》的解释是："既不表示肯定，也不表示否定，指

① 中国社会科学院语言研究所词典编辑室. 现代汉语词典[Z]. 北京：商务印书馆，2005：1438.

对事没有主见，依违两可。"①在《脂砚斋重评石头记》前八十回中，也有三处出现了这个词，其中一处为脂批，两处为原文。第二十七回脂砚斋对宝钗扑蝶那段"宝钗也无心扑了"后面那个"原是无可无不可"的"侧批"，和第五十七回"薛姨妈是个无可无不可的人"，其意思都与《现代汉语词典》的解释一样；但第三十七回秋纹说的那句"老太太见了这样，喜的无可无不可"，其表现出的意思实际上就是"无可不可"。

①　征溶，冠峰. 新汉语成语词典［Z］. 南京：南京大学出版社，1997：465.

有一种眼神叫"乜斜"

"虽然不言不语，叫人难忘记，那是你的眼神，明亮又美丽。"曾经的那首流行歌曲《你的眼神》，将"不言不语"却又"明亮美丽"的眼神写得活灵活现。眼睛是心灵的窗户，而眼神，则是这扇心灵窗户所表露出来的一种精神或者心理的状态。

脂砚斋点评《红楼梦》时说："如见如闻，活现于纸上之笔。好看煞。"这种让人"如见如闻""好看煞"的摹状，自然也包括眼神。曹公在《红楼梦》中对人物眼神的描写，可以说是到了精雕细琢的地步：第九回宝玉、秦钟和香怜、玉爱在学堂"四处各坐"时的"八目勾留"；第二十二回宝玉见湘云说错话便暗使眼色的"瞅了一眼"；第二十四回小红初见贾芸时的"下死眼""钉了两眼"；第二十五回宝玉发魔症后的混乱场合中那让薛蟠顷刻"酥倒"的对黛玉的"忽一眼瞥见"；第二十六回贾芸与小红在蜂腰桥上擦肩而过时的四目互"溜"，第二十八回那让宝玉看到宝钗"雪白一段酥臂"，不觉情思翩跹"动了羡慕之心"的细"瞧"等，都生动逼真地描状出了人物的神态和心思，让读者过目难忘。在小说中，曹公还描摹了一种特别的眼神："乜斜。"何谓"乜斜"？《现代汉语词典》作出了两种解释：一是指眼睛略眯而斜着看，多表示瞧不起或不满意；二是指眼睛因困倦而眯成一条缝①。

---

① 中国社会科学院语言研究所词典编辑室. 现代汉语词典[Z]. 北京：商务印书馆，2005：949.

也就是说，这种眼神，在传达人的心理时，往往意味着不满或不屑；在形容人的精神状态时，往往指睡态或醉态。曹公似乎对这个词有着特别的偏爱，在《红楼梦》前八十回，"乜斜"一共出现了五次，分别用在了五个不同的人身上，每个人所表露出的意思都不尽一样。

(1)宝玉之"乜斜"：尽兴欢饮的醉意。

第八回，宝玉忽然想起宝钗近日身体有恙，便特意去梨香院探望，恰好遇到黛玉也来探视。热情的薛姨妈邀留他们一起吃饭，在宝玉临要喝酒时，他的奶妈李嬷嬷百般阻挠，结果被黛玉和薛姨妈毫不留情地怼了一顿。没有了李嬷嬷的监督，宝玉就像一匹脱缰的野马，在薛姨妈那里一边吃着糟过的"鹅掌、鸭信"，一边畅怀欢饮。待酒足饭饱后，准备离开的黛玉问宝玉"你走不走"，这时的宝玉已经喝到了"乜斜"着一双"倦眼"的境界，脂砚斋在后面批了"醉意"两字。这双"乜斜"的眼睛，很好地突出了宝玉醉意朦胧的神态。但即便是喝到了这个地步，听到黛玉问话的宝玉，仍然是想也没想，就作出了"你要走，我和你一同走"的回答。这"一同走"的应答，与第三十二回对黛玉表白的"你放心"、第五十七回对紫鹃说的"一处活"遥相照应，体现了宝玉对这个"神仙似的妹妹"异乎寻常的体贴和深情。这不能不醉了黛玉的心，不能不动了读者的情。

(2)金钏之"乜斜"：昏昏恍惚的睡意。

第三十回是《红楼梦》触目惊心的一回。这一回的一个午间，宝玉不知搭错了哪根神经，从贾母那边出来后，竟然不回自己的怡红院去睡午觉，而是莫名其妙、阴差阳错地来到了母亲的"上房内"。在那里，他看到几个手里拿着针线的小丫头"在打盹儿"，看到自己的母亲已"在里间凉榻里睡着"了，他还看到了金钏正坐在王夫人的旁边，一边给她"捶腿"，一边也已经"乜斜着眼乱恍"。这里的"乜斜"，所表现出的是"盛暑"午间那种昏昏睡意来袭时的状态，它将金钏那种一边机械地工作着，一边又抗不住瞌睡的情形描状得纤毫毕现。让读者没想到的是，金钏那种"乜斜"的"情思睡昏昏"的恍惚样子，不但没有让宝玉知趣识相地退出去，反而激起了他的玩逗之心。宝玉又是拿出"香雪润津丹"送到她的嘴里，又是拉着她的手说"明日和太太讨你，咱们在一处罢"。更让读者没有想到的是，那旁若无人、过于亲昵的玩逗，让并没有睡着的王夫人勃然大怒，给了金钏一记狠狠的"嘴巴子"，并当即下达了"开除通知书"，羞愤难当的金钏不但因此失去了"工作"，而且最后还投井自尽，付出了生命的代价。

（3）贾琏之"乜斜"：不服偏袒的恨意。

让笔者特别驻目于"乜斜"这个词的，是第四十四回的贾琏。这一回，在凤姐生日的大好日子，色胆包天的贾琏居然在自己家里与鲍二媳妇偷情，结果被突然回来的凤姐和平儿撞个正着。凤姐因此醋意大发，从而演了一出你踢我打、寻死觅活的闹剧。受尽委屈的凤姐一边哭一边跑到了贾母跟前，而气急败坏的贾琏竟然也举着宝剑追到了贾母那里。邢夫人和王夫人见此情形，立即拦住贾琏，大骂他为"下流种子！你越发反了，老太太在这里呢"。但被拦骂的贾琏不仅没有认错服软，反而是"乜斜"着眼，恨恨地指责都是因为"老太太惯的他"，以至于凤姐如此"肆无忌惮""连我也骂起来了！"贾琏这一个"乜斜"的眼神中，明显充满着对凤姐处处都要强压自己、不许自己娶妾"沾腥"的恨意，以及对邢夫人、王夫人都偏向着凤姐的不满意。他为什么敢这样当着贾母、母亲等的面不顾礼仪"乜斜"逞强？曹公有一个明确的交待，因为他"仗着贾母素昔疼他们"，所以觉得"连母亲婶母也无碍"。

（4）薛蟠之"乜斜"：见色起心的美意。

如果问曹公笔下那些出现过"乜斜"眼神的人物中谁最可怜？笔者以为非"呆霸王"薛蟠莫属。第四十七回，薛蟠竟鬼使神差地迷恋上了柳湘莲，误以为他们是两情相悦，但没想到却被柳湘莲设计诱到郊外的芦苇塘里，挨了他此生中最为难忘的一顿痛揍，被打得在众人面前颜面扫地、抬不起头来，而且整整一个月都不敢出家门。他对柳湘莲可以说是一见倾情，视他为可以"相交"的"风月子弟"，所以，他在赖大的家宴上第二次见到柳湘莲时，便觉得"如得了珍宝"一般，又是"趔趄着上来一把拉住"他，又是对他称兄道弟，那份热乎劲儿，真有种把人"暖化"了的感觉。"心内早已不快"的柳湘莲见自己躲不掉，就把他拉到"避人之处"，故意问他是"真心和我好"还是"假心和我好"。薛蟠一听此话，便觉得有门，当即"喜的心痒难挠""乜斜着眼"，对他发下了"好兄弟，你怎么问起我这话来？我要是假心，立刻死在眼前"的毒誓。这一个"乜斜"的眼神，不仅写出了薛蟠喝多了酒之后的醉态，更让薛蟠那种见色起心、得意忘形的美意跃然纸上。

（5）灯姑娘之"乜斜"：浪荡风月的春意。

"乜斜"着眼睛的第五个人物是最让读者费尽思量的。她是谁？灯姑娘是也。灯姑娘又是何许人？她的身份很出乎我们的意料，她这个称呼直到第七十七回才出现，而她出现的同时，曹公又告诉读者，她竟然就是那个早在第二十一回就露过面、与贾琏一起浪过的"多浑虫"。而且，更让读者侧目的是，在贾家"延揽英雄，收纳材俊，上上下下竟有一半是他考试过"的她，竟然还是晴雯的嫂子。灯姑娘的那双"乜斜"之醉眼中所传达出的意思，也与前面四位不同，那眼神里荡漾着的是惯于风月的浪情春意。当时，宝玉偷偷去看望被自己母亲驱逐出贾府的晴雯，当他正和晴雯两个人说着情话、互换衣衫时，灯姑娘从外面回来了。这个灯姑娘一见到宝玉，如获至宝，又是拿言语挑逗宝玉是不是"看我年轻又俊，敢是调戏我么"，又是"一手拉了宝玉进里间来"，然后又"紧紧的将宝玉搂入怀中"，又是"乜斜醉眼"，笑斥他"呸！成日家听见你风月场中惯作工夫的，怎么今日反讪起来"，可以说是使出浑身解数去诱惑、逗弄宝玉。那种浪言浪态，不但把宝玉"急的满面红涨，又羞又怕"，也让读者惊得目瞪口呆。

"乜斜"，作为一种特别的眼神，是一种无声的语言，在《红楼梦》中，它的五次出现，不但展现了人物的生动神态，而且很好地传达出了人物的内心思想，表现了人物不同的性格特征，达到了"此时无声胜有声"的奇效。

"几千斤力量"写成的"一笔"

真正喜欢《红楼梦》的读者，都不会不读脂评本。无论从哪个方面说，脂砚斋对《红楼梦》早期抄本的评点，都极大地丰富了小说的内涵，"对曹雪芹的创作意图和隐喻进行了个人解读，为世人了解、研究《红楼梦》提供了最直接、最主要的依据"①，梁归智先生更是直接指出"脂批不仅暗示了小说隐去的政治斗争'真事'，而且透露了小说是写封建家族衰亡史的信息"②。

我们且不用千方百计去考证脂砚斋究竟是位先生还是女士、与曹雪芹又是什么关系，也不用花费九牛二虎之力去查究脂评中所揭露出的或者隐藏着的真相到底是什么，我们只需把脂砚斋当作一位二百多年前和我们一样的"红迷"，想象他（她）在昏暗的油灯下，一边认真地翻动着《红楼梦》的抄本，一边拿着笔圈圈划划，与曹公进行着心灵的对话。他（她）在抄本原文旁边所留下的那些片字只言，总能让我们共鸣，让我们沉思，让我们或报以会心之笑，或掬以共情之泪。

在脂砚斋诸多精彩的批点中，有一句石破天惊的"侧批"特别让笔者过

---

① 高芳. 语文旁批式阅读教学有效性探究 [J]. 课程教育研究，2016(27)：135.
② 梁归智. 被迷失的世界——红楼梦佚话 [M]. 太原：北岳文艺出版社，1987：18.

目难忘、玩味再三："几千斤力量写此一笔。"短短的九个字，道出了曹公如椽之笔力。那么，"此一笔"到底是哪一笔？又是什么让脂砚斋作出如此之高的夸赞？

脂砚斋说的"此一笔"出现在小说第三回。这一回，年幼丧母的黛玉妹妹被她的父亲送到了京城的外婆家。对贾母和自己的外孙女第一眼相见的场景，曹公这样描述：

> 黛玉方进入房时，只见两个人搀着一位鬓发如银的老母迎上来，黛玉便知是他外祖母。方欲拜见时，早被他外祖母一把搂入怀中，"心肝儿肉"叫着大哭起来。

贾母和黛玉相见的这段描述，即便算上标点，总共也只有短短的 70 个字。较之于这一回中曹公倾力而叙的黛玉与宝玉那惊鸿般的初见，以及戏文十足的王熙凤与黛玉的见面，似乎显得微不足道。但就是在这段话的旁边，脂砚斋写下了那分量极重的九字"侧批"。

正是脂砚斋的那个批点，让笔者一口气对这段文字反复品读了 N 遍，一直读到几乎倒背如流，越读就越放不下，越品就越觉得其味隽永醇美。外婆，对我们来说，是一个多么慈祥的称呼，一个多么亲切的字眼；但对于黛玉，却从小都是一个模糊的身影，一个仅存于心底的想象。当黛玉步入荣国府正房，见到一位由两个人搀扶着向自己"迎上来"的"鬓发如银"的老婆婆，黛玉竟然是凭着判断才意识到她就是自己的外祖母。然后，黛玉的第一反应就是忙着要行"拜见"之礼。

最最至亲的人，却是那般的陌生；近在咫尺的距离，却又是那般的遥远。笔者相信，在这段文字中，我们都会读到一种痛，一种铭心刻骨的疼痛。这时候的黛玉多大年龄？在小说中，曹公没有确切的表述，但从贾雨村聘林家"西宾"时黛玉"年方五岁"，"一载"后贾敏去世，在黛玉"守丧尽哀""守制读书"期间，贾雨村受托带黛玉来到荣国府等描述中我们可以推断，此时的黛玉算足了也不过九、十岁。我们是不是从中读出：一位弱不禁风的小女孩，到了九、十岁左右，才第一次见到那常听母亲说起却从未见过的外祖母时，那种忐忑不安的心情，那种"既远又亲"、悲喜交织的情感，还有那种丧母别父、从此将寄人篱下的伤悲。

这种刻骨铭心的疼痛，不仅在黛玉的心中，同时也在贾母的心中。"我这些儿女，所疼者独有你母，今日一旦先舍我去了，连面也不能一见，今见了你，我怎么不伤心！"这是贾母对黛玉的深情诉说。让贾母怎么也想不到的是，女儿的出嫁竟然会是母女的永别，不但外孙女在长到九、十岁的时候，她才第一次见到，而且见到这个外孙女的时候，她那视若掌上明珠的宝贝女儿贾敏却早已撒手人寰。

这是怎样的一种痛悲！尽管我们完全可以对这祖孙俩何以这么多年居然都未曾相见而心存疑虑，但这寥寥数十字所刻画出来的肝肠寸断之相见场景，却不能不令人动容：弱柳扶风的外孙女一见到外祖母，便怯生生地要拜见行礼；而"鬓发如银"的外祖母不待她跪拜，早就将她"搂入怀中"，一边"大哭"，一边叫她"心肝儿肉"。那对女儿英年早逝、临死也没见上一面的悲恸，对外孙女幼年丧母、成为孤儿的悲怜，全部蓄积在这生动的"一搂""一叫"和"一哭"之中，真正的是力透纸背，堪称教科书式的描写，读者读之则如在目前，味之则潸然泪下，整个画面展示的就是一片泪的海洋！

让我们叹为观止的还有：为了这"几千斤的力量"所凝成的"此一笔"，曹公在此前下足了铺垫的工夫。从黛玉的"弃舟登岸"到"轿上偷看"，从黛玉的"临到门前"到"走进荣府"，曹公用了大段大段的平铺直叙，写出了仆妇"不凡"的"吃穿用度"，写出了贾府所在之处的"街市之繁华，人烟之阜盛"，写出了宁府门口那"两个大石狮子"的气势和十来个列坐者的"华冠丽服"，写出了荣府那眼花缭乱的垂花门、抄手游廊、大插屏和雕梁画栋，还写出了正房门口那些一见黛玉就"忙都笑迎上来""争着打起帘笼"的穿红着绿的丫头。曹公的描写可以说是要多细就有多细，既借黛玉之眼睛，描状出了荣宁两府那"与别家不同"的令人瞠目的富贵；又借景物之铺叙，衬托出黛玉平静外表下那忐忑不安的内心。而曹公之所以进行了这么多、这么长、这么不厌其烦的铺垫，就如跳远跳高的助跑一样，是为了最后那一步起跳能够跳得更高、更远。如果没有那些铺垫，贾母和黛玉相见的这一瞬间，也就不可能如此撼人心魄。

每次当笔者想到这个场景，耳边总会像聆听千钧巨棍锤响的铜钟一样，响起绕梁不绝的美妙余音。"摹一人，一人必到纸上活现"；摹一景，一景则也必在纸上活现。这就是曹雪芹的"几千斤力量写此一笔"，这就是曹雪芹的《红楼梦》！

炉火纯青的穿插

用炉火纯青来形容曹雪芹的穿插艺术，实不为过。在情感线与兴衰线双线并进的庞大构架中，曹公收放自如，行云流水般地穿插了诸多人物、故事和细节，这些穿插，从大的方面说，有薛宝琴、邢岫烟、尤三姐等相对独立、而又丰满生动的人物之登场；从小的方面说，如浩浩荡荡的秦可卿出殡路上，曹公插叙了村姑娘骂宝玉、凤姐弄权索贿以及秦钟和智能儿偷情等情节。这些大大小小的穿插，成为了《红楼梦》的有机组成部分，使得小说的内涵更加丰盈饱满，小说的结构更加充满弹性。

相对于这些光彩夺目、明媚亮丽的穿插，小说中，还有一些穿插则显得很不起眼，让我们一不留神就会跳跃而过，它们就如星星点点的细小野花，貌似随意地散落在红楼百花园的角角落落。但如果你不小心注意到了它们，并且能够静下心来、俯下身去进行近距离的细赏、细闻，那么，你就会发现它们那与众不同的动人风采与沁人香味。比如第五十七回的"赵姨娘向雪雁借衣"。

第五十七回发生了一件大事："慧紫鹃情辞试忙玉。"因为紫鹃的缘故，宝玉又犯"痴病"了。宝二爷的这次发病，对整个贾府的影响丝毫不亚于第二十五回的宝玉和凤姐突然犯了"魔魇"之症。宝玉的这次"痴病"再犯可以分为两个阶段：第一阶段是痴呆。宝玉见紫鹃衣着单薄，便关切地"一摸"，结果被紫鹃以"一年小二年大的，叫人看着不尊重"之理由厉声拒绝。被拒后的宝玉便心冷如水，"魂魄失守，心无所知"，独自"坐在一块山石上出神"，并"不觉滴下泪来"，而且一直"呆了五六顿饭工夫"。第二阶段是痴疯。紫鹃假言黛玉将回苏州老家，让宝玉"将从前小时顽的东西"全都清理一下，如果有黛玉送的，赶紧"打点出来还他"。宝玉闻言"便如头顶上响了一个焦雷一般"，然后就进入麻木状态，"两个眼珠儿直直的起来，口角边津液流出，皆不知觉。给他个枕头，他便睡下；扶他起来，他便坐着；倒了茶来，他便吃茶"。以至于大家都认为他"不中用了"。

这两段精彩的故事都与紫鹃有关，聪明灵慧的紫鹃，在这次宝玉痴病事件中，可以说既是始作俑者，又是直接助推者。正是她，让这次事件一波未平、一波又起；也正是她的"情探"，印证了宝黛之间那别人所无法替代的"情深"。且慢，让我们放慢速度，就在这两段故事中间，曹公又不动声色地穿插了一个小细节，而那个细节的主人公竟然不是紫鹃，而是雪雁。

雪雁从王夫人那里拿了人参回来的路上，看到宝玉坐在石头上"托着腮颊出神"，便关切地询问，不曾想撞到了"枪口上"。心中正因紫鹃而郁闷至极的宝玉把气撒在了她的身上："你又作什么来找我？你难道不是女儿？他既防嫌，不许你们理我，你又来寻我，倘被人看见，岂不又生口舌？你快家去罢了。"以为宝玉"又受了黛玉的委屈"的雪雁便"只得回至房中"。按照常理，雪雁回到潇湘馆见到紫鹃后，只须把拿的人参一交，便可将又在犯痴的宝玉之状同时汇报。但让我们无论如何也想不到的是，曹公在紫鹃与雪雁的短短几句家常对话中竟然牵引出了另一个小故事：

> 紫鹃因问他："太太做什么呢？"雪雁道："也歇中觉，所以等了这半日。姐姐你听笑话儿：我因等太太的工夫，和玉钏儿姐姐坐在下房里说话儿，谁知赵姨奶奶招手儿叫我。我只当有什么话说，原来他和太太告了假，出去给他兄弟伴宿坐夜，明儿送殡去，跟他的小丫头子

小吉祥儿没衣裳，要借我的月白缎子袄儿。我想他们一般也有两件子的，往脏地方儿去恐怕弄脏了，自己的舍不得穿，故此借别人的。借我的弄脏了也是小事，只是我想，他素日有些什么好处到咱们跟前，所以我说了：'我的衣裳簪环都是姑娘叫紫鹃姐姐收着呢。如今先得去告诉他，还得回姑娘呢。姑娘身上又病着，更费了大事，误了你老出门，不如再转借罢。'"紫鹃笑道："你这个小东西倒也巧。你不借给他，你往我和姑娘身上推，叫人怨不着你。他这会子就下去了，还是等明日一早才去？"雪雁道："这会子就去的，只怕此时已去了。"紫鹃点点头。

有意思的是，这个小插曲竟然与赵姨娘有关。赵姨娘的兄弟赵国基也就是探春的舅舅去世了，在第五十五回赵姨娘为了抚恤金问题而与探春发生了争执，隔了两回，赵姨娘又生出了事端，只不过这次事情更加令人费解，她居然是向雪雁借衣服。为什么借衣服？因为她要给自己死去的兄弟"伴宿坐夜"，而跟随她去的丫头小吉祥儿没有合适的衣服，因此便向雪雁借她的"月白缎子袄儿"一用。这个小穿插在小说中就如森林里的一片小树叶，极不起眼，但捡起来嵌入画框，不曾想却竟成了一幅别致的树叶画。我们可以设计几个问题：

第一，赵姨娘的丫头真的没有合适的衣服，还是有衣服但为了避晦气而不穿自己的？第二十五回赵姨娘用"零碎绸缎弯角""粘鞋"，并向马道婆叹诉"我手里但凡从容些，也时常的上个供，只是心有余力量不足"，从中我们可以知道赵姨娘的日子并不好过，由此推断，其丫头衣服不多似乎也在情理之中。但后文中雪雁又对紫鹃说了一段话："我想他们一般也有两件子的，往脏地方儿去恐怕弄脏了，自己的舍不得穿，故此借别人的。"显示出的则是赵姨娘为人的"不堪"，她知道，参加丧礼会脏了衣服，这个"脏"，既包含跪地拜礼之弄脏衣服，又带有殡葬不吉利之脏。本来，在"情"面前，这样的"脏"根本算不得什么，但在赵姨娘看来，弄脏自己丫头的衣服不妥，但"脏"了别人衣服却没关系。

第二，赵姨娘为什么向雪雁借而不是向别的丫头借？有人说这是赵姨娘别有用心、"机带双敲"，笔者以为不然。在此之前，我们没有看到赵姨娘与雪雁有过什么交集。不仅与雪雁没有，就是与黛玉的交集也不多，赵姨娘有时候会去看望一下黛玉，但黛玉几乎从不到赵姨娘那里去，从黛玉看到赵姨娘过来便立即催宝玉离开可以看出，黛玉与她的关系、对她的印象也并不怎么样。那么，这次赵姨娘之所以会突然向雪雁借衣服，更大的可能是，她去王夫人那里"告假"时，偶然遇到了刚好也去王夫人那里拿人参的雪雁，便择日不如撞日地提出了借衣服之请求，而不是预先早就有的考虑。

第三，雪雁为什么不愿把衣服借给她？按理，赵姨娘这样一个主子级的人物亲自出面向丫头借一件衣服，对丫头来说应该是很荣幸的事情，没有理由会不同意；退一步说，即使她心里不愿意，也很难说出口，但雪雁竟然找出了一个理由当面婉拒。雪雁找的理由是什么？"我的衣裳簪环都是姑娘叫紫鹃姐姐收着呢。"所以我没权利借，要借，就得先去秉告紫鹃，而紫鹃也作不得主，须"还得回姑娘"；而"姑娘身上又病着"，这样一来一去，就会耽误您的"大事，误了你老出门"。雪雁兜了一个圈子，给出的一个回答就是我的衣服不好借，您还"不如再转借罢"。让雪雁没想到的是，这样一个她自以为聪明的回答，却可能会让赵姨娘增添对黛玉和紫鹃的怨恨。

这样的赵姨娘向雪雁借衣服之事，放在《红楼梦》如此巨大的格局中，俨然是微乎其微的"小草"。当你在《红楼梦》的宝黛情感和贾府兴衰的两条大路上阔步行走时，放眼路边这些虽不夺目却芳香四溢的"小草"，你的心里顿时会生发出一种艺术的美感和愉悦。

无字处皆成妙趣的"留白"

俗语有言："从来茶倒七分满，留下三分是人情。"它告诉我们，为人处世切不可太满，得留有余地，第十三回秦可卿托梦凤姐时曾以一句"月满则亏，水满则溢"的俗语告诫；第四十三回尤氏也曾对得意忘形的凤姐说："我劝你收着些儿好。太满了就泼出来了。"文学、绘画等艺术创作也一样，千万不能"太满"，唯留有方寸之白才可得天地之宽，这就是"留白"。留白是极具中国美学特征的一种艺术手法，即在艺术创作中留下相应的空白，使作品充满意趣，让读者发挥想象。冯骥才先生在接受《文艺报》记者采访时也说过："中国文化艺术有一个独特的东西，就是把创作的一半交给读者自己完成。"①所以，高明的作者绝不会将文章写满、写尽，而是会在重要关节处留下空白，让读者自己发挥想象去填补空白，去享受和作者一起创作的乐趣。

堪称中国小说之经典的《红楼梦》，其留白之妙用堪称一绝。有一次笔者在书店作讲座时，一位听众问："你会不会尝试去写《红楼梦》的后四十回？"笔者答以两字："不会！"理由很简单：红楼之残缺，谁也无法复原，

---

① 丛子钰. 冯骥才：把创作的一半交给读者完成[N]. 文艺报，2020-04-29.

甚至包括作者本人；红楼之留白，是小说最为动人的魅力之一，谁也不要去破坏。《红楼梦》的那些留白，或增以意境妙趣，或衬以情感性格，或拓以想象空间，成为了整部小说中光芒四射、不可忽视的亮点。且不说那精妙绝伦、灵巧转接的叙事笔法，也不说那云山雾罩、浓淡相宜的情节显隐，单说那人物语言的话讲半句、意犹未尽的断裂，就让我们如嚼橄榄，回味无穷。那样的话讲半句之省略，第七回薛宝钗在给周瑞家的介绍冷香丸时出现过，第八回莺儿在介绍宝钗的金锁时出现过，第十八回贾元春在对宝玉“抚其头颈”“揽于怀内”时出现过，第三十九回刘姥姥在给贾母等编说乡村故事时出现过，第五十五回凤姐在给平儿交代“只怕如今平空又生出一两件事来”时出现过，第五十二回、第六十四回贾宝玉在黛玉说“宝姐姐送你的燕窝”和“若作践坏了身子，使我……”时也出现过。而其中，最耐人寻味、最让人难忘的自然还是黛玉。黛玉，这位向警幻去“挂号”下凡时就抱定“他既下世为人，我也去下世为人，但把我一生所有的眼泪还他”的绛珠仙子，她那每至关节处的话讲半句，极好地映衬出其丰富的心理活动和复杂纠结的情感，给读者以“此时无言胜有言”的艺术享受。

其一：“啐！我道是谁，原来是这个狠心短命的……”

这句话出现在第二十八回，当时正伤感至极的黛玉，触景生情而独自吟诵了一曲滴血滴泪的《葬花吟》。远远听到这支曲子的宝玉禁不住也产生强烈共鸣而“恸倒山坡之上”。本以为是自己一个人在顾影自怜的黛玉，忽然听到“山坡上也有悲声”，心生“人人都笑我有些痴病，难道还有一个痴子不成”之狐疑，她抬头一望，果然看见一人，而那人竟然是让自己“才下眉头，却上心头”的“冤家”，于是不由自主地“啐”出了这句话。

“狠心短命的”什么？黛玉没说出来。妙也妙在这个“断裂”！常言道：“爱有多深，恨就有多深，心就有多痛。”这样的狠极恨极的“诅咒”，于黛玉来说是不忍说也不能说，所以她“刚说到‘短命’二字，又把口掩住”，然后“长叹一声”“抽身便走了”。于曹公来说，是不能写也不用写，只一个省略号，曹公便把“再创作”的空间留给了读者，而读者也在尽情展开想象翅膀的过程中，进一步加深了对作品和黛玉的理解。

其二："你这——"

第二十九回，宝玉和黛玉这一对"痴病""冤家"又"都多生了枝叶"，发生了严重的口角，一个赌气摔砸通灵宝玉，一个愤而怒剪"玉上穿的穗子"，直闹得不可开交，然后"一个在潇湘馆临风洒泪，一个在怡红院对月长吁""都不觉潸然泣下"。到了第三十回，冷静下来的贾宝玉主动到潇湘馆去抚慰黛玉，在宝玉的软磨硬缠下，"心里原是再不理宝玉"的黛玉又与他进行了"理论"，但宝玉脱口而出的一句"你死了，我做和尚"又让黛玉旧怨未消、再添新恨，她"登时将脸放下来"，愤然斥责宝玉："想是你要死了，胡说的是什么！你家倒有几个亲姐姐亲妹妹呢，明儿都死了，你几个身子去作和尚？明儿我倒把这话告诉别人去评评。"

在黛玉的追问下，宝玉恍然明白自己又"说的造次了""登时脸上红胀起来，低着头不敢则一声"。看到他从刚才的"癫皮相"忽然变成了这么一副"憋的脸上紫胀"的可怜相后，"气的一声儿也说不出来"的黛玉在"直瞪瞪的瞅了他半天"后，又做出了一个传神至极的举动，说出了半句让人浮想联翩的话："便咬着牙用指头狠命的在他额颅上戳了一下，'哼'了一声，咬牙说道：'你这——'"在黛玉的那个动作上，曹公用了"咬着牙""狠命""戳"等一串程度都相当强烈的修饰语词，以此传达出人物那又爱又恨、又痛又怜的复杂情感。在这个动作之后，曹公又精妙地让黛玉话讲半句，"你这——"的后面，是昵称还是嗔骂？是简单的一个名词还是带有形容词的长句？曹公卖了个关子、留了个空白，然后只是告诉读者，黛玉在"又叹了一口气"后，"仍拿起手帕子来擦眼泪"。而这恰恰极大地激发了众多读者的探究欲望，从而造就了小说的"无言之美"。

其三："又来了，我劝你把脾气改改罢。一年大二年小……"

这句话出现在第七十九回。

当时黛玉看到了宝玉写的那首《芙蓉女儿诔》，为他的那份痴情所动，然后就其中的一句"红绡帐里，公子多情，黄土垄中，女儿薄命"提出了自己的意见，认为改为"茜纱窗下，公子多情"更好。几经修改后，宝玉最后竟然将它改为了"茜纱窗下，我本无缘；黄土垄中，卿何薄命"。黛玉一听，便"怵然变色"，但心中"有无限的狐疑乱拟"的她，努力地控制着自己的情感，在对宝玉的修改"连忙含笑点头称妙"之后，马上转移话题，让他"快去干正经事罢。才刚太太打发人叫你明儿一早快过大舅母那边去"。但宝玉却沉浸在"佳句偶得"的创作喜悦之中，根本没把黛玉的劝说当回事，答之以"何必如此忙？我身上也不大好，明儿还未必能去呢"。闻听此言，强作欢颜的黛玉说出了这句没有说完的话："又来了，我劝你把脾气改改罢。一年大二年小……"

这一个"又"和一个"改"字中，浸润着黛玉既理解又无奈的无限深情。这样的话，读者自然有似曾相识之感。在第三十四回，去探望挨打后的宝玉时，"满面泪光"的黛玉就一边"抽抽噎噎"，一边说过一句"你从此可都改了罢"。在李嬷嬷面前宣扬自己"我为什么要劝着？我也犯不着劝他"的黛玉，在单独和宝玉相处之时，也有这样的深情之劝，她的这种"劝"，与宝钗、湘云那种让宝玉倾心"仕途经济"的劝，自然有着明显的不同，因而不但没有让宝玉对她冷眼冷言，反而使这两颗年轻人的心靠得更近。

20世纪80年代，中日曾经合作拍摄过一部脍炙人口的电影《一盘没有下完的棋》。一盘棋虽然没有下完，却传达出了主人公之间那超乎常人的情谊之深，特定时代的命运遭际之悲，以及日本侵华战争给中日两国人民带来的灾难之重。《红楼梦》中那些人物的一句话虽然没有说完，却"言有尽而意无穷"，传达出了人物内心的复杂活动，使小说也顿具曲犹未尽之味、余音绕梁之妙。

○奇美动人的诗歌

读红楼，离不开诗。

那一首首动人的诗篇，弥漫着青春的芬芳，散发着智慧的光芒，凝聚着人生的哲思，浸润着命运的隐喻。

读红楼，需要有一颗诗化的心。

唯其如此，你才能走进少男少女们的心灵，才能步入幻妙无穷而又滴血滴泪的诗境。

一曲直通"本质"的生命悲歌

　　虽然在诗社活动的几次现场 PK 中，黛玉和宝钗互有胜负、各领风骚，但笔者以为，不用比诗词的数量，也不用看所谓的"诗歌琅琊榜"，只凭着那一曲《葬花吟》，黛玉之大观园"首席才女"的地位就再也无人能够撼动。一幅落英缤纷的画图，一位手把花锄的女孩，一种物我两怜的感伤，创造出了一个美极又伤极、艳极又冷极、疼极又悲极的意境。因为有了这首诗，黛玉便和它紧紧联系在了一起。这是一首关于桃花的诗，这更是一首关于人生命运的诗。这首诗的动人，不仅在于其言词之华美、情感之真切，更在于其揭示的生命本质之深邃。"藏愚""守拙""安分随时"的薛宝钗，热情粗犷、率真通达的史湘云，走南闯北、跑过"三江六码头"的薛宝琴，她们都不可能写出这样的诗词，因为她们不像黛玉那样对生命有着如此深切的感喟和感悟。

　　其一，桃花之本质。

　　自上古以来，关于桃花的诗词数不胜数，写得生动别致的也不在少数，有写桃花盛开之艳的，如《诗经》中的"桃之夭夭，灼灼其华"；有写桃花色泽之红的，如崔护《题都城南庄》中的"去年今日此门中，人面桃花相映红"；有写桃花不俗之气质的，如白居易《大林寺桃花》中的"人间四月芳菲尽，山寺桃花始盛开"；有写桃花早谢之娇弱的，如李白《箜篌谣》中的"开花必早落，桃李不如松"等。但很少有诗人去挖掘桃花的"本质"。

而黛玉不一样，她在风姿绰约、满天飞舞的桃花中，探寻到了一种与众不同的高贵品质："洁。""质本洁来还洁去，强似污淖陷渠沟"，这是黛玉在那一刻最最深切的感受。在黛玉的眼中，洁，是桃花的品性。那在桃树上悄然开放的花朵，是何等的美艳纯洁；所以，在它离开这个世上的时候，决不能掉落在污浊的泥土中任人践踏，也不能撒落到池水里任其随波逐流，而应该用干净的锦囊把它装盛起来，再埋到地下，使它能够始终保持那一份美艳纯洁的天性。桃花"质本洁来还洁去"的这种品性，与其说是桃花有着不容玷污的圣洁之特质，还不如说是黛玉有着孤芳自赏、感物怜己的高冷。这种品性，不仅是桃花之品性，更是"水作的骨肉"的女儿之品性，第七十八回，贾宝玉在《芙蓉女儿诔》中，赞美女儿"其为质则金玉不足喻其贵，其为性则冰雪不足喻其洁"，与黛玉对桃花之本质的颂赞遥相呼应。

其二，世界之本质。

这世界到底是什么？黛玉的《葬花吟》告诉了我们三个答案：

一是丰富多彩。"花谢花飞飞满天"，这是一种什么样的情景？这满天满地的花儿，有的在枝头绽放，有的在空中飞舞，有的在地上冷落成泥，组成了一个绚丽斑斓、多姿多彩的世界。那满天的桃花，即使同样都在风中飞舞，也有着全然不同的姿态。花的世界如此，人的世界也如此，每个人都在这世上或是"潇洒走一回"，或是任"眼泪在飞"；都在快乐着自己的快乐，忧伤着自己的忧伤；都有着自己的活法，都在努力书写着属于自己的故事，描绘着属于自己的人生。

二是生命轮回。"桃李明年能再发"，花儿今年凋谢了，明年还会继续开放，然后再谢再开，年复一年，不知从哪一年开始，也不知会在哪一年结束。黛玉的这种吟唱，恰似《青春舞曲》中那"太阳下山明早依旧爬上来，花儿谢了明年还是一样的开"之歌词。佛经有言："三界众生，轮回六趣，如旋火轮。"生死相续，循环轮转，永无止尽。这世界，就是这样后浪逐打着前浪，后人替代着前人；就是这样"花魂鸟魂总难留，鸟自无言花自羞"，谁也不能永远保持"明媚鲜妍"。最美丽的"花魂"，都会悄然埋葬于"冷月"；最动人的"鸟魂"，都会凄然飘散于风烟。

三是万物归空。"明年花发虽可啄，却不道人去梁空巢也倾。"在这里，我们不仅读到了黛玉对生命轮回的感悟，更读到了黛玉对万物归空的哀怜：人去、梁空、巢倾，曾经美好的生命，都会有消逝的那一天，这是不可改变的规律，这是谁也逃不出的生死怪圈。这个世界，是一个"你方唱罢我登场"更替轮回的世界，今年大放光彩的是你，明年光芒四射的却已是别人；这个世界，也是一个"逝者如斯夫"、万物最后都归于空的世界，我们每个人就像泰戈尔《流萤集》里的诗句一样，"你从我手中消失了，留下一道琢磨不到的触摸在天空的蔚蓝中，一个飘摇在风中之影里、无形的幻象""我没有在空中留下翅膀的影子，但我很高兴自己已经飞过。"①黛玉的这种浸润着无奈和悲凉的感伤，与宝玉在《芙蓉女儿诔》中"茜纱窗下，我本无缘；黄土垄中，卿何薄命"的咏叹殊途同归。

其三，人生之本质。

什么是人生？人为什么活着？多少年来，这样的问题不仅纠结着哲人，也纠结着普通人。人们在反反复复的纠结中活着、生存着。面对落英缤纷的场景，黛玉发出了她人生过程中最为愁怨的苦吟。整首诗的字里行间，都充斥着一个"苦"字。

第一，情乃苦之源。人生为什么如此之苦？因为一个"情"字。金末元初的词人元好问在《摸鱼儿·雁丘词》中有一句名言："问世间，情为何物，直教生死相许？"因为有情，所以才有了愁苦。看到这花谢花飞的场景，如果没有共情，就不会有"红消香断"的怜悯愁苦，就不会"愁绪满怀"地"忍踏落花来复去"，就可以任其自然、从容淡定地享受人生。情愈炽，则苦愈深，黛玉之愁为何"满怀"？只因"梁间燕子太无情"；黛玉之人为何"闷杀"？只因"花开易见落难寻"；黛玉之泪为何"暗洒"？只因原先繁花盛开

---

① [印度]罗宾德拉纳德·泰戈尔. 泰戈尔的诗[M]. 徐翰林，译. 海口：海南出版社、三环出版社，2006：132.

的树枝上现今已是"空枝见血痕"。

第二，洁乃苦之行。黛玉为什么要不辞劳苦地"手把花锄"去葬花？只为了一个字："洁。"桃花原本就来自洁净之地，理当也要回归到洁净之处。为了保持那桃花之纯洁，保持自己心中的那份纯洁，再怎么辛苦，也要用"锦囊"来收起它的"艳骨"，用"一掊净土"来掩埋它的"风流"，不让它们任人践踏被玷污，不让它们"陷渠沟"之中而变得肮脏不堪。黛玉之所以这样做，用现在的话来说也许就是"不忘初心"，那种对"洁"不离不弃的真性情。黛玉如果没有这种冰清玉洁的"洁癖"，就可以像宝钗那样"安分随时"，也就不会行得这么苦、活得这么累。

第三，了乃苦之终。"桃李明年能再发，明年闺中知有谁？"这是黛玉由衷的追念。"天尽头，何处有香丘？"这是黛玉苦苦的追寻。"尔今死去侬收葬，未卜侬身何日丧？侬今葬花人笑痴，他年葬侬知是谁？"这是黛玉滴血的追问。无论是桃花还是自己，在黛玉眼里，都是"一年三百六十日，风刀霜剑严相逼"，都是"鲜妍能几时""漂泊难寻觅"。黛玉的痛悲还不仅在此，更在于由物及己的巨大感伤："尔今死去侬收葬，未卜侬身何日丧？"今天，为了不让花陷落于渠沟，我今天可收之于锦囊，葬之于净土；但以后我自己凋谢了又会怎样呢？人生在世，谁都难以逃脱"一朝春尽红颜老"的命运。"天尽头，何处是香丘？""侬今葬花人笑痴，他年葬侬知是谁？"在这一连串的泣血发问中，黛玉姑娘所找到的唯一解脱办法，就是"花落人亡两不知"，也许一了百了、"落了片白茫茫大地真干净"才是人生的本质。

如此凄伤的生命悲歌，不但歌唱者自己呜咽伤感，而且让偶然听到的贾宝玉"恸倒山坡之上""心碎肠断"，就连脂砚斋也作出了一个让读者欲罢不能的批注："余读《葬花吟》至再至三四，其凄楚感慨，令人身世两忘，举笔再四不能加批。"当我们品读这首《葬花吟》的时候，值得细细咀嚼的还有：作者特意将黛玉的葬花之悲与宝钗的戏蝶之乐并排放在一起，共同组成了"滴翠亭杨妃戏彩蝶 埋香冢飞燕泣残红"的第二十七回，这样两个格调迥异的生活画面，这样两种截然不同的生命态度，形成了乐与苦、笑与泪、热闹与寂寞的强烈对比，这种对比，越细品，就越悲从中来，越痛彻心扉。

惊世绝唱《好了歌》

人在困境之中，是最能够悟彻人生的。

有这样一句顺口溜："人什么时候最清楚？天灾降临后，东窗事发后，重病缠身后，退休闲暇后。人什么时候最糊涂？春风得意时，得权专横时，来钱容易时，想占便宜时。"那一天"拄了拐，挣挫到街前散散心"的甄士隐就身陷两大困境：一是天灾人祸。可爱的女儿在元宵之夜被人拐走，自己的家也因隔壁葫芦庙的一场大火而被烧成"一片瓦砾场"。二是重病缠身。他带着妻子投奔到岳丈家里，结果横遭"白眼"，满是悔恨的他"急忿怨痛，已有积伤，暮年之人，贫病交攻"，这位"有着神仙一流人品"的"本地""望族"就这样"竟渐渐露出那下世的光景来"。

暮年的甄士隐就在"悔恨""惊唬""急忿""怨痛"之时，在街前突然遇到了一位跛足道人，于是就有了那曲大彻大悟的惊世绝唱：《好了歌》。

不管你有没有看完《红楼梦》，也不管是小说还是电影抑或电视，这首歌都是《红楼梦》中一篇浓墨重彩的华章。有的说它体现了"出世的红楼精神"，有的说它"概括和预示了荣宁二府的兴衰际遇"①；有的说它"集中反

---

① 徐星. 从《好了歌注释》解读《红楼梦》的出世精神[J]. 名作欣赏，2019(26).

映了封建社会中贵族阶级以'功名''金钱''美色''儿女'为奋斗目标的人生观"①；有的说它揭示了"'赫赫扬扬，已将百载'的荣宁贵族，家运衰微以致最后'树倒猢狲散'的败落结局"，是"康雍乾三朝贵族阶级内部相互倾轧的真实写照，也是曹雪芹对黑暗腐朽的、行将衰亡的封建制度的辛辣的针砭和鞭挞"②。不管怎么说，要了解《红楼梦》，读懂《红楼梦》，就无法跳过这首歌曲。

歌是谁唱的？一个"疯癫落脱，麻屣鹑衣"的跛足道人。他唱的是什么？

世人都晓神仙好，惟有功名忘不了！古今将相在何方？荒冢一堆草没了。世人都晓神仙好，只有金银忘不了！终朝只恨聚无多，待到多时眼闭了。世人都晓神仙好，只有娇妻忘不了！君生日日说恩情，君死又随人去了。世人都晓神仙好，只有儿孙忘不了！痴心父母古来多，孝顺儿孙谁见了？

这首歌的中心词有两个："好"与"了"。谁"好"？神仙好。神仙为什么好、到底哪里好？诗中没说。与神仙相对应的是谁？世人。歌中所唱的，是世人至少有四样东西都"忘不了"，哪四样？

一是"功名"。追逐功名，光宗耀祖，这是世人的人生哲学。"为天地立心，为生民立命，为往圣继绝学，为万世开太平"，北宋张载的这"横渠四句"，被冯友兰先生誉为"此为哲学家所自期许者也"③，也被不少知识分子奉为匡时济世的圭臬。即便在现在，遍布职场的成功之法、甚嚣尘上的成功教育也如一碗碗养心补肾的"心灵鸡汤"，让众多民众都趋之若鹜、热血沸腾。但到最后怎么样？都成为了一堆芳草萋萋的"荒冢"，恰如某殡仪馆立柱上的一副对联："无论富贵贫贱到这里一律平等，不管高官平民

①　刘亮. 红楼梦诗词赏析[M]. 西安：三秦出版社，2013：4.
②　李希凡.《红楼梦》人物论[M]. 北京：文化艺术出版社，2006：47-51.
③　宗璞. 我的父亲冯友兰[M]. 北京：新世界出版社，2016：16.

来此地皆为灰烬。"要那么多功名有什么用？

二是"金银"。"天下熙熙，皆为利来；天下攘攘，皆为利往。"司马迁一语道尽芸芸众生乐此不疲地为了利益而劳累奔波的人生。"人为财死，鸟为食亡。"中国的这句旧时俗语也一语点出人们极度追逐金钱利益的本性。为了金银钱财，人们可以不顾自己的身体，甚至不惜抛弃自己的良知、出卖自己的灵魂。身后有余，总是忘记缩手；痴醉物欲，总是迷途难返。为了利益，很多人都是"生命不息，追求不止"，等到终于有钱了，然后怎样？眼睛一闭，那小命却没了。还是尤氏想得明白，她对着平儿这样批评王熙凤："我看着你主子这么细致，弄这些钱那里使去！使不了，明儿带了棺材里使去。"

三是"姣妻"。"一日夫妻百日恩""千年修得共枕眠""执子之手，与子偕老"……这是多么动人的夫妻深情。但这么深的夫妻感情，等到自己一死，妻子却又立即改嫁他人。这首歌无疑是唱给甄士隐这个男人听的，所以用"姣妻"，其实对一些女性更加适用，那"贪多嚼不烂"的夫婿，妻子还没死，却早就做着妻妾满堂的美梦。情，在现实面前，无疑是一件易碎的玻璃品。西班牙歌剧《卡门》的歌词更加直白："什么是情？什么是意？不过是男的女的在做戏。"

四是"儿孙"。天下最伟大、最无私的是什么？最多的答案就是母爱与父爱。为了儿女，父母吃再多的苦、流再多的汗，也都是无怨无悔。孟母三迁、孺子牛等一个个家喻户晓的典故，所歌颂的就是父母对孩子的那种无私的爱。自古到今，对子女竭尽全力的父母很多很多，但是，对父母也能够竭尽孝道、跪乳反哺的子女又有多少呢？

功名、金银、姣妻、儿孙，这些都是人生幸福的重要元素，世人因为"忘不了"，所以"不好"；而神仙则因为"忘得了"，所以才"好"。神仙的"好"，就是什么都可以"忘"，什么都"了"。一个字，就是"净"，六根清净；就是"空"，四大皆空；就是"了"，万般皆了。

道士对甄士隐是怎么说的？"世上万般，好便是了，了便是好。若不了，便不好，若要好，须是了。"这样的解释，对执迷于红尘的众生而言，无异于痴人痴言。但对正穷困潦倒、万念俱灰的甄士隐来说，却是一剂醒世的良方，他一听便幡然顿悟，然后用另一首词对《好了歌》作了更为清晰的注解。

"陋室空堂，当年笏满床。衰草枯杨，曾为歌舞场。蛛丝儿结满雕梁，绿纱今又糊在蓬窗上。说什么脂正浓，粉正香，如何两鬓又成霜？昨日黄土陇头送白骨，今宵红灯帐底卧鸳鸯。金满箱，银满箱，展眼乞丐人皆谤。正叹他人命不长，那知自己归来丧！训有方，保不定日后作强梁。择膏粱，谁承望流落在烟花巷！因嫌纱帽小，致使锁枷杠。昨怜破袄寒，今嫌紫蟒长。乱烘烘你方唱罢我登场，反认他乡是故乡。甚荒唐，到头来都是为他人作嫁衣裳！"

一些注重考证的红学专家都认为，这是对荣宁两府人物命运的暗示，什么"蛛丝儿结满雕梁"说的是黛玉，"金满箱，银满箱"说的是王熙凤等。我们暂且置之不论，仅从文学和哲学的角度，这也是一首让人惊心动魄的歌谣。它最直接的手法就是通过穿越时空的对比，形成了强烈的反差，诠释了人生无常、变乃常道。

当年是笏板满床，而今是陋室空堂；当年是歌舞欢场，而今是衰草枯杨：昔日的富贵繁华与今日的落魄破败形成了强烈的对比。

当年是雕梁画栋，而今是蛛网遍地；当年是蓬窗草棚，而今是绿纱糊窗：物不再是昨天的物，水流总有花落，时过自会境迁。穷，不可能穷一生；富，也不可能富一辈子。

昨日脂粉香浓、青春焕发，而今满头白发、两鬓成霜；昨日刚痛着哭着把去世的爱人埋入黄土，今夜又立即笑着乐着和他人鸳鸯共枕、你侬我侬：人不再是昨天的人，无论怎样都逃不脱生老病死的规律；情也不再是昨天的情，搞不清哪个是真哪个是假。

刚刚还是金银满箱，转眼便穷得连乞丐都瞧不起，从有钱到没钱，都是一转眼的事情。刚刚为别人的不幸一掬同情之泪，转眼不幸竟然降临到了自己身上，从有命到没命，都是一瞬间的变化。

小时了了，大了说不定去做强盗，人才什么样？谁也说不清。想择个栋梁之才做夫君，结果却流落到烟花之地沦为妓女，幸福什么样？谁也道不明。刚刚还在嫌官职太小，立马却身陷囹圄成为阶下囚；而那些昨天还破帽遮颜的人今天却官袍加身，明天什么样？谁也搞不懂。

兴衰荣辱，悲欢冷暖，都只在顷刻之间。人生是什么？人生就是"乱烘烘你方唱罢我登场，反认他乡是故乡"，大家都在做戏，都是人生舞台上的主角或者配角。忙忙碌碌为了什么？"甚荒唐，到头来都是为他人作嫁衣裳。"

这首歌，之所以流传甚广、影响甚大，一个重要的原因就是因为它道出了人生的本质：我是谁？从哪里来？到哪里去？为什么活着？这是古今中外几乎所有哲学最核心的本源问题。这些问题探讨研究了这么多年，直到现在，其实都还在似懂非懂、半梦半醒之间。

"走罢！"甄士隐笑着对跛足道士说出的这两个字，堪称石破天惊。走，走到哪里去？走，意味着不再留，不再留恋世间，不再留存念想。佛教说"回头是岸"，脂砚斋说这两个字是"悬崖撒手"。掉入大海的人见到一根稻草都会紧紧抓住不放，那么什么样的人才会在悬崖中撒手？毋须深入探讨，让我们久久回不过神来的是甄士隐的背影，他说出"走罢"两字后，就"将道人肩上褡裢抢了过来背着，竟不回家，同了疯道人飘飘而去"，一去便再无踪影。

奇妙的"红楼金曲"

第五回"开生面梦演红楼梦 立新场情传幻境情",历来被诸多红学专家视为小说最重要的回目。在梦幻般的太虚幻境,宝玉接连经历了看判词、品茶酒、赏金曲和悟云雨等高潮,整个经历可以用一个"奇"字来形容,那些判词布满"奇幻"的光影,那些茶酒带着"奇异"的芳香,那次宝玉和警幻仙子的妹妹可卿的云雨充满恍惚的"奇趣",而那些让宝玉"甚无趣味"的红楼金曲,则有着"奇妙"的意味。

主题歌,在某种意义上,就是影视的魂。1987版电视剧《红楼梦》的主题歌是什么?《枉凝眉》。这首感动了无数观众、几乎成为《红楼梦》之"地标"的歌,就是"红楼金曲"中的一支。就在那"尘世中既无"的"群芳髓"让宝玉"自是羡慕",那"清香异味,纯美非常"的"千红一窟"让宝玉"点头称赏",那"清香甘冽,异乎寻常"的"万艳同杯"让宝玉"称赏不迭"之时,十二位"青春美少女""轻敲檀板,款按银筝"、梦幻登场。她们边弹边唱,边歌边舞,以奇妙的歌词、奇丽的曲调、奇美的场景,为贾宝玉演唱了一出《红楼梦》的经典传奇。

警幻仙子之所以要让宝玉听这些曲子,目的只有一个,就是遵"宁荣二公之灵"之嘱托,"以情欲声色等事警其痴顽",使宝玉"跳出迷人圈子,然后入于正路"，换句话说，也就是要对他进行"启蒙""开化"。为了让宝玉更快更好地领悟"其中之妙""深明此调"，警幻仙子还特意在他听曲前亲自作了一个"导引"："此曲不比尘世中所填传奇之曲，必有生旦净末之则，又有南北九宫之限。此或咏叹一人，或感怀一事，偶成一曲，即可谱入管弦。若非个中人，不知其中之妙。"并命小丫鬟将曲子原稿也交到了他的手上，让他"一面目视其文，一面耳聆其歌"，边看边听，可谓煞费苦心。

在以叙事为主的小说中，这些金曲和诗词一起成为了《红楼梦》的一道独特的亮丽风景，它们就如玲珑别致的珠贝，一旦恰到好处地镶嵌到器物之中，那本来貌不惊人的木制物件就成为了抓人眼球的"骨木镶嵌"。不少读者常把这些金曲和诗词视为读红楼的巨大阻力，也有不少专家建议读者：如果对诗词曲不感兴趣，也可以直接跳过。但笔者以为，考量一个人是不是真正的"红迷"，有一个必不可少的标准，那就是，当他在赏读这些金曲和诗词时，也有了一种不忍释卷的美妙快感或揪心痛感。

"红楼金曲"加上"引子"和"收尾"，共有十四支，它们和那些判词前后呼应、交相生辉，既隐喻着红楼十二金钗的命运遭际，又预示着贾府"食尽鸟飞"的悲凉结局，更传递着作者的人生思考。它们与其说是妙不可言的金曲，还不如说是人生命运的哀歌、家族兴衰的悲歌、时代社会的挽歌。

　　第一支［红楼梦引子］"开辟鸿蒙，谁为情种？都只为风月情浓。趁着这奈何天、伤怀日、寂寥时，试遣愚衷。因此上，演出这怀金悼玉的《红楼梦》。"

"引子"，就是序曲，它讲了两个内容：一是"名"。这组曲子的名字叫什么？《红楼梦》。那篇书写通灵顽石历劫红尘的石头传记，自此也在不知不觉间变成了"怀金悼玉"的红楼幻梦。二是"情"。整部乐章讲的就是"情种"的"风月情浓"，"情种"是谁？作者？宝玉？石头？秦钟？……如果扪心自问，我们会发现，其实我们的心底都播撒着一颗"情"的种子，谁都难逃缱绻缠绵的儿女情长，谁也难脱扑朔迷离的"风月情浓"，也许那就是基督教里的"原罪"，抑或就是佛教里的"孽根"。《红楼梦》"情"的内核是什么？这支曲子也用四个字点了题："怀金悼玉。"

第二支［终身误］"都道是金玉良姻，俺只念木石前盟。空对着山中高士晶莹雪，终不忘世外仙姝寂寞林。叹人间，美中不足今方信。纵然是齐眉举案，到底意难平。"

最触目惊心的是这个曲牌名："终身误。"这三个渗血的字迹，道出了宝黛钗之间的情缘情债。它告诉读者：这是一个错误，而且是遗憾终生、令人扼腕的大错。那种情感的伤痛，那种人生的无奈，全通过这三个字喷涌而出。

"俺"是谁？警幻仙子很清楚，读者朋友也很清楚，而现场的听曲者贾宝玉却不清楚。试想，一个人听着一首曲子，那曲子吟唱的竟然是他自己的前生、今世和未来，而他自己又茫然不知，这是怎样的一种诡异！其实，提前知道自己的命运是一件很可怕的事，只有活在梦中，活在期待中，活在希望中，活在努力中，人生才会意义。

这支曲写出了贾宝玉的什么命运？一句话：理想与现实、环境与自己的矛盾人生。朝夕相处、执手相对的人，虽然是"山中高士"，虽然是"晶莹如雪"，却空有其名、徒有其姻；而那位"世外"的绛珠仙子，虽然是远在天边，虽然是"寂寞"难耐，却总让人魂牵梦萦、难以忘怀。

人生，从来没有十全十美；残缺，才是生活的真谛。虽然"俺"和"山中高士"的婚姻也像古代的孟光和梁鸿一样，堪称夫妻恩爱的典范，但是在"俺"的心里，终觉得"美中不足""意难平静"。人生就是一声莫名的叹息，只不过，这样的叹息，于此时赏曲的宝玉来说，还浑然不觉，也无法明白。

第三支［枉凝眉］"一个是阆苑仙葩，一个是美玉无瑕。若说没奇缘，今生偏又遇着他；若说有奇缘，如何心事终须化？一个枉自嗟呀，一个空劳牵挂。一个是水中月，一个是镜中花。想眼中能有多少泪珠儿，怎经得秋流到冬尽，春流到夏！"

这是《红楼梦》传唱最广的一首歌曲，因为1987版电视剧的诞生，这支曲子被誉为"中国音乐史上的'高峰'"，一个所有的红楼影视作品都再也难以逾越的高峰。

这首愁肠百结、如泣如诉的曲子，可以说是宝黛爱情的"挽歌"。歌曲采用了两相映衬比对的方式，就如在一个电视屏幕上同时切出了两个人物、两个画面：他们的"美"是一样的，一个是仙界的奇草，一个是无瑕的美玉；他们的"缘"是一样的，在前世已经有缘，在今生又得相遇；他们的"叹"是一样的，一个是"枉自嗟呀"，一个是"空劳牵挂"；他们的"命"也是一样的，虽然情投意合、天造地设，但却是"镜花水月"、佳偶难成。

什么是"枉凝眉"？就是徒然地皱着眉头。人在什么时候会皱眉？痛苦、悔恨之时，无奈、忧愁之时，焦虑、失望之时……他们的整个情缘就是一出和着泪、滴着血的悲剧。这样的悲剧，只一个"枉"字，便告诉我们，即使皱再多的眉、流再多的泪，也无法改变，无法让人释怀解脱。

第四支[恨无常]"喜荣华正好，恨无常又到。眼睁睁把万事全抛；荡悠悠把芳魂消耗。望家乡，路远山高。故向爹娘梦里相寻告：儿命已入黄泉，天伦呵，须要退步抽身早！"

红学专家们几乎一致判定，此曲叙写的是元春。正是被加封为"贤德妃"的元春，把贾府事业推到了"烈火烹油、鲜花着锦"的顶峰，但在这支曲子中，元春唱响的却是饱蘸着"多么痛的领悟"的哭诉。

要理解这支曲子，笔者以为需抓住两两相对的"四个一"：首先是一"喜"一"恨"。喜什么？喜荣华显赫，喜"三春争及初春景"；恨什么？恨无常又到，恨"虎兔相逢大梦归"。人生际遇，本自飘荡，别人为我今日荣华而喜，我却为家乡难回而悲；别人为我身居高处而欣羡，我却为宫廷倾轧、世事难料而痛苦。然后是一"进"一"退"。在"眼睁睁""荡悠悠"的滴泪泣诉之后，曲子忽地一转，转到了对自己父母的"寻告"，告诫爹娘要防止乐极生悲，要及早进中思退。这不仅是元春对她父母的泣血之"寻告"，也是曹公对读者的醒世之"警告"。

第五支［分骨肉］"一帆风雨路三千，把骨肉家园齐来抛闪。恐哭损残年，告爹娘，休把儿悬念。自古穷通皆有定，离合岂无缘？从今分两地，各自保平安。奴去也，莫牵连！"

在 1987 版电视剧的配乐中，除了《枉凝眉》，笔者最喜欢的就是这支曲子，其音乐曲调的动情度与所塑造形象的融合度几乎做到了天衣无缝。只要音乐响起，我们就会即刻沉醉其中而忘却归路。

曲子从开始时的平缓悲凉到结束时的高亢哭喊，给我们一种滚泪的伤悲，一种戳心的刺痛。打动我们的，是探春那种一嫁便成永离、一别便成永诀的不舍之别情，是那种从此天各一方、唯有各保平安的不甘之无奈，是那种人生"穷通皆有定""离合岂无缘"唏嘘之感喟。

较之于元春的"恨无常"，这支"分骨肉"的曲子更增了些骨肉分离的悲情，多了些人生无奈的泣吟。

第六支［乐中悲］"襁褓中，父母叹双亡。纵居那绮罗丛，谁知娇养？幸生来英豪阔大宽宏量，从未将儿女私情略萦心上。好一似，霁月光风耀玉堂。厮配得才貌仙郎，博得个地久天长，准折得幼年时坎坷形状。终久是云散高唐，水涸湘江。这是尘寰中消长数应当，何必枉悲伤！"

元春和探春的曲子是借她们自己的口唱出，而这一支"乐中悲"则和宝黛的那支曲子一样，是故事叙述者的深情吟唱。它状写的是谁？湘云。它在湘云判词的基础上，再次唱出了她的乐悲一生。

湘云之"乐"在哪里？一在出身名门，绮罗锦绣的家世，加上贾母的疼爱，让她生活无忧。二在性情豪爽，她是一位"英豪阔大宽宏量"的女孩，身在富贵，却不娇生惯养；第七十六回她劝慰黛玉时就直告"我也和你一样，我就不似你这样心窄"；可爱活泼的她，从不将儿女私情放在心上，很多男性读者都把她赞为小说中最为心仪的姑娘。三在姻缘佳偶。尽管由于小说全本的残缺，让最后与她婚配的郎君身份成为了悬疑，但这支曲子已经明确提示，她的夫君可是一位"才貌"双全的"仙郎"。

湘云之"悲"在哪里？一悲在从小即孤。她还在襁褓的时候，就父母双亡，成了没有父母"娇养"的孤儿，这个遭际比林黛玉还更为不堪。二悲在夫君早亡。好不容易嫁得了一个可以"地久天长"两相厮守的"才貌仙郎"，却不料命运多舛，如意的郎君竟然又不能陪伴终生，最后仍难逃"云散高唐，水涸湘江"的悲苦结局。

> 第七支[世难容]"气质美如兰，才华阜比仙。天生成孤僻人皆罕。你道是啖肉食腥膻，视绮罗俗厌。却不知太高人愈妒，过洁世同嫌。可叹这青灯古殿人将老，辜负了红粉朱楼春色阑。到头来，依旧是风尘肮脏违心愿。好一似无瑕白玉遭泥陷，又何须王孙公子叹无缘。"

如此美妙的曲子，如此美誉的评价，而那位主人公却常常为人所不容，被人不待见甚至不齿。她是谁？妙玉。

曹公对妙玉似乎有着一种超乎寻常的特别喜爱。你看他对她的评价：那气质，美如兰蕙；那才华，堪比仙子；她就是一位高洁的仙女，就是一块无瑕的白玉。这样的夸赞，这样的盛誉，不但"春"字四姐妹没有，湘云、凤姐也没有，唯一能够与之比肩的似乎只有黛玉和宝钗。曹公对她特别冠以了一个"世难容"的曲牌，我们是不是可以理解成：不是妙玉不行，而是世道不行；不是妙玉孤芳自赏、排斥红尘，而是俗世对她不能容忍。高，何错之有？洁，又有何过？在这支曲子里，我们可以清楚地听到曹公对妙玉的欣赏和同情、对俗世的怀疑和批判的声音。

　　第八支［喜冤家］"中山狼，无情兽，全不念当日根由。一味的骄奢淫荡贪还构。觑着那侯门艳质同蒲柳；作践的公府千金似下流。叹芳魂艳魄，一载荡悠悠。"

红楼十四支金曲中，让曹公最为义愤填膺的当数这一支。在这支曲里，曹公一反常态，由故事的平静叙述者剧变为情绪的强烈宣泄者。"无情兽""骄奢淫荡贪""觑着""作践"等一连串喷涌着极度贬义色彩的文字，"全不念""一味"等表示最高程度的形容词，都无不宣泄着曹公那无法控制的愤怒情绪。

　　是谁让曹公变得如此地暴怒失态？就是那位把"侯门艳质"视作"蒲柳"、把"公府千金"当作"下流"的恩将仇报的"中山狼"。较之于元春、探春在曲子中的自诉悲苦，曹公在这里描叙迎春之命运时，却换了一种笔法，竟然从抨击"无情"之"中山狼"落笔，并以"君不见黄河之水天上来，奔流到海不复回"的宣泄，"咆哮"出他对"中山狼"那不可遏制的愤懑，传达出他对迎春"芳魂艳魄"悠荡无归的命运之同情。

　　让笔者百思不得其解的是，曹公给此曲定下的曲牌居然是"喜冤家"，这"喜"从何而来？

　　第九支［虚花悟］"将那三春看破，桃红柳绿待如何？把这韶华打灭，觅那情淡天和。说什么天上天桃盛，云中杏蕊多。到头来谁见把秋捱过？则看那白杨村里人呜咽，青枫林下鬼吟哦。更兼着连天衰草遮坟墓。这的是昨贫今富人劳碌，春荣秋谢花折磨。似这般生关死劫谁能躲？闻说道西方宝树唤婆娑，上结着长生果。"

这是红楼金曲中字数最多的一支曲子，笔者没想到的是，曹公竟然把这支最长的曲子留给了小说中"春"字四姐妹着笔最少的惜春，难不成是抒发对惜春之"三春看破"、独守青灯之结局的无限悲悯？抑或是在给读者传递着一种启悟：多就是少，舍即是得，你那边得到的多了，这边失去的也就多了？

在这么一长串文字中，曹公用了一系列典故："天上夭桃""云中杏蕊"，巧妙地运用了唐代高蟾《下第后上永崇高侍郎》中的诗句："天上碧桃和露种，日边红杏倚云栽。""白杨村"和"青枫林"，则分别借用《古诗十九首》中的"白杨何萧萧"和杜甫《梦李白》中"魂来枫林青，魂返关塞黑"，以此来代指坟墓。"婆娑树""长生果"，则捏合了古代的传说，来喻指遁入空门、皈依佛教。

典故虽然有点艰涩，但只需抓住了"虚花悟"这个曲牌，其要义便一目了然。"虚花悟"，即终于明白荣华富贵就是镜花水月。其实，这首曲子已不仅仅是在写惜春，它更包容了作者对人生的喟叹。我们也许可以把它称作《好了歌》的翻版，你看："桃花杏蕊再艳美，也捱不过秋；贫穷宝贵再劳碌，都躲不过死。没有什么能够永恒，除了青灯古佛的长生菩提；没有什么能够永续，除了悟彻镜花的一了百了。"

第十支[聪明累]"机关算尽太聪明，反算了卿卿性命。生前心已碎，死后性空灵。家富人宁，终有个家亡人散各奔腾。枉费了意悬悬半世心；好一似荡悠悠三更梦。忽喇喇似大厦倾，昏惨惨似灯将尽。呀！一场欢喜忽悲辛。叹人世，终难定！"

王立平先生在1987版的电视剧中，把这支曲调处理成一个个活泼跳跃的音符，以此表现出王熙凤那种极尽权术机变的聪明过人，以及最终反被聪明所累的结局。那欢乐闹腾的旋律中夹带着揶揄，跳荡的滑音中隐含着叹息，可谓是匠心独具。

王熙凤确实是一个聪明人。小说第三回，她一出场，就不但让黛玉刮目相看，而且让读者叹为观止，她的一言一行，都体现出她那超乎常人的聪明能干。她那伶俐油滑的嘴，她那机警敏捷的反应，她那明火暗刀的本领，无人能出其右。

在贾府，她干的活最重，操的心最多，看上去拥有的"权力"也最大。下人们怕她恨她，姐妹们尊她敬她，连贾母也一刻离不开她。这是一个何等聪明玲珑的人！但她再怎么聪明能干，再怎么运筹帷幄，再怎么端、怎么装、怎么作、怎么算，却怎么也算不到自己竟然会有那样一个惨悲的结局。在众人眼里位高权重的她，"意悬悬"费了半世心血，最后也是"荡悠悠"魂断红楼。人生恰似"一场游戏一场梦"，大厦已然倾倒，油灯将要燃尽，前呼后拥转瞬变成了众叛亲离，欢喜明媚转眼变成了悲苦辛酸，生前风光无限的她，最终也被自己的聪明所累，喝下了"万艳同杯"中那一杯酸涩悲凉的苦酒。

> 第十一支[留馀庆]"留馀庆，留馀庆，忽遇恩人；幸娘亲，幸娘亲，积得阴功。劝人生，济困扶穷，休似俺那爱银钱、忘骨肉的狠舅奸兄！正是乘除加减，上有苍穹。"

"留馀庆"，出自《易·坤·文言》中的那句"积善之家，必有馀庆；积不善之家，必有馀殃"①，先代为后代遗留下来的福泽叫馀庆。小说中，哪一位女孩借先人之荫德而使自己得以逢凶化吉？巧姐也。巧姐，这个在小说中几乎没有存在感的角色，曹公为什么也将她纳入了十二金钗，并且为她"私人定制"了一支金曲？我们不得而知。我们所能知道的是，在这支曲子里，曹公让巧姐以第一人称的方式，唱出了对人生的解悟。

这支曲子实际上提出并回答了三个问题：一是该怎么做人？"积德行善。"因"娘亲"王熙凤一次"居高临下"的"施舍"，结果让"施舍"的对象走出了困境，从而积下了"阴功"。二是该怎么看人？"患难见真情。"是谁在贾府衰败时把巧姐送入了"火炕"？竟然是"那爱银钱、忘骨肉的狠舅奸

----

① 金永译解. 周易——奠立"中正"之修的上古奇书[M]. 重庆：重庆出版集团、重庆出版社，2017：25.

兄”；又是谁在巧姐危难之时鼎力相助？居然是那位曾被她母亲“施舍”过，后来又被她们“戏弄”过的穷婆子。三是该怎么悟人生？“乘除加减，上有苍穹。”这句话太好了，曹公居然把“乘除加减”这个数学名词用到了曲子里面，而且用得如此精妙贴切，写出了因果自有报应、命运自有天数的人生。人生中什么时候加乘，什么时候减除，看似偶然，其实都是“人在做，天在看”。

第十二支［晚韶华］“镜里恩情，更那堪梦里功名！那美韶华去之何迅！再休提绣帐鸳衾。只这戴珠冠、披凤袄，也抵不了无常性命。虽说是、人生莫受老来贫，也须要阴骘积儿孙。气昂昂头戴簪缨，光灿灿腰悬金印；威赫赫爵禄高登，昏惨惨黄泉路近。问古来将相可还存？也只是虚名儿与后人钦敬。”

在充斥着悲怆之音的红楼金曲中，只有“留馀庆”和“晚韶华”这两支曲子透露出一丝明媚的光亮。“留馀庆”，是因先人积德，使得后人蒙恩；“晚韶华”，则是后人成才，继而光耀先人。

你看，这“气昂昂头戴簪缨，光灿灿腰悬金印；威赫赫爵禄高登”的莫大荣耀，是多么的光芒四射，是何等的光彩照人。但是，就在这耀人的富贵和闪亮的曲调中，却依然忽闪着一个大写的字眼：“虚。”情，是虚情，夫妻间曾经“绣帐鸳衾”的“爱情”，母子间曾经亲密无间的“恩情”，都如同在“镜里”“梦里”一般，美丽的青春年华转瞬消逝，恩爱的夫妻深情转眼成空，那美韶华一去不再复返；名，也是虚名，这“戴珠冠、披凤袄”的荣光，也随着生命走到尽头而稍纵即逝，徒然成为后人饭后的谈资、“钦敬”的“虚名”。

第十三支［好事终］“画梁春尽落香尘。擅风情，秉月貌，便是败家的根本。箕裘颓堕皆从敬，家事消亡首罪宁。宿孽总因情。”

这是给谁的曲子？秦可卿。红楼十二金钗中最早去世的是她，"红楼金曲"中文字最少的也是她。她可以说是小说中最为扑朔迷离，也最让读者毁誉参半的角色。

曹公给她命名的曲牌叫"好事终"。什么是"好事"？有人理解为风月情事，有人理解为反讽，不管哪一种，反正都终了了、结束了。这支曲子，四句话，四层含义：首句唱"人之终"。她的生命是如何结束的？悬梁自尽。秦可卿的这个结局与先前判词旁的画像两相照应。第二句道"败之本"。败家的根本是什么？是她的"月貌"与"风情"，换句话说，就是红颜祸水，美丽也是一种错误。第三句言"罪之源"。罪孽的结果是香消玉殒，荣宁败落，如果追溯这个罪孽，则最重要的源头当在宁国府，最该追责的人当是贾敬。"箕裘"，箕是簸箕，裘是皮袍。《礼记·学记》有言："良冶之子必学为裘。良弓之子必学为箕。"①意思是善于治家的人，必定让其孩子先要学会做衣服、做簸箕，能够自食其力。后人就用"箕裘"比喻祖先的事业。"箕裘颓堕"，便指儿孙不能继承祖业。最后一句发"命之叹"。一切罪恶的开始，都是因为一个字："情。""情天情海幻情生"，就是"家事消亡"的"宿孽"，就是可卿悲剧的原罪。

一支短短的曲子，一篇迷幻的传奇，一声长长的叹息。

> 第十四支[收尾·飞鸟各投林]"为官的家业凋零；富贵的金银散尽。有恩的死里逃生；无情的分明报应。欠命的命已还，欠泪的泪已尽。冤冤相报实非轻，分离聚合皆前定。欲知命短问前生，老来富贵也真侥幸。看破的遁入空门，痴迷的枉送了性命。好一似食尽鸟投林，落了片白茫茫大地真干净！"

这是尾声，是全曲的总括，是对前面所有曲子的总结，是整部小说哲学思想的具象概括。

---

① 袁行霈主编，郭齐勇解读. 礼记[M]. 北京：科学出版社，2020：283.

一些红学专家痴迷于探究其中每句话的隐喻，而笔者更愿意把它归结到曹公对人生命运的思索和哲学层面的提炼。它实际上唱出了四个字：一是"变"。人生无常，一切都在变化之中，家业不可能常青，事业不可能长盛。二是"衡"。施恩于人，终有福音；无情无义，终会报偿；欠命还命，欠泪还泪，能量总守衡，因果有报应。三是"运"。无论是命短还是命长，无论是富贵贫穷还是分离聚合，无论是"霍启"(祸起)萧墙还是"娇杏"(侥幸)得福，一切都是运数，冥冥之中早已天定。四是"空"。这么美得极致的女孩顷刻间都化云化土，这么富得冒油的大家庭恍惚间便败落衰颓；你若执迷不悟，则徒然送掉性命；你若看破红尘，则自然遁入空门。所有的人都只不过是在人间走了一遭而已，再怎么精彩，再怎么无奈，最后都是飞鸟各自投林、大地苍茫干净。

这些红楼金曲和前面的那些判词一样，都让红学研究专家和爱好者们"趋之若鹜"，大家为之痴狂迷恋，为之考证佐议，为之争论得面红耳赤。但让大家没想到的是，曹雪芹对这一切早已悟透，他好像是故意设了一个迷局，然后站在旁边笑眯眯地看着大家前仆后继地在迷局中钻进钻出、绞尽脑汁。他其实早就告诉人们：什么都不用争，万事皆空，一切早有定数；什么都会变化，不因物喜，也别为己悲；最好的做法就是能积德行善的地方就努力积点德、行点善。

参 考 文 献

1. 曹雪芹著，脂砚斋评，吴铭恩汇校. 红楼梦脂评汇校本[M]. 沈阳：北方联合出版传媒(集团)股份有限公司、万卷出版公司，2013.

2. 曹雪芹著，无名氏续，程伟元、高鹗整理，中国艺术研究院红楼梦研究所校注. 红楼梦[M]. 北京：人民文学出版社，2008.

3. 曹雪芹著，脂砚斋评，周汝昌校订批点本. 石头记[M]. 桂林：漓江出版社，2009.

4. 曹雪芹著，脂砚斋评点，王丽文校点. 脂砚斋批评本红楼梦[M]. 长沙：岳麓书社，2015.

5. 鲁迅. 中国小说史略[M]. 北京：中国书籍出版社，2016.

6. 林语堂. 平心论高鹗[M]. 长沙：湖南文艺出版社，2019.

7. 王昆仑. 红楼梦人物论[M]. 上海：生活·读书·新知三联书店，1983.

8. 王国维，等. 文化的盛宴——听大师讲《红楼梦》[M]. 北京：新世界出版社，2016.

9. 周汝昌. 红楼艺术[M]. 北京：人民文学出版社，2016.

10. 王蒙. 王蒙谈红说事[M]. 北京：北京出版集团公司、北京十月文艺出版社，2011.

11. 王蒙. 王蒙的红楼梦[M]. 北京：北京联合出版公司，2017.

12. 李希凡，李萌. 传神文笔足千秋——《红楼梦》人物论[M]. 上海：东方出版中心，2017.

13. 李希凡.《红楼梦》人物论[M]. 北京：文化艺术出版社，2006.

14. 王家惠. 红楼五百问[M]. 石家庄：河北出版传媒集团，2016.

15. 蒋勋. 蒋勋说红楼梦[M]. 上海：上海三联书店，2010.

16. 白先勇. 正本清源说红楼[M]. 桂林：广西师范大学出版社，2019.

17. 刘再复. 贾宝玉论[M]. 上海：上海三联书店，2021.

18. 刘心武. 刘心武续说红楼：眼神·拾珠·细处[M]. 重庆：重庆出版社，2012.

19. 梁归智.《红楼梦》里的小人物[M]. 太原：山西出版传媒集团、三晋出版社，2018.

20. 周思源. 周思源看红楼[M]. 武汉：长江出版传媒·长江文艺出版社，2013.

21. 梅新林. 红楼梦的哲学精神[M]. 上海：学林出版社，1995.

22. 卜喜逢. 红楼梦中的神话[M]. 北京：文化艺术出版社，2019.

23. 百合. 梦里不知身是客：百看红楼[M]. 太原：山西出版传媒集团·北岳文艺出版社，2017.

24. 戴萦袅. 微观红楼梦[M]. 上海：文汇出版社，2017.

25. 奇光暖心.《〈红楼梦〉双解》第一解：文本特点与诠释困境[M]. 北京：光明日报出版社，2018.

26. 张骁儒. 中国古典小说的世界——深圳学人·南书房夜话第四季[M]. 北京：中国社会科学出版社，2018.

27. 刘晓蕾. 醉里挑灯看红楼[M]. 上海：生活·读书·新知三联书店，2019.

28. 刘亮. 红楼梦诗词赏析[M]. 西安：三秦出版社，2013.

29. 耿占春. 叙事美学：探索一种百科全书式的小说[M]. 郑州：郑州大学出版社，2002.

30. ［日］村上春树. 我的职业是小说家［M］. 施小炜，译. 海口：南海出版公司，2017.

31. ［奥］西格蒙德·弗洛伊德. 梦的解析［M］. 海哲，译. 北京：中国致公出版社，2017.

后　记

一直以为，著作中最堪称"蛇足"的，便是"后记"。然而，没有"后记"，似乎就算不得是一部完整的著作。一些读者甚至还有"无'后记'的书不买""读书必从'后记'起"之类的癖好。其实，这个世界本身就充满"残缺"，不完整、不圆满、不周全，方才是这个世界的本来样子。

当我完成本书的最后一次校对，关上电脑，揉抚着酸涩的双眼，眺望着窗外厚重的夜色和远处几星迷梦般的灯光，我发现，涌动在自己心中的，并不是想象中的那种喜悦，而竟然是莫名的失落和惆怅。我如同几千年前梦蝶的庄子一样，恍惚间找不到《红楼梦》，也找不见自己。那一瞬间，我似乎忽然明白了张爱玲为什么把她的那本随笔取名为《红楼梦魇》，理解了俞平伯先生为什么说"我尝谓这书在中国文坛上是个梦魇"①。《红楼梦》，就如一个充满诱惑而又布满陷阱的庞大迷宫，让我幸福而执著地苦苦探寻。小说中，那位意欲"把一生所有的眼泪"还报给神瑛侍者的绛珠仙子，心甘情愿地迷失于红楼迷宫而"沉醉不知归路"，我们在《红楼梦》中陷得越深，也就越能理解这"张爱玲之叹"和"俞平伯之惑"。

---

① 林语堂. 平心论高鹗 [M]. 长沙：湖南文艺出版社，2019：26.

痴醉红楼十余年，写下的文章和笔记加起来估计要远远超过《红楼梦》的厚度了。从对这部小说的自赏自乐到与学生、老师、机关干部以及红迷朋友们的快乐分享；从兴之所至的"零打碎敲"到这本还有点"模样"的作品的结集出版，曾经的日子，丰盈而又饱满；那样的生活，辛苦而又幸福。

我知道，在这个吃饭有快餐、购物有快递、视频有快手、人生重快意的时代，人们总是惜时如金，总是步履匆匆。醉迷于《红楼梦》，并努力"不放过一个字"甚至"不放过一个标点"的人，估计不会太多。这些年来，在向大众积极推介《红楼梦》的过程中，让我感到吃惊的是：一方面，无论是大学生还是社会民众，对《红楼梦》的内容了解之少、喜欢程度之低，都远远出乎我的想象；另一方面，大家对小说文本解读之渴求、对经典文化阐释之热望，也都远远超过了我的预期。

充满感恩和感谢的人生总是格外温暖。回想这本著作的成书过程，我最想说的一个词，也是"感谢"，这虽然有点"老套"、平淡，但却发自肺腑。

感谢许多认识和不认识的红迷朋友的由衷鼓励："宁波本土的'红楼摊主'"，这是我在书店做公益经典阅读时大家送给我的雅号；"老师还是这样着眼只言片语，一贯的清淡而不邪魅"，这是我以前的学生在我文章后面的留言；"作者以'老太妃薨逝'为一个点，以'书彼而写此，目送而手挥'为一条线，在'一声两歌，一手两牍'的广阔层面，层层剖析，破茧出玉，其'蝴蝶效应'分析得条理明晰，细致入微，真乃大家手笔也"，这是一位素不相识的读者让我激动又汗颜的评语；"精细开新的文本解读""博学审慎的文化解读""示范方法的时代解读"，这是宁波文旅研究院黄文杰先生的点赞；"本书人物论篇，却以'入书以观其妙''出书以思其深'为特点，跳出了人物论中以臧否好恶为主要的藩篱，更有着冷静的态度，使得对人物的理解和解读，偏向于细腻与厚重，贴近社会、生活，使读者有耳目一新的感觉。"这是比我年少却比我专业得多的中国艺术研究院红楼梦研究所的卜喜逢老师给我的勉励。

特别感谢《红楼梦学刊》的微信订阅号，从 2018 年 12 月以来，至今已刊发了我的 20 多篇文章，其中的一些文章，也在修改后选入了这部书稿。由衷感谢宁波大学潘天寿建筑与艺术设计学院邹湘平老师特意为本书绘制了插图。真诚感谢武汉大学出版社罗晓华等编辑为出版拙著所倾注的辛勤努力和给予的热情指导。

让我特别惊喜的是，在本书行将付梓之前，中国红楼梦学会会长张庆善先生——这位被人誉为"中国当今最有价值的红学专家"，不嫌拙著之粗陋，亲自给本书题签。张先生对我这个"红学江湖"之"独行客"的提携厚爱，让我备受激励，深切感受到一位学养渊深的长者对《红楼梦》的一往情深，以及对红学研究百花齐放的殷殷期待。

最后，还得将深深的感谢献给我的爱人胡晓燕女士。在无数个夜晚，我们一起挑灯共读，一起畅谈闲聊；我的每一篇文章，她都是第一个读者；我的每一次讲座，她如果没有特殊情况，就都会同行，而且一定是听众席中最认真的那一位，而且在讲座后，她还会一点一点地给我提出哪个地方最精彩、哪个地方还需要修正。《红楼梦》，已经融进了我们的生活。

越读红楼，越悟出一个字："惜"。那美好青春的悲剧让人惋惜，那富贵家族的衰败让人痛惜，那炎凉世态的变迁让人叹息。《红楼梦》，让我们更加惜缘、惜福、惜人生。

人生路短，红楼梦长。品读红楼，珍惜红尘。

鲁焕清

2021 年 9 月